2020年江苏省

中华经典

爱国诗词选读

河海大学出版社
HOHAI UNIVERSITY PRESS

·南京·

图书在版编目(CIP)数据

中华经典爱国诗词选读 / 孙汉洲主编． －－南京：
河海大学出版社，2020.12
　ISBN 978-7-5630-6571-4

Ⅰ．①中…　Ⅱ．①孙…　Ⅲ．①诗词－作品集－中国
Ⅳ．①I22
　中国版本图书馆 CIP 数据核字(2020)第 228545 号

书　　名	中华经典爱国诗词选读
	ZHONGHUA JINGDIAN AIGUO SHICI XUANDU
书　　号	ISBN 978-7-5630-6571-4
策划编辑	朱婵玲
责任编辑	齐　岩　毛积孝
特约校对	董　涛　董　瑞
装帧设计	杭永红
出版发行	河海大学出版社
地　　址	南京市西康路1号(邮编:210098)
电　　话	(025)83737852(总编室)
	(025)83722833(营销部)
经　　销	江苏省新华发行集团有限公司
排　　版	南京布克文化发展有限公司
印　　刷	南京工大印务有限公司
开　　本	718 毫米×1000 毫米　1/16
印　　张	23.75
字　　数	450 千字
版　　次	2020 年 12 月第 1 版
印　　次	2020 年 12 月第 1 次印刷
定　　价	69.00 元

《中华经典爱国诗词选读》编委会

编委会主任　朱崇惠
编委会副主任　王正斌
主　　　编　孙汉洲
副 主 编　丁䮈　石慧斌　杨惠
编　　委　（按姓氏笔画排列）

丁月香　丁䮈　王正斌　王岩
韦庆芬　尤文文　石琳　石慧斌
朱崇惠　孙汉洲　孙璐　杨惠
余晓明　张剑　周丽颖　周盼盼
柴敏　徐静芝　葛晗

目录

❶ 许穆夫人 /001
  载驰 /003

❷ 屈原 /007
  国殇 /010
  哀郢 /013
  涉江 /017

❸ 刘琨 /023
  扶风歌 /026

❹ 鲍照 /031
  代出自蓟北门行 /034

❺ 王昌龄 /039
  从军行·其四 /043
  从军行·其五 /045
  出塞·其一 /047

❻ 高适 /049
  燕歌行 /052
  使青夷军入居庸 /055
  塞下曲 /056

❼ 岑参 /059
  白雪歌送武判官归京 /062
  走马川行奉送封大夫出师西征 /065
  送李副使赴碛西官军 /067

❽ 李白 /069
  古风·其十九 /072
  子夜吴歌 /074
  塞下曲 /075

❾ 杜甫 /077
　　春望 /081
　　闻官军收河南河北 /083
　　哀江头 /086

❿ 范仲淹 /091
　　渔家傲·秋思 /093

⓫ 李清照 /097
　　夏日绝句 /100
　　咏史 /101
　　上枢密韩公、工部尚书胡公（节选）/103

⓬ 李纲 /109
　　病牛 /112
　　伏读三月六日内禅诏书及传将士榜檄，慨王室之艰危，悯生灵之涂炭，悼前策之不从，恨奸回之误国，感愤有作，聊以述怀 /113

⓭ 陈与义 /117
　　伤春 /119
　　观雨 /121
　　牡丹 /123

⓮ 张元干 /125
　　贺新郎·寄李伯纪丞相 /128
　　贺新郎·送胡邦衡待制赴新州 /130

⓯ 岳飞 /135
　　满江红 /138
　　池州翠微亭 /140

⓰ 陆游 /143
　　金错刀行 /146
　　关山月 /149
　　书愤 /153
　　诉衷情 /156

⓱ 范成大 /159
　　州桥 /163
　　会同馆 /164

⓲ 张孝祥 /167
　　水调歌头·闻采石矶战胜 /170
　　六州歌头·长淮望断 /172

⓳ 陈亮 /177
　　水调歌头·送章德茂大卿使虏 /180
　　贺新郎·寄辛幼安和见怀韵 /183

⓴ 辛弃疾 /187
　　水龙吟·登建康赏心亭 /190
　　破阵子·为陈同甫赋壮词以寄之 /193
　　菩萨蛮·书江西造口壁 /195
　　鹧鸪天 /197

㉑ 刘克庄 /199
　　贺新郎·送陈真州子华 /202
　　贺新郎·国脉微如缕 /205

㉒ 文天祥 /209

　　过零丁洋 /211

　　金陵驿·其一 /214

㉓ 刘辰翁 /217

　　柳梢青·春感 /220

　　永遇乐·璧月初晴 /222

㉔ 汪元量 /227

　　湖州歌·其五 /229

　　湖州歌·其六 /231

㉕ 于谦 /233

　　石灰吟 /236

　　北风吹 /237

　　咏煤炭 /239

㉖ 戚继光 /243

　　过文登营 /246

　　登盘山绝顶 /248

㉗ 顾炎武 /251

　　秋山 /254

　　酬王处士九日见怀之作 /258

㉘ 张煌言 /261

　　甲辰八月辞故里 /264

㉙ 郑成功 /267

　　出师讨满夷自瓜州至金陵 /269

　　复台诗 /271

㉚ 夏完淳 /273

　　鱼服 /277

　　采桑子·片风丝雨笼烟絮 /280

　　别云间 /281

㉛ 林则徐 /285

　　赴戍登程口占示家人 /288

　　程玉樵方伯德润饯予于兰州

　　藩廨之若已有园，次韵奉谢 /291

㉜ 龚自珍 /295

　　己亥杂诗·其五 /298

　　己亥杂诗·其一百二十五 /299

㉝ 魏源 /301

　　居庸关 /304

　　寰海·其十 /305

㉞ 黄遵宪 /309

　　哀旅顺 /312

　　书愤·其一 /315

　　夜起 /317

　　赠梁任父同年 /318

㉟ 康有为 /321

　　过虎门 /324

　　出都留别诸公 /326

　　闻意索三门湾以兵轮三艘迫浙江有感 /328

❸❻ 丘逢甲 /331

春愁 /334

元夕无月 /335

❸❼ 谭嗣同 /337

潼关 /340

有感一章 /342

❸❽ 梁启超 /345

纪事诗 /348

爱国歌 /349

❸❾ 秋瑾 /353

黄海舟中日人索句并见日俄战争地图 /356

日人石井君索和即用原韵 /359

柬徐寄尘 /360

柬某君 /362

❹⓿ 柳亚子 /365

自题磨剑室诗词后 /368

1 许穆夫人

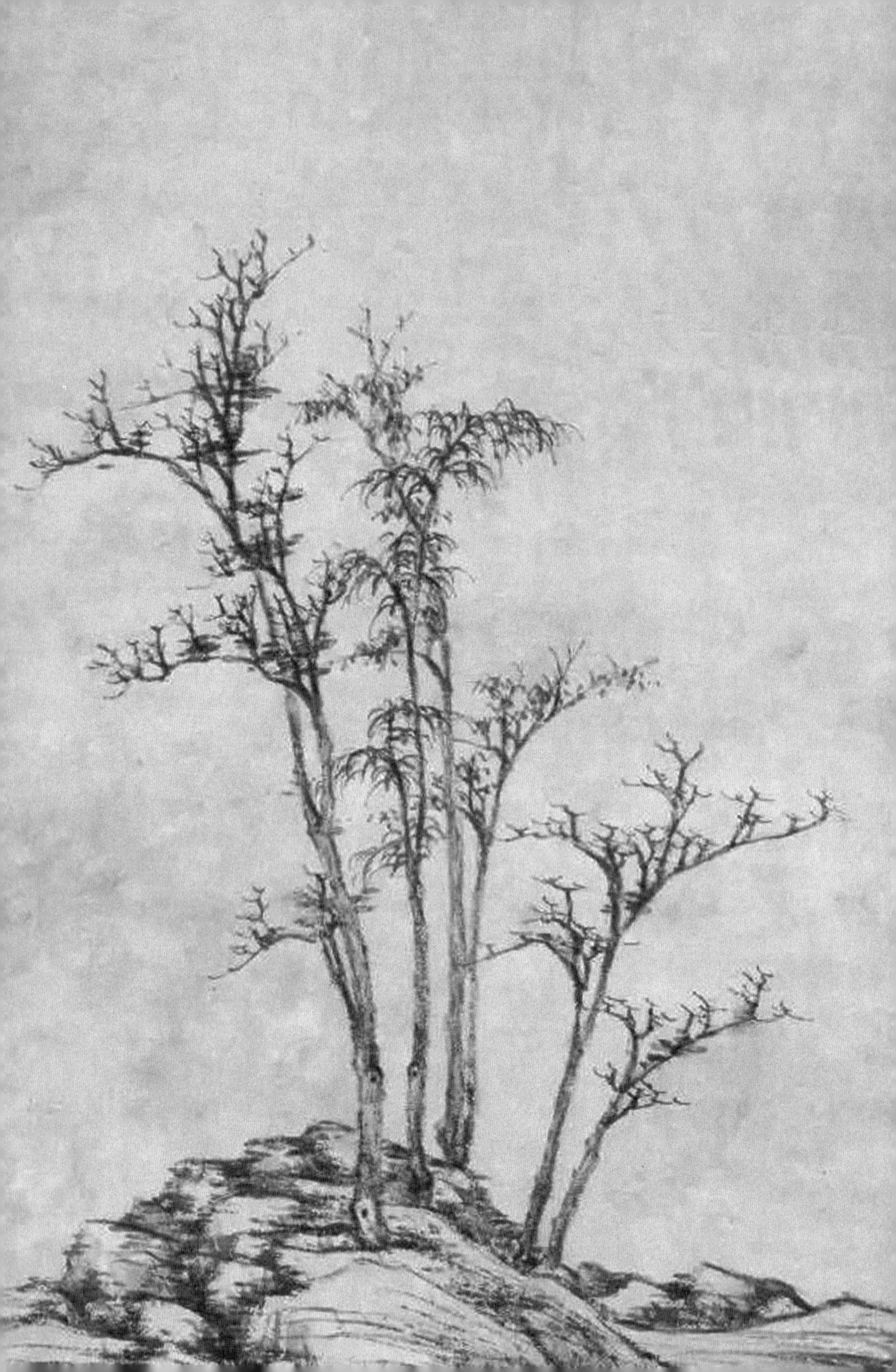

许穆夫人,约生于公元前690年,是卫昭伯的女儿,与齐子、戴公、文公、宋桓夫人同母。

　　许穆夫人及笄后,许国和齐国都前来求婚。当时诸侯国之间的婚姻带有亲善结盟的意义。许穆夫人从国家利益出发,表示愿意嫁往齐国,因为齐国是大国,如卫国有难,齐国会给以有力的支援。但是,卫君却置她的意见于不顾,把她嫁给许国国君为妻。

　　她对卫国感情深厚,故国、亲人常使她魂牵梦萦。但是,当时的礼制规定,诸侯之女出嫁,除非夫家国破家亡,或本人被废,否则不能返回娘家,因而,她只能把思念之情深深地埋在心底。

　　当时的卫国国君卫懿公是个昏庸的君主,酷好养鹤,所养之鹤待遇优厚,有的竟享受乘车的礼遇。军民对此愤慨不已。后来,狄人伐卫,有人说,国君给了鹤优厚的待遇,还是叫鹤去打仗吧。尽管卫懿公千方百计组织军队迎战,但将士都不卖力,以致狄人一举灭掉了卫国,懿公也死于战场。许穆夫人的姐夫宋桓公因为亲戚关系,安置了卫国的遗民,并在漕邑立戴公为国君。可是不到一个月,戴公病故,文公又继位为君。

　　面对祖国山河破碎,亲人或死或"亡",许穆夫人再也不甘于受礼教羁绊,她决心冲破礼教的樊篱,回国吊唁,并寻求诸侯援助,帮助兄长复国。许穆夫人的计划,遭到了许国君臣的反对和阻挠,但是许穆夫人性格刚毅,百折不挠。约于公元前659年春夏之交,她毅然踏上了回国之路。《载驰》一诗就写于此时。

　　许穆夫人的行动感动了齐国国君。齐君派遣公子无亏率领兵车三百辆、将士三千人援救卫国,终于使卫国灭而复兴。许穆夫人的行动像宣言书一样昭示人们:女子在政治生活中也能发挥巨大作用。齐君非常敬重许穆夫人,赠送她鱼皮蒙的高级车辆,还赠给她重锦三十两。

　　许穆夫人是我国文学史上第一位女诗人,也是世界文学史上最早的女诗人之一。她不仅把爱国思想付诸诗歌,而且把爱国思想付诸实践,英名浩气,万古长存。

　　许穆夫人的作品保存于《诗经》,除《载驰》外,魏源《诗古微》认为,她的作品还有《诗经》中的《泉水》《竹竿》等。这两首诗中流露出她远嫁异乡后的家国之思。

许穆夫人诗

载　驰[①]

载驰载驱[②],归唁卫侯[③]。驱马悠悠[④],言至于漕[⑤]。
大夫跋涉[⑥],我心则忧。既不我嘉,不能旋反[⑦]。

视尔不臧,我思不远⑧。既不我嘉,不能旋济⑨。
视尔不臧,我思不閟⑩。陟彼阿丘⑪,言采其蝱⑫。
女子善怀,亦各有行⑬。许人尤⑭之,众⑮稚且狂。
我行其野,芃芃其麦⑯。控于大邦,谁因谁极⑰?
大夫君子,无我有尤⑱!百尔所思,不如我所之⑲。

【注释】

①《左传·闵公二年》载:(公元前660年)十二月,狄人灭卫,宋桓公立卫戴公于漕邑。戴公在位仅一月即病死,弟文公继立。次年春夏之交,戴公同母姐妹许穆夫人来漕吊唁,并写下了《载驰》。这首诗写许穆夫人不顾许国大夫的阻挠而毅然回国,并且主张卫国应立即向大国求援。

②载:发语辞,"乃"的意思。驰:让马奔跑。驱:用鞭子赶着马。

③归:回到祖国。唁:音yàn,对失国的诸侯或有丧事的人家表示慰问。卫侯:卫文公。

④悠悠:形容道路遥远。

⑤于:往。漕:卫邑,在今河南省滑县。言至于漕:我去往漕邑。

⑥大夫:许国大夫。跋涉:犹言登山涉水,山行叫跋,水行叫涉。这里指许国的大夫远道赶来,想把许穆夫人追回去。

⑦"既不"二句:你们即使不同意我的做法,我也不能立即回去。嘉:赞同。旋:立即。反:同"返",指返回卫国。

⑧视:比。臧:善。远:辽远。

⑨济:渡河。

⑩閟:音bì,闭塞,不通。

⑪阿丘:一面偏高的山。

⑫蝱:音méng,"莔"的假借字,药用植物,即贝母,据说可以治抑郁。

⑬"女子"二句:女子虽然多愁善感,但也自有她的道理。行:音háng,道理。

⑭尤:责怪。

⑮众:指许人。

⑯芃芃:音péng péng,茂盛貌。

⑰"控于"两句:意思是说卫国理应向大国求援,但究竟凭借谁的力量,到哪儿去呢?控:投奔,赴告。因:凭借,依靠。极:至,到。

⑱"无我"句:不要以为我有什么可责怪的地方。

⑲"百尔"两句:你们所想出的种种办法,总不如我自己所选择的。之:往。

【译诗】

乘坐马车飞快奔走,
归心似箭慰问卫侯。
马不停蹄道路漫漫,
目标远在漕邑城头。
大夫跋涉赶来劝阻,
来意不善我心忧愁。
我的意见不被赞许,
但也不能就此罢手。
你们意见愚不可及,
我的计划切实可求。
我的意见不被赞许,
但也不能渡河回头。
你们意见愚不可及,
我有妙计奇效可收。
登上那高高的山冈,
采集贝母医治忧伤。
女子虽然多愁善感,
但也自有道理主张。
许国君臣乱加指责,
幼稚无知而又狂妄。
路过广袤青青田野,
麦苗茂盛风吹如浪。
赶向大国投奔求援,
搬来大兵图存救亡。
奉劝许国当权君子,
莫再反对我的主张。
你们坐想妙计千条,
哪里如我回国一趟?

【赏析】

《载驰》,是有文献记载的古代女子反对礼教、争取自由权益的第一声呐喊,是古代女子爱国报国的一曲壮歌。全诗以赋的手法,铺陈叙事,直抒胸臆,塑造了一个具有炽热爱国热情,坚强、执着的女强人形象。

"载驰载驱,归唁卫侯。驱马悠悠,言至于漕。"诗歌第一章开篇切入主题,展示了女主人公自作主张,长途跋涉,奔赴漕邑,慰问兄长,谋求复国大计的旅途情状。"驰""驱""悠悠"表现了许穆夫人不避艰辛而又急切的心情。

"大夫跋涉,我心则忧。"有史以来,传统的力量总是践踏新生思想(力量)的萌芽。许国君臣认为许穆夫人所作所为于礼不合,于是便派大夫追赶劝阻。面对奉命干涉的大夫,她心中充满了忧愁。莎士比亚笔下那位忧郁的王子说过:"活着,还是死去,这是个问题。"我们诗中的主人公是去还是留,也成了一个问题。一边是父母之国的召唤,一边是礼俗的牵制,主人公"此情无计可消除,才下眉头,却上心头"(李清照《一剪梅》)。

第二章、第三章,同义反复,叠唱明志。对赶来的许国大夫的劝阻,她断然拒绝。许国是个小国,无法用武力帮助卫国,却又拘于礼法阻止许穆夫人,这是许穆夫人十分不满意的。她申明,你们即使不赞同,我也不能回转心意,并明确指出,许国君臣拿不出好的主张,见识远不如自己高明。

第四章,女主人公与许国君臣的冲突进一步加深,"陟彼阿丘,言采其蝱"。许国君臣的阻挠,使得她心中的创痛加重。据说贝母可以医治忧愁,主人公便登上山冈采集。然而只是传说而已,并非真的管用。如此做法犹如"举杯消愁",反而"愁更愁"。"女子善怀,亦各有行。许人尤之,众稚且狂。"她承认女子多愁善感,但是也强调女子自有女子的主张。面对许国人的指责,她非常气愤,斥责他们幼稚轻狂。斥责声中,透露出自信。

第五章,"我行其野,芃芃其麦"。这是景语,也是情语。从原野的广袤、麦苗的茂盛,诗人看到了复国的希望。"控于大邦,谁因谁极?"诗人决定向大国呼吁求援,并以此作为对阻挠者的回答! 这句话的言外之意是,许国和卫国结为婚姻,本当互相救助;现在非但不想方设法援助,却阻挠我的计划,实在是不仁不义! 从诗句中我们不难看到,许穆夫人是个有情、有义、有能、有谋的奇女子!

最后一章,诗人以胜利的口吻对这场辩论做了总结,严正地告诉大夫君子们:"不要指责我!"她自信:你们想的一千个空泛的主意,不如我亲自去走一遭! 行动重于空想,这个道理较早便为女诗人所认识!

本诗技艺已相当成熟,四言成句,句式整齐;铺张排比,复沓有致;叙事、说理、抒情有机结合,鲜明地突出了主人公的个性。

(孙汉洲)

2 屈原

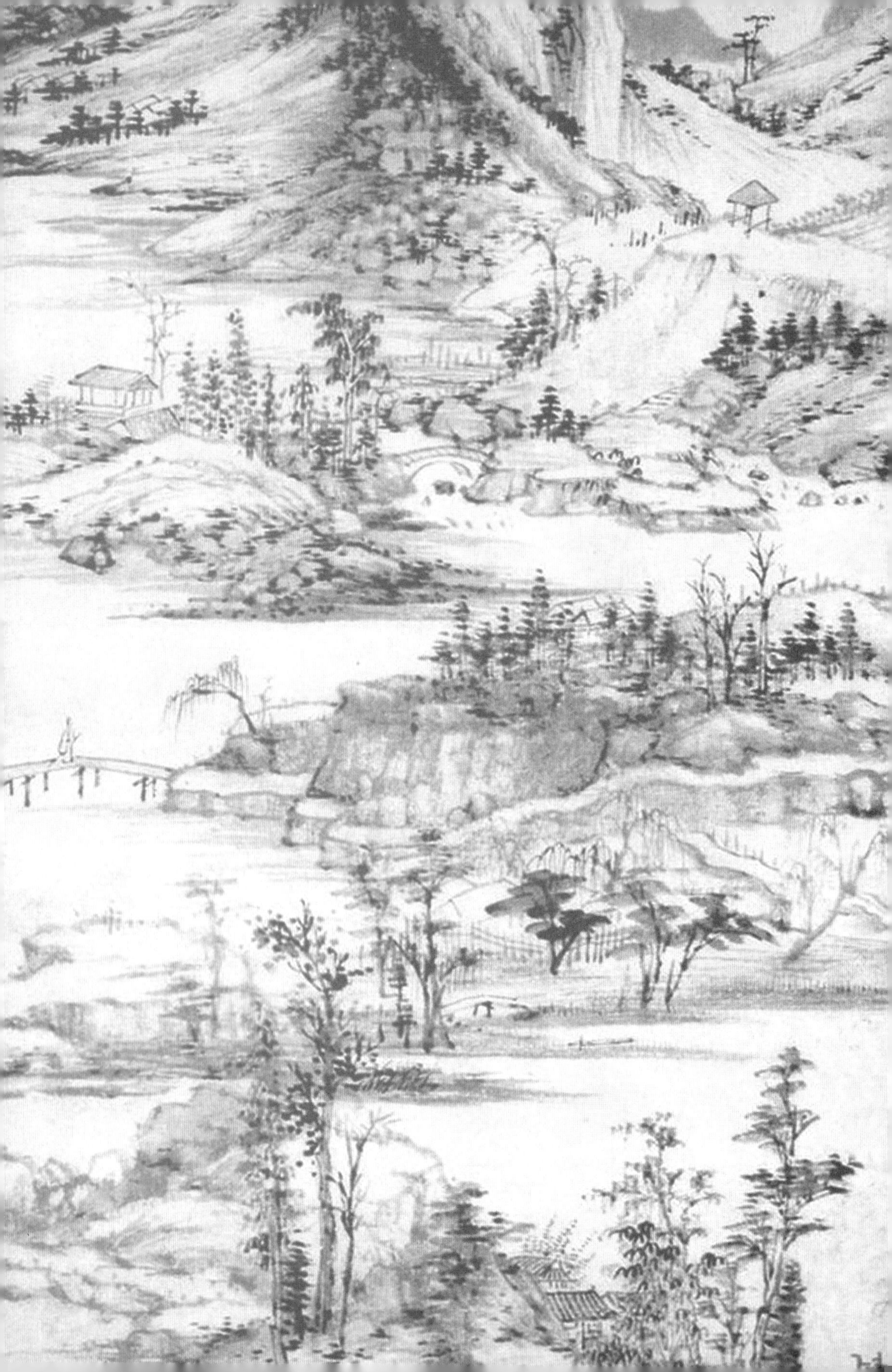

每逢端午,震动在湿热空气中的龙舟擂鼓声不绝于耳,华夏大地上的每一条水道都在为同一个人歌哭洒泪:屈原,这位用一生的颠沛流离诠释"爱国"的诗人。

屈原,芈姓,屈氏,又自云名正则,字灵均,大约出生于公元前 340 年,楚王同宗。他出身高贵而又生逢吉时,这让他一生都引以为傲,他是这样介绍自己的:"帝高阳之苗裔兮,朕皇考曰伯庸。摄提贞于孟陬兮,惟庚寅吾以降"(屈原《离骚》)。仅是高贵的出身,还不足以让屈原名垂后世,君不见"楚王台榭空山丘",帝王将相湮灭于历史长河中的太多太多了,真正让屈原永垂不朽的,是昭悬日月的才华、直如石砥的人格。

二十岁时,屈原就应楚怀王之召出山进京,翌年升任楚怀王左徒,其位仅次于宰相。他博闻强记,明于治乱,娴于辞令,深得怀王信任,对内与怀王商议时事、发号施令;对外接待宾客、应对诸侯。恰少年时代,风华正茂,挥斥方遒。但这一切都还不够,他目睹了较之中原诸国,楚国政治体制积累的太多弊病,变革迫在眉睫。他提出反壅蔽,禁朋党,移风易俗;明赏罚,举贤能,奖励耕战。桩桩件件都是图谋富强之策,也都是在分割贵族的利益。所以,贵族们群起而攻之,屈原的变法遭遇了可以想见的阻力。

然而,我们不要忘了,屈原自己本身就是贵族中的一员。他让渡既得利益,甘冒天下之大不韪,以一种"虽千万人吾往矣"的气概推进改革。除了爱国,还有什么可以解释这种行为呢?

公元前 313 年,屈原因拒绝上官大夫修改政令的要求而遭谗被逐,流放汉北。当时,屈原二十七岁,距出山入朝仅七年。而此后,他一再遭受贬谪流放,虽几度起用,但都如昙花一现。屈原一生流放多次,直至公元前 278 年,白起拔郢都,楚顷襄王狼狈出逃,屈原于农历五月五日自沉汨罗江。屈原享年六十二岁,不过一甲子有余,但竟有大半人生在放逐中虚掷!若从他二十岁入仕算起,流放岁月的占比更是让人痛心不已!

苏轼曾自嘲一生屡遭贬谪:问汝平生功业,黄州惠州儋州。诗中有看破之后的无奈,起伏之后的旷达。然而屈原做不到如此,他屡遭贬谪却无法忘怀其君其国,"虽放流,眷顾楚国,系心怀王,不忘欲反。冀幸君之一悟,俗之一改也"(司马迁《屈原列传》)。他希冀君王醒悟再召他回朝,渴望振兴国家,一扫陈俗。

但三十载岁月倏忽而过,催老了他心中的美人,催枯了他身上的香草。他以美人喻君王,以香草喻美德,后世莫不效仿,"香草美人"由此成为民族文化符号。他忧愁幽思不得排解,怨愤自生,作《离骚》;涉江南下,迷惘无所往,徘徊无处归,穷途当哭,作《涉江》;回望故国思故人,却再不可亲近,泪水飞作雪珠冰晶,作《哀郢》;问天问地,问神问人,一百七十九个追问何人能解?上下求索,作《天问》……屈原如悲情的杜鹃，日日夜夜啼血哀鸣，点点热血交织着他的悲、他的怨、他的迷惘、他的不甘、他的至死未灭的希望，化作华章，是为楚辞。楚辞，打破了《诗经》以后两三个世纪的沉寂，开创了浪漫主义先河，其间瑰丽的想象、宏大的篇幅，又进一步影响了后世的赋。但使得楚辞大放异彩的，并不只是其文学价值，更是涌动在其中的爱国情操。"其文约，其辞微，其志洁，其行廉"（司马迁《屈原列传》），诗如其人，可昭日月！

屈原的文字和涌动其间的拳拳爱国情，在历史的长河里流淌了两千余年。时光与后人确实未曾辜负他的泣血之作，未来的人们有拨开历史风尘的睫毛，有看透岁月篇章的瞳孔，我们读其文可以想见其为人，甚至一只粽子、一声鼓鸣、一片艾草，都能触发我们内心的追慕与敬意，都能引我们沉思：何为爱国？如何爱国？

屈原诗之一

国　殇[①]

操吴戈兮被犀甲[②]，车错毂兮短兵接[③]。
旌蔽日兮敌若云[④]，矢交坠兮士争先[⑤]。
凌余阵兮躐余行[⑥]，左骖殪兮右刃伤[⑦]。
霾两轮兮絷四马[⑧]，援玉枹兮击鸣鼓[⑨]。
天时怼兮威灵怒[⑩]，严杀尽兮弃原野[⑪]。

出不入兮往不反[⑫]，平原忽兮路超远[⑬]。
带长剑兮挟秦弓[⑭]，首身离兮心不惩[⑮]。
诚既勇兮又以武[⑯]，终刚强兮不可凌[⑰]。
身既死兮神以灵[⑱]，魂魄毅兮为鬼雄[⑲]。

【注释】

①本篇是追悼阵亡士卒的挽诗。"国殇"，指为国捐躯的人。本篇可能是为楚怀王十七年（公元前312年），秦大败楚军于丹阳、蓝田一役而写的。

②吴戈：吴国所制的戈，当时这种戈最锋利。被：同"披"。犀甲：犀牛皮制的甲。

③错：交错。毂（gǔ）：车轮的中心部分，有圆孔，可以插轴，这里泛指战车的轮

轴。短兵:指刀剑一类的短兵器。

④旌:旗。敌若云:极言敌军人多。

⑤矢交坠:两军相射的箭纷纷坠落在阵地上。

⑥凌:侵犯。躐(liè)践踏。行:行列。

⑦左骖(cān)殪(yì)兮右刃伤:左边的骖马倒地而死,右边的骖马被兵刃所伤。殪:死。

⑧霾(mái):通"埋"。縶(zhí)四马:驾车的马匹被绊住。古代作战,在激战将败时,埋轮缚马,表示坚守不退。

⑨玉枹(bāo):嵌玉为饰的鼓槌。主将击鼓督战,鼓舞士气,以旗鼓指挥进退。

⑩"天时"句:意思是说天怨神怒。怼(duì):怨恨。威灵:威严的神灵。

⑪严:壮烈地。杀尽:指战士死光。弃原野:弃尸于战场。

⑫"出不入"句:哀悼死者一去不归。反:同"返"。

⑬忽:渺茫而萧索。超远:遥远。

⑭带:佩在身上。挟:夹在腋下。秦弓:秦国所制的弓。战国时,秦地木材质地坚实,制造的弓射程远。

⑮首身离:身首异处。心不惩:壮心不改,勇气不减。惩:悔恨。

⑯诚:诚然,确实。以:且,连词。武:威武。

⑰终:始终。凌:侵犯。

⑱神以灵:指死而有知,英灵不泯。神:指精神。

⑲毅:威武不屈。鬼雄:即使做了鬼,也要成为鬼中的豪杰。

【译诗】

手操锋利的吴戈,身穿坚韧的铠甲,敌我战车交错,刀剑相接。旌旗蔽日敌如云,我们的战士争先恐后奋力冲杀!阵地,被侵犯;行列,被践踏。右马在流血,左马被射杀。高举白玉鼓槌尽力地敲打,尽管战车已陷,绳索套住了战马!天欲崩裂神灵怒,辽阔荒原尸如麻!

原野茫茫路遥远,英雄一去不复返。佩长剑挟强弓争战沙场,首身分离雄心永远不屈。实在是勇敢而又威武,我们的英雄始终刚强不可侵犯。虽死犹生威灵显赫,忠魂不愧鬼中雄英!

【赏析】

"殇"即死难的人,而"国殇",也就是指为国捐躯的人。从这两字不难看出,该篇是为悼念阵亡将士而作,其景其情,读来让人扼腕叹息,潸然泪下。

全诗第一部分,仅十句便将两军对战之气势描摹出来:操戈披甲,短兵交接,旌旗蔽空,车撞轮陷,擂鼓作气,声震原野。"旌蔽日兮敌若云,矢交坠兮士争先"——"敌若云""矢交坠",何其惨烈啊!眼前敌人如阵云一般涌来,箭矢纷纷交错而下,如雨点如乱麻!但"士争先"三字却明白无误地告诉我们——勇士们未曾退缩!他们直面凶残而奋勇向前!蹈死不顾,亦何故哉?无他,唯"爱国"可解答。若不是强敌来犯,谁愿意披甲执兵踏上战场?若不为家园无恙,谁愿意抛妻弃子血染沙场?

读到此处,两千多年后的我们依旧悬心紧张,不禁在心中为之默默祈祷。然而"左骖殪兮右刃伤""霾两轮兮絷四马"——战马受伤!兵车受损!眼前是敌人蜂拥而至,身后是战车战马无法向前。怎么办?偃旗息鼓?投降作罢?"天时怼兮威灵怒,严杀尽兮弃原野",杀得天昏地暗神灵震怒,全军将士捐躯茫茫原野。他们至死,没有后退半步——"终刚强兮不可凌"!恰如镌刻在温泉关的那句诗:"流浪人,你若到斯巴达,请转告那里的人们:我们阵亡此地,至死犹恪守誓言。"这些楚国勇士,他们也可以无愧怍地告诉郢都的人们:我们阵亡此地,至死犹恪守誓言。

至此,屈原并未搁笔,而是用饱蘸热泪的笔墨为这些抛尸疆场的勇士们书写了一曲赞歌,让他们在一代代的读者口中、脑海中享有了绝无仅有的"国葬"。在诗歌的第二部分,"出不入兮往不反"尤其打动人,他们此去沙场,就未曾想过回头,"壮士一去兮不复还"。而"首身离"与"心不惩"对比鲜明,将士们身首异处却初心不改,这份爱国之心让人扼腕动容。然而,按古代葬礼,在战场上"无勇而死"的战败者,照例不能享有葬礼,他们都是被称为"殇"的无主之鬼,只能身弃荒野。"身既死兮神以灵,魂魄毅兮为鬼雄"——身体虽死灭,而灵魂不朽!不,岂止是不朽。屈原在诗歌结尾用"鬼雄"二字为他们正名:他们不是"无勇而死"的失败者,他们生前是英雄,死后为鬼雄!他们担得起万世景仰!

两千年的风烟转瞬而逝,这些长眠战场却永远活在屈原文字中的战士,他们姓甚名谁?生长于何?哪里人氏?无人知晓。他们样貌如何?性情怎样?心愿为何?亦无人知晓。可有双亲待奉?妻儿在盼?家书未托?还是无人知晓。而我们唯一能够确定的是:他们的爱国初心,从吻别妻儿、拜别双亲的那一天,就永远跃动在历史中。再过两千年,依旧能够听到那年轻的心跳——

怦——怦——怦……

屈原诗之二

哀 郢①

　　皇天之不纯命兮,何百姓之震愆②!民离散而相失兮,方仲春而东迁③。去故乡而就远兮,遵江夏以流亡④。出国门而轸怀兮,甲之鼂吾以行⑤。发郢都而去闾兮,怊荒忽其焉极⑥。楫齐扬以容与兮,哀见君而不再得⑦。

　　望长楸而太息兮,涕淫淫其若霰⑧。过夏首而西浮兮,顾龙门而不见⑨。心婵媛而伤怀兮,眇不知其所蹠⑩。顺风波以从流兮,焉洋洋而为客⑪。凌阳侯之汜滥兮,忽翱翔之焉薄⑫。心絓结而不解兮,思蹇产而不释⑬。

　　将运舟而下浮兮,上洞庭而下江⑭。去终古之所居兮,今逍遥而来东⑮。羌灵魂之欲归兮,何须臾而忘反⑯?背夏浦而西思兮,哀故都之日远⑰。登大坟以远望兮,聊以舒吾忧心⑱。哀州土之平乐兮,悲江介之遗风⑲。

　　当陵阳之焉至兮,淼南渡之焉如⑳?曾不知夏之为丘兮,孰两东门之可芜㉑。心不怡之长久兮,忧与愁其相接。惟郢路之辽远兮,江与夏之不可涉㉒。忽若去不信兮,至今九年而不复㉓。惨郁郁而不通兮,蹇侘傺而含戚㉔。

　　外承欢之汋约兮,谌荏弱而难持㉕。忠湛湛而愿进兮,妒被离而鄣之㉖。尧舜之抗行兮,瞭杳杳而薄天㉗。众谗人之嫉妒兮,被以不慈之伪名㉘。憎愠惀之修美兮,好夫人之忼慨㉙。众踥蹀而日进兮,美超远而逾迈㉚。

　　乱曰:曼余目以流观兮,冀壹反之何时㉛。鸟飞反故乡兮,狐死必首丘㉜。信非吾罪而弃逐兮,何日夜而忘之㉝!

【注释】

①郢(yǐng):郢都,战国时期楚国都城。本篇和《涉江》都是旧称为《九章》里的一篇。当时楚怀王已入秦被拘,秦向楚索地不得,发兵伐楚,取楚十六城。因此,很多人恐慌地从郢都沿江迁避到下游去,本篇开头两句提到的就是这种情况。这时屈原被放逐于长江下游的鄂渚附近,已历九年,目睹此情,就写了此篇,表示他对当时以令尹子兰为代表的楚国贵族的痛恨和对楚国命运的关切。

②"皇天"句:说天命无常,降罪百姓。纯:正。不纯命:等于说失其常道。震:怒。愆(qiān):过失,罪过。

③民:上文的"百姓"。方:正在。仲春:夏历二月。东迁:指从郢都沿江东下。

④故乡:指郢都。就远:到远方去。遵:顺着,循着。江:长江。夏:夏水,本是

长江和汉水之间的一条主要河流,因冬竭夏流而得名,今已改道。从这句以下至"背夏浦"句是屈原回忆初被放逐时的情景。

⑤国门:国都之门。轸(zhěn)怀:悲痛地怀念。

⑥闾(lú):本指里巷之门,代指里巷,里巷是居民区。荒忽:心绪茫然。一说指行程遥远。焉极:何极,何处是尽头。

⑦楫(jí):船桨。齐扬:一同举起。容与:舒缓的样子。

⑧楸(qiū):树名,落叶乔木。长楸:高大的楸树。太息:叹息。涕:泪。淫淫:泪流满面。霰(xiàn):雪粒。

⑨夏首:《汉书·地理志》:"夏水,首受江。"夏首就是夏水上接长江的水口,在郢都偏南。西浮:指向西南行。从郢都沿长江南行,过夏首后江流曲折向西南,然后再流向东南。龙门:指郢都的城门。不见:因为过夏首后江流有一段曲折,便望不见郢都了。

⑩眇(miǎo):同"渺",犹辽远。蹠(zhí):践踏,指落脚之处。

⑪从流:顺流前进。焉:安,疑问词。洋洋:漂泊不定。

⑫凌:冒着。阳侯:相传古有陵阳国侯,溺水而死,成为波涛之神。这里的"阳侯"和下文的"陵阳"都是陵阳国侯的省文,是波涛的代称。氾滥:形容水势大。翱翔:以鸟飞比喻自己无目的地漂泊。

⑬絓(guà):牵挂。结:郁结。蹇(jiǎn)产:结屈纠缠。

⑭运舟:行舟。下浮:向下游漂行。

⑮终古之所居:世世代代居住的地方,即郢都。逍遥:漂荡。来东:往东来。

⑯须臾:一会儿。反:同"返",指返回郢都。

⑰"背夏浦"句:写舟行经过夏浦后的心情。背:背向,离开。夏浦:夏水之滨,即今汉口市。西思:指思念郢都,郢都在夏浦的西面。

⑱"登大坟"句:这句以下是屈原放逐于鄂渚附近九年后写本篇时的心情。大坟:水旁高堤,一说指水边高地。聊:姑且。

⑲州土:指楚国州邑乡土。江介:长江两岸。遗风:古代遗留下来的风气。

⑳焉至:波涛不知从何而至,后文"焉如"同此。淼南渡之焉如:渡江南行不知当到何处?这是承上句看到长江沿岸情景感到不安,所以有南渡的想法。

㉑曾不知:竟不曾想到。夏:同"厦",高大的房子。丘:荒废的邱墟。夏之为丘:大厦变成废墟,指国家遭到兵乱。孰:怎能。两:再。东门:郢都的东城门。芜:荒芜。公元前506年,吴王阖庐命伍子胥破楚入郢,楚昭王出奔。吴在楚的东面,破郢时当然从东门进去。这里是说怎能再让楚国重蹈国破家亡的覆辙。

㉒惟:发语词。郢路:通向郢都之路。辽远:遥远。

㉓"忽若"句：想不到九年了还不能回去。忽：恍惚地。若去不信：仿佛不可信。复：返。

㉔蹇：发语词，楚方言。侘(chà)傺(chì)：怅然独立，形容失意者的茫无适从。戚：忧伤。这两句的意思是：我愁思郁积，心情不畅，怅然独立，内心伤悲。

㉕谌：诚，实在。荏弱：软弱。持：同"恃"。难持：难以依靠。

㉖被：同"披"。被离：犹披离，纷乱的样子。鄣：同"障"，阻碍，遮蔽。

㉗杳杳：遥远。薄：近。这两句的意思是：尧舜行为高尚，目光远大，几乎可接近上天。

㉘被：加上。不慈之伪名：因尧、舜传贤不传子，有人竟说他们对儿子不慈。

㉙憎：憎恶。愠(yùn)惀(lǔn)：不善言辞。修美：高洁美好。慷慨：指顺着自己的心意。

㉚踥(qiè)蹀(dié)：小步行走貌，引为奔走钻营的样子。美：指贤臣。超远：疏远。逾：指愈来愈疏远。

㉛曼：延长，放远。曼余目：眼光放远。流观：四下观望。冀：希望。壹：同"一"。壹反：有一个回去的机会。

㉜"鸟飞"句：据说鸟不论飞多远，总是回到本枝的；狐狸死时，总要把头枕在它所穴居的土丘上。这里比喻不忘根本，永远思念祖国。

㉝信：确实。弃逐：指放逐。之：指故乡郢都。这两句的意思是：确实不是我的罪过而遭到放逐，我何尝忘记过郢都！

【译诗】

老天爷的指令变化无常啊，为什么老百姓在动乱中遭殃？人民妻离子散不能相顾啊，正当仲春二月逃往东方。离开了故乡而去向远方啊，沿着长江夏水四处流亡。走出郢都城门我悲伤怀恋啊，甲日的早晨我就起航。从郢都出发离开了故里啊，远道茫茫尽头在哪方？一齐举桨我乘船徘徊啊，伤心的是不能再见君王。望着参天楸树只有叹息啊，泪珠纷纷像雪粒一样。过了夏首我向西漂浮啊，回望郢都已不见了门墙。心中牵挂不舍悲伤怀恋啊，前路茫茫不知落脚何方。顺风过浪我沿江而行啊，于是漂泊彷徨客游他乡。我乘着波涛浮泛漂流啊，似鸟儿急速飞翔能栖息哪方？心里郁结却不能开解啊，心中思绪百转不能舒畅。

我继续荡舟向下漂游啊，逆上洞庭又顺漂到长江。离开世世代代的故乡啊，如今漂漂荡荡来到东方。我的灵魂梦想归去啊，没有一时一刻忘记故乡。背朝夏浦向西思念郢都啊，故都渐远我心悲伤。登上水边高地纵目远望啊，姑且纾解我忧心愁肠。这里地广民安却让我哀伤啊，两岸古遗风也使我悲怆。

面对波涛将往哪里啊,江水茫茫又要南渡到何方?不曾想大厦已成废墟啊,东门怎能再遭芜旷。心中不悦已经很久啊,忧伤与愁苦紧紧相接。郢都的归路那么遥远啊,长江和夏水也不能渡涉。突然被逐是因为不被信任啊,未回郢都今历九载。愁惨郁结心情不能舒畅啊,困苦失意心中惨伤。

外表奉承一副媚态啊,实则脆弱并且操守不定。忠心耿耿地指望得到进用啊,可嫉妒纷纷来加以阻挡。那尧舜的行为多么高尚啊,高远难及可近云霄。那些逸人心怀嫉妒啊,竟给尧舜蒙上不慈的罪名。楚王憎恶那不善言辞的忠贤之臣啊,却喜欢听那些小人表面上的慷慨激昂。小人们奔走钻营却日渐进选啊,贤人见弃愈加疏远。

尾声:我放眼四望啊,何时能重返家乡?鸟儿都要飞回旧巢啊,狐狸临死仍恋着生长的山岗。我被放逐实在不是我的过错啊,不论什么时候我对故国都不能相忘!

【赏析】

所谓"哀郢",就是哀悼楚国郢都被秦国攻陷,楚怀王受辱于秦,百姓流离失所之事。全篇共六层,采用了倒叙法,前三层为回忆,从九年前秦军进攻楚国之时自己被放逐,随郢都百姓一起流亡东行起笔;第四层侧重抒情,第五层为对国事至此的反思和追问。最后的乱辞从情感、结构两方面总括全诗,可归为第六层。

我们查阅"郢都"词义,其解释何其简洁:楚国都城。如果继续查阅,还会发现:郢都,即三国时期的"荆州"。至此,或许三国的权谋胜败会让人们对这座城池生出几声慨叹。但,也就仅此而已吧!可是对于屈原来说,这两个字的分量重过千钧。恰如诗中所说,郢都是"终古之所居"(祖先世世代代生活的地方),更是他实现人生理想与抱负的地方。曾经,这座城池也给予了他无上的荣光与可以想见的未来——"入则与王图议国事,以出号令;出则接遇宾客,应对诸侯。王甚任之。"(司马迁《史记·屈原贾生列传》)郢都,这座城池见证着屈原的美政理想一步步变成现实。

信而见疑,忠而被谤。虽怀揣经世济国之宏愿,奈何小人当道,君王亲佞远贤,屈原只得"去故乡而就远兮,遵江夏以流亡"。开篇,屈原诘问上苍,回忆流亡之始。"仲春"季节,"甲鼂"之日,随流民东迁,沿着长江夏水四处流亡。我们可以想象当时该是一幅何等慌乱悲惨的图景,杜甫所说的"哭声直上干云霄"应可类比一二吧!民众哭泣,多是背井离乡、妻离子散之悲;而屈原却是哭君王、哭国都——"哀见君而不再得","顾龙门而不见"。他不哭自己命途多舛,不哭自己前途凶险,"涕淫淫其若霰"——泪水散作漫天雪粒冰晶,只为故国再见无期。其情可悯!所以李贺说:"焉洋洋而为客,一语倍觉黯然!"虽与百姓同样"洋洋为客",但其中的思君爱国之情,让人倍感神伤!

"将运舟而下浮兮",屈原继续东行,去乡愈远,其思念倍增:"哀故都之日远。"流亡途中,他未有一时一刻忘记故国,"羌灵魂之欲归兮,何须臾而忘反",魂魄时时欲归,郢都和它的主人抛弃了他,但他却未有须臾忘返!"楚才晋用"是那个时代最普遍不过的"人才流动"现象,既然此处无法施展拳脚,那另谋高就即可,就连命运相似的贾谊也为他不平:"历九州而相其君兮,何必怀此都也?"(贾谊《吊屈原赋》)何必对那个抛弃你的城池念念不忘呢?唯有"爱国"可以解释贾谊的疑问吧!若不是对故国爱得深切,他何以能够去国千里却时时思归。"爱国"是根植于屈原内心深处的信念,从贵族身份颠沛流落至此的委屈和失意,都因为这个信念而渺若尘埃。屈原,又将这样的爱国基因注入中华民族的骨血之中,后世范仲淹所说的"处江湖之远则忧其君"就源于此。

"忽若去不信兮,至今九年而不复",因不被信任而流落至此已逾九载。苦难彰显出其光辉,也逼迫他去思考国事缘何至此的根源。"外承欢之汋约兮,谌荏弱而难持",正是令尹子兰这类壬人奸臣蒙蔽了君王的双眼,他们外表奉承一副媚态,内里脆弱并且操守不定。他们得以平步青云,忠臣却只得被疏远流放。用笔至此,屈原毫不留情地揭露了他们的丑陋面目,却也掷地有声地向天地宣告:美好的德行自然会远离污浊!

屈原在诗歌末尾叹道:"鸟飞反故乡兮,狐死必首丘。"读罢掩卷,《哀郢》一篇之中有哀、有思、有愤、有怨,而串联起这种种情思的,恰是"爱国"二字。其哀其思,其愤其怨,皆是源于对故国之爱。若非爱之深切,何以至死也要返故乡、必首丘!

屈原诗之三

涉 江①

余幼好此奇服兮,年既老而不衰②。带长铗之陆离兮,冠切云之崔嵬③。被明月兮佩宝璐。世混浊而莫余知兮,吾方高驰而不顾④。驾青虬兮骖白螭,吾与重华游兮瑶之圃⑤。登昆仑兮食玉英,与天地兮同寿,与日月兮同光⑥。哀南夷之莫吾知兮,旦余济乎江湘⑦。

乘鄂渚而反顾兮,欸秋冬之绪风⑧。步余马兮山皋,邸余车兮方林⑨。乘舲船余上沅兮,齐吴榜以击汰⑩。船容与而不进兮,淹回水而疑滞⑪。朝发枉陼兮,夕宿辰阳⑫。苟余心其端直兮,虽僻远之何伤⑬。

入溆浦余儃佪兮,迷不知吾所如⑭。深林杳以冥冥兮,猿狖之所居⑮。山峻高以蔽日兮,下幽晦以多雨。霰雪纷其无垠兮,云霏霏而承宇⑯。哀吾生之无乐兮,幽独处乎山中。吾不能变心而从俗兮,固将愁苦而终穷⑰。

接舆髡首兮,桑扈臝行⑱。忠不必用兮,贤不必以⑲。伍子逢殃兮,比干菹醢⑳。与前世而皆然兮,吾又何怨乎今之人。余将董道而不豫兮,固将重昏而终身㉑。

乱曰:鸾鸟凤皇,日以远兮㉒。燕雀乌鹊,巢堂坛兮㉓。露申辛夷,死林薄兮㉔。腥臊并御,芳不得薄兮㉕。阴阳易位,时不当兮㉖。怀信侘傺,忽乎吾将行兮㉗。

【注释】

①《涉江》为屈原晚年的作品,虽具体年代有待商榷,但大致可定为流放江南多年之后。

②奇服:奇异的服饰,用来象征自己与众不同的志向、品行。

③铗(jiá):剑柄,代指剑。长铗:长剑。切云:上触云霄的意思,指一种高冠。崔嵬:高耸。

④被:同"披",戴着。明月:夜光珠。璐:美玉名。方:将要。高驰:远走高飞。顾:回头看。

⑤虬:无角的龙。骖:四马驾车,两边的马称为骖,这里指用螭来作骖马。螭(chī):一种龙。重华:舜。瑶:美玉。圃:花园。瑶之圃:下文所说"昆仑",相传昆仑山产玉,是玉帝的花园。

⑥英:花朵。玉英:玉树之花。

⑦夷:当时对楚国南部土著的蔑称。旦:清晨。济:渡过。湘:湘江。

⑧乘:登上。鄂渚:地名,在今湖北武昌西。反顾:回头看。欸(āi):叹息声。绪风:余风。

⑨邸:舍,停车的意思。方:同"傍"。方林:靠近树林。

⑩舲(líng)船:有窗的小船。上:溯流而上。齐:同时并举。吴:国名,也有人解为"大"。榜:船桨。汰:水波。

⑪淹:停留。回水:曲折的流水。疑滞:指船停滞不前。

⑫枉陼:地名,旧属湖南常德。陼:同"渚"。辰阳:地名,故城在今湖南辰溪县西。

⑬苟:如果。端:正。

⑭溆浦:溆水之滨。儃佪:徘徊。"入溆浦"句是说进入溆浦之后,我徘徊犹豫,不知该去哪儿。

⑮杳：幽暗。冥冥：幽昧昏暗。狖(yòu)：长尾猿。
⑯霰：雪珠。纷：繁多。垠：边际。霏霏：云气浓重。承：弥漫。宇：天空。
⑰终穷：终生困厄。
⑱接舆：春秋时楚国的隐士，与孔子同时，时称"狂者"。《论语》云"楚狂接舆"。髡(kūn)首：古代刑罚之一，即剃发。相传接舆自己剃去头发，避世不出仕。桑扈：古代的隐士，即《论语》所说的子桑伯子，《庄子》所说的子桑户。臝：同"裸"。桑扈用裸体行走来表示自己的愤世嫉俗。接舆、桑扈，都是乱世的隐者，屈原自己将被放逐于南夷，因而想起了古来贤士们不为人所理解的遭遇。
⑲忠、贤：指下句的伍子胥和比干。以：和"用"同义，指被任用。
⑳伍子：伍子胥，春秋时吴国贤臣。逢殃：指吴王夫差听信伯嚭的谗言，逼迫伍子胥自杀。比干：商纣王时贤臣，一说是纣王的叔伯父，一说是纣王的庶兄。传说纣王淫乱，不理朝政，比干强谏，被纣王剖心而死。菹醢(zū hǎi)：古代的酷刑，将人剁成肉酱。此二字极云比干受刑之残酷。
㉑董：正。董道：守正道。不豫：不犹疑。重昏：遭到重重障蔽。昏：暗。
㉒鸾鸟、凤皇：都是鸟中之王，这里比喻贤人。
㉓燕、雀、乌、鹊：都是平凡的鸟，这里比喻小人。巢：栖息，盘踞。堂：殿堂。坛：祭坛。堂、坛：比喻朝廷。
㉔露：露水。申：重。露申：露加浓，即"白露为霜"的意思。辛夷：玉兰花，比喻清高的贤士。林薄：草木交错的丛林。
㉕腥臊：指臭恶之物，这里比喻小人。御：进，指被国君任用。芳：芳香之物，比喻君子。薄：迫，指接近国王。
㉖"阴阳"句：楚国的现状十分混乱，而自己却生不逢时。阴指夜，阳指昼，昼夜颠倒，指世道混乱。
㉗"怀信"句：自己怀抱坚定的信心而惆怅失意。忽：精神恍惚。将行：身将远行，一本无"忽"字。

【译诗】

　　我从小就喜爱奇特的服装啊，到晚年仍然不变。身佩奇丽的长剑啊，还戴着高高的冲天冠。系上珍贵的美玉啊，配着明月般的宝珠。浑浊的世界无人了解我啊，我正要奔向远方不再回顾。青龙驾车啊还有白龙相辅，我和虞舜啊同游玉帝的花园。登昆仑山顶啊，用玉树花做食粮。我要和天地一样长寿啊，我要和日月一样发出光芒。可叹南方没有知音啊，清早我就渡过湘水和长江。
　　登上鄂渚再回首眺望啊，唉！秋冬的寒风使人凄凉。让我的马啊走在山边，把我的车啊靠近树林停放。乘船上溯沅水啊,船桨齐划,冲击着波浪。船儿慢慢地不肯前进啊,在旋涡中迂回荡漾。清晨从枉陼出发啊,傍晚留宿在辰阳。只要我心地正直啊,即使被放逐又有何妨!

进入溆浦我不免迟疑啊,不知到了哪里,我迷失了方向。山林深远又阴暗啊,这是猿猴出没的地方。山岭高峻遮住了太阳啊,山下阴沉沉多云雨。无边无际的雪珠纷纷扬扬啊,天空中弥漫着云气。可怜我一生毫无乐趣啊,孤零零地独住在山里。我不能改变本心去随波逐流啊,宁肯忧愁痛苦终生失意。

接舆愤世佯狂剃去头发啊,桑扈穷得衣不蔽体。忠诚的人不被重用啊,贤明的人也难以出人头地。伍子胥遭到灾殃啊,比干被剖心而死。所有前代的情况都是这样啊,我对现在还有什么怨艾!我要坚持正道毫不犹豫啊,宁肯一辈子处在黑暗的境地。

尾声:鸾鸟和凤凰越飞越远啊,平凡的鸟儿筑窠在庭院的前方。瑞香和辛夷枯死在林下草间啊,小人一概进用,君子却远离君王。阴阳都倒转,时代失了正常啊,胸怀忠信而落得如此失意,我还是赶快远走他乡吧!

【赏析】

《涉江》是屈原《九章》中的一篇,是屈原晚年流放江南时所作。楚顷襄王三年(公元前296),楚怀王客死于秦国。屈原和许多楚国人因此抱怨令尹子兰当初劝怀王入秦,以致其客死他乡。子兰听到这些议论后很生气,唆使他人在顷襄王面前诋毁屈原,顷襄王便将屈原流放到了江南。流放之后,屈原写了这首抒发忧愤的《涉江》。

何为"涉江"?涉江,即渡江而南的意思。

屈原为何要"涉江"?"世混浊而莫余知兮""哀南夷之莫吾知兮"——既然无法在浑浊的世俗中得到理解,那就离开吧!屈原爱其国、其君何其真诚,他怎么舍得抛弃他们呢?但理想不被理解、抱负无处施展、忠信却遭毁谤的时候,除了远走,还有什么行为可以彰显那一颗赤诚的、忠贞的爱国之心呢?也有人劝过他:"世人皆浊,何不淈其泥而扬其波?众人皆醉,何不餔其糟而歠其醨?"(屈原《楚辞·渔父》)——算了吧!与世界和解吧!然而,屈原如何肯!爱国,在屈原的字典里,是何其神圣!它容不得一丝一毫的让步妥协,不允许一星半点的玷污亵渎。唯有走,远走,涉江远走,才能呵护好那一颗永远血脉偾张的拳拳爱国心!

"涉江"所见为何?所思又为何?"欸秋冬之绪风","深林杳以冥冥兮,猿狖之所居。山峻高以蔽日兮,下幽晦以多雨。霰雪纷其无垠兮,云霏霏而承宇"——凄凉的秋冬余风,幽深阴暗的猿穴,遮天蔽日的山林,连绵不绝的雨雪……这一切的一切,都是生于贵族之家的屈原所未曾见识过的:他是高阳帝的后裔、楚王的同宗,何曾见识过这些!"乘鄂渚而反顾兮","反顾"二字将屈原的回望故国之态描摹出来。"入溆浦余僤佪兮,迷不知吾所如","僤佪",即徘徊。这两句说的是屈原进入溆浦后,迷惘无所往,徘徊无处归。"哀吾生之无乐兮,幽独处乎山中",一个"哀"字,将其心中哀怨幽愤道出。屈原有过迟疑反顾吗?有过哀伤孤独吗?有!字字句句莫不是这类情绪的表露。但他并不是因为个人遭际而生此情,而是因为留恋故国、思念国君。是一腔爱国情,让他在生死未卜的流放途中,依旧眷恋着那个抛弃他的国君、国家!罗曼·罗兰说过,世界上只有一种英雄主义,就是认清了生活的真相却依旧热爱生活。屈原,就是这样一个英雄。

然而,低落的负面情绪很快就被诗人一扫而空。诗人跨越时间的限制:他以好奇服、带长铗、冠切云、被明月、佩宝璐来表现自己的志行;以"登昆仑""食玉英"的想象来衬托出自己上下求索、不屈不挠的斗争精神;以"接舆髡首""桑扈臝行""伍子逢殃""比干菹醢"等历代忠诚贤明之士的事实来表露自己"不能变心而从俗兮,固将愁苦而终穷"的决心!"驾青虬兮骖白螭,吾与重华游兮瑶之圃。登昆仑兮食玉英,与天地兮同寿,与日月兮同光。"这是诗人想象中的理想境界,创造性地运用想象写理想境界,充满了浓郁的浪漫主义气息。这才是真的勇士啊!这不就是王尔德所说的即使身处阴沟,也依旧仰望星空的人吗?

在阅读这首诗歌的时候,我们的思绪也随之涉江而下,跟随屈原一起,且行且吟且思。其因爱国而被放逐,因爱国而犹豫哀伤,又因爱国而重拾信念、至死不悔。爱国,是烙刻在屈原心中挥不去的日月光。

(孙璐)

3 刘琨

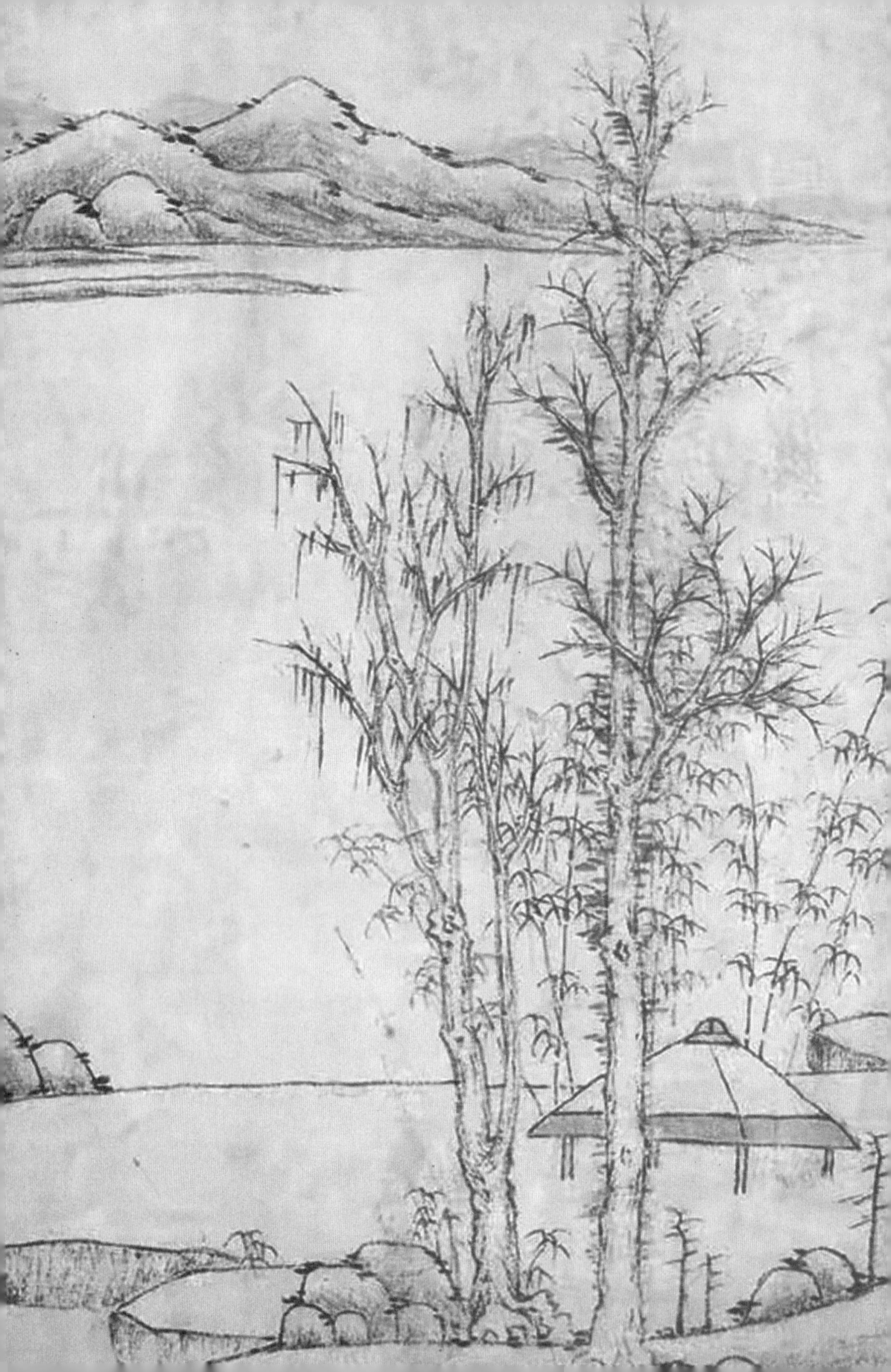

刘琨(271—318),字越石,中山魏昌(今河北无极县)人,晋朝著名文人和爱国将领。

刘琨出身豪门贵族,是西汉中山靖王刘胜的后裔,祖父刘迈有经国之才,当过相国参军、散骑常侍,父亲刘蕃清高冲俭,位至光禄大夫。刘琨早年时,社会相对安定,他曾有过一段诗酒从容、文友会聚的优游生活。浮华疏狂,"远慕老庄之齐物,近嘉阮生之放旷";文学上才情不凡,擅长诗词歌赋,和陆机、陆云等号曰"二十四友"。这么一个放旷洒脱的贵公子,在风雨飘摇的西晋末年,在尖锐的民族矛盾中,"困于逆乱",经历了"国破家亡,亲友凋残"的磨难,"百忧俱至""哀愤两集",思想发生了巨大变化,成长为一个"陨首谢国,没而无恨"的爱国将领。

刘琨任司州主簿时,与范阳的祖逖相交甚好,情同手足。两人常常抵足而卧,畅谈国事,"中宵起坐",互相勉励。他们"闻鸡起舞"以图建功立业、振兴国家的故事更为后人所津津乐道,激励着一代代有为青年、爱国志士。后来,刘琨听说祖逖已被重用,便立即写道:"吾枕戈待旦,志枭逆虏,常恐祖生先吾著鞭。"(我每天枕着武器等待天明,从小立志要剿灭叛贼,常常担心祖逖赶到了我前面。)他这种昂扬的意气和自信就是如此,报国之心可见一斑。

刘琨在外族入侵的情况下,历任刺史、大将军等职,在北方辗转抗敌,用诗文和刀剑谱写了爱国主义的伟大篇章。永嘉元年九月,刘琨赴任并州刺史,这时北方"胡寇塞路",他"以少击众,冒险而进,顿伏艰危,辛苦备尝",目睹了人民流离四散、白骨横野的惨状,想到国家衰微、朝政腐朽,内心感慨万千,写下了著名诗篇《扶风歌》,尽显忧国忧民之心、至诚爱国之意。正是凭着这种爱国赤诚,他率众与逆贼搏战,竭尽忠勇,虽败不馁。愍帝即位后,刘琨被任命为大将军,督战并州诸军。他率军与逆贼刘聪、石勒交战,上书表示死战决心:"臣与二虏,势不并立,聪、勒不枭,臣无归志,庶凭陛下威灵,使微意获展,然后陨首谢国,没而无恨。"

并州之地,素有"四塞之固"之称,手下僚属曾劝刘琨"闭关守险",蓄资养锐,如此,"则圣朝未必加诛,而族党可以不丧"。但是,刘琨认为国已破,天子受辱,若不"殒身死节,情非所安",于是跋山涉水,东征西讨。其间,还流传着刘琨"一曲胡笳救孤城"的故事。有一次,在晋阳,刘琨的队伍被胡骑重重包围,难以突破。他心生一计,乘月色登高楼,舒声清啸,城下敌兵听其清曲,莫不凄然长叹。夜半时分,刘琨又吹奏胡笳,敌人听后无不泪流满面,有思家念亲之感。拂晓之时,刘琨再次吹起胡笳,哀怨惆怅的曲调如施了魔法般驱使着胡兵都"弃围而走"。

刘琨怀揣爱国情、兴国志,无畏无惧,辗转抗敌。后因军事失利,投奔幽州刺史段匹䃅,拟东山再起,相约协力救国,共辅王室。随后,西都不守,元帝迁都江左,改任刘琨为侍中、太尉,并赠名刀一把,这更增加了刘琨重整旗鼓、杀退胡寇的决心。

不料,段匹磾疑心刘琨之子刘群有害己之意,便将刘琨囚禁。刘琨被困,知其必有祸心,便向昔日僚属崔悦、卢谌表示"受国厚恩,不能克报",并在狱中写下《重赠卢谌》一诗。诗的前半部分表现自己辅助晋室的抱负,并激励卢谌为国建功;诗的后半部分则表现了英雄失路、万绪悲凉的感慨:"功业未及建,夕阳忽西流……何意百炼钢,化为绕指柔。"不久,刘琨被段匹磾绞死,时年四十八岁。壮志未酬,国耻未雪,死于非命,是刘琨的最大遗憾。

  刘琨的诗歌清拔刚健,慷慨悲壮,刘勰评其诗文"雅壮而多风……亦遇之于时势也"。现存三首,都是后期保卫中原的战斗生活的写照,有着丰富的现实内容和深厚的爱国感情。刘琨的爱国行为和爱国诗歌给后世留下了深刻的印象。宋代爱国诗人陆游在《夜归偶怀故人独孤景略》中说:"刘琨死后无奇士,独听荒鸡泪满衣。"元代陈绎曾认为刘琨"忠义之气自然形见,非有意于诗也。杜子美以此为根本"。元好问《论诗三十首·其二》则说:"曹刘坐啸虎生风,四海无人角两雄。可惜并州刘越石,不教横槊建安中。"诗中把刘琨与曹操相比,感叹他未能实现雄心壮志。

刘琨诗

扶风歌①

朝发广莫门②,暮宿丹水山③。
左手弯繁弱④,右手挥龙渊⑤。
顾瞻望宫阙⑥,俯仰御飞轩。
据鞍长叹息⑦,泪下如流泉。
系马长松下,发鞍高岳头⑧。
烈烈悲风起,泠泠涧水流。
挥手长相谢⑨,哽咽不能言。
浮云为我结,归鸟为我旋。
去家日已远,安知存与亡?
慷慨穷林中⑩,抱膝独摧藏⑪。
麋鹿游我前,猿猴戏我侧。
资粮既乏尽,薇蕨安可食⑫?
揽辔命徒侣⑬,吟啸绝岩中。

君子道微矣，夫子固有穷⑭。
惟昔李骞期⑮，寄在匈奴庭。
忠信反获罪，汉武不见明。
我欲竟此曲⑯，此曲悲且长。
弃置勿重陈⑰，重陈令心伤！

【注释】

①扶风歌：扶风，郡名，当时治所在今陕西省泾阳县。此为乐府旧题，《乐府诗集》收入杂歌谣辞，以四句为一解，共九解。《文选》李善注："《集》云：《扶风歌》九首，然以两韵为一首。今此合之，盖误。"本诗应作于永嘉元年(307)诗人赴任并州刺史时，据《晋书·刘琨传》记载，诗人于九月末自京城洛阳前往并州治所晋阳(今山西省太原市西南)，道险山峻，胡寇塞路，目睹人民穷乏流离，白骨横野，十分激愤痛心。他以少击众，冒险而进，辛苦备尝，一路招募流亡之人，与敌人拼死相搏，转战至晋阳。这首诗描述的就是当时途中所见所感和对时局忧危激愤的心情。

②广莫门：晋都城洛阳北门。

③丹水山：指丹朱岭，在今山西省南部高平市北，丹水发源于此。

④繁弱：良弓名。

⑤龙渊：宝剑名。

⑥"顾瞻"四句：写初离京城时的悲壮心情与对故国的怀恋。顾瞻：回头望。宫阙：指洛阳城里的皇宫。阙：宫门前的望楼。

⑦据鞍：靠着马鞍。

⑧发鞍：取下马鞍。

⑨"挥手"句：写在丹水山远远地与都城辞别。谢：辞别。旋：盘旋。

⑩慷慨：慷慨悲歌。

⑪摧藏：凄怆，伤心感叹的样子。

⑫薇蕨：指野菜。安：怎么，哪能。

⑬"揽辔"四句：写自己在困境中鼓舞部下、随从们振奋精神坚持下去。揽辔：拉住马缰绳。徒侣：指部下、随从。

⑭夫子：指孔子。固：一本作"故"。《论语·卫灵公》："在陈绝粮……子路愠见曰：'君子亦有穷乎？'子曰：'君子固穷，小人穷斯滥矣！'"这里比喻自己生不逢时处于困境，但绝不像小人那样没有节操。

⑮"惟昔"四句：写自己想到以往真正的英雄也未必能得到朝廷的信任。借李陵之事表达心中忧虑：朝廷可能也会因为自己身处困厄险境而不予信任。汉代将

军李陵在武帝天汉二年（公元前99年），率步卒五千人出征匈奴，遭匈奴数万士兵围击。李陵陷围无援，战败投降。司马迁曾为李陵辩护，说他"欲得其当而报于汉"，暂时投降，仍在等待报效汉朝的机会，但汉武帝见不到李陵这番心意，杀了李陵全家，司马迁也因此获罪。惟：想。李：指李陵。骞（qiān）：通"愆"，拖延之意。《易经·归妹》九四《象》曰："愆期之志，有待而行也。"这里是说李陵暂时败降，也是有所等待。

⑯竟：完，此指唱完。

⑰重陈：再次陈述、诉说。

【译诗】

清晨由广莫门出发，晚间宿营在丹水山。
左手挽着繁弱大弓，右手挥动龙渊宝剑。
回首遥望国都宫阙，俯身驾车奔驰向前。
靠着马鞍长长叹息，伤心热泪如同流泉。
在长松下拴住战马，在高山巅卸下马鞍。
烈烈悲风狂吹不止，泠泠涧水长流不断。
挥手告别难说再见，悲泣哽咽张口难言。
愁云惨淡为我集结，飞鸟伤心为我盘旋。
离家的日子已长远，怎知今后死生危安？
慷慨悲歌深山荒林，抱膝独坐凄怆长叹。
麋鹿在我面前游逛，猿猴在我身边耍玩。
钱财粮食已经用尽，野菜已老怎生下咽！
拉住马缰命令随从，放声吟唱声震绝岩。
君子之道也有衰微，孔子难免困厄时艰。
昔日李陵误期不归，寄身匈奴伺机待还。
忠信之人反而获罪，汉武不察全家蒙难。
我欲唱完这首曲子，曲调悲伤悠长绵延。
抛开这些不再诉说，再说下去肝肠欲断。

【赏析】

刘琨现存诗歌仅三首，但都是其后期保卫中原的战斗生活的写照，反映了动荡乱世的残酷现实，饱蘸着深厚的爱国情感。这首《扶风歌》采用乐府旧题，作于晋怀帝永嘉元年(307)诗人赴任并州刺史时。据《晋书·刘琨传》记载，诗人于永嘉元年九月末自京城洛阳前往并州治所晋阳(今山西省太原市西南),道险山峻,胡寇塞路,他困于逆乱,以少击众,冒险而进,辛苦备尝,先后招募千余流亡之人,与敌人拼死相搏,辗转战斗方至晋阳。一路上,他目睹人民穷乏流离、白骨横野的深重苦难,有感于国家衰微,时局混乱,激愤痛心,慷慨悲歌,写下著名的《扶风歌》。

前四句概写诗人离京登程飞速行军及全副武装随时准备战斗的紧张情形。广莫门在京都洛阳,丹水山在山西高平,两地相去数百里之遥,起笔"朝发""暮宿",旦夕之间即达,略带夸张的记叙中,受命北去时行程的迅急,由此可见。"左手弯繁弱,右手挥龙渊"中的繁弱、龙渊是古代良弓宝剑名。这里一"弯"一"挥"写两手并执兵器,也并非虚写。"弯""挥"两个极富动态感和画面感的字,既说明他行进在"胡寇塞路"的险境之中,时时都要殊死相斗的紧张情势,也足以显现出诗人急赴国难、奋勇无畏的英雄气概。

从"顾瞻望宫阙"到"归鸟为我旋",主要写诗人对故都的眷恋之情。诗人"顾瞻望宫阙"的动作定格出无限的辛酸和深情。我们知道,刘琨出身豪门贵族,年轻时又处于社会相对安定阶段,繁华的洛阳城里巍峨的宫阙,是过去国家安定隆盛的标志,也是他曾经优游生活的见证。而今,内部相争,外族入侵,内忧外患,国将不国。往事如烟,前路茫茫。远离国都飞驰行军之际,可能就是再也难见之时,怎能不频频回首遥望呢?欲行还望,望而仍行,据鞍长叹,泪下如泉。途中小憩时,诗人又写烈烈悲风、泠泠涧水、凝结浮云、盘旋归鸟等,寓情于景,借物抒怀,仿佛天地万物通人情意、助人兴悲。其心系故国之情何等缱绻,何等酸楚。

接下来,从"去家日已远"到"薇蕨安可食"是写进军途中的困苦情况,从不畏艰险的前进中披露了诗人爱国的至诚。我们可以设想到,在"胡寇塞路"的情形下,诗人一行经历了怎样的死里逃生,困厄险境,才被迫行走在没有人烟、群兽横行的险峻之路,最后落得钱粮尽无,只能勉强凭难以下咽的野菜充饥的情状。战争殃及百姓,百姓流离失所,哪里还有什么粮食来供给这支军队呢?诗人的哀民之心和忧国之情交织错杂,溢于言表。

从"揽辔命徒侣"到结尾,是写诗人报效祖国的决心和对当时形势的忧虑。诗人藐视前途的危难,催马率众,激励将士高唱战歌。之所以这样,是因为他们从孔子困陈而不失君子之节的精神中得到了鼓舞。真正的英雄是不会被困难吓倒的。但是忠信的思想却能使如虎的猛将变成温顺的羔羊!汉代李陵的遭遇不正是这样吗?李陵困于敌巢,为等待归日返回汉朝,只得暂降匈奴,可一片苦心却未能获取理解,反被诬为叛贼,全家罹难。诗人从历史的观照中,看到了自己面临的猜忌和可能的不幸。刘琨这次出京赴任并州刺史,虽决心扫除逆寇,但前路茫茫、困难重重,和李陵抗击匈奴的情形又何其相似。另外,他虽一心报国,但几次带兵打仗,大胜难求,这也可能成为别人猜忌的把柄。诗人在这里写李陵的事,是借古人以自比,表明自己对国家一片忠心,却又担心落到李陵那样的下场。政治上的失意,对于素有扶危定乱之志,决心没身报国致命寇场的刘琨来说,是莫大的打击。故诗人伤心得难以"竟此曲"。因此,诗歌表达诗人爱国豪情时,也揭露了抗敌斗争中来自统治阶级内部的困难,揭露了晋政权的腐朽。全篇的结尾,也是乐府常见的结束形式。但在此篇,却不是简单套用。诗人前路艰危正多,路也正长,正如吟唱的曲子一般哀怨深沉,幽远绵长,实在不忍也无心重陈了,字里行间流淌出诗人的悲怆无奈和爱国深情。

元代陈绎曾评价此诗"忠义之气自然形见,非有意于诗也。杜子美以此为根本",一语点出其现实意义。这首诗以记事为线,写途中的所见所闻,一边叙述,一边抒情,有感人肺腑的直抒胸臆,也有含蓄蕴藉的寓情于景,借物抒怀,表现了诗人辞家赴难、身处穷窘、忠愤填膺的爱国形象,也真实地反映出他所处的时乱世危、朝廷不振、凶荒满目的现实环境,有较高的史学价值。

风格豪迈悲壮也是此诗的一大特色。全诗语调苍凉,感情真挚,鲜明坚定地表达自己的报国之志、忧国之情。诗人是一位爱国英雄,写诗自有一股英雄气概。写战斗情景,英武豪壮,写困厄艰险,也是充满豪情而悲壮感人,或刚健,或柔婉,读来悲壮、酸楚俱有。清人刘熙载在《艺概》中,将刘琨与其同时代名家相比较,高赞"兼悲壮者,其惟刘越石乎?"使得刘琨的诗能在两晋群英中独放异彩,千载之下,感人犹深。

(石慧斌)

4 鲍照

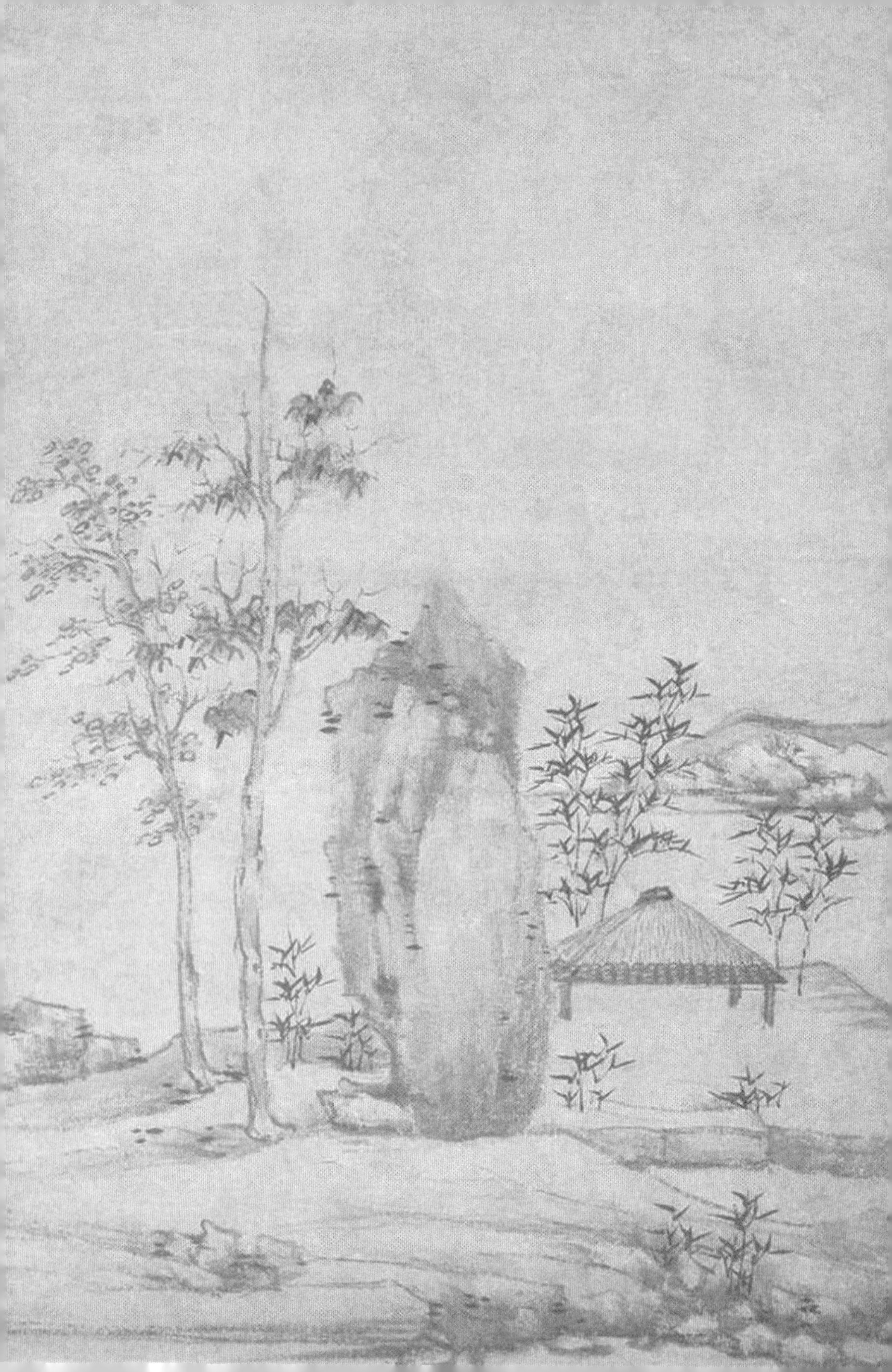

鲍照,字明远,南朝宋文学家。因做过参军,世称"鲍参军",著有《鲍参军集》。鲍照被认为是南北朝时期成就最高的文人,与谢灵运、颜延之合称为"元嘉三大家"。

和众多文人一样,鲍照出身贫寒且生活艰难。父亲早逝,他独自承担起了照顾母亲和妹妹的责任,连他自己也说:"臣孤门贱生,操无炯迹。鹈栖草泽,情不及官。"但"寒门出才子",他和妹妹鲍令晖均聪明上进,酷爱读书,兄妹二人在相互援引间情谊渐深,这也为他后来的诗歌创作奠定了良好的文学基础。而促使他走出农田的是对侠士的崇拜与热爱,"释担受书,废耕学文",鲍照于二十岁左右真正开始了自己的游历生涯。

寒门才子想做官,历来是件比登天还难的事,尤其是在门阀制度盛行的六朝,家世门第才是文人入仕的通行证,诗学才华只不过是锦上添花。而出身寒门的鲍照,靠着文才和自信,毅然走上了"贡诗言志"的道路,终于被临川王刘义庆赏识,开始了自己坎坷多难的仕途。

在人生经历上,不妨把鲍照和李白进行对比。李白一生游历名山大川,是真正的侠士,而鲍照自小向往侠士生活,两人在精神追求上颇有相似之处。但在仕途上,李白最终虽也抑郁不得志,但终究受过玄宗的礼遇,有着"力士脱靴,贵妃研墨"的尊贵待遇,有着昙花一现的辉煌。但鲍照一生位居下僚,官不过九品,他的仕途大致可分为以下几个阶段:临川王义庆幕时期、衡阳王义季幕时期、始兴王濬幕时期、孝武帝宫廷时期、临海王子顼幕时期。虽几经波折,但仍旧无法光耀门楣,施展才华,报效国家。低微无用的官职、尔虞我诈的官场,压抑着鲍照那个性猖狂、向往自由的侠士之心,甚至为了满足君王的虚荣心,只能自降才学,成为用鄙言陋句来阿谀奉承的傀儡,为同僚所耻笑。失意与耻辱让他更加怀念家乡那躬耕垄亩的生活和家人的温情,"奉役涂未启,思归思已盈"便是他看透官场后的心声。可以说,鲍照的一生是矛盾而又可悲的,他没有李白那样的魄力,尽管内心不情愿,但依旧是随波逐流,始终渴望得到赏识与重用,无论是依附权贵还是征战沙场,都只愿能报效祖国。但死亡终究比机遇早一步找上了他,当刘子顼被赐死时,鲍照的生命也随之走到了尽头。

鲍照作为"元嘉三大家"之一,他的诗作,宛如甘霖般滋润了当时贫瘠的文坛,又如灯塔般照亮了后世文人创作的道路。鲍照最大的成就在于发展了乐府诗,他的五言、七言、杂言乐府,不仅继承了汉乐府的传统精神,质朴通俗,行文浅易,还不拘泥于传统,进行了创造性的改变活用,从而体现出自己的个性和经历。《代出自蓟北门行》便是拟用了乐府艳歌旧题,而描写激烈的边塞战争,构思奇特,气势磅礴;《代贫贱苦愁行》,采用了赋的手法,学习民间乐府形式,突出了贫困者生不如死的处境,"以此穷百年,不如还窑穿",这是鲍照自己的心声,或许也是他宁愿屈身也不愿放弃仕途的原因。不同于出身贵族的谢灵运和颜延之,鲍照对生活的贫困和社会的不满感触良多,但"敢怒而不敢言",只能以"代"字来遮掩。而不得不提的是他的组诗《拟行路难》,七言、杂言交替,写出了出身贫寒的士人在仕途上的艰辛与磨难。"酌酒以自宽,举杯断绝歌路难。心非木石岂无感,吞声踯躅不敢言。"举杯消愁,酌酒自宽,这与李白又有异世同轨之处,也可视为李白对鲍照诗歌的传承。鲍照在赋、文上也有很高成就,例如《芜城赋》延续了《楚辞》的文笔,长短句交错,音韵和谐,在对比中突出战乱给国家和人民带来的深重苦难,联系其所处时代,政权更迭频繁,战乱连年不断,而身居下位的鲍照却又无能为力,只能将愁思与愧疚凝聚在诗文中,聊以自慰。

后世的诗人们在诗歌形式、用韵、手法上深受鲍照的影响,如岑参的"将军角弓不得控,都护铁衣冷难着"同样运用了互文的手法,并化用了鲍照的"角弓不可张";而高适的《燕歌行》,描写边塞环境的恶劣和战士的无畏,在战士与美人的对比中表达征人对故乡的思念,这其间无不有着鲍照边塞诗的影子,可以说鲍照为唐朝边塞诗的盛行奠定了基础。鲍照在生前因文学成就而负盛名,在死后依旧被世人推崇,他虽是一个失败的官吏,却是一个成功的、拥有卓越才华的文人。

鲍照诗

代出自蓟北门行

羽檄①起边亭,烽火入咸阳。
征骑屯广武②,分兵救朔方③。
严秋筋竿④劲,虏阵精且强。
天子按剑怒,使者遥相望。
雁行缘⑤石径,鱼贯渡飞梁。
箫鼓流汉思,旌甲被⑦胡霜。
疾风冲塞起,沙砾自飘扬。
马毛缩如猬,角弓不可张。
时危见臣节,世乱识忠良。
投躯报明主,身死为国殇⑧。

【注释】

①羽檄:羽书。军事文书,插鸟羽以示紧急。
②征骑(jì):同"征马",战马。
③朔方:郡名。
④筋竿:弓箭。
⑤缘:沿着。
⑥箫鼓:指古代行军时演奏的军乐。
⑦被:通"披"。
⑧国殇:为国牺牲的人。

【译诗】

岗亭传来军情紧急的书信,京城收到敌军入侵的消息。
骑兵先被派遣至广武一带,分出兵力去保卫朔方边境。
深秋时节的弓箭强劲有力,敌人排出的阵营精锐强大。
天子手按着宝剑勃然大怒,路上远行的使者相互看清。
队伍沿着那石头小路前进,依次飞渡的桥梁悬于半空。
竹箫皮鼓传达着汉人情思,军旗铁甲披上了胡地冰霜。
阵阵狂风横扫着边塞大地,卷起的沙子碎石漫天飘扬。
战马瑟瑟发抖蜷缩如刺猬,手中雕弓在严寒中拉不开。
臣子节操在危局时方凸显,乱世方能识别纯良与忠诚。
为英明君主可以献出生命,战死沙场就是国家的英雄。

【赏析】

　　《代出自蓟北门行》具体写作时间不详。诗中"代"字为"仿作"之意。"出自蓟北门行"是《乐府诗集》中的一首描写佳人的艳歌,但这首诗"旧瓶装新酒",描写了一场惊心动魄的战争,通过敌我双方的激烈迎战,突出征战将士的英勇无畏和爱国热忱,绝胜缠绵婉约的艳歌。鲍照拟用乐府旧题,创造性地描写激烈的边塞战事,形成两种完全相反的境界,却毫无违和感,表现出诗人的独具匠心。

　　起始两句"羽檄起边亭,烽火入咸阳",用了互文的手法,军情紧急的书信、敌军入侵的消息纷纷传来,不仅让百姓为之胆战,还惊动了庙堂之上的天子。一"起"一"入",突出了战争爆发之突然,形势发展之迅速,其以迅雷不及掩耳之势让整个国家都笼上了恐怖的阴霾。在朗读时应语气急促,突出战况紧急。"征骑屯广武,分兵救朔方",急中有缓,乱中有序,一个冷静沉着、韬略在胸的老将跃然纸上。在紧急战况面前，精准细致地安排了每一处兵力，一"屯"一"救"，毫不犹豫，因此在朗读时要读出将帅的自信坚定、从容不迫。前四句主要营造了战前紧张的气氛，通过"边亭""咸阳""广武""朔方"四个地点的瞬间变化，突出战况之迅猛和紧急。

继之，"严秋筋竿劲"一句，肃杀的秋天，万物枯竭，满目萧然。凛冽的寒风吹起了边塞的沙尘，惊乱了直起的烽烟，却改变不了双方对战的决心，手中的弓箭也在黄沙和秋风的磨砺下变得尤其坚劲，似乎要一尝那嗜血的痛快才肯罢休。一个"劲"字既是指弓箭，又是指准备充分的敌骑。"虏阵精且强"，敌军来势汹汹，列队方阵，派出最强大的精锐部队，誓要扫平我方势力。可见敌人是训练有素，有备而来。战争未启，可硝烟早已弥漫，今日一决，不是你死就是我亡。那么，最高统治者的态度如何？"天子按剑怒，使者遥相望"，"按剑怒"三字生动形象地塑造了一个拍案而起、怒火中烧的天子形象，身居高高的朝堂，虽无法亲临战场杀敌，但他用一道又一道的旨意给边关将士们送去了最有力的指引和鼓励。那"遥相望"的使者可谓侧面描写，表现出天子对战事之关注，发布军令之频繁，其背后则是天子的英明与战况的复杂。将最高统治者的态度和能力，落实在一个个穿梭送令的信使身上，非常巧妙，而又合情合理，可见诗人构思的缜密。同时，对天子形象的成功塑造，也为后文诗人表达尽忠报国之心做了铺垫，可谓一举多得。

"雁行缘石径，鱼贯渡飞梁"两句，描写了大军向边关挺进的过程。"雁行"和"鱼贯"体现了队伍的整齐和纪律严明，也描绘出一幅声势浩大的行军场面，营造了大战一触即发的紧张感。"缘"和"渡"，突出了环境的险恶，务必细心谨慎，稍有不慎就会命丧黄泉。但将士们一个个身轻如燕，而又自信沉着，或在悬崖间攀爬，或在江涛上飞跃，拳拳报国之心跃然纸上。"箫鼓流汉思，旌甲被胡霜"两句，则描写汉军到达胡地之后的情思和环境。眼前不禁浮现出这样的画面，在凄凉的箫鼓声中，战士们辗转反侧，或在思恋故土，或在寄情佳人，这"汉思"二字，既有对温馨小家的怀念，更包含了战士们"不破楼兰终不还"的报效祖国的必胜决心，体现了可贵的民族气节。"被胡霜"体现了距离家乡的遥远，已深入敌境，环境极为险恶，但不用多久就可以在沙场完成自己报国杀敌的宏愿了！

接着，"疾风冲塞起，沙砾自飘扬"两句，具体描写了尘土飞扬、秋风凌厉的边塞环境。"冲"字生动形象，突出风之猛烈，如刀刃般伤人于无形。"马毛缩如猬，角弓不可张"，运用夸张的手法，形容战马的毛发由于冰冻而像刺猬的刺一样根根竖起，将士的角弓也因寒冷而无法张开。在如此环境下作战，即使不被敌人消灭，也会被恶劣的天气打倒，侧面烘托出战士的坚强无畏。联系上文，战士们所受的既有皮肉之苦，也有相思之苦，而这满腔无奈在遥远的边塞只能化作无声的抵抗和对成功的期望，愿有朝一日自己的冲锋陷阵可以不负国家、不负伊人。

最后四句直抒胸臆，表达了战士们深厚的爱国热忱，高度赞扬了那些受命于危难之间、临危不惧、为国献身的忠良臣子，他们才是稳定社稷的中流砥柱。而在国家昌盛、天下太平时只知题咏唱作，面对危局则孱弱自保、无能无节之人，终将被后人唾骂。"见臣节""识忠良"，也委婉表达了诗人对统治者的期望：明辨是非、知人善任，切不可让贪生怕死的小人贻误了国家。"投躯报明主，身死为国殇"两句与"人生自古谁无死，留取丹心照汗青"有异曲同工之妙，褒奖了那些为国捐躯、舍生取义的英雄，这也是鲍照自己的心愿，感情真挚强烈，洋溢着英雄主义的气概。

总之，这首诗主题鲜明，想象奇特，语言瑰丽，虚实结合，既有浪漫的幻想，又有现实的沉思，确为鲍照五言边塞诗之最，千古传唱！

（韦庆芬）

5 | 王昌龄

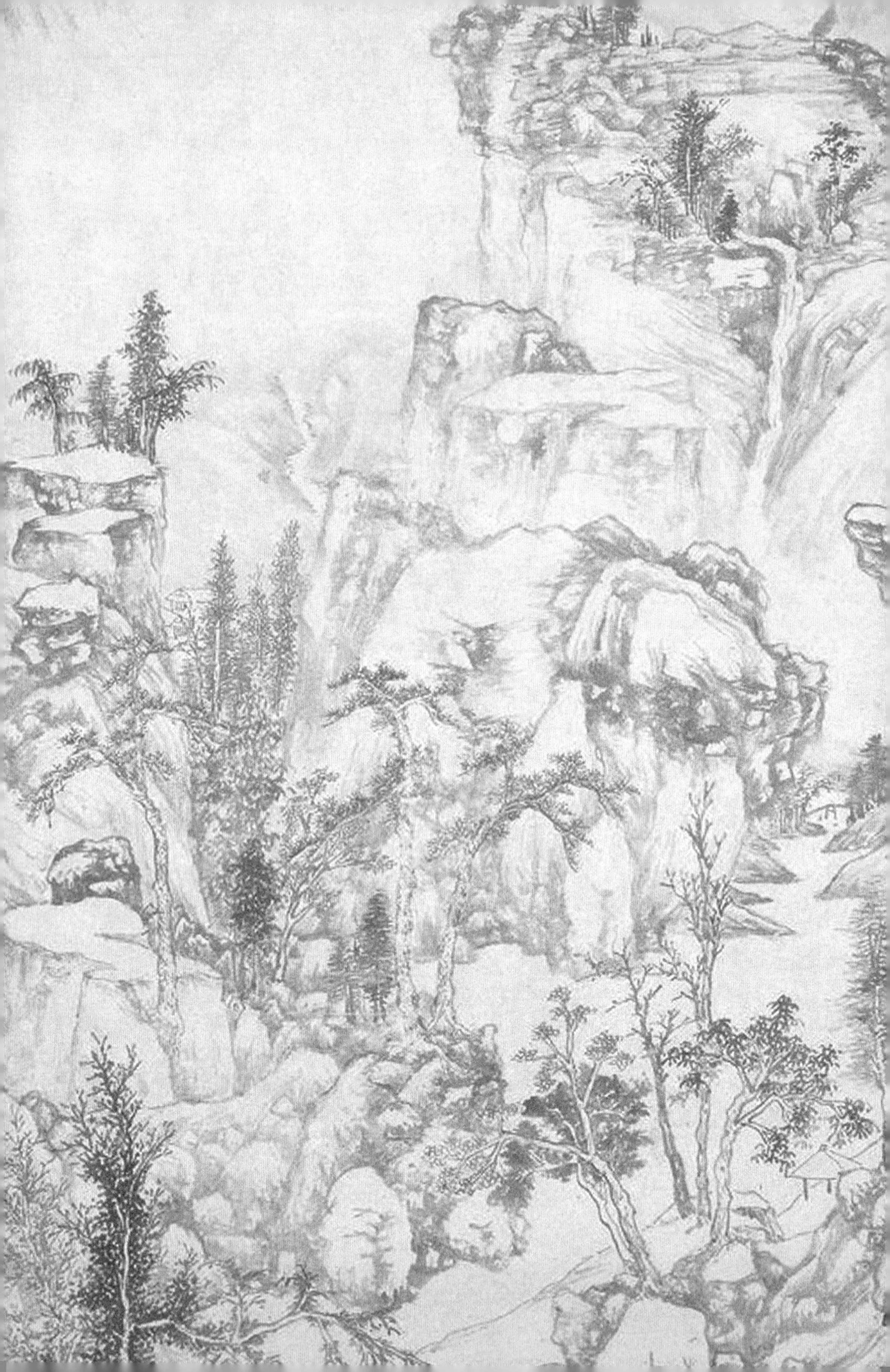

公元757年，这一年距离王昌龄出生的698年，满打满算，刚好六十年。这一年，对于纪年来说，只不过是天干地支的排序重新来一遍，从一个甲子再到下一个甲子；但这一年，对于王昌龄来说，却是无法逾越的一年。世间生灵有生必有死，死亡是必然的去向，可死亡的方式，享年的长短，总会让生者杂陈百般感慨。

元人辛文房在《唐才子传》中点到了王昌龄一生的结局："以刀火之际归乡里，为刺史闾丘晓所忌而杀。"那一年，安史之乱还没结束，动乱频仍，王昌龄打点好行李，从被贬的龙标县小心翼翼一路北上，一路东行。关于他的家乡，一直有长安和太原之分歧，而无论回哪个地方，都不必经过最后客死的他乡——亳州。当一切都语焉不详的时候，我们只能把这样的不幸归为造化弄人。

在尘埃落定的那一刻，在惊讶、愤怒、痛苦等情绪之后，我想王昌龄心中一定还有种种不甘——再也不能呼朋唤友、红泥煮酒，再也不能纵横沙场、马革裹尸，再也不能夙夜在公、枝叶关情，再也不能……观照王昌龄仓促收场的这一生，无愧于心也许是最好的注解。

历史上，和王昌龄相关的文献资料并不是很多，所幸的是从他流传下来的一百八十一首诗歌中，从他诗友们的文章中，我们可以窥见王昌龄生平的大略。

虽说祖上是琅琊王氏，但虚无的名号并不能给破落的家境带来一丝起色。王昌龄在《上李侍郎书》中概括过自己年轻时候的生活："久于贫贱，是以多知危苦之事。"所以在读书之余，王昌龄并不能同其他的世家子弟一样赏风弄月，与读书生涯相伴的，是为了养家糊口的渔耕生活。在他的诗文中，这样的谋生场面也不少见，比如《题灞池二首》（之一）之中"腰镰欲何之，东园刈秋韭"的割菜之景，也有《独游》中"时从灞陵下，垂钓往南涧"的垂竿之事。值得一说的是，虽然诗中的山水田园满载老庄式的平和冲淡，但王昌龄并没有自适其中，究其原因，也许是王昌龄内心想要背负起琅琊王氏的家族使命以及受到儒家传统影响，内心升腾起修身齐家治国平天下的个人实现感。曾子说过："士不可以不弘毅，任重而道远。仁以为己任，不亦重乎？死而后已，不亦远乎？"所以，不管王昌龄是因为什么选择了出仕，从本质上来说，他的脚跨出了山门之后，自己的命运便和天下苍生牢牢绑在了一起。

唐朝是一个极其开放的朝代，单就士人的上升通道来说，除了通过我们最熟悉的科举一鸣惊人之外，交游干谒求得推荐赏识，隐居终南谋得朝廷征召，沙场拼杀换得官阶职位……都是很常见的形式。从二十二岁（719）那年走出自己的一方小世界，到开元十五年（727）进士及第，被授秘书省校书郎，漫长的游历生涯给王昌龄提供了鲜活丰富的创作素材，也让他最真切地体会到民间疾苦、世事百态。公元723年，唐玄宗驾幸河东，王昌龄听闻，也匆匆赶往，写了一篇《驾幸河东》："晋水千庐合，汾桥万国从。开唐天业盛，入沛圣恩浓。下辇回三象，题碑任六龙。睿明悬日月,千岁此时逢。"他期望他的诗也能同杨玉环一样"回眸一笑百媚生,六宫粉黛无颜色",勾住唐玄宗的眼,从此平步青云。若是事事都能顺遂,那王昌龄可能也就难以成为今天的王昌龄了,自然,他的诗和其他人的诗都湮没在了圣驾周围的喧嚣声中。他写下的《寒食即事》:"晋阳寒食地,风俗旧来传。雨灭龙蛇火,春生鸿雁天。泣多流水涨,歌发舞云旋。西见之推庙,空为人所怜。"可以看成这一时期他内心的典型表达,满怀抱负却又不被赏识,仕途难展的落寞和建功立业的积极,像是冰和火一般,更相交替,令他倍感辛酸,身心俱疲。

　　幸而王昌龄有一个强大的内心,一路漂泊,一路沧桑,一路前行,奔向了对他的诗歌有着母亲般意味的河西、陇右一带。在这里,他的边塞诗愈发成熟,像是一颗饱满的、华彩丰盈的珍珠,在风尘的砥砺中,日趋完美,光辉可映日月。在诗坛上,王昌龄被称为"诗家天子""七绝圣手",除了闺怨诗和送别诗写得出彩之外,他的边塞诗更是为人赞叹。王昌龄的边塞诗,多以七绝写作,诗歌的内容涉及了边塞生活的方方面面,融入了个人真实的生活体验,为后人打开了一幅幅生动的历史画卷。总体来说,王昌龄的边塞诗折射出了积极的盛唐心态,他最有名的《从军行》(七首),可以说是延续了杨炯《从军行》"宁为百夫长,胜作一书生"的昂扬心态,但除了"黄沙百战穿金甲,不破楼兰终不还"的誓死报国的坚定志向之外,还有"琵琶起舞换新声,总是关山旧别情"对于战争中个体情绪的关注;有"青海长云暗雪山"对祖国雄奇风光的刻画……在另外的诗篇中,有"功勋多被黜,兵马亦寻分"对于将士之间赏罚不公的揭示;有"黄尘足今古,白骨乱蓬蒿"对于战争荼毒的反思;亦有"戎夷非草木,侵逐使狼狈。虽有屠城功,亦有降虏辈"对于外族百姓的同情……王昌龄虽然向往在战马上夺取战功,但这并不意味着"一将功成万骨枯"的无情、视苍生为蝼蚁的冷酷。儒家的"仁"让他在千军万马的呼啸中保留了几分清醒与冷静,也让他明白战争有正义与非正义之分,更让他明白了真正的爱国是要让这个国家得以休养生息,国泰民安。

　　从边塞回来之后,王昌龄把一腔的气壮山河化成了腾蛟起凤,走进了朝堂。虽近不惑之年,但王昌龄似乎并没有把问题想得很明白。宦海浮沉,几度迁谪,《旧唐书》中写他"不护细行,屡见贬斥",也许是个性张狂见不得别人不好,也许是性格粗放不拘小节,又或许是品行不端咎由自取,本就含糊的词句谁也不能说明白。李白也许是了解王昌龄的,在其被贬时,李白为他写下了《闻王昌龄左迁龙标遥有此寄》:"杨花落尽子规啼,闻道龙标过五溪。我寄愁心与明月,随君直到夜郎西。"这也是王昌龄最为落寞时候唯一的心理安慰了。

　　历史的风尘难以拨开,我们无法亲临历史,也无法洞悉王昌龄彼时彼刻的内心所想。同样是王昌龄被贬龙标期间写下的《芙蓉楼送辛渐》:"寒雨连江夜入吴,平明送客楚山孤。洛阳亲友如相问,一片冰心在玉壶。"我们不妨把它当作王昌龄这一生的注解吧,这一生是是非非,坎坎坷坷,起起伏伏,最后死于非命,后人对他的风评亦不佳,但这一切又何妨,"一片冰心在玉壶",无愧于心,无愧于天,无愧于地,无愧于君王,无愧于天下苍生,此生足矣。

扬起的尘土再次落下,王昌龄脑海中浮起无数的片段。在他生命的最后一刻,他脑海中的场景应该是在簇拥的人群中,仰望皇榜,自己的名字"王昌龄"赫然在列时的欣喜若狂,《放歌行》脱口而出:

南渡洛阳津,西望十二楼。明堂坐天子,月朔朝诸侯。
清乐动千门,皇风被九州。庆云从东来,泱漭抱日流。
升平贵论道,文墨将何求。有诏征草泽,微诚将献谋。
冠冕如星罗,拜揖曹与周。望尘非吾事,入赋且迟留。
幸蒙国士识,因脱负薪裘。今者放歌行,以慰梁甫愁。
但营数斗禄,奉养每丰羞。若得金膏逐,飞云亦何俦。

王昌龄诗之一

从军行① · 其四

青海②长云暗雪山,孤城遥望玉门关③。
黄沙百战穿金甲,不破楼兰④终不还。

【注释】

①从军行:乐府旧题,多反映军旅生活。用此题作七绝,始于王昌龄。

②青海:指青海湖,在现今的青海省。唐朝曾筑城于此,置军戍守,防范吐蕃入侵。

③玉门关:汉代重要的边关名,在今甘肃敦煌西。

④楼兰:汉时西域国名,在今新疆维吾尔自治区一带。西汉时楼兰国王与匈奴勾结,屡次杀害汉朝通西域的使臣。汉武帝发兵俘获楼兰王,汉昭帝时楼兰复叛,又遣将灭之。

【译诗】

青海湖上,云气弥漫遮蔽祁连山。

远望北方,春风不度孤独玉门关。
战事频繁,边地风沙吹透黄金甲。
归心似箭,容我破阵杀敌报凯旋。

【赏析】

前两句写景,提及三个地名,在西北地区的青海、祁连雪山和玉门关。青海和玉门关相距千里,两者并提,在空间上营造出了纵横千里、气势开阔的寥廓气势。"青海"地区,是唐军与吐蕃多次作战的地方,而"玉门关",则是唐朝抵御侵扰西北地区的敌人的重要屏障。所以诗人在诗中特地提到西北边防线上的青海和玉门关,不仅仅是描绘了祖国边疆天阔云低、横亘千里这样雄奇瑰丽的自然风景,更体现了自己对边塞战事的关切,对国家命运的热切关怀。

这首诗是早年诗人出游边塞所写,正如前文所提诗人的目光从青海一路挪向了玉门关,有所观,有所察,有所问,有所感,所以以诗人的视角进行一种零度的观察一定是准确的。设身处地地说,如果我们把整首诗的抒情主人公转换为戍边的战士,那么一、二两句的写景就不再只是单单的景物描摹了,而成了将士对这次出兵的回顾。

青海也好,玉门关也好,地理位置的偏远也注定了将士们需要跋无数的山、涉无尽的水,一路颠簸,一路艰辛,才能走完在图册上跨度不过数尺的行程。终于到了既定的目的地,这片土地并没有摆出欢迎远客的热情,冷哼一声,长云翻涌,天昏地暗,四望茫茫,连那庞然的祁连雪山也模糊在了视线之中。自然环境的极度恶劣是战士们面临的第一重困境。第二重困境则是在地广人稀的边境上,离开了长久生活的故土,来到一座茫茫大漠之中荒芜冷落的孤城,这里除了沙子,什么也没有,有的只是孤独。寂苦难挨怎么办? 自然是硬抗,战争的号角随时都会吹响。

"黄沙百战穿金甲"一句内涵极其丰富。"黄沙"是大漠的黄沙,"百战"是和狡猾凶狠的入侵者不断地搏斗,"穿金甲"不是说穿上黄金的铠甲,而是在这样艰苦卓绝的战斗之中,连坚硬的铠甲都被吹穿了,吹烂了。戍边的时间跨度之长,战斗场面之激烈可见一斑。诗人并不刻意去强调战争的残酷性,但这里一定有"膏锋锷""填沟壑"的壮烈牺牲,但是这是一场场正义的卫国之战,牺牲在所难免,只要这样的牺牲有价值、有意义。正如田间先生所写的那样——假使我们不去打仗,敌人用刺刀杀死了我们,还要用手指着我们的骨头说:"看,这是奴隶!"战争越是艰苦,就越能显示出将士们拳拳的爱国之心、报国之志。

所有的情感在最后一句"不破楼兰终不还"中汇聚到了顶峰,前面所写的条件艰苦只是反衬出将士们众志成城的斗争精神、爱国情怀。最后一句直抒胸臆,大喊杀敌,可谓一泻汪洋,酣畅淋漓。楼兰在汉代就已经被消灭,这里的楼兰是借代的手法,指的就是吐蕃、匈奴等侵犯大唐边境的外族势力。而这样一种双重否定式的表达,强化了破釜沉舟的意味,坚如磐石,铿锵有力。不胜不回的精神也就更加令人感动了。

人们常说盛唐的诗歌是巅峰中的巅峰,这样的巅峰是建立在盛唐强大国力的基础之上的。在这首诗中,我们可以听到王昌龄和他所观所察所问所感的将士们发出的属于盛唐的声音:大唐,容不得半点侵犯。

王昌龄诗之二

从军行①·其五

大漠风尘日色昏,红旗半卷出辕门②。
前军③夜战洮河④北,已报生擒吐谷浑⑤。

【注释】

①从军行:乐府旧题,多写军旅生活。
②辕门:军营的大门。
③前军:指先行出发的部队。
④洮(táo)河:水名,黄河上游支流,在今甘肃西南一带。
⑤吐谷(yù)浑:中国古代少数民族名称,晋时鲜卑慕容氏的后裔。据《新唐书·西域传》记载:"吐谷浑居甘松山之阳,洮水之西,南抵白兰,地数千里。"此处泛指敌人的首领。

【译诗】

风尘恶,大漠日色渐昏沉。
出辕门,红旗半卷藏军阵。
遇前军,夜战洮河见听闻。
传捷报,生擒敌酋畅心神。

【赏析】

王昌龄反映边塞生活的《从军行》共有七首,七首诗作在情感表达上各有侧重,本诗是其中的第五首,传达出将士们英勇杀敌、争相报国的英雄主义精神和爱国精神。

"大漠风尘日色昏"一句中,有大漠,有风尘,有日色,几个典型意象,无需渲染,就展现出了边塞地区的特定环境:凛冽的朔风在辽阔的大漠之中肆意地飞沙走石,苍茫之中,本是耀眼的太阳都被遮掩住,天地之间一片昏沉。对于普通人来说,在这样"一川碎石大如斗,随风满地石乱走"的恶劣环境之下,本该关门闭户,躲在屋子里,燃一盆火,就着屋外的满耳风雷声喝下一杯暖酒,也不失为一种乐趣。可对于在军营中的将士来说,这样的景有着"黑云压城城欲摧"的暗示,渲染了前线鏖战正急的紧张气氛。

在这般恶劣的环境之下,将士们不是简单地做好防御,防范敌军偷袭,而是义无反顾,半卷红旗,向前挺进。李贺在《雁门太守行》一诗中,也有和"红旗半卷出辕门"相近的表达"半卷红旗临易水,霜重鼓寒声不起"。"红旗半卷"含义丰富,明写风大,暗写将士们心思缜密,潜藏行踪只待直捣黄龙。我们可以想象:天色昏暗,满天风尘,两眼难睁,训练有素的将士们,向着敌军驻扎的地方靠近(这种环境下人会下意识地放松警惕),似一条条匍匐的蛇,一路潜行,只差最后一步,就能一口咬住猎物的咽喉。

一场大战在即,他们会如何击溃敌军呢?所有人都会在这一刻屏住呼吸,既紧张又期盼。王昌龄似乎深谙如何折腾读者,吊足了大家的胃口之后,后两句"前军夜战洮河北,已报生擒吐谷浑"简单地交代:"嘿,兄弟们!你们不用去了,我们昨晚在洮河那边,把敌军的首领给活捉啦!"似乎把之前积蓄的紧张情绪,一下子给释放了。可谓意料之外。

仔细想来,其实一切都在情理之中。因为王昌龄要写的不是一部分人,而是一个整体。首先,前两句反映出来的那种大军出征时迅猛、凌厉的精神面貌,已经充分暗示了唐军的士气和威力。再次,细读"前军夜战洮河北",虽然是单纯的叙述,没有任何刀光剑影的描写,但就单单一个"夜"字,就把前两句"大漠风尘日色昏,红旗半卷出辕门"所营造出的意境都包含了进去,这样的呼应,写出了将士们对于战争的理解和准备,从一批人,拓展到了两批人乃至所有人。开头两句强大彪悍的第二批将士,不仅衬托了前锋部队第一批将士的勇猛善战,也同前锋一起托起了整个唐朝军队的锐不可当。

这一首写战争的边塞诗,写了战争的环境、战争的人物、战争的结果,虽然少了战争场面的正面刻画,却在层层衬托之中,给读者无尽的遐想,既感受到战争的艰苦卓绝,也感受到胜利的振奋人心。跳脱的写法让人耳目一新,称得上"此时无声胜有声"了。

王昌龄诗之三

出塞·其一①

秦时明月汉时关，万里长征人未还。
但使龙城飞将②在，不教胡马③度阴山④。

【注释】

①出塞：乐府旧题，王昌龄《出塞》组诗共两首，此为其一。
②龙城飞将：龙城，匈奴祭天集会的地方；飞将，指汉朝名将李广，匈奴畏惧他的神勇，特称他为"飞将军"。
③胡马：指侵扰内地的外族骑兵。
④阴山：昆仑山的北支，是我国北方的屏障。

【译诗】

雄关明月掩秦汉，一去万里人不还。
今时若是李广在，胡马岂敢过阴山？

【赏析】

　　王昌龄善写绝句，尤善七绝，明朝的胡应麟特别推崇他，为了表达自己对王昌龄的喜爱，不惜把李白请来站台，他在《诗薮》中这样说："七言绝，太白、江宁各有至处。"即使没有李白的背书，王昌龄也是当得起"七绝圣手"这样的称号的。

　　王昌龄的边塞诗写得极好，这首《出塞》，李攀龙评价其为"唐人绝句当以此压卷"，杨慎的《升庵诗话》中评价其为"此诗可入神品"。自然也有反对之声，读诗贵在各抒机杼，若是为了虚名打个头破血流，大可不必。但《出塞》作为王昌龄的巅峰之作，却是毋庸置疑的。

　　首句起笔恢宏，气象万千。景本是眼前之景，明月在天，雄关踞地，虽不着笔墨，但读罢此句，读者脑海中一定会升腾起苍茫辽阔的边塞奇景：夜空深沉，朗月在天，清冽的月光一泻而下，在这平旷的极边土地上肆意铺展开去，站在蜿蜒向前方的城墙之上，还有朔风从地平线那边刮来……

　　一切的一切都把人置身在一个难以言状的奇妙的境界之中，手掌抚过这道矗立在山河之上的屏障,在这一轮"不知何年初照人"的永恒之月的笼罩下,历史上的剪影在朦胧之中浮现,一块一块的砖石垒起筑成了铜墙铁壁,一夜一夜的月光照透了史册脊背,一个一个的身躯染红了猎猎战旗……是从什么时候开始的,又会在什么时候结束?

那一瞬间,历史的时空重叠交错,景不再是眼前之景,这样的关隘不再是大唐的关隘,而是秦汉时的关隘,这样的明月不再是大唐的明月,而是秦汉时的明月。整首诗,从开篇就铺就了厚重的历史感,勾连了历史与现实,由实到虚,再由虚入实。"万里长征人未还",征战万里的士卒还没有归家,他们还好吗?那些无定河边的枯骨中有没有他们的骨骸?那些枯骨的主人,他们生前是秦人、汉人,还是和我生活在一个时代的唐人?他们在战死的那一刻,有没有看到那轮代表圆满的月亮?战争还没结束,什么时候又能结束呢?

前两句,从时空的角度,以虚为实,借助互文、夸张、反衬等手法,写出了战争的残酷以及百姓遭遇的凄惨。那关,那月,一直都在,见证了所有的战争,也见证了所有的家破人亡。

在一、二句的"起""承"之后,三、四句进入了"转""合"。无休止的战争如何才能结束?王昌龄借助李广的典故,以假想的方式给出了答案,只有像"飞将军"李广那样让匈奴闻之色变、不敢南下的优秀将领镇守边疆,才能从根本上解决外敌入侵的问题,实现百姓安居乐业的太平景象。只是一切都是假想,现实的困境如何摆脱?这样的假想背后,是诗人对人才的渴盼,是诗人对人才能否被发掘的担心。

全诗仅仅二十八字,在明白晓畅的语言里,寄寓了诗人深沉的爱国忧国报国之志,可谓在平和中包含了万千气象。

(张剑)

6 高适

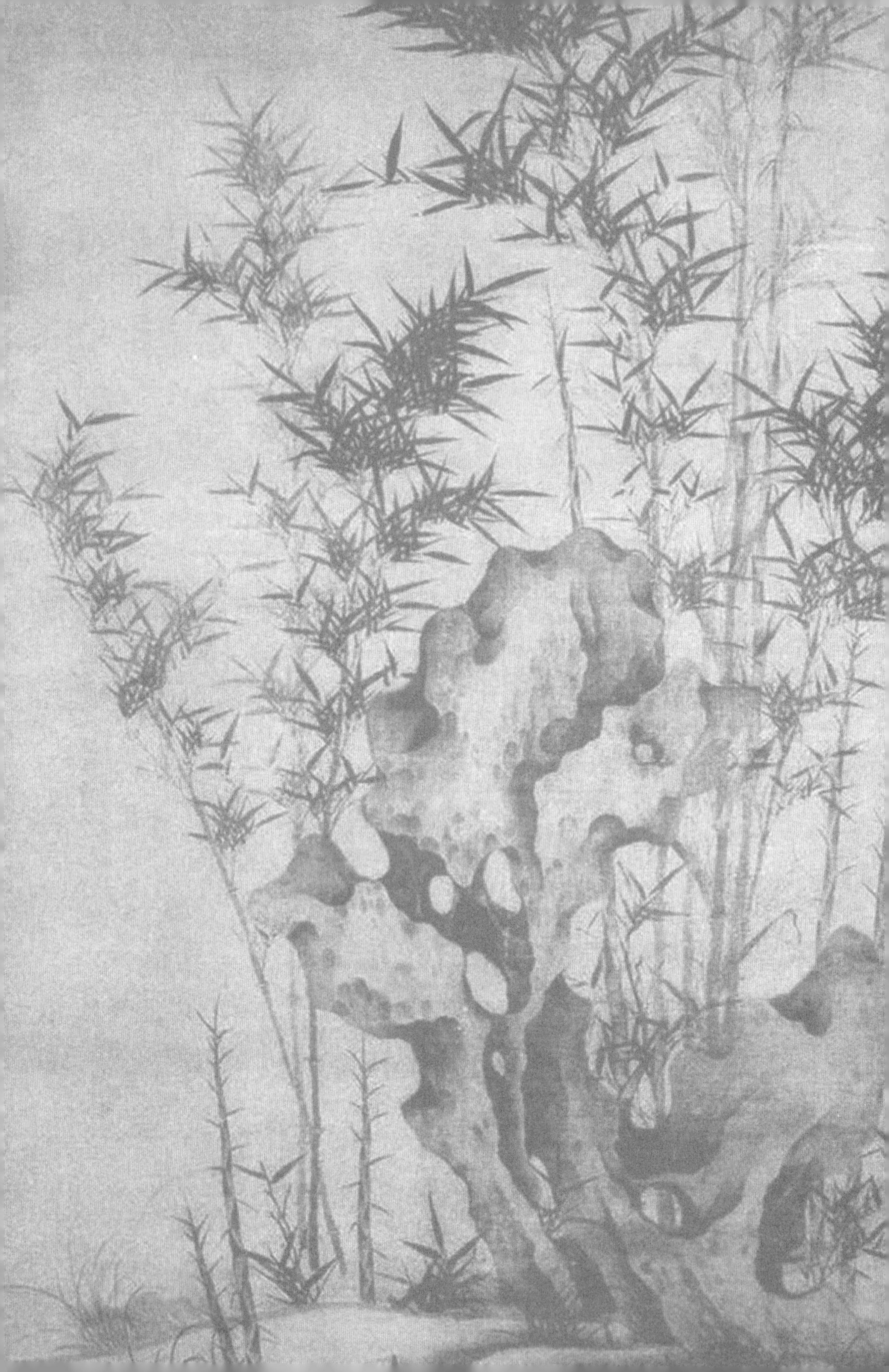

高适,字达夫,沧州渤海(今河北景县)人,唐代诗人。其边塞诗最为人称道,与岑参合称"高岑",著有《高常侍集》。

高适的一生大致可以分为以下几个阶段:①北上蓟门,漫游燕赵时期;②在梁宋一带混迹渔樵的流浪时期;③任封丘尉时期;④晚年被玄宗、肃宗重用高升时期。可以说,高适是一位"老来得志"的诗人。他年少时生活贫寒,只能与狂歌草野为伴,他也曾为自己漂泊无依的孤苦生活而嗟叹感慨过。因此,他渴望进入仕途来改变困窘的境遇,但燕雀之巢哪里容得下鸿鹄之志!县尉这一卑微小职,既不能实现他远大的志向,还以琐碎的公文章程夺走了他的闲情与自由,使其不得不追悔那过去的悠然自在,正是"乃知梅福徒为尔,转忆陶潜归去来",既然理想与现实之间有如此大的冲突,倒不如就此归去南山,落个清净。而正当其失意怅惘时,安史之乱让国家陷入了水深火热之中,高适随玄宗至成都,开始了他较为得志的一段仕途,虽然其中也因直言上谏而被贬官,但最终被赠礼部尚书,与那些终身壮志未酬的诗人相比,高适的结局还算圆满。

人如其名,高适被誉为"诗人之达者"。他的诗歌题材广泛,主要有以下几种:边塞诗、反映民生疾苦的诗、咏怀诗和讽刺诗。其中,《燕歌行》为边塞诗之最,气势磅礴迸发,语言刚健有力,边塞风光和战士们的冲锋陷阵在他的诗中仿佛跃然纸上,诗中对李将军的追忆,使读者在激动之余更陷入了沉思,也透露出诗人不顾个人荣辱而以国家为重的爱国情怀。反映民生疾苦的诗主要来源于他在漫游梁宋时期与劳动人民的接触,例如在《东平路中遇大水》中描写"农夫无倚著,野老生殷忧",又如《自淇涉黄河途中作·其九》中的"耕耘日勤劳,租税兼舄卤",百姓们辛苦耕耘,却被天灾所累,衣食无着却还免不了赋税的压迫。如此种种,都免不了让诗人为之叹息。可惜,我自己都是一个如浮萍般的羁旅之人,纵我有心,却恨无力,"谁肯论吾谋"啊!高适把自己流浪时期的所见所闻写进了诗中,也把对社会政局的不满和批判发泄在了字里行间,在他的讽刺诗和咏怀诗中,我们可以清楚地看到一个怀才不遇、忧国忧民的诗人形象。他的愤慨和不平,归根结底是他对国家和人民的热爱,他不甘身居低位,碌碌无为,也并非因为对权势的追逐,而是想要统治者施行仁政,以此来改变人民穷困的生活。

总之,高适的诗歌风格偏向于现实主义,在描写战争和民生时细致入微,感情真挚,风格雄厚古朴、英勇悲壮,洋溢着盛唐时期所特有的奋发进取、蓬勃向上的时代精神。

高适诗之一

燕歌行

开元二十六年，客有从御史大夫张公出塞而还者，作《燕歌行》以示适。感征戍①之事，因而和②焉。

　　汉家③烟尘④在东北，汉将辞家破残贼。
　　男儿本自重横行，天子非常赐颜色。
　　摐金⑤伐鼓下榆关，旌旆⑥逶迤碣石间。
　　校尉⑦羽书⑧飞瀚海⑨，单于猎火照狼山。
　　山川萧条极边土，胡骑凭陵杂风雨。
　　战士军前半死生，美人帐下犹歌舞。
　　大漠穷秋塞草腓⑩，孤城落日斗兵稀。
　　身当恩遇常轻敌，力尽关山未解围。
　　铁衣远戍辛勤久，玉箸应啼别离后。
　　少妇城南欲断肠，征人蓟北空回首。
　　边庭飘飖那可度，绝域苍茫更何有。
　　杀气三时作阵云，寒声一夜传刁斗⑪。
　　相看白刃血⑫纷纷，死节从来岂顾勋。
　　君不见沙场征战苦，至今犹忆李将军！

【注释】

①征戍：军役。
②和：以诗相和答。
③汉家：实借汉以指唐。
④烟尘：烽烟和尘土，此指敌人入侵。
⑤摐（chuāng）：击。金：钲，行军乐器。
⑥旆（pèi）：末端如燕尾的旗，泛指旌旗。
⑦校尉：指当时驻边塞部队的长官。
⑧羽书：紧急军书，上插鸟羽，以示紧急。
⑨瀚海：大沙漠。
⑩腓：一作"衰"，病，指枯萎。

⑪刁斗：军营中巡更煮饮两用之铜器。
⑫血：一作"雪"。

【译诗】
唐朝东北边境战事又起，
将军离家前去征讨贼寇。
男子汉本来重视沙场上纵横驰骋，
天子又特别给予他们丰厚的赏赐。
大军敲钲击鼓，浩浩荡荡开出山海关，
旌旗绵延飘扬在碣石之间。
校尉的紧急军书飞过浩瀚的大漠，
匈奴单于的烽火已经照亮了狼山。
边地的山川荒芜萧条，满目凄凉，
胡人骑兵来势凶猛，如风雨交加。
士兵在沙场拼死一战，伤亡无数，
将帅仍在营帐里欣赏美女们的翩翩歌舞。
萧瑟深秋，大漠之上草木枯萎，
落日斜照，边城孤危，士兵越战越少。
将帅身受朝廷恩遇，却常常轻敌，
用尽兵力依然未能解围。
战士们披甲戴盔，长期远戍，
家中妻子别离后每日泪水涟涟。
少妇在城南思念远方丈夫愁肠欲断，
征人在关塞空自想望苦念家园。
边风呼啸，边塞动荡，何日是归期，
绝远之地尽苍茫，更加荒凉不毛。
早午晚杀气腾腾战云密布，
寒夜中军营戒备森严，彻夜敲着刁斗。
战士们在刀光剑影下血雨纷纷，
誓死报国哪里是为了个人功勋！
你没看见沙场征战有多么艰苦，
至今人们还怀念着爱护士卒的李广将军。

【赏析】

《燕歌行》创作于开元二十六年，主要描写了主将骄奢淫逸、傲慢轻敌，战士们艰苦抗争、战死沙场，揭露残酷的社会现实，同时，也反映了残酷战争之下战士与亲人的相思之苦，传达了诗人关心士卒疾苦、渴望保家卫国的赤子之心，歌颂了士卒们奋勇战斗的无私精神。诗作结尾回忆"李将军"，希望能有像李广那样体恤士卒辛苦、能征善战的将领。主题慷慨激昂，雄健悲壮。

全诗具有大开大合的气势，以简练的笔墨，描绘了一场战役的全过程，脉理绵密。

开篇八句写出师，首先点明了战争的性质和方位，边境动荡，将士们为了保家卫国而踏上征程，迈过榆关。"男儿本自重横行，天子非常赐颜色。"男儿本就立志驰骋疆场，建功立业，又身受天子恩赐，更是志气昂扬，于是旌旗如云，鼓角齐鸣，浩浩荡荡奔赴战场。然而形势紧急，羽书飞传，敌人已经大军压境。这一群将士们又将经历一场怎样的厮杀呢？

紧接着的八句写出了战斗的经过。山川萧条，肃杀阔远，敌利我弊，大战一触即发。敌军来势凶猛，如暴风骤雨，我军奋力厮杀，天昏地暗。可是在此千钧之际，主帅们却欢饮帐中，歌舞升平。这样鲜明的对比，深刻地揭露了军中将领淫逸轻敌之可恨、前线兵士力不能抵之可哀，暗示了战争必败的结局。诗人转而写"大漠穷秋塞草腓，孤城落日斗兵稀"的边塞场景，烘托出了士卒心中的凄凉。"身当恩遇常轻敌"，诗人一针见血，指出战败之原因，无奈"力尽关山未解围"的结果，此中多少激愤涌上心头！回顾上文"男儿本自重横行，天子非常赐颜色"，岂非一场闹剧！

接下来的八句撇开厮杀的战场，回到后方的征人家园，"铁衣远戍辛勤久"，一别经久，天高地远，怎能不想起家乡的亲人？妻子在离别之后，一定悲啼不已，每每站在城南眺望，不见归人，定是肝肠寸断。然而战争尚未结束，蓟北征人啊，也只能徒然回首，绝远之地无限苍凉。白天所见，只是"杀气三时作阵云"；晚上所闻，唯有"寒声一夜传刁斗"。如此危急的绝境，生死都只在瞬息之间。诗文至此，悲壮淋漓，情深意重，这是诗人对苦别之征人、思妇的同情与关怀，更是对腐败主将的谴责与鞭挞。

最后四句总束全篇，感慨无穷。"相看白刃血纷纷，死节从来岂顾勋"，歌颂了士兵们视死如归的精神。最后两句，诗人借古喻今，追忆爱护士卒、骁勇善战的"飞将军"李广，更反映出了诗人对士兵疾苦的关切之情和渴望有李广那样的将领来保家卫国的爱国之心。

全诗笔力苍健，气势恢宏，立意深刻含蓄，不愧为唐代边塞诗中压卷之作。

高适诗之二

使青夷军①入居庸②

匹马行将久，征途去转难。
不知边地别③，只讶客衣单。
溪冷泉声苦，山空木叶干。
莫言关塞极，云雪尚漫漫④。

【注释】
①青夷军：当作"清夷军"，唐代戍边军队名称，驻地在今河北怀来东南。
②居庸：居庸关，又名军都关，一称蓟门关，在今北京市西北。
③别：区别。
④漫漫：无边无际。这两句是说向北云雪更多，此非关塞终极之地。

【译诗】
单人匹马已经行走了很久，
漫漫征途，来时不易去时亦难。
以前竟不知边塞和内地的区别这样大，
现在只惊讶自己衣服的单薄。
溪水冰冷，泉声呜咽，尽显悲苦，
山峦空旷，树叶已经干枯。
不要说关塞是极边，还有那前方云雪迷迷漫漫。

【赏析】
天宝九年(750)秋天，时任河南封丘县尉的高适送兵往青夷军。此诗是在冬天送兵返回途中，进入河北昌平居庸关时所作。诗歌放眼边塞独特的景象，将士兵行路的艰难和天气的寒冷难耐结合在一起，使人如临其境，如感其寒。

首联交代自己独行时间之久，在漫长的征途中去时十分艰难，回时更加不易。"匹马"表示自己孤身行路；"行将久"，可见路途遥远、人困马乏。可见，"难"的不仅是崎岖山路之难行，还有边地严寒之难耐，更有征途孤苦之难熬，来自关内的诗人，何曾见过这番情景。

所以，颔联紧接着道出自己心中的这份感慨，"不知边地别，只讶客衣单"。原来"我"竟不知边塞和内地的气候差别如此之大,此时只惊讶衣服的单薄,这里的"客"自然是指羁旅中的自己了,真是来时不觉冷,出关才知寒,不言天地寒,却道着衣单。此处写"不知",其实已"深知",这里措辞婉曲,吞吐含茹,读来别有一番韵味,使人感同身受。

颈联转而写边塞景象,"溪冷泉声苦",没有关中的小桥流水、泉眼叮咚,有的只是溪冷泉寒,连水声都呜呜咽咽,如诉悲苦,此句以拟人手法,传达出边塞之凛冽苦寒。"山空木叶干",山野萧条,空谷无声,草木凋零,更添一份萧索与凄凉,这更加触动了诗人内心的孤寂与苍凉。居庸关坐落在险峻的峡谷之中,两边峰峦耸峙,一道溪水从关侧流过。这样委婉的笔调十分曲折深入,展现了寒冬边关环境,又透出苍劲浑厚之感,即使是简短的字句也给人深刻之感。

尾联"莫言关塞极,云雪尚漫漫",意为不要认为进入了居庸关,就走完了艰险、高寒的关塞,那前面云雾弥漫、冰雪覆盖,路途还遥遥无际呢!这一联,则由上文的感性认识,进入了理性思考,具有哲思美感。人生之道路漫漫,不要以为走过一段路程,就跨越了生命的关塞,即不必因走过而满足,也不必因未知而畏惧。前方路途遥远,百变莫测,只有跨越眼前的艰险,才能领略更广阔的风景,发现更精彩的世界。这一联与首联"匹马行将久,征途去转难"相互呼应,全诗以行路为开端,展开对边地寒冷环境的描写,最后又以行路结束,结构清晰又严谨。

作为高适边塞诗中的一首,本诗具有雄浑峻拔的气势,同时又不失朴实自然的风格。诗意表达虽然趋向含蓄,但不拘泥于典故,读起来流利畅达。诗作行文简练,意蕴准确利落,足显诗人深厚的文字功底。王文濡评这首诗说:"由行役而写到边塞,复由边塞而转入行役,意绪环生,如见当日匹马过关之状。"

高适诗之三

塞下曲

结束浮云①骏,翩翩出从戎。
且凭天子怒②,复倚将军雄。
万鼓雷殷地,千旗火生风。
日轮驻霜戈,月魄悬雕弓。
青海阵云匝,黑山兵气冲。
战酣太白③高,战罢旄头空④。
万里不惜死,一朝得成功。

画图麒麟阁，入朝明光宫。
大笑向文士，一经何足穷。
古人昧此道，往往成老翁。

【注释】

①结束：装束，指备马。浮云：骏马名。

②天子怒：《战国策·魏策》载，"天子之怒，伏尸百万，流血千里"。这里指天子要消灭敌人之怒威和发布的征讨命令。

③太白：金星，这里借指唐军。按古代星占的迷信说法，太白司兵，太白星高是用兵的吉兆。

④旄(máo)头：或作"髦头"，星名，即昴星。《史记·天官书》："昴曰髦头，胡星也，为白衣会。"这里借指敌人。旄头空：指胡人失败。

【译诗】

整顿装束，跨上骏马，勇士保家卫国疾驰而去。
皇上发出了讨敌的命令，英武善战的将军已出征。
万鼓齐鸣震动天地，军旗猎猎如火助风威。
将士们精诚团结贯日月，壮士们同仇敌忾挽雕弓。
边境阵云冲向山岳，英雄的怒气使群峰摇动。
唐军奋战声威高，敌军披靡阵前已逃空。
将士们征途万里，不惜生死，一朝功成立勋。
立功画像悬于麒麟阁，凯旋受赏来到明光宫。
向着平庸书生豪迈一笑，皓首穷经有何用！
古人常常走此路，碌碌无为成了老翁。

【赏析】

盛唐时代，经济发达，政治昌明，统治者雄心勃勃，上至朝廷，下至百姓，整个社会昂扬向上，这种时代的面貌在诗人的笔下汇聚为理想的洪流，独具风格。"在心为志，发言为诗。"在很多盛唐诗篇中，不羁的时代精神与安邦定国的理想并举，从军报国的英雄情怀和不畏艰险的乐观精神齐头并进。这首《塞下曲》便是其一，诗中透过主人公远赴沙场杀敌的视角，叙写了金戈铁马的战斗场面，表现出主人公凯旋受赏时踌躇满志的激越心情。

开篇两句刻画了一个整装束、骑骏马、豪迈英猛又风度翩翩的勇士形象。"结束浮云骏"，简单五个字，交代了战前准备，写了战士临危受命、蓄势待发的场面。"翩翮"既点出了战士出征的迅捷,也描绘出将士们勇敢无畏的精神状态,读来令人振奋。

三、四两句叙写了天子旨意及英勇的将军对勇士的鼓舞激励,以及勇士对建功立业的殷切期望。一个"凭"字表明师出有名,这是一支正义之师,天子消灭来敌的怒威和征讨命令给了他们杀敌的勇气和捍卫国家的使命感。"复"是"又"的意思,除了皇帝的威严,勇士还有骁勇善战的将军带领,他们胜利的信心又多了一重保障。"倚"是倚仗、倚靠的意思,既点出了将军的英勇善战,又写出了兵卒对三军统帅的仰仗信赖。至此,勇士豪气凌云的形象愈加清晰,主人公的情感逐层迸发,从奉命出征的壮怀激烈到坚信凯旋的热血澎湃,可见诗人用字的准确巧妙,顺势为下文"交战"作铺垫。

"万鼓雷殷地"八句,描写了战争的场面,交代了战斗的情况。五、六句"万鼓""千旗"极写战争规模之大;"万""千"是数字上的夸张,凸显出千军万马的紧张形势。"雷殷地"是指鼓声如雷,震撼天地,声势浩大;"火生风"指军旗猎猎,如火借东风,既写出了战况的激烈,也衬托出唐军的英勇。七、八句"日轮"和"月魄",形容将士们团结一致,气贯日月,此等精诚,岂有不胜之理!紧接着写战争到了白热化阶段,阵阵青云与腾腾士气冲山震岳,所向披靡。"战酣太白高,战罢旄头空"二句用字巧妙,一个"酣"字,一个"罢"字,就将战斗过程交代清楚;一个"高"字,一个"空"字,就将战斗结果点明,对比明显,言简义丰。这一部分把将士们锐不可当的声威、气势如虹的气概展现得淋漓尽致。

"万里不惜死,一朝得成功。"诗歌内容与语调调转,从厮杀的战场,转向功成的感慨,从边疆的惊心动魄,转向朝廷的论功封赏。自古一将功成万骨枯,建功立业不是侃侃而谈,而是用生死来博得一个前程,要么马革裹尸,成为刀下亡魂,要么封狼居胥,平步青云。对于一心立功勋、为国效力的主人公来说,驰骋沙场,博得"画图麒麟阁,入朝明光宫"的奖赏,是理想追求的归宿,是莫大的荣誉。一朝凯旋,前途光明,自是欣喜若狂。

"大笑向文士,一经何足穷",正所谓"宁为百夫长,胜作一书生"。主人公披坚执锐,杀敌护国,功勋卓著,对于平庸书生自然是不屑一顾,"大笑""何足"尽显英雄豪迈。"古人昧此道,往往成老翁",只可惜古人如此,后人也是如此,多少人皓首穷经,最终碌碌无为。最后四句情感层层递进,表面上是对文弱书生庸碌寻常、毫无建树的嘲笑,实际上带有主人公安边定远的壮志、豪宕不羁的追求。

高适用豪迈激越的笔调,刻画了一个勇赴沙场、胸怀大志的勇士形象;又用凝练的语言、对比鲜明的画面交代了战斗情况;最后用直抒胸臆的手法、情感热烈的语言,率直地表达了主人公的感受。诗中表现出的不羁的时代精神,令人啧啧称奇,读来回味无穷。

(韦庆芬)

7 岑参

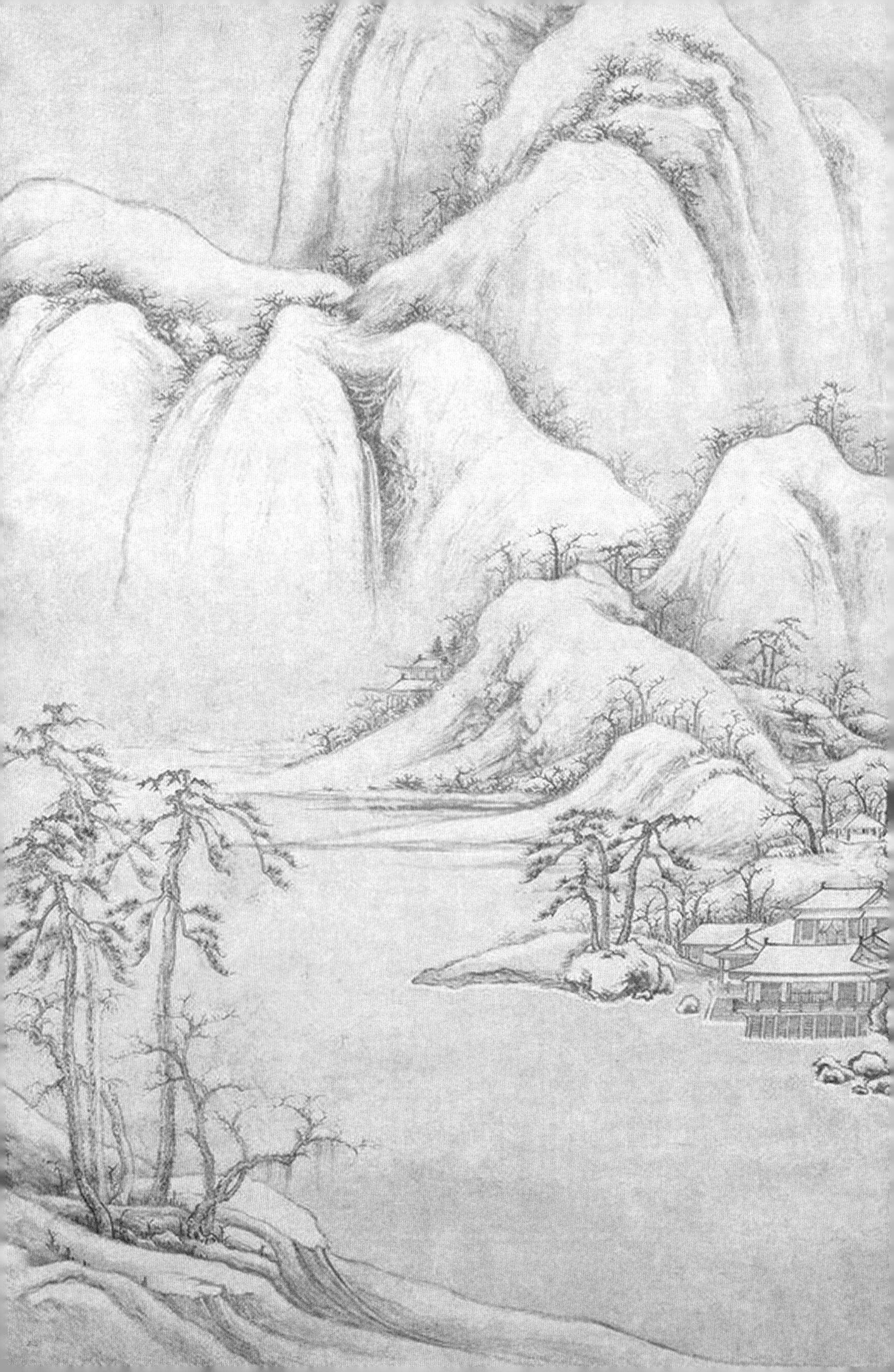

岑参(约715—约770),原籍南阳(今属河南),迁居荆州江陵(今属湖北)。出身于官僚贵族家庭,曾言"吾门三相",其曾祖、伯祖、伯父都做过宰相。史载岑参"早岁孤贫,能自砥砺,遍鉴史籍",有志继承祖业。天宝三年(744)应举及第,天宝八年任右威卫录事参军,赴安西节度使高仙芝幕中做掌书记。天宝十三年(754),岑参再度从军,到了北庭、安西后升任支副使。回朝后,任右补阙、起居舍人等职。大历年间官至嘉州刺史,世称"岑嘉州"。大历五年(770),卒于成都旅舍。有《岑嘉州集》八卷,存诗三百六十首。

"参诗辞意清切,迥拔孤秀,多出佳境。每一篇出,人竞传写,比之吴均、何逊焉。"(《岑参诗选》)他的诗在当时广为流传,风格悲壮奇丽,用字巧妙,雄健奇峭,带有异域色彩。郑振铎先生评价说,岑参是开、天时代最富于异国情调的诗人。诗歌的异域格调、壮丽风光源于多年的塞外生活的经历,即使在环境恶劣的胡地,他也始终怀着"早须清黠虏,无事莫经秋"的报国志向。他在《送人赴安西》中提道:"小来思报国,不是爱封侯。"他曾几度出塞,不是为了加官晋爵,而是心怀一片热忱,要攘夷平叛,镇边报国,保卫百姓安居乐业。他在《初过陇山途中呈宇文判官》中说:"万里奉王事,一身无所求。也知塞垣苦,岂为妻子谋。"长安与安西都护府相隔万里,他是出任塞外的使臣,但在他心中"奉王事"大于"为妻子谋",可见他的赤胆忠心。

诗人早年的作品多写景色、述怀赠别,诗歌清新绮丽,境界开阔,造意新颖。两度出塞后,经历多年边塞生活,他的创作逐渐成熟。边疆的地理环境、风土人情、军营生活,都让他有了深刻的体验,由此他的创作题材丰富多样,艺术风格灵活多变。清代翁方纲这样评价他:"嘉州之奇峭,入唐以来所未有。又加以边塞之作,奇气益出。风会所感,豪杰诞生,遂不得不变出杜公矣。"可以说,边塞生活打磨了他的性格,盈润了他的文思。他的笔力雄浑矫健,笔调浪漫奔放,他创作的边塞诗清丽奇异,筋骨雄健,想象丰富,情绪激昂。在创作的技法上,善用夸张,格调严整,韵律灵活。诗歌的语言更是清新奇峭,读之使人耳目一新。除了《白雪歌送武判官归京》,他的《走马川行奉送封大夫出师西征》《轮台歌奉送封大夫出师西征》等作品亦十分出色,大都即事命题,画面感强,向人们展现了边疆雄伟壮阔、奇丽多姿的自然景色。在内容上有的歌颂唐军的骁勇善战,有的揭露战争的残酷,有的反映将士的英勇无畏。经历了由盛转衰的时代,诗人身上盛唐的昂扬不羁精神不再,加上仕途坎坷多年,实现志向的希望愈加渺茫,他逐渐屈从于命运。其晚年的诗歌增添了几分对人世沧桑的体悟,追求隐逸生活,渴求摆脱俗事羁绊。

岑参与高适齐名,时人并称"高岑"。南宋严羽在《沧浪诗话》中评价:高岑之诗悲壮,读之使人感慨。高岑二人是同时代的边塞诗人,有着相似的塞外经历。但是岑参的仕途比高适坎坷得太多,他的情感更为复杂深刻。他们的题材风格类似,都有悲壮绮丽的特点,但是在细节上各有千秋。清人王士祯评论"高(适诗)悲壮而厚,岑(参诗)奇逸而峭"。岑诗以"奇峭"见长,颇有"看似寻常却奇崛"的味道。明末清初徐增评价:岑嘉州诗豁达醒快,如听河朔豪杰说话,耳边朗朗。可见,他的诗独抒胸臆,奇语频出,想象奇特,气势磅礴,语言通俗明丽,灵活多变,深得人们推崇而广泛流传。岑诗的魅力不仅在诗风悲壮,语言明快,更在于他"铁肩担道义"的人格魅力,以及诗中所展现的爱国情怀。

岑参诗之一

白雪歌送武判官①归京

北风卷地白草②折,胡天八月即飞雪。
忽如一夜春风来,千树万树梨花开③。
散入珠帘湿罗幕,狐裘④不暖锦衾薄。
将军角弓不得控,都护⑤铁衣冷难着。
瀚海阑干⑥百丈冰,愁云惨淡万里凝。
中军⑦置酒饮归客,胡琴琵琶与羌笛。
纷纷暮雪下辕门⑧,风掣红旗冻不翻。
轮台⑨东门送君去,去时雪满天山路。
山回路转不见君,雪上空留马行处。

【注释】

①武判官:不详,是诗人的同僚朋友。
②白草:胡地生长的一种牧草,性坚韧。
③忽如:一作"忽然",忽然像。梨花:雪花,言雪花像梨花。
④狐裘:狐皮大衣。
⑤都护:镇守边镇的长官,此为泛指,与上文的"将军"是互文的关系。
⑥阑干:纵横交错的样子。
⑦中军:古时兵分左、中、右三军。中军为主帅发号施令之所,这里指轮台节度使幕。
⑧辕门:军营的门。

⑨轮台：隶属北庭州，在今新疆乌鲁木齐附近。

【译诗】
北风呼啸着席卷大地，吹折了坚韧的白草，
胡地的天空八月就飘降漫天大雪。
千里塞外银装素裹，好像温暖的春风突然吹来；
一夜间吹开了千树万树上的梨花。
雪花飞舞钻进了珠帘，沾湿了罗幕，
即使穿上厚厚的锦衣狐裘也觉得单薄。
战士们的双手冻僵了，连弓箭也拉不开，
天气过于寒冷，将军的甲胄也穿不上。
茫茫沙漠已是冰天雪地，
万里长空凝滞了层层愁云。
中军帐中人声喧哗，热气腾腾，大家正置酒为武判官饯别，
胡琴、琵琶、羌笛，管弦齐奏，齐祝客人前程锦绣。
此时辕门外暮色沉沉，大雪飞扬，
旗杆上鲜艳的红旗也被冻结，风也不能使它飘扬。
轮台东门外，客人别我们而去，
他远去的山路上，已经白雪皑皑。
山路蜿蜒，峰回路转，客人离我们愈来愈远，
雪路上马留下的蹄印清晰可见。
直到再也看不见客人的身影了，我们才怅然而返。

【赏析】
　　这首诗作于天宝十三年(754)冬，是时诗人任安西、北庭节度判官，在轮台的一次送行宴会上，诗人为送同僚"武判官"归京而写下的千古名篇。诗人以浪漫奔放的笔调、雄奇的想象，描绘了边塞奇丽壮美的雪景和送别归京使臣的场面，将朋友之间深厚热切的情感，融入凄寒绝伦的塞北雪景之中，构思巧妙新奇。全诗以雪景变化为线索，记叙了送别的全过程，熔事、情、景于一炉。
　　诗歌开始四句，总写塞北早晨的奇丽雪景，气势浓烈。北风凛冽，吹折白草，大雪洋洋洒洒地飘落，一夜之间，挂在枝头的雪仿佛是一夜盛开的梨花。诗歌将塞外严酷的景色，与中原地区寻常的冬景进行对比，凸显出胡地环境的恶劣。凄厉的北风，竟然可以把枯草吹折，本应炎热的八月，此时却飘起了大雪，对比何其强烈！但

尽管如此，诗人并未因环境凄苦而抱怨，反而从中感悟到了别样的韵致。诗人以"梨花"喻"雪花"，将春景比雪景，新颖奇特，意象浪漫。一夜之间，春风吹开了满树梨花，这是春天才能见到的美景。而诗人，却将塞北一夜之间满树的雪花比作梨花，跨度之大，的确让人惊讶。然而，若仔细品味，又觉得这一比喻极为恰切、合理：唯有这一想象，才能将突然映入眼帘的满树雪花的壮美之景、突然之情、喜悦之意表达出来。不愧为千古经典！目之所及，尽是一片银装素裹的世界，写出了美不胜收的异域奇景。

接着四句，由远及近，描写从帐外转入帐内，着墨于人的感受，通过视觉、触觉，写天之奇寒。诗人精选了温热化雪、狐裘不暖、角弓不张、铁衣难着四个具有代表性的生活场景，写尽了此时天气的酷寒。诗人将寒冷的感觉，落实到几个具体、真切的生活细节之中，创造了一个极为生动鲜活的画面，化虚为实，的确高明！看，雪花飞入珠帘，由于帐内的温差，雪花融化，沾湿罗幕。胡地寒气逼人，即使身穿锦衣狐裘也觉得单薄。双手冻僵，战士弓箭拉不开，将军甲胄穿不上。在如此奇伟而又恶劣的环境中，一群为国戍边的将士们经历了什么呢？原来是送别友人。

以下四句，移步换景，由内至外，描写帐外饯别场景。茫茫沙漠，冰封千里，雪飘万里；广阔天空，愁云惨淡。"愁云惨淡万里凝"一句，愁云凝聚万里之远，这是夸张的说法，极写主客双方离别愁绪之深、愁味之浓、愁情之厚。帐内人声喧哗，美酒佳肴，觥筹交错，众人置酒为武判官践行。席间有人弹胡琴，有人奏琵琶，有人吹羌笛，一片热闹喧腾之象。以饯别的热闹畅快衬托离别的悲凉萧瑟，为下文的"临别"作铺垫。

接着四句，展现了临别时的画面。随着热闹的酒宴归于平静，大家即将面对与好友分别的一刻。可以想象，大家簇拥着武判官向外走，此刻辕门外，暮色四合，大雪纷纷，仿佛一下子天地寂静，在一片茫茫无际的白雪世界中，一杆鲜艳的红色大旗被冰雪冻结，北风也不能使之卷动。这一景象与刚才帐内的温热，形成了鲜明的对比。诗人再次选择了一个独特景物加以描绘——被冻僵的红旗。满目的"白"里夹杂着一抹鲜艳的"红"，白里透红，一冷一暖，色调和谐；雪景无声，红旗被冻结，北风也无法吹动，一静一动，此时无声胜有声。色彩对比鲜明，动静结合有致，画面生动形象，令人印象深刻。轮台东门，送君远去，大雪铺满天山路，归途漫漫，天地与人渐渐融为一色。

最后两句，以景结情。饯别宴结束，众人目送武判官远去，厚厚的大雪将山路掩盖。主人伫立雪地，客人渐行渐远。山路迂回曲折，行人逐渐消失在茫茫雪海中，雪路上面留下一行清晰的马蹄脚印。苍茫天地间，寒意侵袭，积雪愈深，主客双方依依惜别之情显得真挚动人、悠远弥长。众人祝福武判官在这风雪天能平安归京,同时也反衬出众人自己内心对家乡的殷殷思念。

全诗句句咏雪,歌咏边塞雪景,寄托送别之情。这首诗构思奇巧,由四个雪字勾勒出四幅奇丽的雪景图。笔调浪漫奔放,笔力雄浑,语言凝练明朗,含蕴深远,意境丰满。运用夸张、比喻、对比等修辞,生动具体地表现了山川异域的独特风景。诗中场景富于变化,井然有序,配之以诚挚的送别之情,读来令人荡气回肠。

岑参诗之二

走马川行奉送封大夫出师西征①

君不见走马川行雪海②边,平沙莽莽黄入天。
轮台九月风夜吼,一川碎石大如斗,随风满地石乱走③。
匈奴草黄马正肥,金山④西见烟尘飞,汉家大将西出师。
将军金甲夜不脱,半夜军行戈相拨⑤,风头如刀面如割。
马毛带雪汗气蒸,五花连钱⑥旋作冰,幕中草檄砚水凝。
虏骑闻之应胆慑,料知短兵不敢接,车师⑦西门伫献捷。

【注释】

①走马川:又名且末河,即今新疆车尔臣河。封大夫:封常清。于天宝十三年(754),出任北庭都护、安西节度使,岑参在其幕府任北庭、安西判官。
②雪海:泛指西域一带。
③走:跑。
④金山:今阿尔泰山,封常清此次西征不到此,泛指塞外山脉。
⑤相拨:相碰撞。
⑥五花、连钱:皆指马身上的花纹,此指名贵的马。
⑦车师:汉西域国名,有前、后车师,治所在今新疆维吾尔自治区吐鲁番境内。

【译诗】

你难道不曾见过,
从走马川到雪海边,浩瀚的沙漠相连,
滚滚黄沙升腾入空。
九月轮台,飒飒秋风,在黑夜里怒吼,
满川硕大如斗的碎石,

也被狂风卷起,到处飞走。
匈奴在这草黄时分,马肥兵壮,又犯我边境,
烽烟陡起,形势紧急,
大将军奉命出征,西去讨贼。
将士深夜宿营金甲不脱,
半夜行军戈矛相撞,
凛冽寒风吹在脸上犹如刀割。
宝马昂首嘶鸣,身落层雪,
汗气蒸腾,旋即凝结成冰,
军帐中正草拟讨敌的檄文,
砚池中的水也被冻凝。
敌人如果知道我军士气如此昂扬,
必然心颤胆慑,
不敢同我短兵相接!
只能在车师西门,等待献俘报捷。

【赏析】

"君不见"三个字,先声夺人,令人精神为之一振。"走马川行雪海边"开篇点题,指出塞外之地。"平沙莽莽黄入天",以"黄"入天,用颜色代指漫漫黄沙。茫茫沙漠,无边无际,正是这看似单调的颜色,才渲染出这一带边疆的广阔辽远。寥寥数语,勾勒了边塞异景,为全诗定下雄浑壮阔的基调,浑然天成。

九月的轮台,秋风怒吼,如野兽出没,满地大如斗的碎石都随之纷乱席卷。这三句极言环境恶劣,气候如此,如何不令人惊心动魄?更兼秋来霜降,牧草枯黄,匈奴此时兵壮马肥,自恃力强,进犯我边,塞外山脉烟尘纷飞。情势紧急!

然而有这样一支军队,整备而警惕,英勇而善战,即便敌人趁夜来袭,他们也能立刻反击。他们严阵以待,连铠甲都不曾脱下,封大夫一声令下,率部进发,以迎敌痛击。塞外狂风凛冽,吹在将士的脸上竟如同刀割一般,马毛带雪,汗气蒸腾,连沙场宝马也立刻毛发结冰,诗人在营地帐幕里用来起草檄文的砚台墨水都已经凝固冷硬,更不用说将士们身着的盔甲了。半夜行军,纪律严明,如此浩浩荡荡,不闻人声,只听得兵戈相撞之声。

在这样的冰天雪地里,将士们一往无前,快速行进,如此昂扬的气势,如何不令人心潮澎湃?想来敌寇见之一定也胆怯惊惧、不敢再战了,于是诗人怀着必胜的信念在西门等待凯旋的捷报。

创作要有丰富的生活体验,语言要有新鲜的生命气息。前者决定题材的实质,

后者助成主题的表达。岑参的军旅生活则为他的边塞诗歌奠定了基础,他长于描写典型环境里的典型细节,渲染氛围,烘托形象,突出主题。用"平沙莽莽""风夜吼""碎石大如斗""风头如刀面如割""马毛带雪""旋作冰""砚水凝"等表现塞外作战的险恶背景,如此荒凉苦寒、浩瀚无垠的走马川,反衬出军师的顶风冒雪、不畏艰苦的精神。同时正、侧面描写相结合,不写匈奴的强悍和嚣张的气焰,又何以展示我军将士的勇武善战?结尾虚实互补,此次出征,诗人没有跟随,他是怎么等待的呢?一个"伫"字,即站着等候,既表现他急切的心情,也传达出"无需多时"的意思来。

纵观全诗,节奏紧凑,高昂雄健,酣畅纵恣,气势磅礴。明代胡应麟曾在《诗薮·内编·卷二》中称赞岑参:"嘉州清新奇逸,大是俊才,质力造诣,皆出高上。"本诗既描画了塞外大漠的奇异风光,又塑造了边关健儿的英雄形象,同时表达了保卫祖国、建功立业的人生理想,歌颂了反抗侵略的自卫战争。最能起主导作用的,正是贯穿他作品的一股强烈的爱国情怀和激昂慷慨的豪情壮志。诗中同时鲜明地体现了盛唐积极进取的时代精神,如此不可掩抑的蓬勃生气,读来令人心旌摇曳,叹服不已。

岑参诗之三

送李副使赴碛西官军①

火山②六月应更热,赤亭道口③行人绝。
知君惯度祁连城④,岂能愁见轮台月。
脱鞍暂入酒家垆⑤,送君万里西击胡。
功名只向马上取,真是英雄一丈夫。

【注释】

①李副使:姓名不详。碛西:安西都护府(治所在今新疆库车县附近)。
②火山:火焰山(在今新疆吐鲁番市),因山色赤如火,故名。
③赤亭道口:今火焰山的胜金口,为鄯善到吐鲁番的交通要道。
④祁连城:十六国时前凉置祁连郡,郡城在祁连山旁,称祁连城,在今甘肃省张掖县西南。
⑤酒家垆:酒家。垆:酒店里安放酒瓮的土台子。

【译诗】

六月的火焰山更是灼热，此时的赤亭道上行人已经断绝。
您经常穿越在祁连边塞，又怎会怕见了轮台明月心生惆怅。
请您卸掉马鞍暂进酒家喝几杯，送您到千里之外抗击敌军。
大丈夫只在战场上求取功名，您真是一位大英雄大丈夫！

【赏析】

这首诗作于唐玄宗天宝十年（751）旧历六月。当时，安西节度使高仙芝率部西征，李副使（名不详）因公从姑臧（今甘肃武威）出发赶赴碛西（即安西都护府）军中，岑参作此诗送别。

不同于十里长亭的依依惜别，本诗开篇想象，写出征路上艰苦恶劣的环境。"火山六月应更热"，此时六月，火焰山应是越发灼热了，路上连行人都没有了吧，而你却要远赴前线，诗人心中的隐忧不言而喻。然而，诗人并没有留于悲伤，转而高昂起来。"我"知道您习惯于穿行在边疆塞野，身经百战，又怎么会心生畏惧呢？就算望见那引人愁思的明月，又怎会心起边关之愁、倦怠之意呢？"岂能"二字，是反问，是宽慰，是信任，也是敬佩，暗示李副使长期戍守边关，驰骋沙场，早已把这些儿女之情置之度外。这种昂扬的精神状态既表现出李副使的英勇，也见出诗人的旷达，同时表现出盛唐的精神风貌。

五、六两句，直接写送别，诗人既不写折柳相赠，也不写欲去回首，语言质朴，只是招呼老友卸下马鞍战甲，与"我"暂去酒家，畅饮一番吧，今日一别，您将出征万里，纵横杀敌。

尾联直抒胸臆，好男儿就应该只向沙场上求取功名，奋勇杀敌，安邦定国，建功立业。"只向"可见语气之坚定，这既是对好友的肯定，也表达出了自己的心声。所以紧接着的一句喷涌而出，气贯长虹，"真是英雄一丈夫"，这样的人才是真正的大英雄大丈夫！全诗收束，意气风发，满是建功立业的豪情壮志，气势潇洒，境界开阔。

全诗熔描写、叙事、抒情、议论于一炉，突破了一般送别诗的哀怨惆怅，显出豪迈开阔的气势。诗中语言直白浅近，不事雕琢，正如一位亲切的知己好友，把酒话别，传达出潇洒的气度和豪迈的性情，给人以激励。

（王岩）

8 李白

李白(701—762),唐代伟大的浪漫主义诗人,字太白,号青莲居士,被后人誉为"诗仙",与杜甫并称为"李杜"。

他的祖籍为陕西成纪(今甘肃成安),隋末时期,他的祖先被流放西域。公元701年,李白出生在中亚的碎叶城,即苏联的巴尔喀什湖南。李白年幼时,随父亲迁居绵州昌隆(今四川江油市)青莲乡。李白天资聪颖,从小爱好诗文,"五岁诵六甲(六甲,唐代的小学识字课本),十岁观百家","十五观奇书",曾有"铁杵成针"的故事流传于世。

开元十三年(725),李白二十五岁,他怀抱着"奋其智能,愿为辅弼,使寰区大定,海县清一"的政治理想,"仗剑去国,辞亲远游"。十六年间,他游历了湖北、湖南、江苏、山东、山西、安徽、浙江等地。在此期间,他豪放不羁的性格慢慢成型,并创作了众多颇有代表性的诗作,成为著名的诗人,这为他在文学上取得巨大的成就奠定了基础。但造化弄人,尽管李白有"天生我材必有用"的雄心壮志,却始终怀才不遇。直至公元742年,李白四十二岁,才应征入京,入职翰林院,给皇帝写诗文娱乐,陪侍左右。但御用文人的生活显然不适合傲岸不羁的李白,他开始心生厌倦并形之于色,与贺知章等人结"酒中八仙"之游,甚至到后来,玄宗"呼之不朝"。李白的恃才傲物引发了群臣的不满,少不了有人向玄宗进谗言。对于朝中所见,李白极尽嘲讽。他曾填《清平调》:"一枝红艳露凝香,云雨巫山枉断肠。借问汉宫谁得似,可怜飞燕倚新妆。"这首诗看似辞藻华丽,极尽颂扬,其实却暗含嘲讽。"可怜飞燕倚新妆"一句,将杨贵妃比作荒淫误国的汉皇后赵飞燕,这惹恼了杨贵妃和高力士。他们向唐玄宗进谗言,加上玄宗也早已对李白心有不满,于是借口李白志趣高洁,无意仕途,美其名曰"赐金还乡",在莺飞草长的暮春三月,将李白逐出了长安。在长安前后不到两年的时间,成了李白诗歌创作的转折点,他对封建统治阶级展开了更猛烈的抨击。

天宝十四年(755),安史之乱爆发,李白参加的永王李璘的义军,被唐肃宗李亨以预谋争位夺权的罪名打败。李白因此受到牵连,被关进监狱。后被流放夜郎,中途得赦而还。六十一岁时,李白前往李光弼军中,希望在垂暮之年能为国尽力,后因病折回。次年,李白客死安徽当涂族叔李阳冰家中,时年六十二岁。

李白创作颇丰,现存诗歌九百多首,有大量作品都热情地歌颂了祖国的大好河山,同时揭露了当时腐朽的政治制度,对国家的危亡深表忧虑,对人民疾苦表示深切的同情。诗如其人,李白将反抗传统、张扬个性的性格融入诗歌,透露出极强的战斗性,他蔑视权贵,嘲笑君主,鞭挞礼教,深刻地揭露了以唐玄宗为首的统治集团的荒淫腐朽。

李白用浪漫主义的手法,再现了在安史之乱叛军蹂躏下的破碎山河,同时将捐躯报国、杀敌建功的爱国主义精神表现得淋漓尽致。豪放是李白诗歌的主要特征,他善于将想象、夸张、比喻、拟人等手法综合运用,从而营造出神奇异彩、瑰丽动人的意境,形成豪迈奔放、飘逸若仙的浪漫主义风格,对后世产生了极为深远的影响。中唐的韩愈、孟郊、李贺,宋代的苏轼、陆游、辛弃疾,明清的高启、杨慎、龚自珍等著名诗人,都受到了李白诗歌的巨大影响。

李白诗之一

古风·其十九[①]

西上莲花山[②],迢迢见明星[③]。
素手把芙蓉[④],虚步蹑太清[⑤]。
霓裳曳广带[⑥],飘拂升天行。
邀我登云台[⑦],高揖卫叔卿[⑧]。
恍恍与之去,驾鸿凌紫冥[⑨]。
俯视洛阳川[⑩],茫茫走胡兵[⑪]。
流血涂野草,豺狼尽冠缨[⑫]。

【注释】

①公元756年,安禄山在洛阳称帝,这首诗是当时李白在安徽宣城一带所作。
②莲花山:华山最高峰,上有池,生千叶莲花,传说服之能成仙。华山在今陕西华阴市。
③迢:远远地。明星:神话传说中华山上的仙女名。
④芙蓉:莲花。
⑤步:凌空而行。蹑(niè):踏。太清:天空。
⑥霓裳:虹霓做的衣裳。曳:拖曳。
⑦台:华山东北部的高峰。
⑧卫叔卿:仙人名,传说汉武帝派人寻访,至华山,见他与数人搏战于绝岩之上。
⑨紫冥:天空。
⑩川:平川。
⑪胡兵:指安禄山叛军。

⑫豺狼:指安禄山的伪官。冠缨:官服。缨:系帽的带子。

【译诗】
我登上了华山最高处莲花峰,
远远看见了华山仙女明星。
洁白如玉的手擎着芙蓉,
凌空虚步漫游在天空。
她霓虹一般的衣裳拖着长长的飘带,
轻妙无比地飘然飞升。
她邀我一同登上华山云台峰,
拜访了华山仙人卫叔卿。
恍惚间我与他们一起离开,
驾着鸿鹄飞行于天空。
低头望洛阳一带的原野河山,
奔走着无数的叛军。
百姓的鲜血染红了野草,
一个个吃人的豺狼,
却戴着冠缨加官封爵。

【赏析】
　　天宝十四年(755)冬,安禄山发兵叛乱,并很快占领洛阳。次年,安禄山在洛阳称帝建制。这首《古风·其十九》便作于此时,诗中表现了诗人忧怀变乱的沉痛情感和对国家命运的深切关注。
　　首二句写诗人神游华山,巧遇神女明星的情景。紧承四句,进而想象仙女的超凡脱俗,仙姿了了。仙女"明星"纤手招花,飘行太清,宽裳曳着彩带,凌风飞行,衣袂飘飘。这里雪白的莲花、粉红的霓裳、湛蓝的天空,构成了色彩绚丽、神奇美妙的画图。加之女神的飘逸,宛然一幅"敦煌飞天图"。
　　诗人应神女邀请,登临云台峰,拜见卫叔卿,并与之齐驾鸿鹄凌于紫冥。这不仅再现了"谪仙人"的形象,而且喻合诗人的遭际。天宝元年,李白奉诏入京,虽怀兼济天下之志,而终未为国君所识,两年后即愤而辞还,开始平生第二度游走,安史之乱时,隐居庐山。诗中所宣扬的出世思想,正是诗人对这种生活经历所做的痛苦总结。
　　诗人并没有"万事不关心",正当他恍惚间随仙飞去、遨游太空之时,俯视洛阳一带，只见胡逆横行，屠戮百姓，血流遍野。而安禄山正拜官封爵，临朝称帝。面对惨然的战乱、动荡的局面，诗人猛然醒觉，从遗世独立的梦幻中折回现实，转而正视这鲜血淋漓的世界。这鲜明地体现了诗人关注现实、忧国忧民的急切心情。

这首诗中，诗人用浪漫主义的手法、辽阔无垠的想象，创造了绮丽绝美的艺术境界，诗中美妙的天国与污浊动乱的人间，形成了强烈的对比，抒发了诗人忧国忧民的情怀、对战乱的诅咒和对分裂的哀痛，体现了其深沉的爱国主义情感。

李白诗之二

子夜吴歌①

长安一片月，万户捣衣声②。
秋风吹不尽，总是玉关情③。
何日平胡虏，良人罢远征④。

【注释】

①子夜吴歌：子夜歌，属吴声歌曲。相传西晋名为子夜的女子创作此吴歌，声极哀苦，后人仿之，改为《子夜四时歌》，用以抒唱四时游乐相思之情。此为秋歌。
②捣衣：把衣料放在石砧上用棒槌捶打，使衣料绵软以便于裁剪缝衣。
③玉关：玉门关，在今甘肃省敦煌西北，此处代指良人戍边之地。
④良人：古时妇女对丈夫的称呼。罢：结束。

【译诗】

长安城沉浸于一片月光中，
千家万户传来捣衣声。
微凉的秋风吹个不停，
家家都在思念远征的亲人。
何时才能平息边塞的战乱，
好让夫君早日结束那万里远征。

【赏析】

这首诗借古题抒写征人的妻子对丈夫的深切思念，表达了对和平生活的渴望、对战乱的诅咒。

诗的首两句"长安一片月,万户捣衣声",写自然之景,兴思念之情,景中寓情,情景交融。在这明朗的月夜,思妇们埋头赶制寒衣,整个长安城,传来阵阵捣衣声,此起彼伏,不绝于耳。

诗的三、四句:"秋风吹不尽,总是玉关情。"秋风,是那样撩人心绪;和着凄冷孤寂、绵延不绝的捣衣声,惹人怜惜。"玉关情"三字,既是对久别丈夫的怀念、对戍边亲人的关切,更是对早日团聚的期盼。"总是"二字,情深意长。

秋天,是催人遐想的季节,天气转凉,闺中人对远方征人的关切和思念愈深。秋天又意味着一年将尽,使人产生时序匆促、远征人未归的凄凉。诗人把闺中人对征人的思念,放在秋天的背景下描写,既真切,又典型。捣衣声、秋风、思人——自然景物、生活情景和心理状态和谐一致,内容深厚,境界辽阔。

结尾二句:"何日平胡虏,良人罢远征。"突出地表达了全诗的主题:对战争的诅咒、对和平生活的强烈渴望。这是闺中人的呼唤,更是千千万万劳动人民的呼唤,渴望和平,企盼安宁,使全诗思想内容大大深化,感情骤然升华。

全诗民歌气息甚浓,借闺中人之口,表达了对叛乱分裂的强烈不满,于平淡中寓含深意。

李白诗之三

塞下曲[①]

五月天山雪[②],无花只有寒。
笛中闻折柳[③],春色未曾看。
晓战随金鼓,宵眠抱玉鞍。
愿将腰下剑,直为斩楼兰[④]。

【注释】

①塞下曲:乐府诗题。
②天山:在今新疆维吾尔自治区境内。山上常年积雪,故又名雪山或白山。
③折柳:《折杨柳》,乐府《横吹曲辞》的曲调名。
④斩楼兰:汉朝傅介子斩新楼兰王的典故,意指消灭敌人。

【译诗】

五月的天山，积雪皑皑，
鲜花芳踪难寻，只有寒意阵阵。
听到有人用笛子吹奏那一曲《折杨柳》，
却从不见那盎然春色来到边关。
早晨随着战鼓声声去战斗，
晚上只能和衣打盹抱着马鞍打瞌睡。
希望我能用腰间佩带的宝剑，
像傅介子那样为国除害，消灭敌人。

【赏析】

《塞下曲》是以边塞风光、戍边生活为题材的新乐府辞。这首诗描写天山风光和边塞生活，表现了戍边将士不畏艰苦的乐观精神和慷慨报国的英雄气概。

首两句"五月天山雪，无花只有寒"，从大处落笔，描写了遥远异域的边塞环境。五月，内地正值盛夏，但是塞下仍被长年的积雪覆盖。诗人敏锐地捕捉到同一季节两地景物上的巨大反差，却没有继续细致入微地进行描写，而以轻淡之笔娓娓道出自己内心的感受："无花只有寒。""寒"字，隐约透露出诗人内心的感受。

三、四句继续渲染气氛，与前句"无花"照应。一阵《折杨柳》的笛声飘至将士们的耳际，让人立刻联想到杨柳轻拂、生机盎然的春天。但收回心绪，反观眼下，在寒冷的天山脚下，无柳可折，无花可赏，全无春天的气息。诗人写"闻折柳"，是借听笛声来渲染烘托戍边生活的寒苦孤寂。以上四句突出环境之劣、戍边之苦，语言不事雕琢，出乎天籁，意境独特。

五、六句描写人物，表现战斗生活的剑拔弩张和艰辛苍凉，同时又语意转折，由苍凉变为雄壮。诗人采取"以少点多"的表现手法，善于选择具有典型意义的细节，概括性极强，且具有启发性，能引起读者丰富的想象。

七、八句直接抒情，形成高潮，点破题旨。诗人借用西汉傅介子的典故，表现甘愿舍身沙场、为国杀敌的慷慨气概。"直"与"愿"字呼应，语气坚定，心意决绝，喷涌而出，夺人心魄，表现出极强的艺术感召力。

（杨惠）

9 杜甫

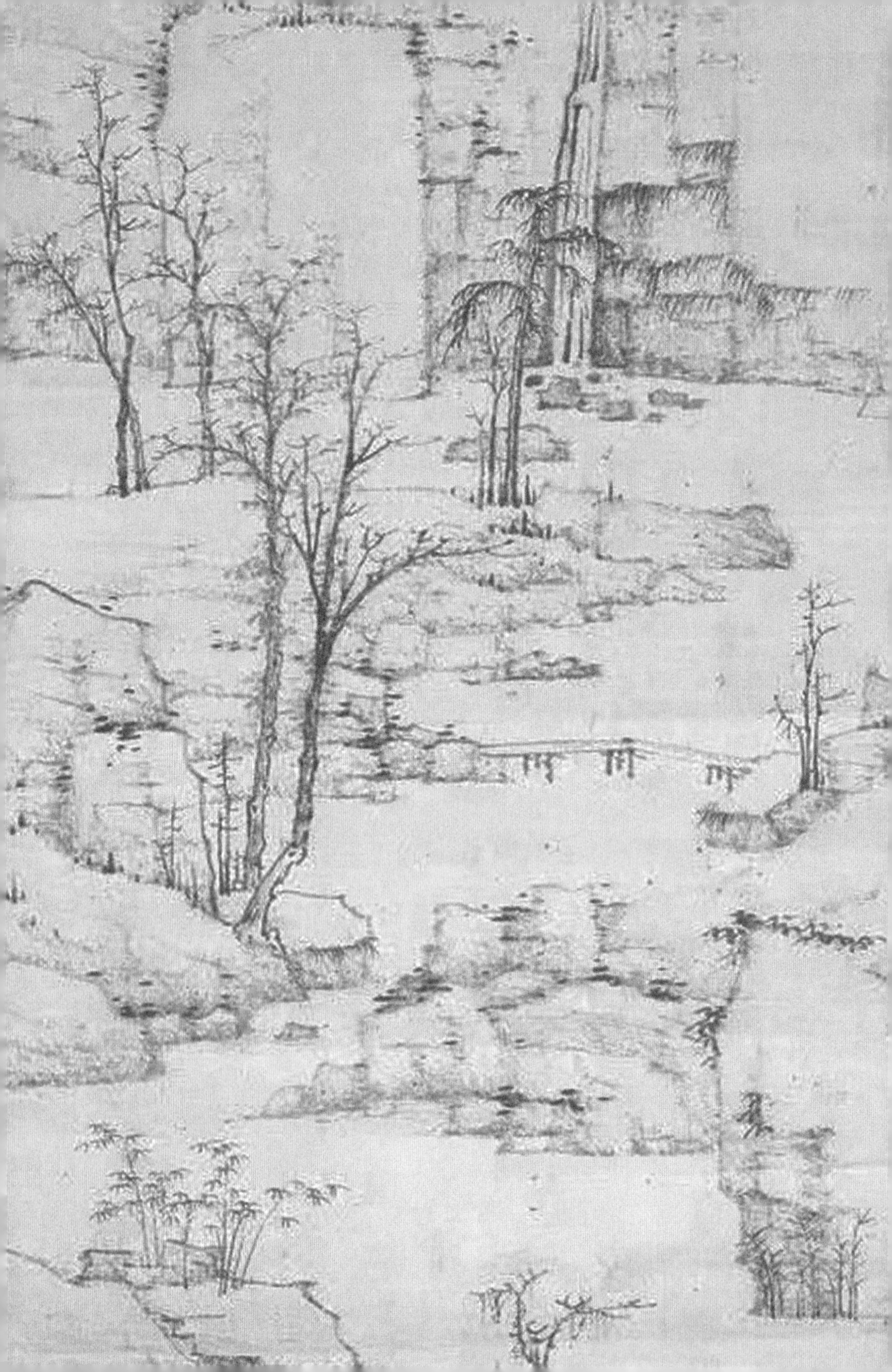

杜甫(712—770),字子美,自号少陵野老,世称"杜工部"。祖籍襄州襄阳(今湖北襄阳),生于河南巩县(今河南巩义市)一个"奉儒守官"的家庭。十三世祖杜预是晋代名将,京兆杜陵人,因而杜甫也自称"杜陵布衣";其祖父杜审言是唐代"近体诗"的奠基人之一,诗名较盛,杜甫曾说"吾祖诗冠古";父杜闲,曾任兖州司马、奉天县令,也擅诗文。仕宦文人的家庭氛围在潜移默化中滋养了聪敏灵慧的杜甫,但出身于这样的家庭,同时也意味着杜甫要想成为一个贴近底层、心系人民的伟大诗人是不容易水到渠成的。杜甫被后世尊为"诗圣",其诗作被誉为"诗史",他几乎成了中国灿烂诗歌星河中最耀眼的那一颗,这自然与其家学渊源有关,但真正锤炼其成为伟大现实主义爱国诗人的,主要是由于其人生阅历及所处的历史时代。

杜甫的生活和创作道路大体分为四个阶段。第一阶段:醉心诗书和壮游天下的青年时期。此时唐王朝正处于开元盛世,政治稳定,经济繁荣。杜甫的生活也较为富足快意,二十岁前主要是"读书破万卷"的学习生活,这为他打下了坚实的人文基础;其后则是长达十年"行万里路"的壮游生活,他先后两次游历天下,饱览山川风物,访求人文名胜,广交文朋诗友。其间,与李白、高适等诗杰交谊甚深。这一切的经历体验,丰富了他的生活,开阔了他的视野,也拓展了他的胸怀和境界,更重要的是,濡染着他的性情品格,使之对祖国的热爱之情愈加浓烈。《望岳》就是这种爱国诗情喷薄燃烧的结晶。并且,这种情感还洋溢着洒脱的浪漫主义气息。面对壮美山川,杜甫发出了"会当凌绝顶"的豪放心声,流露出"一览众山小"的青云之志。他似乎向世人宣告:我要大干一场,实现自己兼济天下的伟大抱负!

可命运似乎跟杜甫开起了玩笑,天宝五年(746),杜甫来到长安,本想大展宏图,却从此开始了长达十年的困守长安的生活,这是他人生的第二阶段。这是安史之乱的酝酿期,朝政渐趋腐败,社会危机日渐显露。由于奸臣弄法、英才埋没,杜甫的进士考试不幸名落孙山,他"致君尧舜上,再使风俗淳"的丰满理想在骨感的现实前变得遥不可及。但杜甫并没有灰心,他"朝扣富儿门,暮随肥马尘",写诗献赋,奔走于权贵之门,期待得到他们的青睐和引荐,从而献身朝廷,施展政治抱负。可以想见,这是多么悲辛屈辱的生活!又可见,杜甫为国效劳的心情是何等迫切!但造化弄人,由于权臣作梗,时运不济,他始终无法在官场中寻觅到出路,生活也陷入潦倒不堪的境地,直到天宝十四年,才获得一个掌管兵器甲仗的小小职位。

如果说,政治上的失意,使杜甫深刻认识到现实生活的艰难;那么生活上的潦倒,则使他深入体察到劳动人民的苦难。

韩愈曾言,"诗穷而后工",杜甫遭遇的种种坎坷困厄正转化成巨大的能量,不发则已,一发就滔滔不绝,难以阻遏,造就了他在诗歌上的辉煌成就。

当时,唐玄宗日趋昏庸,穷兵黩武,不断开边征战,朝政腐败,奸相独揽权柄,社会危机更趋激化,李唐王朝危机四伏,大厦将倾。杜甫关心国运,体察民情,忧国忧民的爱国情怀日益深沉。约751年写下的七言古诗《兵车行》,就是杜甫为反映人民深重疾苦、替人民呼喊而写下的伟大的现实主义诗篇。

杜甫生活的第三阶段主要是安史之乱时期。安史之乱,北方各地人民颠沛流离。在国家的危难关头,作为看管兵器的小官杜甫,怀揣着赤诚爱国心,于756年8月,只身北上,前往灵武投奔因避安史之乱而在当地即位的肃宗,想要为平乱安邦贡献自己的才智与力量。不料,途中被安禄山叛军俘虏,押至沦陷后的长安。举目所见,战火肆虐,胡骑骄纵,百姓离乱,众生疾苦,无处不是国破家亡的惨象,无时不受着生离死别的煎熬。他满怀悲愤,写下了《春望》《哀江头》等诗篇。离乱悲苦没有摧垮诗人的意志,反而锤炼出更炽烈深沉的忧民爱国之情!诗人摆脱敌军监视后,没有奔南方去避乱,而是冒死投奔唐王朝所在的凤翔,"麻鞋见天子,衣袖露两肘",参加抗战政府,支持平叛。诗人的拳拳爱国心感动了君王,被任用为皇帝的谏官——左拾遗,此时,诗人似乎终于有望实现他的政治抱负。然而,忠正耿直的他因房琯被罢相而批评肃宗失宜,触龙颜逆圣听,被肃宗弃用,后被放还鄜州探亲。

从此,诗人心中在政治舞台上经世济国的熊熊之火几乎被浇灭,但心忧天下的深挚之情却从未消退!光照千古的"三吏"(《新安吏》《潼关吏》《石壕吏》)、"三别"(《新婚别》《垂老别》《无家别》)喷涌而出,撼人心魄!

杜甫人生的最后阶段主要是在漂泊西南中度过的。诗人于劳顿奔波中,终于在成都西郊的草堂落脚,生活暂时平静,心情也是有短暂舒悦的,从"好雨知时节,当春乃发生"(《春夜喜雨》)、"舍南舍北皆春水,但见群鸥日日来"(《客至》)的诗句中可见一斑。当然,这样的平静日子并不多,更不长,常态仍然是生活困顿,漂泊不定。可诗人的情怀却更见伟大!当茅屋为秋风所破时,诗人"安得广厦千万间,大庇天下寒士俱欢颜"的呐喊,石破天惊;当公元763年官军相继收复河南、河北,万里河山将要重焕生机时,寓居异乡的诗人在惊喜中写下了《闻官军收河南河北》一诗,那"漫卷诗书喜欲狂"的情态,令人动容。

在他的晚年,贫病交加的杜甫大部分时间都是漂泊各地,既有"艰难苦恨繁霜鬓,潦倒新停浊酒杯"的悲苦,又有"亲朋无一字,老病有孤舟"的凄凉。公元768年,诗人离开蜀地漂泊湘江,苦寒贫病中仍牵挂着国家和黎民,写下了他人生最后一首诗——《风疾舟中伏枕书怀三十六韵奉呈湖南亲友》。

公元770年冬的一天,在湘江的一条小船上,一生忧国忧民、晚年贫病交加、漂泊无依的爱国主义大诗人——杜甫,永远停止了歌唱,但他的情怀和诗篇却作为中华民族的宝贵精神财富永远流传。

作为我国文学史上伟大的现实主义诗人,杜甫一生创作诗歌近三千首,现存有一千四百多首,多收入《杜工部集》。他的诗充溢着强烈的热爱祖国、热爱人民的强烈情感,闪耀着不畏艰险、甘于牺牲的崇高精神,更成为时代的一面镜子,真实反映出唐王朝由盛而衰的历史面貌。因此,他的诗被后世公认为"诗史",影响深远;再加上他的诗歌创作艺术承前启后,金声玉振,风格沉郁顿挫,后人又尊其为"诗圣",与"诗仙"李白形成唐诗成就的两大高峰!

杜甫诗之一

春 望①

国破山河在,城春草木深②。
感时花溅泪,恨别鸟惊心③。
烽火连三月,家书抵万金④。
白头搔更短,浑欲不胜簪⑤。

【注释】

①此诗作于至德二年(757)三月沦陷的长安。当时安禄山叛军攻陷长安,杜甫深陷城中,面对国破家残,悲痛异常。

②"国破"二句:国破,指国都(长安)沦陷。山河在,指山河依旧。草木深,指草木丛生,可见城中少有人居,景象荒凉。

③"感时"二句:感时,指感伤时局。恨别,指怅恨离别。这两句说,感伤国事,见花而垂泪;怅恨家人离散,闻鸟鸣而心惊。也有人认为,此两句用拟人修辞,意思是自己感叹时局,不禁垂泪,觉得花也在溅泪,怅恨离别,内心难平,觉得鸟也在心惊。

④"烽火"二句:烽火,代指战争。三月,指数月,战争时间长。抵,值。

⑤"白头"二句:内心焦虑,白发越抓越少,简直连簪子也要插不住了。浑,简直,几乎。不胜,不能承受。簪,古时用来束发连冠的饰物。

【译诗】

国都沦陷,虽山河依旧,但城中处处断壁残垣,
正值春天,却人烟稀少,只见得草木蔓延。
感伤时事,看到花开而垂泪如线,

怅恨别离，听见鸟鸣而感伤心乱。
战火连绵，数月不断，
家书一封，能抵黄金过万！
焦虑忧愁，满头白发越抓越少，
头发短少，几乎插不住小小发簪！

【赏析】

这首诗写于唐肃宗至德二年(757)三月。公元756年6月，安史叛军攻下帝都长安，唐玄宗仓皇逃往蜀地。官微人轻但忧国如焚的杜甫一听说唐玄宗之子李亨在灵武即位的消息，便将妻小安顿在鄜州(今陕西富县)的羌村，冒险赴灵武投奔唐肃宗。不料，途中被安史叛军俘获，被带至长安，因其官职卑下，不被重视，才免于囚禁。《春望》一诗就是杜甫困居长安时所作。诗人将其关怀国家时运、黎民悲苦和系念家人、感慨离乱的真挚感情熔铸在典型景物的描写中，写得沉痛凝练，读来刻骨铭心，难以忘怀。试想，诗人由壮游天下时豪迈昂扬的《望岳》到如今安史之乱中满目悲凉的《春望》，同为"望"字，此一时彼一时也，迥然有别，令人不胜唏嘘！

首联"国破山河在，城春草木深"，起笔写诗人春日所见：国都沦陷，城池破败，荒草丛生，林木森森，一派荒凉，黍离之悲油然而出。诗中一个"破"字，简洁干脆，而又触目惊心，一个"深"字，令人喟叹不已，亘古不变的山川江河尚在，其他皆已残败甚至消亡，徒增物是人非的兴亡之感，令人不忍卒读。司马光在《温公续诗话》中说："'山河在'，明无余物矣；'草木深'，明无人矣。"开篇两句便点出当时战乱不息、杀戮不止的形势以及安史叛军烧杀抢掠无恶不作的野蛮行径。此处，诗人明为写景，实为抒发忧国伤时之情，寄情于物，托感于景，为全诗营造了苍凉悲凄的气氛。

眺望长安古城，已是一片残破不堪。诗人忧国伤时，沉痛至极，于是又写下了"感时花溅泪，恨别鸟惊心"这一千古名句。王国维说：以我观物，故物皆著我之色彩。诗人在此写"花溅泪""鸟惊心"，巧用拟人手法，花无情而有泪，鸟无恨而惊心，恰恰写出诗人看花开而垂泪、闻鸟鸣而心惊的情形，移情于物，传神地描绘了当时的所见所感，声声泣泪；深切地道出了感时伤别的真情实感，字字锥心。本应大好春景的长安城，竟是山河破碎，民不聊生。花虽照样开放，却已无昔日赏花的繁华盛象。抚今追昔，感时伤情，不觉怆然而涕下。在这战祸离乱之时，连一声鸟叫也会引人触景生情，心惊肉跳。区区几个字，写活、写尽了"国破"之悲痛！

诗的前四句，统领于一"望"字中，写尽春城败象，饱含兴衰慨叹。诗人虽着重写景，但意蕴丰富，触景伤情，移情于物，感情由隐而显，由弱渐强，层层推进。在景与情的交替变化中，依稀可见诗人时而举目远眺、不时低头沉思、进而翘首长叹的情状,最后自然过渡到对亲人的担忧惦念!

"烽火连三月,家书抵万金。"两句亦语浅意长,耐人咀嚼。因安史叛军肆虐,战火连绵不断。往小处说,诗人只身在外,与鄜州妻小分离,音讯全无,必定日夜悬心,牵肠挂肚,可又家书难寄,这时的一纸家书确确实实比黄金万两还有价值啊!郁达夫评说:"一纸家书抵万金,少陵此语感人深。"其实,诗人既写自己,又何尝不是道出了战火纷飞中,人们妻离子散、消息隔绝,苦盼亲人讯息的普遍感受呢?这样,诗人由"小我"写出了"大我",多少辛酸、多少期盼,无须多言,自然就能引发强烈的情感共鸣!

尾联"白头搔更短,浑欲不胜簪"两句,意思是说,由于日夜忧愁,现在头发不但花白,而且时常掉落,稀疏短少。忧思难解,焦虑搔首,最后一把青丝竟短少到几乎连簪子都戴不住,实在可悲可叹。如此这般,诗人由国破家亡、战争离乱写到自己的年衰岁暮。这时的杜甫不过四十五岁罢了,可已是白发横生!满头白发皆缘愁,搔首踟蹰愁更愁!发"更短"方显愁更长啊!与李白夸张恣意的"白发三千丈,缘愁似个长"相比较,我们在诗人"搔首"的动作中,更感到诗人内心的焦虑痛苦和悲愁怨恨,一个伤时忧国、思念家人,白发身衰、英雄迟暮的真切形象浮现眼前,让人心生怜惜,哀叹不已!

这首诗前四句重在写景,景中有情,意在景中;后四句侧重叙事,借事抒情,情在事中。语浅而情深,意沉而境阔,很能体现杜诗沉郁顿挫的风格,其意境之沉郁悲痛堪比屈原之《离骚》,折射出诗人心系家国的爱国情怀,悠悠千载,绵绵不绝。

(石慧斌)

杜甫诗之二

闻官军收河南河北①

剑外忽传收蓟北,初闻涕泪满衣裳②。
却看妻子愁何在,漫卷诗书喜欲狂③。
白日放歌须纵酒,青春作伴好还乡④。
即从巴峡穿巫峡,便下襄阳向洛阳⑤。

【注释】

①唐代宗广德元年(763)正月,史朝义兵败自缢,官军相继收复河南、河北,延续八年的"安史之乱"即将结束。当时,杜甫寓居梓州(今四川三台县),听闻此消息后惊喜若狂,欣然写下了这首诗。

②"剑外"二句:写诗人忽然听闻官军大捷后喜极而泣的情状。剑外:指剑门关以南,即蜀地。蓟北:泛指蓟州、幽州一带,即今河北省北部,是安史叛军的老巢所在。涕:眼泪。

③却看:回头看。漫卷:随意地卷起,胡乱卷起。

④放歌:放声高歌。青春:指秀美的春景。

⑤巴峡:四川东北部巴江中的峡,不是湖北巴东县的巴峡。《太平御览》卷六五引《三巴记》曰:"阆、白二水合流,自汉中至始宁城下入武陵,曲折三曲有如巴字,亦曰巴江。经峻峡中,谓之巴峡,即此水也。"巫峡:长江三峡中最长的峡,在今重庆和湖北交界处。襄阳:在今湖北省。洛阳,句下原注云:"余田园在东京。""东京"即洛阳。此两句是杜甫计划的返乡路线。

【译诗】

剑门之南,忽然传闻我军已收复河南河北,
乍听此讯,我喜极而泣,泪水横流沾湿了衣裳!
回过头来,忙看妻子儿女,哪里还有曾经的忧伤?
收卷诗书,我手忙脚乱,激动欣喜地如痴如狂。
这般日子,应该纵情饮酒,放声歌唱,
春光大好,正好伴着我们返回故乡!
顺流而东,就从巴峡穿过巫峡,直到襄阳,
再转头北上,便由襄阳奔向那东都洛阳!

【赏析】

《闻官军收河南河北》作于唐代宗广德元年(763)春天,抒写了饱经坎坷的大诗人杜甫忽闻叛乱已平的捷报,喜极而泣、急于返乡的狂喜之情。全诗句句传神,字字珠玑,感情充沛激荡,被后世誉为其"生平第一快诗"!

唐宝应元年(762)冬,平叛的唐军愈战愈勇,大有势如破竹之势,收复了洛阳和郑、汴等州,叛军头领纷纷投降。第二年,即广德元年(763)正月,叛将史思明的儿子史朝义兵败自缢,他的部将田承嗣等也相继投降。为时近八年的安史之乱即将告终。此时,正流寓梓州(治所在今四川三台县),已经历多年漂泊生活的杜甫得知这一消息后，旋即以饱含激情的笔墨，写下了这首快意之作。

开篇"剑外忽传收蓟北，初闻涕泪满衣裳"两句，起句点题，真切地写出了诗人"闻官军收河南河北"之后那种喜出望外、喜极而泣的情态。剑外，指蜀地，即诗人多年漂泊之地；蓟北，乃叛军老巢。如今蓟北被收复，叛乱将平息，国家终太平。一个"忽"字，突出这捷报来得太突然，大出所料。是啊，饱受离乱之苦、心忧天下的诗人，连梦里都在渴盼捷报的到来啊，内心惊喜、波涛汹涌的情感洪流宣泄而出，势不可挡，冲开了郁积已久的心门。"涕泪满衣裳"五字，言简意赅、细腻传神，正是"初闻"捷报时真实复杂的心情写照，悲喜交集、涕泪横流的诗人形象跃然纸上。这"涕泪"是悲酸之泪，因为曾熬过多少磨难屈辱啊；这"涕泪"是欢喜之泪，毕竟希望终于来临；这"涕泪"还是宽慰之泪，终于将要告别苦难！一个"满"字，又把"初闻"捷报时这种情感的浓烈恣肆写得扎扎实实、分量十足！

第二联"却看妻子愁何在，漫卷诗书喜欲狂"，紧承首联，而又巧妙转接。转写妻子儿女"愁何在"，而后落脚于"喜欲狂"。这是诗人惊喜的情感激流涌起的更高洪峰。初闻捷报，无须赘言，我们也应想到诗人应该是第一时间将此消息与家人分享的，诗人自己喜极而泣之时，又怎能不想到与自己一起饱受患难之苦的妻子儿女呢？"却看"即回头看，"愁何在"表明一向苦熬光阴的家人，今朝终不再苦愁哀叹，而是眉开眼笑尽欢颜！妻儿愁散更添诗人之喜，以至于"狂"。"漫卷"一词，写活了诗人的狂喜之状！欣喜"欲狂"的激荡心情哪里还能让人安心伏案？索性随便地卷起诗书，不如与家人好好享受这久违的欢乐吧。

"白日放歌须纵酒，青春作伴好还乡"是"喜欲狂"的进一步抒写。诗人"放歌纵酒"是"喜欲狂"的具体表现，是诗人苦尽甘来的"狂"态，而"还乡"则是诗人欢喜的"狂"想。漂泊得太久，何人不起故园情？战火将息，最喜是还乡！"青春"指春天，春光大好，草长莺飞，诗人即将携妻儿做伴同返故园，从此结束漂泊离乱的生活，这怎能不让人"喜欲狂"呢？

尾联"即从巴峡穿巫峡，便下襄阳向洛阳"，更是写绝了"还乡"之"好"！诗人的狂想鼓翼而飞，身在梓州，心已驰往故土。"巴峡"与"巫峡"，"襄阳"与"洛阳"，尾联十四个字，连用四个地名！又用"即从""便下"这两个动词相关联，形成了活泼的流水对。两个动词串联起四个地名，以空间转换之快，把本是遥远的还乡路，拉近如咫尺之遥，生动描画出诗人神思飞驰的路线，虚实相间，意趣横生，体现了诗人归心似箭的迫切心情。狂喜之情也随之升到高潮，全诗至此结束，一气呵成。

杜甫曾言"为人性僻耽佳句，语不惊人死不休"，但此诗中我们很难看到诗人苦心经营的影子，只见得浑然天成、音韵和谐的快意！前人评此诗"句句有喜悦意，一气流注，而曲折尽情，绝无妆点，愈朴愈真，他人决不能道"。的确，本诗语言朴实精练,感情真挚。除第一句叙事点题外,其他各句均在抒发诗人的狂喜之情。全诗紧扣一个"喜"字:先以"涕泪"写喜,再以"漫卷"写狂,续以"放歌纵酒"、飞驰"还乡"写狂喜,终以"即从""便下"收尾。一气流注,一喜到底,写得酣畅淋漓,快意十足!在炼字功夫上,不必说"满""漫"等字,单看尾联的"穿"、"下"和"向"字,就可见其炼字之精妙:两峡间山险水狭,猛浪若奔,轻舟飞驰,穿越而过,所以用"穿";出"巫峡"至"襄阳",舟行水上,顺流而下,所以用"下";从襄阳到洛阳,点出目的地,故园就在前方,心神所向,故用"向"字!字字珠玑,句句传神!

　　诗人所写看似一家之事,实则何尝不是战火肆虐、悲苦离乱中天下百姓的共同的感受呢!正因为诗人胸怀天下,心系苍生,才能够把这一普天同庆的大喜事诉诸笔端,以小家见大家,引起天下人的强烈共鸣!

(石慧斌)

杜甫诗之三

哀江头①

少陵野老吞声哭②,春日潜行曲江曲③。
江头宫殿锁千门④,细柳新蒲为谁绿?
忆昔霓旌下南苑⑤,苑中万物生颜色⑥。
昭阳殿里第一人⑦,同辇随君侍君侧⑧。
辇前才人带弓箭⑨,白马嚼啮黄金勒⑩。
翻身向天仰射云,一箭正坠双飞翼⑪。
明眸皓齿今何在?血污游魂归不得⑫。
清渭东流剑阁深,去住彼此无消息⑬。
人生有情泪沾臆⑭,江水江花岂终极!
黄昏胡骑尘满城⑮,欲往城南望城北⑯。

【注释】

①本诗和《春望》都作于至德二年(757)春沦陷的长安。江:指曲江,原是长安东南的风景名胜地,皇帝后妃的游玩之处。

②少陵野老:杜甫自指。少陵是汉宣帝许皇后的陵墓,在长安东南,杜甫曾在附近住过,所以自称"少陵野老"。野老:乡野老人。杜甫时年四十六岁。

③潜行：偷偷地走。曲江曲：曲江的河水弯曲处。

④江头宫殿：指建在曲江沿岸的宫殿，专供君王游幸曲江。

⑤霓旌：皇帝仪仗中的一种彩旗，缀有五色羽毛，状如虹霓。此代指皇帝。南苑：芙蓉苑，在曲江南。

⑥生颜色：增光辉，添光彩。

⑦昭阳殿：汉成帝时宫殿名，后世诗人常认为此是成帝宠幸的赵飞燕所居。第一人：最受宠爱的人，指杨贵妃。唐代诗人常以汉时赵飞燕比杨玉环。

⑧辇（niǎn）：皇帝所乘车辆。

⑨才人：宫中女官名。

⑩啮：咬，衔。黄金勒：黄金制作的马嚼口。

⑪一箭：有版本曰"一笑"。双飞翼：双飞之鸟。

⑫"明眸"二句：指杨贵妃已缢死在马嵬坡了。安史叛军攻下潼关，逼近长安，唐玄宗携杨贵妃奔蜀地。至马嵬驿，六军不前，迫使玄宗诛杨国忠，赐杨玉环自缢。

⑬"清渭"二句：清渭，指清澈的渭水，渭水流经马嵬坡。剑阁，在今四川剑阁县东北，地势险要，乃玄宗入蜀必经之地。去住，玄宗西入蜀，贵妃葬马嵬，一去一留，一生一死，两无消息。

⑭臆：胸口。

⑮胡骑：指安史叛军的铁骑。

⑯此句写诗人在仓皇躲避叛军铁骑时，认错方向，想往城南，却走向城北，可见诗人极度悲哀中的迷惘。

【译诗】

少陵野老强忍悲痛，吞声呜咽，
春日里，只身悄悄地走在曲江水岸。
江边的宫殿，千户万门，个个紧锁，一片黯淡，
那纤柔的杨柳、新生的菖蒲还在为谁而绿意大绽？
忆往昔，皇帝巡幸，
霓虹般的五色旌旗，迎风招展直到南苑，
苑中生机勃勃，万物都增光添彩。
那住在昭阳殿里最受宠幸的美人，
常与君王同坐车辇，侍奉在君王身边。
辇前的女官英姿飒爽，佩带着弓箭，
所骑白色骏马嘴里咬的是黄金马衔。

她翻过身来，仰面把箭射向云端，
飞箭凌厉，正中一双鸟儿使之坠落在前。
现如今，那明眸皓齿的人儿在哪里呢？
鲜血沾染芳魂，她已经归来不得，无法重见！
马嵬驿旁，清清的渭水东流，剑阁以西，幽深的蜀道险远，
一朝生离死别，阴阳相隔，彼此音讯绝断。
人生自有情感，不由得泪洒胸口，泣涕涟涟，
那江花江草依旧年年生发，哪里有尽头？
暮气笼罩，天色已晚，
胡人铁骑四处疾驰，飞扬的尘土全城弥漫，
我心中怅惘，脚步踉跄，抬脚迈向了城北，
可转念一想，我本要去往的原是城南！

【赏析】

此诗的写作时间、写作地点、写作心境与诗人创作《春望》时相同。公元756年秋天，杜甫在投奔肃宗的路上被叛军抓获，被带到了沦陷的长安。次年春天，诗人沿长安城东南的曲江行走，旧地重游，触景伤怀，感慨万千，哀恸欲绝。这首《哀江头》就是诗人当时心情的真实记录。

"哀"字是全诗的眼睛，通过这双穿透历史风尘的眼睛，我们看到了风雨飘摇的唐王朝，看到了大诗人杜甫对国破家亡的深哀巨恸。全诗共分为三部分。

前四句为第一部分，描绘了长安沦陷后的曲江景象。曲江原是长安的游览胜地，亭台楼阁参差矗立，奇花异卉争芳斗艳，一到春天，游人如织，比肩接踵，真是说不尽的烟柳繁华和风流富贵。但这已成为如烟往事，现在的曲江今非昔比。"少陵野老吞声哭，春日潜行曲江曲"，一个已是暮景残光的老人踽踽独行于曲江岸边。春日游览胜地，诗人形单影只，只能"吞声哭"着"潜行"。"吞声哭"三字含悲无限！哭，不敢大放悲声；行，不能公然迈步。两句诗，写出了曲江之萧条冷落、时局之人心惶惶和诗人之忧思惶恐、压抑痛楚。"江头宫殿锁千门，细柳新蒲为谁绿"是诗人在曲江所见，昔日的繁华通过"千门"一词便可见一斑，而一个"锁"字，则把今日的萧条衰落摆到面前。今昔的巧妙对比，极见匠心。"细柳新蒲"本是美景佳境，岸上是依依袅袅的柳条，水中是抽芽返青的新蒲，而"为谁绿"三字陡然一转，随心一问，顿时勾出无限凄凉。一说江山易主，二说人迹罕至，一片萧瑟，一片落寞，大有令人肝肠寸断之笔力。

第二部分是从"忆昔霓旌下南苑"到"一箭正坠双飞翼"，回忆安史之乱以前，春

到曲江,珠翠环绕的奢华景象。这里用"忆昔"二字紧承上文,自然一转,伤今追往,引出了一节繁华绚烂的热闹文字。"忆昔霓旌下南苑"中的"南苑"即曲江之南的芙蓉苑。唐玄宗开元二十年(732),自大明宫筑复道夹城,直抵曲江芙蓉苑,玄宗和后妃、公主频频来此赏玩,极尽欢娱之态。"苑中万物生颜色"一句,写出御驾游苑的豪华奢侈,明珠宝器将花木映照得灿烂生辉。以上两句总写一笔,接下来开始具体描写唐玄宗携杨贵妃欢游的盛况。这里既从正面写出了杨贵妃"第一人""同辇随君"的荣耀光彩,又通过描写"才人"来侧面烘托杨贵妃不同寻常的气派。"才人"是宫中女官,她们身着戎装,骑着以黄金作嚼口笼头的白马仰射高空,正好射中比翼成双的飞鸟。可叹这精湛绝伦的技艺并不是用以维护天下之太平,而仅为博众人一乐罢了,或说得冠冕些,充其量算是炫耀式地彰显大唐王朝的"文治武功"吧! 其实,像这样对唐玄宗奢华欢游、杨贵妃恃宠而骄的描写,在唐人的诗文中多次出现,如白居易的《长恨歌》、杜牧的《过华清宫绝句》等。但帝王、贵妃们又哪里想得到,这种游乐放纵的生活早已暗暗为将来的祸乱埋下了根苗。"生于忧患,死于安乐"的古训,早已被抛到了九霄云外!

"明眸皓齿今何在"至诗尾为第三部分,写诗人在曲江头产生的万千感慨,与《长恨歌》有异曲同工之妙。这一部分的前四句感叹了唐玄宗和杨贵妃的悲剧。当年"明眸皓齿"笑生百媚的贵妃今在何处呢? 此问一出,呼应了前文的"为谁绿",问得惊心动魄!"血污游魂"点出了贵妃遭变横死的结局,长安沦陷,连游魂也"归不得"啊!"清渭东流剑阁深,去住彼此无消息",杨贵妃被草草埋在渭水之滨的马嵬,唐玄宗却匆匆经由剑阁进入蜀地,从此二人阴阳相隔,死生异路,音容渺茫。全诗的最后四句总括全篇,情感滂滂沛沛,奔涌而出,写尽诗人对世事沧桑、浮沉变化的感慨。"人生有情泪沾臆",人是有情的,触景伤怀,泪湿胸襟。"江水江花岂终极",大自然却是无情的,江水照样东流去,无止无休;江花照样红胜火,年年如此。它哪里理会世事沉浮变迁和世人的离合悲欢? 以无情衬有情,更见情之深、情之真。

诗尾两句"黄昏胡骑尘满城,欲往城南望城北",回到残酷冰冷的现实。薄暮时分,叛军为提防人民的反抗,胡骑纷纷出动,张牙舞爪,叫嚣南北,烟尘弥漫,满城的恐怖阴沉气氛达到顶峰。本就悲愤交加的诗人,更加失魂落魄,忧惧心焦,他想赶紧离开曲江头,回到城南的住处,可慌乱间却抬脚迈向城北! 此句巧妙照应了开头的"潜行"二字,不着痕迹。不难想见,残破颓败的帝都中,叛军胡骑横冲直撞,落魄诗人仓皇踉跄,对于心忧天下的诗人而言,这是怎样的屈辱悲酸啊! 这里,诗人没有直抒胸臆,而是用具体动作描写,写自己忧惧交加、心烦意乱竟到了不辨南北的程度,进而表现自己无奈深沉的哀恸和迷惘烦乱的思绪。

诗人在这首诗中流露的感情是深沉复杂的。当他表达出炽热的爱国之情时,也不乏深沉哀婉的伤悼之情。这是诗人于乱世中沉郁深挚的命运悲歌,也是李唐王朝倾颓的盛世挽歌。苏辙说:杜陷贼诗,有《哀江头》诗,予爱其词气,若百金战马,注坡暮涧,如履平地。我们读此诗,亦觉词气贯通,一气呵成,绝无佶屈聱牙之感。本诗结构清晰,由现实追及过去再到现实,化繁为简。本诗情感深挚,以"哀"字为核,诗自哀始,春日潜行是哀;中贯以哀,睹物伤怀是哀;又以哀终,不辨南北更是哀。"哀"字笼罩全篇,沉郁顿挫,意境深远,日月共泣,天地同悲。

(石慧斌)

10 范仲淹

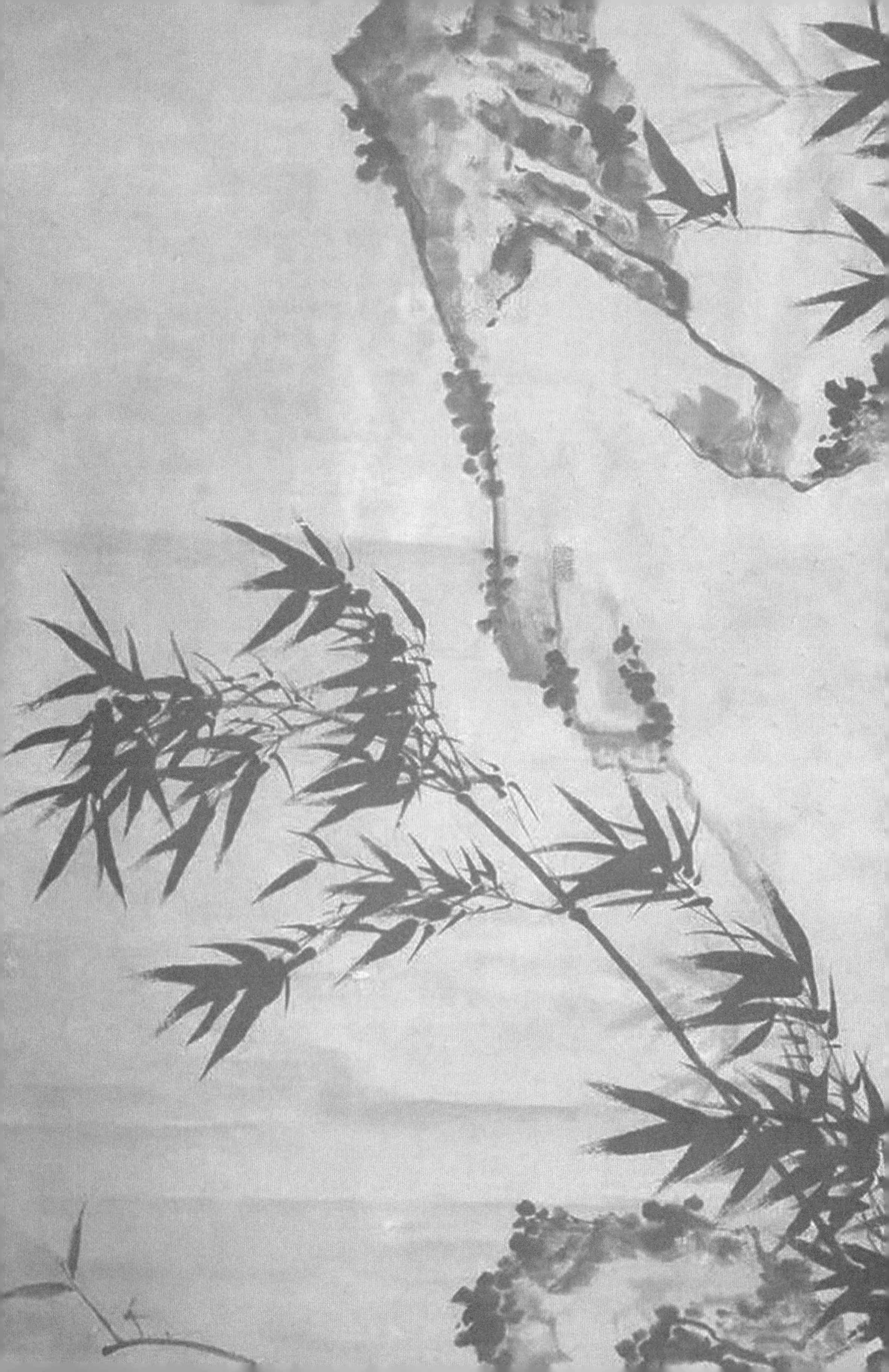

范仲淹(989—1052),字希文,苏州吴县(今江苏苏州)人,北宋杰出的思想家、政治家、文学家。他一生为官清正,治军严明,关心民生疾苦,以生活简朴、品德高尚而著称于世。

范仲淹幼年丧父,生活清贫,但志向远大。少年时期,他在日食两餐冷粥的困境中坚持刻苦攻读,甚至五年未尝解衣就枕,这番艰苦生活的磨炼,使他后来始终能以清廉律己,关心人民疾苦,不忘"忧天下"的初志。他中年做官后,接连上书议论国事,讥切时弊。后得罪宰相吕夷简,被贬饶州。康定元年(1040),边事紧急,召为龙图阁直学士,任陕西经略安抚副使兼知延州,防御西夏。因其号令严明,训练有方,又能团结当地羌人,戍边数年,名重一时,羌人尊呼其为"龙图老子",西夏称其为"小范老子",赞其腹中有数万甲兵。庆历三年(1043),吕夷简罢相,范仲淹参知政事,曾提出十条建议以革新朝政,重在整顿吏治,限制公卿大臣的子侄荫官,引起腐朽官僚势力的不满,攻击他引用朋党,迫使其离朝,"庆历新政"即此结束。

宋仁宗皇祐四年(1052),范仲淹在赴颍州(今安徽阜阳)途中不幸病逝。赠兵部尚书楚国公,谥号"文正",世称"范文正公",有《范文正公集》传世。

范仲淹也是一位杰出的文学家,诗、文、词都较出色。文以《岳阳楼记》最为著名,其中"先天下之忧而忧,后天下之乐而乐"一句表现了他博大崇高的政治抱负,鼓舞了无数仁人志士。读过《岳阳楼记》的人,无不被巴陵胜状洞庭景色所陶醉,无不被这位"先天下之忧而忧,后天下之乐而乐"的卓越政治家的崇高抱负和宽广胸怀所折服。他倡导的"先忧后乐"思想和仁人志士节操,为儒家思想中的进取精神树立了一个新的标杆,是中华文明史上闪烁异彩的精神财富。

他词存五首,风格、题材均不拘一格。有的写边塞生活,有的写羁旅情怀,或苍凉悲壮,或缠绵深婉。如《渔家傲》写边塞生活,苍劲明健;《苏幕遮》《御街行》写离别相思,缠绵深致;《剔银灯》写历史人物,诙谐风趣,千百年来均脍炙人口。

范仲淹词

渔家傲① · 秋思

塞下②秋来风景异,衡阳雁去无留意③。四面边声④连角起,千嶂⑤里,长烟落日孤城闭。

浊酒一杯家万里,燕然未勒⑥归无计。羌管⑦悠悠霜满地,人不寐⑧,将军白发征夫泪。

【注释】

①渔家傲：词牌名。
②塞下：边界要塞之地，这里指当时的西北边疆。
③衡阳雁去无留意：衡阳（今湖南衡阳）旧城南有回雁峰，相传雁至此不再向南飞。
④边声：边塞特有的声音，如大风、羌笛、马嘶的声音。
⑤千嶂(zhàng)：层峦叠嶂。嶂：直立似屏障的山峰。
⑥燕然未勒：指战事未平，功名未立。燕然：燕然山，今名杭爱山，在今蒙古国境内。据《后汉书·窦宪传》记载，东汉窦宪率兵追击匈奴单于，去塞三千余里，登燕然山，刻石勒功而还。勒：在碑上刻字。
⑦羌(qiāng)管：羌笛，出自古代西部羌族的一种乐器。
⑧不寐：睡不着。寐：睡。

【译诗】

秋天到了，西北边塞的风光和江南风光大不相同。大雁又飞回了衡阳，一点也没有停留之意。黄昏时分，号角吹起，边塞特有的风声、马啸声、羌笛声和着号角声从四面八方回响起来。连绵起伏的群山里，夕阳西下，青烟升腾，孤零零的城门紧闭。

饮一杯浊酒，不由得想起万里之外的亲人。眼下战事未平，功名未立，还不能早作归计。远方传来羌笛的悠悠之声，天气寒冷，秋霜满地。夜深了，我还难以入睡，为操持军计，我的头发都变白了。戍边的战士思念亲人，也久久难以成眠，多少次梦里流下眼泪。

【赏析】

这是一首写边塞生活的词。词中既表达了作者誓守边疆、为国效命的英雄气概，也反映了边塞生活的艰苦和作者坚持反对入侵、巩固边防的决心和意愿，同时反映了他和战士们外患未除、功业未建、久戍边地、强烈思乡等复杂矛盾的心情。

上片着重写景。起句"塞下秋来风景异"，直接点出作者所写词的地点和时间，边塞的秋天与别处不同，一个"异"字做了高度概括。"衡阳雁去无留意"，雁是候鸟，秋天一来大雁南飞，这是北国进入秋天的标志性景象。古代传说南飞的大雁飞到湖南衡阳就会停下。"无留意"是说这里的雁到了秋季即向南展翅奋飞，毫无留恋之意，表现了边塞地区的寒冷和荒凉。"四面边声连角起"，这种声音随着军中的号角声而起，形成了浓厚的悲凉气氛。"千嶂里，长烟落日孤城闭"，上句写延州周围环境,它处在层层山岭的环抱之中;下句很容易让人联想起唐代诗人王维的"大漠孤烟直,长河落日圆",写出了塞外的壮阔风光。千嶂、孤城、长烟、落日,这是所见;边声、号角声,这是所闻。把所见所闻连缀起来,展现在眼前的是一幅充满肃杀之气的战地风光画。"孤城闭"三字,隐约透露宋朝不利的军事形势。作为指挥部所在地的城门,太阳一落就关闭起来,表现了形势的严峻,使人倍感孤独和寂寞。这一句也为下片的抒情做了铺垫。

下片着重抒情。起句"浊酒一杯家万里",作者身在北国塞上,环境如此苍凉落寞,天长日久,难免有故乡之思。这"一杯"与"万里"之间形成了悬殊的对比,一杯浊酒,消不了浓重的乡愁。"燕然未勒归无计",这句是用典。据《后汉书·窦宪传》记载,公元89年,将军窦宪率军击败匈奴进犯,乘胜追击,"登燕然山,去塞三千余里,刻石勒功"而还,后来就以"燕然勒石"作为取得胜利、大功告成的代名词。"燕然未勒",就是说还没有打败敌人。"归无计",就是没有回家的办法。战争没有取得胜利,还乡之计当然是无从谈起的。"羌管悠悠霜满地"写夜景,在时间上是"长烟落日"的延续。深夜里传来了抑扬的羌笛声,大地上铺满了秋霜,耳闻羌笛,目睹寒霜,所见所闻都给人以凄清、悲凉之感,这又怎么能坦然入睡呢?所以"人不寐,将军白发征夫泪"如歌曲在平淡中突然来一句高潮,戛然而止。"人不寐",表明自己彻夜未眠。"将军白发征夫泪",由自己而及征夫,总收全词。将军或者说词人通宵不眠、发为之白的原因,很明显是"燕然未勒归无计"造成的,征夫落泪也是出于同样原因。他们和将军的思想感情是一致的,既有苍凉悲壮的英雄气概,又有思念故乡的哀伤。

全词语言精练,技巧娴熟,意境宏大,格调高超,在宋词中并不多见。它沉雄开阔的意境和苍凉悲壮的气概,具有开拓词的新境界的重大意义。

(余晓明)

11 李清照

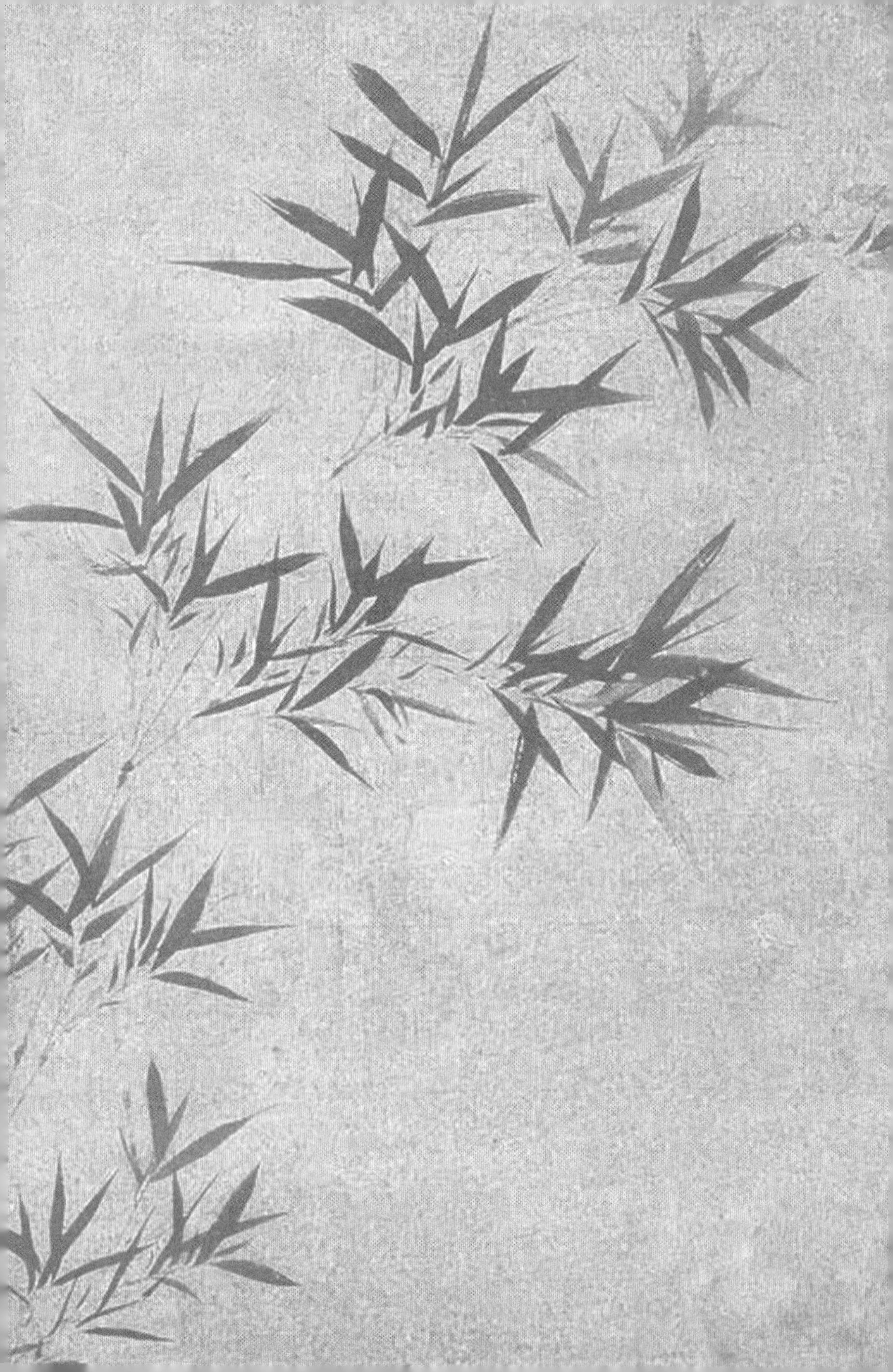

李清照(1084—约1151),号易安居士,齐州章丘(今属山东济南)人,南宋杰出的女文学家。她出身于书香门第,早年生活优裕。其父李格非藏书甚富,为当时的著名学者和散文家,她从小就在良好的家庭环境中打下了文学基础。出嫁后,她与丈夫赵明诚共同致力于金石书画的搜集整理,共同从事学术研究,志趣相投,生活美满。金兵入侵中原后,流落南方,赵明诚病死,李清照境遇孤苦。

李清照是中国古代罕见的才女,她擅长书、画,通晓金石,而尤精词。她的词作在艺术上达到了炉火纯青的境界,在词坛中独树一帜,形成了自己独特的艺术风格——易安体。她将"语尽而意不尽,意尽而情不尽"的婉约风格发展到了顶峰,赢得了婉约派词人"宗主"的地位,成为婉约派代表人物之一。同时,她词作中的笔力横放、铺叙浑成的豪放风格,又使她在宋代词坛上独树一帜,对后世词人有较大影响。她杰出的艺术成就赢得了后世文人的高度赞扬。后人认为她的词"不徒俯视巾帼,直欲压倒须眉",她被称为"宋代最伟大的一位女词人",有"千古第一才女"之美誉。

李清照的词分前期和后期,前期多写其悠闲生活,多描写爱情生活、自然景物,韵调优美,如《一剪梅》(红藕香残玉簟秋)等。后期多感叹身世,怀乡忆旧,情调悲伤,如《声声慢》(寻寻觅觅)等。目睹了国破家亡的李清照"虽处忧患穷困而志不屈",在"寻寻觅觅,冷冷清清"的晚年,她殚精竭虑,编撰《金石录》,完成丈夫未竟之功。

李清照既有巾帼之淑贤,更兼须眉之刚毅;既有常人愤世之感慨,又具崇高的家国情怀。金兵的横行肆虐激起她强烈的爱国情感,她积极主张北伐收复中原,可是南宋王朝的腐朽无能和偏安一隅,使李清照的希望成为幻影。大约在公元1130年,李清照以西楚霸王的故事为题材,写下了雄浑奔放的《夏日绝句》:"生当作人杰,死亦为鬼雄。至今思项羽,不肯过江东。"借项羽宁死不屈的精神,对偏安江南的南宋统治集团进行了批评与讽刺。

随着国难日重,李清照的爱国情感也表现得更加明显而强烈。公元1133年,她以"闾阎嫠妇"的身份,"沥血投书干记室",表示自己的报国之心。她怀念在敌人铁蹄下的故土,"欲将血泪寄山河,去洒东山一抔土",渴望家乡重见天日。李清照的诗篇,大多具有鲜明的政治倾向,表现出忧国伤时的心情,反映了要收复祖国山河的强烈愿望,寄托着美好的憧憬和抱负。她不愧是一个具有远见卓识的伟大的爱国诗人。

李清照诗之一

夏日绝句①

生当作人杰②，死亦③为鬼雄④。
至今思项羽⑤，不肯过江东。

【注释】

①本诗标题，在一些版本中亦作《乌江》。
②人杰：人中的豪杰。汉高祖曾称赞功臣张良、萧何、韩信是"人杰"。
③亦：也。
④鬼雄：鬼中的英雄。屈原《国殇》："身既死兮神以灵，子魂魄兮为鬼雄。"
⑤项羽：名籍，秦末与其叔父项梁起兵江东，转战中原，推翻了秦朝，有"西楚霸王"之称。后与刘邦争天下，节节败退，至垓下（在今安徽省灵璧南沱河北岸）决战失利，身陷重围，人马丧尽，有渔父劝他渡乌江逃命，以图东山再起，他认为自己无颜见江东父老，自刎而死。（见《史记·项羽本纪》）

【译诗】

人活在这个世界上就要做人中的豪杰，即使死了也要成为鬼中的英雄。直到现在人们还在想念楚汉争雄时的项羽，因为兵败无颜面对自己的江东父老，宁肯自刎于乌江也不回江东忍辱偷生。

【赏析】

靖康二年（1127），金兵入侵中原，掳走徽、钦二帝，赵宋王朝被迫南逃。李清照之夫赵明诚出任建康知府。后城中爆发叛乱，赵明诚不思平叛，反而临阵脱逃。李清照为国为夫感到耻辱，在路过乌江时，有感于项羽的悲壮，创作了此诗。

这是一首借古讽今、抒发悲愤的怀古诗。"生当作人杰，死亦为鬼雄"，语出惊人，直抒胸臆，这不是几个字的精致组合，而是一种所向无惧的人生姿态。诗人从大处落笔，以豪迈的气度和激越的声情，向世人特别是苟且偷生的南宋小朝廷，昭示了自己豪放的人生态度和价值准则。"人杰"指人中的豪杰。汉高祖曾说过萧何、张良、韩信是人杰。"鬼雄"指鬼中的英雄。屈原《国殇》中曾颂扬那些为国牺牲的壮士为鬼雄。"活着要做人中的豪杰，死了也要成为鬼中的英雄"，那种凛然风骨、浩然正气，直令鬼神陡然变色。

"至今思项羽,不肯过江东","不肯"不是"不能",不是"不想",不是"不愿"。"不肯"是一种"可杀不可辱""死不惧而辱不受"的英雄豪气。从表层上看,诗人是在盛赞西楚霸王项羽宁死不愿忍辱偷生的铮铮铁骨,而其深层含义则是在讽刺偏安一隅、苟且偷生的南宋统治者。项羽在兵败垓下时,曾有渔父劝他渡乌江逃命,以图东山再起,但他认为自己无颜见江东父老,自刎而死,充分显示了宁死不屈的英雄本色,可谓一个理想的"人杰"与"鬼雄"。而南宋统治者面对金人入侵仓皇南逃,置北方人民与大片国土于不顾,苟活至今,不思抗敌,这与项羽"不肯过江东"形成了鲜明的对比。

这首诗起调高亢,鲜明地提出了人生的价值取向:人活着就要做人中的豪杰,为国家建功立业;死也要为国捐躯,成为鬼中的英雄。爱国激情,溢于言表。全诗仅二十个字,连用了三个典故,但无堆砌之弊。读此绝句,眼前出现的不是低吟《声声慢》的凄凉哀婉的女词人,而是一个忧国忧民的"金刚怒目"式的诗人形象。如此慷慨雄健、掷地有声的诗篇,出自女性之手,实在是压倒须眉了。

（余晓明）

李清照诗之二

咏　史

两汉本继绍①，新室②如赘疣③。
所以嵇中散④，至死薄殷周⑤。

【注释】

①继绍：承传。绍：也是继承的意思。
②新室：指王莽篡汉后建立的王朝（9—23）。王莽即帝位，定国号"新"。
③赘疣（yóu）：赘，多余。疣，肉瘤。形容累赘无用之物。
④嵇（jī）中散：指嵇康，三国谯国铚县（今安徽宿县西）人，与阮籍、山涛、向秀、刘伶、阮咸、王戎合称"竹林七贤"，曾任中散大夫，人称嵇中散。为人狂放不群，高傲任性，后遭钟会诬陷，为司马昭所杀。
⑤至死薄殷周：嵇康的朋友山涛任吏部郎迁散骑常侍后，向司马氏推举嵇康担任他的旧职。嵇康身为曹魏宗室，不齿山涛依附于司马氏的行为，于是遂与之绝

交,并作《与山巨源绝交书》。其中有言:每非汤武而薄周孔。薄:鄙薄,瞧不起。殷周:指商(殷)汤王和周武王,二人分别建立了商朝和周朝。

【译诗】

东汉和西汉本是一脉相承,中间却多出来个王莽新室,就像是人身上长了个多余的肉瘤一样。所以才有嵇康这样唱着广陵散慷慨赴死的英雄,他在临死前写文章都鄙视曾取代夏、商的殷、周。

【赏析】

《咏史》是李清照写的一首五言绝句。诗的前两句写东、西两汉和王莽建立的新朝。后两句写不愿意投降司马氏的嵇康慨然赴死及其对依附司马氏的朋友山涛的痛责。

这首诗用"借古讽今"的写法,把南宋继承北宋,比作东汉继承西汉,把在金人统治者扶持下出现的伪楚、伪齐傀儡政权比作王莽的新室。并且表示,只有东汉继承的西汉,南宋继承的北宋才是正统政权,而对于一切傀儡政权坚决不予承认。诗中对于反对司马氏篡魏的嵇康给予热情的赞颂。同时又借嵇康之口,用山涛来影射那些不思报国,却贪恋权位的朝廷主和派。嵇康之所以非议商汤取代夏桀和周武王取代商纣王,其意并不在于对商汤与周武王的鄙视,而是"不堪流俗",以此为借口,对司马氏以汤武的行为为借口认为自己可以取代曹魏之说加以否定,因此大将军难免"闻而怒焉",将其杀害。"至死薄殷周",出自嵇康的《与山巨源绝交书》:"每非汤武而薄周孔。""山巨源"是指山涛,与嵇康同是"竹林七贤",二人为好朋友。山涛担任朝廷官职后,向司马氏举荐嵇康担任朝廷官职,而嵇康不齿司马氏,不肯为官,此时也不齿山涛攀附司马氏的行为,于是写了这篇《与山巨源绝交书》,与山涛绝交。"薄殷周"其意当然也并不在于鄙视汤武伐无道之君这件事本身,而在于借"薄汤武"以讽刺司马氏企图篡国的用心,表达她不容有人夺取南宋天下的爱国情怀。

善于用典一向是李清照的特点,在这首诗里,李清照用王莽的新朝比喻当时的伪齐、伪楚政权,用嵇康与山涛绝交之事来贬责那些苟且偷生之辈。区区二十字,把本不相干的人和事巧妙地组合在一起,表达了李清照惊世骇俗的卓见奇想,也可以看出李清照对金的蔑视和对南宋终将收复失地的坚定信念。读起来有丈夫之气,巾帼不让须眉。

(余晓明)

李清照诗之三

上枢密韩公、工部尚书胡公(节选)①

胡公清德人所难，谋同德协心志安②。
脱衣已被汉恩暖，离歌不道易水寒③。
皇天久阴后土湿，雨势未回风势急。
车声辚辚马萧萧，壮士懦夫俱感泣④。
闾阎嫠妇亦何如，沥血投书干记室⑤。
夷房从来性虎狼，不虞预备庸何伤。
衷甲昔时闻楚幕，乘城前日记平凉⑥。
葵丘践土非荒城，勿轻谈士弃儒生。
露布词成马犹倚，崤函关出鸡未鸣⑦。
巧匠何曾弃樗栎，刍荛之言或有益⑧。
不乞隋珠与和璧，只乞乡关新信息⑨。
灵光虽在应萧萧，草中翁仲今何若。
遗氓岂尚种桑麻，残虏如闻保城郭⑩。
嫠家父祖生齐鲁，位下名高人比数。
当时稷下纵谈时，犹记人挥汗成雨⑪。
子孙南渡今几年，飘流遂与流人伍⑫。
欲将血泪寄山河，去洒东山一抔土⑬。

【注释】

①公元1133年，宋高宗派同签书枢密院事、尚书吏部侍郎韩肖胄为通问使，工部尚书胡松年为副使，往金国议和。这次出使之前，李清照赋诗相送。

②"胡公"二句：赞美胡松年的高尚品德。人所难：别人所难有的。心志安：心胸坦白，意志坚定。

③"脱衣"二句：胡松年受到朝廷恩宠，有图报之志，出发前，不会流露悲凉的心情，而是满怀信心。脱衣：与解衣同意。韩信对人说及汉王(刘邦)对他的恩情时，曾说汉王"解衣衣我，推食食我"。易水寒：荆轲离燕入秦时作《易水歌》："风萧萧兮易水寒，壮士一去兮不复还。"

④"皇天"四句：极力渲染胡松年等出发时的悲壮气氛。皇天、后土：古时用来

指天、地。回:转,这里作停止讲。辚辚:车轮声。萧萧:马嘶声。

⑤"闾阎"二句:闾阎,指平民。嫠妇,寡妇,这里指诗人本人。沥血,指立誓。投书,这里指投诗。书,指本诗。干,冲犯、冒犯。记事,掌握文书的官。干记室,冲犯你下属的文书,这是一种谦虚的说法。为了表示对人的尊敬,不说投书给你,而说给你手下的人。

⑥"夷虏"四句:夷虏,指金统治者。不虞,不能预料的灾祸。庸,岂、难道。衷甲,将甲衣穿在里面。《左传》记载,楚人欲于盟会时突袭晋,兵士皆将甲穿在衣服里面,使晋人不防备。楚幕,楚国的营幕。乘城,登城。平凉,地名,今甘肃平凉。《唐书·浑瑊传》载,贞元三年五月,侍中浑瑊充任平凉会盟使,与吐蕃相尚结赞在平凉会盟,遭到吐蕃军的伏击。

⑦"葵丘"四句:葵丘,地名,今山东临淄西。践土,地名,在今河南广武。葵丘和践土当时均已沦陷,非荒城,不是偏僻的城邑。谈士,口才善辩之人。儒生,泛指读书人。露布,军中报捷的文书。词成马犹倚,说的是晋袁宏倚马写露布的事。晋时桓温北征,让袁宏(当时已被免官)起草露布,袁宏倚马而写,顷刻写了七张。崤函,即函谷,在今河南灵宝西南。关出鸡未鸣:战国时齐孟尝君入秦为质,秦王要杀害他,他半夜逃归齐国,逃到函谷关时值夜半,按秦规定关门后要鸡鸣才开,孟尝君正一筹莫展,幸好随他逃归的门客中有一人善学鸡鸣,他叫一声,众鸡皆鸣,守关的士卒开了门,孟尝君便平安出关归齐。

⑧"巧匠"二句:樗栎(chū lì),不成材之木。刍荛(chú ráo),割草打柴的人,此指地位低下者。

⑨"不乞"二句:隋珠,传说隋侯救了大蛇,大蛇给他宝珠作为报答。和璧,楚卞和在山中得到的玉,加工成一块璧,后人称其为和氏璧。隋珠与和璧,都是珍贵宝物。乡关,故乡。

⑩"灵光"四句:灵光,汉代鲁恭王的宫殿名。萧萧,萧条。翁仲,坟墓或建筑物前的石像。遗氓,此指敌占区的人民。保城郭,失败而不投降,坚守城池。

⑪"嫠家"四句:齐鲁,古时齐国、鲁国之泛称,指今河北、山东一带。稷下,地名,在今山东临淄北。战国时稷下是齐国也是全国的学术中心,当时各派学者在这里讨论学问。李清照家在山东,是古齐国的所在地,所以把她父祖讲学的盛况比作"稷下纵谈",而并不是实指她父祖讲学的所在地就是古代的稷下。挥汗成雨,人众多之况。

⑫"子孙"二句:南渡,指逃到江南。流人,流亡者。与流人伍,和流亡的人混杂为伍。

⑬"欲将"二句:要把生命献给祖国,想回到故乡去和亲人一起抗金,就是血洒

在埋葬祖先的土地上也在所不惜。寄：交托。东山：鲁地山名。《孟子·尽心》："孔子登东山而小鲁,登泰山而小天下。"一抔土：坟墓,此指埋葬祖先的土地,即故乡。

【译诗】
胡公高尚的品德常常是他人所难有的,
心胸坦白、意志坚定与韩公齐心协力。
朝廷的恩宠早已令胡公肠热心暖,
离别时刻不要唱不吉祥的《易水寒》。
道路泥泞天地一片昏暗,
连绵阴雨未下完风力迅猛又凶险。
辚辚车轮萧萧马鸣仿佛声声呜咽,
不论壮士还是懦夫都同声哭泣一片悲惨。
身为一个平民寡妇我能有何识见,
竟然流着泪向您投书。
金贵族的本性向来恶如虎狼,
为避免意外之祸的发生要早作提防。
昔日楚晋之盟和平凉之盟的悲剧不可忘记。
葵丘践土诸沦陷地绝非偏僻的荒城,
千万别鄙视那满腹经纶的谈士与儒生。
曾记得袁宏倚马之间便把露布写成,
孟尝君过秦关全靠一介门客学鸡鸣。
能工巧匠且不嫌樗栎之木,
平民百姓的意见或许大有益处。
我不求得到珍贵的隋珠与和璧,
只希望传来家乡最新的消息。
灵光殿虽然还在,只怕早已萧条冷落,
殿前草丛中的石像如今也不知如何。
故国已沦陷,落难的乡亲们是否还埋头种桑种麻?
金兵是不是还只能困守在一些城堡之中?
念昔日我家祖辈生活在齐鲁大地,
地位不算高在当地却也颇有名气。
忆往昔祖辈曾在稷下纵谈天下事,
齐鲁学子纷至沓来不计其数。

李家子孙南渡转眼已多年,

四处飘零无家可归只好与流亡的人混杂为伍。

我愿把自己的生命献给祖国的河山,

愿将一腔热血洒在齐鲁大地上。

【赏析】

绍兴三年(1133)五月,宋高宗派同签书枢密院事、吏部侍郎韩肖胄为通问使,工部尚书胡松年为副使,往金国议和。李清照写此诗相送,热情颂扬了韩、胡二人赤心报国的高尚品质,表达了诗人对国家前途命运的关心和对故乡人民的深厚感情,体现了诗人高尚的爱国情怀。

诗一开头写副使胡松年的为人:"胡公清德人所难,谋同德协心志安",点明了胡松年的高尚品德,他胸怀坦荡、意志坚定。接下来两句"脱衣已被汉恩暖,离歌不道易水寒",用韩信背楚归汉和荆轲刺秦王的典故,表现出胡松年舍身报国的悲壮情怀,也表达了诗人对他们的崇敬之情。写到这里,诗人将笔锋一转,绘出了韩、胡二公出发时的悲壮场面:"皇天久阴后土湿,雨势未回风势急。车声辚辚马萧萧,壮士懦夫俱感泣。"这是一幅悲壮的出使图:韩、胡二公在国势危难之时不惧艰险出使虎穴的英雄气概,使得不论壮士还是懦夫都无不深受感动而垂下热泪。这悲壮凄凉的画面也为下面诗人对胡公命运的担心和对故乡的思念、对个人身世的感慨营造了浓重的氛围,同时为诗人的进言与抒怀创造了有利的气氛。

面对此情此景,诗人把笔墨由客观的描述转为主观情感的抒发。她首先谦称自己身份低微,并且是个寡妇,本不懂得什么,但还是要滴血投书。她提醒韩肖胄和胡松年,对金国侵略者要清醒地认识到他们的本性像虎狼一样,要提高警惕,避免意外之祸。为此,她接连举了历史上两个例子:"衷甲昔时闻楚幕,乘城前日记平凉。"前者说楚人欲于盟会时突袭晋,兵士皆将甲穿在衣服里面,使晋人不防备;后者说唐贞元三年,侍中浑瑊充任会盟使,赴平凉与吐蕃相尚结赞相会,为吐蕃军劫持,仅他一个人狼狈逃回,将吏六十余人被吐蕃杀害。她忠告韩、胡二人,北国沦陷区并非边疆荒漠之地,那里自古以来就人才辈出,希望他们能在北上过程中不拘一格网罗人才,不论是谈士、儒生,还是布衣平民,只要对抗敌有利,都要善于听取他们的意见,大胆任用他们。只有依靠群力众智,才能战胜金国侵略者,这是自古以来取胜的经验,对此,她以历史上的实例加以说明:"露布词成马犹倚,崤函关出鸡未鸣。""露布",古代军中报捷的文书。晋时袁宏随桓温北伐被责免官,后需露布,袁宏倚马前写作,顷刻间写得七张。崤函,即函谷关。战国时齐国贵族孟尝君为秦王软禁,后更姓出逃至函谷关,适逢夜半,因鸡鸣始开关。孟尝君门客中有善学鸡鸣者,作鸡鸣状,关门遂大开,因而平安返齐。李清照强调不弃"樗栎""刍荛之言"这些规劝之辞,无不反映出她的清醒头脑和超出一般封建士大夫的远见卓识,无不渗透着她拳拳而又深沉的家国之思。

"不乞隋珠与和璧,只乞乡关新信息"二句,把诗人的思绪从对国家命运的担忧转向对故乡人民的思念。这种没有其他任何欲求而一心牵挂家乡故国的情愫是多么崇高、多么强烈。诗人止不住接连发出一个个设想和疑问:"灵光虽在应萧萧,草中翁仲今何若。遗氓岂尚种桑麻,残虏如闻保城郭。"灵光为汉代殿名,殿址在山东曲阜。诗人想象,故国的宫室屋宇,即使未被毁坏者,恐怕也是萧条冷落不堪了。翁仲,墓前石雕人像之代称。诗人进一步发问:不知祖先的坟墓现在怎么样了,已荒凉到什么程度?家乡的人民是不是还在从事桑麻生产?传说故国人民没有停止反金斗争,金兵是不是还只能困守在一些城堡之中?这一连串设想和疑问,将诗人那强烈的念国思乡之情十分感人地倾泻了出来。

"嫠家父祖生齐鲁,位下名高人比数。当时稷下纵谈时,犹记人挥汗成雨。子孙南渡今几年,飘流遂与流人伍。"她说自己的祖籍本是人才辈出的古国齐鲁之地,父祖当年如稷下学士一样,都是知名的学者。可是,金国的入侵,却使自己离乡背井,颠沛流离,由原来的生活美满的贵妇变为孤苦伶仃的嫠妇。抚今追昔,痛彻肺腑,国恨家仇,一齐迸发:"欲将血泪寄山河,去洒东山一抔土。"这里抒发的不仅仅是诗人的思乡之情,她所要祭洒的,也不仅仅是自己祖先的坟墓。诗人是以小见大,集中地表现了她对沦于异族之手的北国江山及陷于亡国之痛的北国同胞的深切思念,表现了她收复失地、统一祖国的强烈愿望,将全诗的感情推向了高潮。

全诗内容丰富,有对胡公品德的赞美,有对悲壮离别场面的描写,有对胡公的真心劝诫,也有对故乡和人民的思念。李清照写此诗时,年已五十,作为一个身处贫病之中而又年届半百的嫠妇,竟能发出如此悲壮豪迈之语,实在是感人肺腑,震撼人心。

(余晓明)

12 李纲

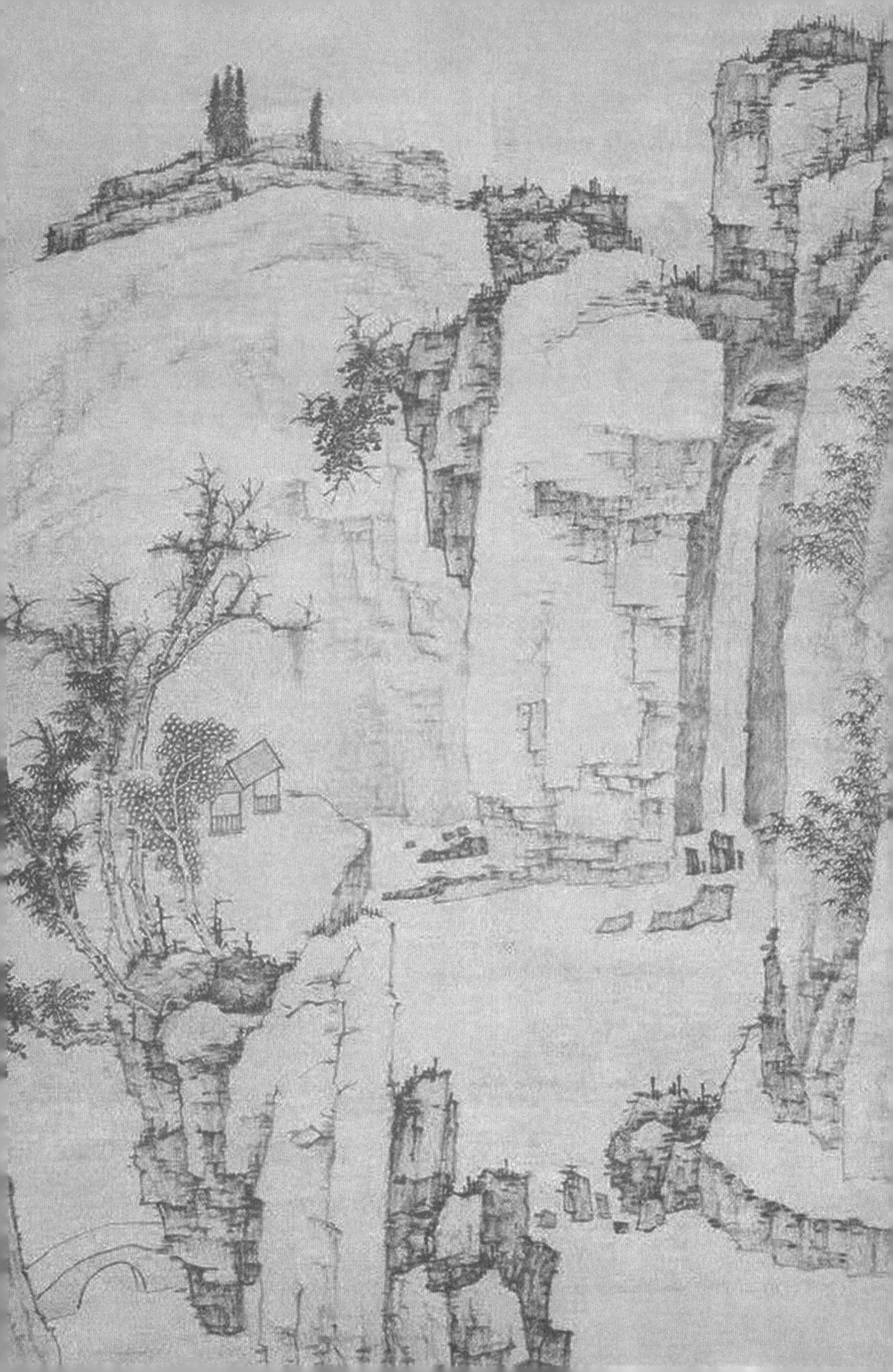

李纲(1083—1140),字伯纪,邵武(今属福建)人,政和二年进士。先后任太常少卿、兵部侍郎、尚书右丞、宰相等职,是靖康前后著名的抗金爱国将领。作品有《梁溪集》。

1125年,我国北方女真族建立的金朝分兵南下,一路由完颜宗翰统领,攻太原;一路由完颜宗望统领,逼燕山。太原军民同仇敌忾,奋力抗敌,将完颜宗翰压制在太原一线。但完颜宗望却长驱直入,逼近都城汴京,即今开封市。此时,宋皇帝徽宗畏敌如虎,把守卫都城的担子丢给太子,自己准备逃走。这正是敌军骄横、国家危难的严峻时刻。

李纲当时正担任太常少卿,官职卑微,但他以国家安危为己任,向宋徽宗上"御戎五策",却不见回音。于是李纲通过好友给事中(朝廷顾问性质的大臣)吴敏求见。他向宋徽宗明确提出应让位太子。宋徽宗迫于危情,让位赵桓,即宋钦宗。时近岁尾,转眼过年,宋钦宗即改元靖康。

李纲向宋钦宗陈说抗金主张,被任命为兵部侍郎。靖康元年大年初二,金太祖第四子完颜宗弼攻占浚州(今河南浚县东)。消息传来,徽宗出逃,宋钦宗也坐不住了。李纲直言上谏,陈说利害,请求皇帝留下,并请缨守城。宋钦宗便命他为尚书右丞,留守京城。李纲全权指挥抗战,并亲自督战,击退完颜宗望数次进攻。在此期间,金兵胁迫宋钦宗议和,投降派大力怂恿钦宗妥协。李纲一面抗战,一面同以李邦彦、张邦昌为首的投降派展开尖锐斗争。但由于金兵的威胁和投降派的怂恿,宋钦宗罢免了李纲职务,这引起了爱国人士的强烈不满,由于抗战军民和爱国太学生们的抗议,宋钦宗无奈只好复用李纲。

金军被打败,但拿到了宋钦宗交割太原、河间、中山三镇的诏书,带了人质宋徽宗第五子赵枢,撤军北归。由于李邦彦、张邦昌等投降派的阻挠,宋军贻误战机,北追未果。

李纲力主抗战,取得了汴京保卫战的胜利。但当年九月,宋统治者以"专主战议,丧师费财"的罪名,把李纲贬为扬州知州,后来因国事艰危,李纲被起用过几次,但时时受到投降派的打击迫害。南宋建立的初期,李纲任宰相七十七天,即被流放到荆湘一带。李纲怀有抗战卫国的主张,但始终壮志难酬,很不得意,终于忧郁成疾,于南宋绍兴十年(1140)病故。

李纲是宋朝著名的抗金将领之一,他的诗歌充满了深沉热烈的爱国主义情感。

李纲诗之一

病　牛①

耕犁千亩实千箱，力尽筋疲谁复伤②？
但得众生皆得饱，不辞羸病卧残阳③。

【注释】

①病牛：诗人自身形象的象征。
②千：非实指，此处用以形容非常多。实：充实。复：再。伤：同情。
③但：只，唯。辞：推辞。羸病：瘦弱有病。

【译诗】

曾经耕种了多少田地又丰实了多少仓廪啊，
而今身疲力竭还有谁向我表示同情与哀伤？
可我只求人们口腹无忧，生活得美好啊，
哪怕俯卧这病弱之躯独对那天边的夕阳！

【赏析】

此诗作于公元1128年诗人被流放于武昌时。诗人一生抵抗金兵侵略，努力革新图治，处处为国为民，却不断受到投降派的打击迫害，落得罢相流放的结局。在这种情形下，诗人心中怎能没有悲愤不平？但诗人也绝不会为此而改变为国为民的初衷。此诗即借病牛自喻，回顾坎坷的遭遇，抒发忧国忧民的情怀，表现了宁愿为国为民牺牲自己的崇高精神。

全诗以拟人的手法，写一老牛卧病时对自己一生的追忆与思索，也正是诗人本人对自己一生的追忆与思索。首二句写老牛多年来辛勤劳作，为主人创造了难以计数的财富。它贡献了毕生精力，终于累倒了，但是没有人同情它、抚慰它。"千亩""千箱"都非实指，是形容老牛贡献之大，难以计数。第一句未提到"病"，但说明了下句"力尽筋疲"的原因。"谁复伤"以诘问的语气，表达出自己奉献了一切却得不到任何照顾与尊重的悲愤不满之情。如果说第一句是对过去岁月的回想，第二句便是对眼下老弱被弃的结局的思索，是对所受不公待遇的控诉，是自我哀怜的呻吟。这也正是诗人自身的写照。回想自己忠心为国，力主抗战，革新图治，却屡遭奸邪小人的迫害,得不到皇帝的同情和器重,竟然落得被流放的结局,壮志难酬,怎能不黯然神伤、悲从中来?回思往事夙愿,审视眼前遭遇,怎能不发出不平之鸣?

紧接着三、四句语气则由前两句的悲愤哀怨一变为昂扬奋发:"但得众生皆得饱,不辞羸病卧残阳。"只要能使人们温饱无忧,安居乐业,老牛哪怕累得病倒、气息奄奄也在所不惜。"但""不辞"等词突出了这种信念的坚定不移。即使身受不公正的待遇,依然矢志不移。这种奋发的精神正是诗人在回顾思索之后的定论。即使自己的抗敌主张不被采纳,即使自己被贬遭黜、难以施展抱负,但为国为民尽力的初衷绝不更改,受尽委屈也要拼却一生为民造福。这里深深感动读者的是"牛的精神",也是诗人忧国忧民的深挚情怀。

这首诗用拟人手法,写得形象生动。因为牛历来被视为勤劳务实、默默奉献的楷模,诗人恰恰是不计个人安危得失、一心希望国家强盛和人民安乐的人。以牛自比,形象贴切;以病牛自比,更突出自己强烈深挚的忧国忧民的思想,突出了坚守信念的高尚情操。全诗用字简洁朴素,感情自然深挚,有极大感染力。

李纲诗之二

伏读三月六日内禅诏书及传将士榜檄,慨王室之艰危,悯生灵之涂炭,悼前策之不从,恨奸回之误国,感愤有作,聊以述怀①

胡骑长驱扰汉疆②,庙堂高枕失堤防③。
关河自昔称天府④,淮海于今作战场⑤。
退避固知非得计⑥,威灵何以镇殊方⑦。
中原夷狄相衰盛⑧,圣哲从来只自强⑨。

【注释】

①内禅:皇帝活着时传位给太子。此处是指高宗赵构传位给三岁的小太子。传:传布。榜檄:通告,宣言。慨:慨叹。王室:皇室。涂炭:形容百姓生活如水深火热,极困苦。悼:哀伤地想。前策:先前抗金的建议。不从:不被采纳。奸回:奸邪小人。有作:因而写作。

②胡骑:指金兵。胡是古代汉人对北方民族的通称。扰:侵扰。

③庙堂:朝廷。高枕:比喻毫不考虑国家大事。此句说最高统治者只知睡大

觉,把防御工作全忘掉了。

④关河:函谷关和黄河。天府:地势好、物产丰的地方。

⑤淮海:淮河流域东边到海的地区。淮河源出河南省桐柏山,流经安徽、江苏两省。

⑥固:本来。此句说退避逃跑本来就不是有利的办法。

⑦镇:镇服。殊方:风俗人情不同的远方。

⑧中原:指黄河中下游地区。夷狄:古代汉人对东方和北方民族的通称。

⑨圣哲:英明的皇帝。

【译诗】

我看了三月六日皇上传位给三岁太子的诏书,又看了将士们散发的拥护皇上复位的檄文,不禁慨叹皇室的艰难困顿,哀怜百姓生活水深火热,伤悼从前抗金之策不被采纳,痛恨奸佞误国!胸中有所感慨愤恨,因而提笔为诗,姑且一吐为快:

　　北来的金兵汹汹直下把我国土侵犯啊,
　　为官作宰的却昏昏然全不知防御!
　　关河一带是自古以来的丰饶之地,
　　淮海大地如今却成了厮杀的战场!
　　不成而退逃身保命本就不该呀,
　　哪还有什么威信镇服万众四方?
　　中原和夷狄盛衰交替自古如此呀,
　　英明的君王自当发愤图强!

【赏析】

南宋王朝初期,李纲一度被任命为宰相,时间仅七十多天,就被汉奸卖国集团排挤出朝廷。他苦心经营的政治军事的革新措施也被废除干净。此诗是诗人卸任后被流放到广东边远地区时所写。当时宋高宗赵构由于卫队暴动反对逃跑,下诏传位给只有三岁的太子。而各地将领吕颐浩、张浚、韩世忠等人联合发出檄文,派兵拥护赵构恢复帝位。诗人在诗中叹惜自己抗金主张不能实现,使国家局势更加恶化,增加了老百姓的苦难,对投降派予以尖锐讽刺。最后表达了他发愤图强、抵抗侵略的信心。

首联第一句就描述了金兵气势汹汹侵略中原的紧急形势。"长驱"即长驱直入轻而易举攻入中原。"扰",侵扰,说明金人发动的是侵略性的战争,言下之意是面对这样的敌人,我们应该奋力回击,决不能忍让。第二句写面对此紧张局势,朝廷上下却优哉游哉,只顾享乐,根本不顾国势安危,不知抵御。"高枕"形象地描画出统治集团醉心享乐、不问国事的可耻嘴脸。首联两句把金兵的大胆入侵与宋朝廷的苟且偷安作鲜明对比,虽是简单叙事,但激愤之情溢于言表。

　　颔联说中原大地自古是天堂般的好地方,而今却沦为厮杀的战场,将中原大地今昔对照,我们不禁要问:为什么人民安居乐业的天堂福地成了战尘滚滚、铁骑蹂躏的战场,成了人间地狱?这难道不是朝廷不愿抗战、不顾百姓死活、不顾国家安危、苟且偷生任人侵略的恶果?前面两联句句叙述,有因有果,概括了金兵进犯、朝廷无能、百姓受难的国内形势,可以从中感受到诗人不平静的心潮,有对人民的深切同情,有对投降派集团的强烈谴责讥讽,有对祖国山河受辱的悲叹,还有报国无门的愤怒。

　　诗下半部分由叙事转为议论。颈联对统治者不敢迎战、只知逃命的可耻行径进行指责和讽刺。明确指出:面对外族入侵,一味退却忍让是完全错误的,"固知非得计"于国于民都是完全不利的,只能助长敌人的嚣张气焰。朝廷的责任是要统治国民,更要保证人民生活安定,维护国家尊严。而今面对金人竟吓得不敢有丝毫反抗,哪里还有古来大国的尊严和威信,怎么能臣服四方?尾联两句以自我勉励结束全诗。"圣哲从来只自强",英明的帝王从来都知道只有发愤图强才能使国势强盛,才能不受欺凌,才能威震四方。这既是自勉,也反映了诗人的希望,希望皇上采纳自己的抗战主张,收复失地,捍卫国土。眼前的国势衰微要积极面对,不是中原国强民盛,便是边疆少数民族国强民盛,自古以来就没有哪一方能永远处于优势或永远处于劣势,发愤自强是历来圣贤明君的治国之道。目前,大宋王朝就应该积极为政,奋力抗金,重振国威。这就是诗人此诗要宣讲的道理,是诗人历来主张抗战的信念。

　　全诗语言朴素明朗,用字准确形象,运用对比手法概括描绘。诗的前半部分叙事,后半部分议论。由叙而议,一线贯穿的是隐而可感的情感线索,即强烈深挚的爱国热情。这种情感又是极复杂的,通过对比叙述,表达了诗人关心国家命运、同情人民疾苦、盼望国泰民安的爱国之情;在叙议之中表达了对投降派的尖锐讥讽,对有志之士发愤图强的勉励。全诗无一字抒情,但字字句句蕴含着强烈深沉的爱国之情,是一首优秀的爱国主义诗歌。

(丁骏)

13 陈与义

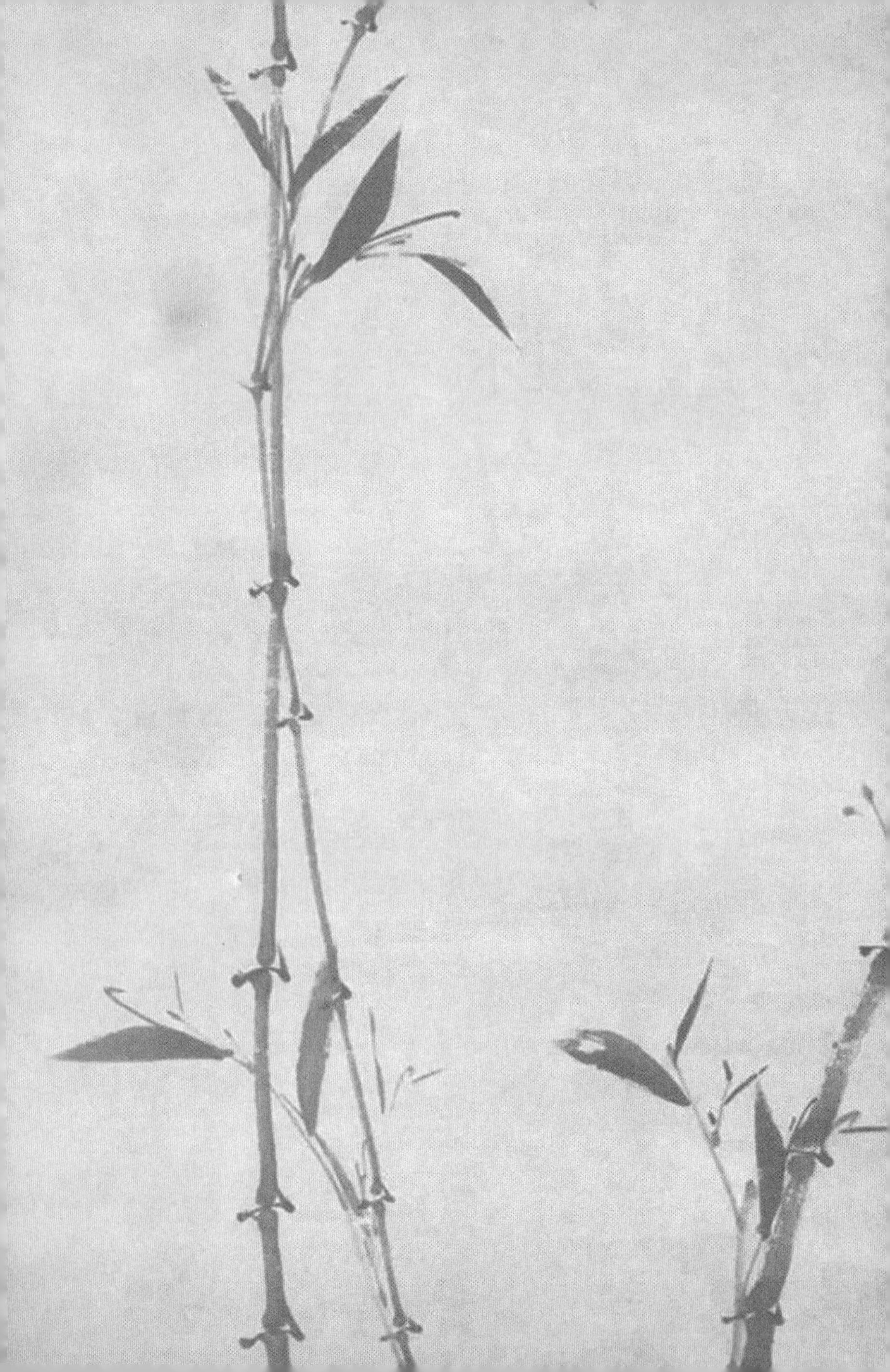

陈与义(1090—1139),字去非,号简斋,洛阳(今属河南)人。宋徽宗政和三年(1113)中上舍甲科进士。历任府学教授、太学博士。《宋史》上说:"与义天资卓伟,为儿时已能作文,致名誉,流辈敛衽,莫敢于抗。"金兵入汴、高宗南迁后,累官中书舍人,知湖州(治所在今浙江省湖州市),参知政事。《宋史》对陈与义还有这样一段记载:"与义容状俨恪,不妄言笑,平居虽谦以接物,然内刚不可犯。其荐士于朝,退未尝以语人,士以是多之。尤长于诗,体物寓兴,清邃纡余,高举横厉,上下陶、谢、柳之间。尝赋墨梅,徽宗嘉赏之,以是受知于上云。"他生平以诗著称。早期作品受到黄庭坚、陈师道的影响较多,故严羽说他"亦江西之派而小异"(见《沧浪诗话·诗体》),后经靖康之变,他目睹了亡国的惨祸,避乱南行。又经历辗转流亡的艰苦生活,诗作更加面对现实,多感愤沉郁之音。其诗篇字里行间多有忧国忧民之情。词作较少,亦有一定的质量和影响。有《简斋集》。

陈与义诗之一

伤　春

庙堂无策可平戎①,坐使甘泉照夕烽②。
初怪上都闻战马③,岂知穷海看飞龙④。
孤臣霜发三千丈⑤,每岁烟花一万重⑥。
稍喜长沙向延阁⑦,疲兵敢犯犬羊锋⑧。

【注释】

①庙堂:朝廷。平戎:击败入侵中原的少数民族。戎:古代汉族人对西北方民族的通称,这里指金国。

②坐使:一筹莫展地听任。甘泉:皇帝行宫的代称。汉朝皇帝的行宫设在甘泉山(现在陕西省淳化县)。烽:古代边境上遇到敌情,点起烟火作为报警的信号。

③上都:京城。

④穷海:偏僻遥远的海。飞龙:指的是皇帝,一说是大船。

⑤孤臣:远离皇帝的臣子,指的是诗人自己。霜发:白头发。三千丈:一种夸张的写法。

⑥烟花:春天的景色。一万重:形容层层叠叠数不清。

⑦向延阁:向子諲,原是直秘阁学士,所以借用汉朝史官的称呼(延阁)来称他。

这时他正在做潭州（治今湖南长沙）太守，组织军民去抵抗金兵。

⑧疲兵：疲乏的军队。犯：抗击，抵挡。犬羊锋：敌兵的锐气。

【译诗】

朝廷无法抗击入侵中原的金兵，
报警的烟火把皇帝的行宫都照得透红。
令人惊诧的是连京城里也能听到战马的嘶叫，
哪知道皇帝竟逃到大海去避凶。
因忧虑国事，我满头黑发都已变白，
春天一到，百花照样开得密密层层。
令人欣喜的是长沙太守向子諲，
他率领疲弱的军队竟大胆抗击来犯的金兵。

【赏析】

宋高宗建炎三年（1129），金兵分两路渡江南侵，一路入江东，几乎未遇抵抗就占领了建康（今南京），十二月又攻陷临安（今杭州），高宗赵构逃往明州（治今宁波）入海，翌年正月退至温州，才免于金兵的追击。金兵另一路入江西而下，建炎三年二月，潭州（今长沙）太守向子諲率众抗击金兵，守城八日，终被攻陷。向子諲督民巷战，敌退后，收集溃卒入城治事。

陈与义在汴京失陷后，流落湖南邵阳，暂居紫阳山。建炎四年春，他得知向子諲率众抗金事，感慨万端，遂作此诗，抨击朝廷的昏庸无能，颂扬了敢于抗击侵略者的爱国主义精神。

首联以平叙的语气写宋家朝廷的昏庸无能，没有抗御金兵之策，致使京城皇宫处于危机之中。这里化用了汉文帝时匈奴入侵、边塞烽火照亮甘泉宫的故事，以史为鉴，以历史比况今天的现实，更加激起了诗人的忧愤之情。这里用典贴切，比况鲜明，增强了诗的表现力。

颔联写得动荡、飞腾，使上一联的情绪进一步强化。当年京都被金兵攻陷时，就令人惊恐万端，痛惜国势危急，未料到堂堂的大宋皇帝竟被赶到穷海之中！"初怪"与"岂知"既彼此呼应，又构成了层次的递进，既写出了宋王朝屈从于异族暴力、步步屈膝的事态发展过程，也把诗人感怀时局、痛恨宋家朝廷腐败无能的愤慨情绪升华到一个新的高度。

如果说前两联以深切的哀痛、激愤之情抨击了那些高居庙堂的王公大僚们的昏庸腐败、祸国殃民的话，那么后两联则抒发了诗人强烈的爱国主义思想感情。

颈联化用李杜诗意来抒发爱国爱民的感情。"孤臣霜发三千丈",出自李白《秋浦歌》中的"白发三千丈,缘愁似个长",极言爱国臣民忧虑国事、愁多发白。这里的"孤臣"应泛指包括诗人自己在内的爱国臣民。"每岁烟花一万重"出自杜甫《伤春》中的"关塞三千里,烟花一万重"。唐代宗广德元年(763),吐蕃攻下长安,代宗出走陕州。当时杜甫在阆州,距长安很远而得不到消息。这两句诗就写出了他对长安的倍加怀念之情。而陈与义此时的处境与杜甫相似。因此,他借杜甫的酒杯来浇自己的块垒,表现了对故都的怀念之情。意思是说每当忆及汴京浓丽的春色被金人所占之时,则倍生忧念之情。这里既有哀叹烟花的无知,又有对不以国事为重的王公大臣的谴责。

尾联则由哀叹转向赞美,歌颂了向子諲勇于率"疲兵"抗御金兵的壮举。

陈与义崇尚杜甫,这首诗感情沉痛,气势连贯,音声嘹亮,颇具杜甫的雄浑之风。前两联着重写"愤",后两联又"忧""喜"并举,对比鲜明,用典贴切,意蕴丰厚,意象巧妙。诗题虽为《伤春》,但并无伤感春光逝去之意,而是同杜甫的《伤春》诗一样,是一曲忧国忧民的悲歌。

陈与义诗之二

观 雨

山客龙钟不解耕①,开轩危坐看阴晴②。
前江后岭通云气③,万壑千林送雨声④。
海压竹枝低复举⑤,风吹山角晦还明⑥。
不嫌屋漏无干处,正要群龙洗甲兵⑦。

【注释】

①山客:诗人自称。建炎四年(1130),陈与义自衡岳经金潭到洛阳。龙钟:形容人的潦倒衰惫。

②轩:这里指门窗。危坐:端坐。

③"前江"句:云气弥漫于上下前后。

④"万壑"句:从雨声写雨势。

⑤海:指暴雨。雨大而猛,势如海倾。

⑥"风吹"句:云受风吹,聚便暗,而山隐;散便明,而山现。

⑦"不嫌"二句：写观雨的联想，用雨作比喻，表达对抗敌胜利的渴望。意思是为重见太平，不计个人利害。洗甲兵：杜甫《洗兵马》中有"安得壮士挽天河，净洗甲兵长不用"句。

【译诗】

我身居异乡衰惫潦倒而不事农耕，
打开门窗端坐注视着天气的阴晴。
天上的云气弥漫于住所的上下前后，
树林和山间传来狂风暴雨的响声。
海倾般暴雨压得竹枝低下又抬起，
风大云疾使得山间或暗或明。
暴雨使陋屋湿透，我却丝毫无怨，
因为正需群龙降雨来洗刷甲兵。

【赏析】

陈与义生活的时代，正是金人南侵、北宋亡国、南宋初立这个天崩地陷的时代。公元1129年，金兵在东南战场攻破临安(今杭州)、越州，继而从海上追击宋帝，宋帝从明州逃至温州。在湖南、湖北一线，金兵于公元1130年春天进逼长沙。同年二月，长沙守将向子諲组织军队顽强抵抗，形势稍有缓和。《观雨》一诗正表现出诗人对时局的忧虑以及长沙战事稍有起色给他带来的振奋心情。

首联："山客龙钟不解耕，开轩危坐看阴晴。"山客，诗人自谓，"客"字点明身份；"龙钟"写自己体力与精神疲惫；"不解耕"说自己不事农桑。这些，与其说是诗人在详细地介绍自己，倒不如说是在述说他那个不幸的时代。异乡为客，是因为国破家亡；心力交瘁，是因为颠沛流离；不事农桑，是因为在这战乱扰攘的年代，和平生产根本无法进行。这七个字，道出特定的时代以及诗人对那个时代的鲜明态度。正是由于这样，诗人才十分关心时局的变化，因而"开轩危坐看阴晴"。"危坐"二字写出了诗人凝重的神态与沉郁的心情。

"前江后岭通云气，万壑千林送雨声。"这一联，景象阔大，气韵横沉。千山万岭，翻云覆雨。诗人这样写，一方面是由夏季云雨固有的特征所决定，另一方面也是由诗人浩茫深沉的思绪所决定。广大地域的风云激荡，大雨滂沱，不正是当时整个国家颠覆、百姓流离的象征吗？因此，这一联语意双关，既是在写雨景，也是在写时事。

但是，无论风雨多么猛烈，雨中的万物却并不全然屈服，情势也并非无一转机。

浓云密雨之下也有波澜起伏,不屈不挠的抗战,灾难沉重的局面也有了可喜的变化。诗人在颈联写道:"海压竹枝低复举,风吹山角晦还明。"这既是眼前的实景,也是诗人对时局的企望与信念。竹枝在顽强不懈地向上举起,它们的努力不是没有希望的,你看那高高的山角上,大风吹掀处不也露出了光明嘛!这一联中,"海"字形容雨势如倒海翻江,"压"字写得极有力气,是对"海"的进一步补述。"风吹山角",写得精细,说明诗人对雨势观察细致入微,透露出诗人对时局的关切程度。这一联的聚精会神也正与上文的"危坐看阴晴"前后呼应,神气贯通。

最后一联:"不嫌屋漏无干处,正要群龙洗甲兵。"上句化用杜甫"床头屋漏无干处"的诗句,下句化用杜甫"净洗甲兵长不用"句,但用意都与杜甫诗意相反。诗人忽然由雨想到一段故事:武王伐殷时,也是天降大雨,姜太公说,"这是上天在为我们洗刷甲兵,助我伐纣"!大宋王朝如果出兵伐金,不也可以借助这大雨洗刷甲兵吗?如果真是这样的话,个人的屋子漏雨又有何妨!值得注意的是,诗人在这里转换了雨的意象。之前雨和风一起代表着一种晦暗压迫势力,而此处却变成有助正义的事物了。这是不是前后相违呢?不是,因为同一事物本来就有着特征不同的各个侧面。诗人完全可以灵活地抓住这些不同的侧面来表现自己的中心思想。所以诗人转换雨的意象,正体现了诗人诗思的活跃与善于变化。

这首诗气韵雄沉,境界阔大,把眼前自然现象与诗人对自然现象的观察以及对现实的思考结合起来,气足神备,有极高的审美价值。

陈与义诗之三

牡　丹[①]

一自胡尘入汉关[②],十年伊洛路漫漫[③]。

青墩溪畔龙钟客[④],独立东风看牡丹[⑤]。

【注释】

①这首诗作于绍兴六年(1136),借咏牡丹抒发国破家亡的感慨。
②一自:自从。胡尘:指金兵。汉关:指中原。
③十年:金兵于公元1126年攻破汴京,到写作本诗时正好十年。伊洛:河南的伊水、洛水。
④青墩溪:在浙江桐乡北。龙钟:年老衰弱、行动不灵便的样子。龙钟客:诗人

自称。

⑤"独立"句：独立，独自站着。洛阳是北宋的西京，也是诗人的故乡，以牡丹闻名。这句写因看花而引起的感慨。

【译诗】

自从金兵赶走朝廷进入中原，
十年来思念着伊洛二水道路漫漫。
青墩溪旁一位年老体衰的他乡之客，
独自站立在东风中遥望着洛阳的牡丹。

【赏析】

这首诗写于公元1136年，是一首思念故国的抒情诗。自从公元1126年金兵攻下汴京到公元1136年，已有整整十年。北宋灭亡，诗人也远离北宋西京洛阳（也是诗人的故乡），流落到浙江桐乡北青墩溪。此刻，他是多么思念故乡、多么思念旧家啊！但是不仅山水相隔，而且故国沦陷，路途就更加"漫漫"，漫长到靠个人之力而无法走到的地步了。洛阳牡丹名闻天下，值此牡丹盛开的时节，"独立"观看，怎能不睹物思乡呢？又怎能不怨恨南宋小朝廷的屈膝议和，不肯北伐收复失地呢？诗人满腹的思乡愁、亡国恨都蕴含在默默无语的"独立"之中，真可谓"此时无声胜有声"，言已尽而意无穷，使读者陷于深深的沉思之中。

（丁骏）

14 张元干

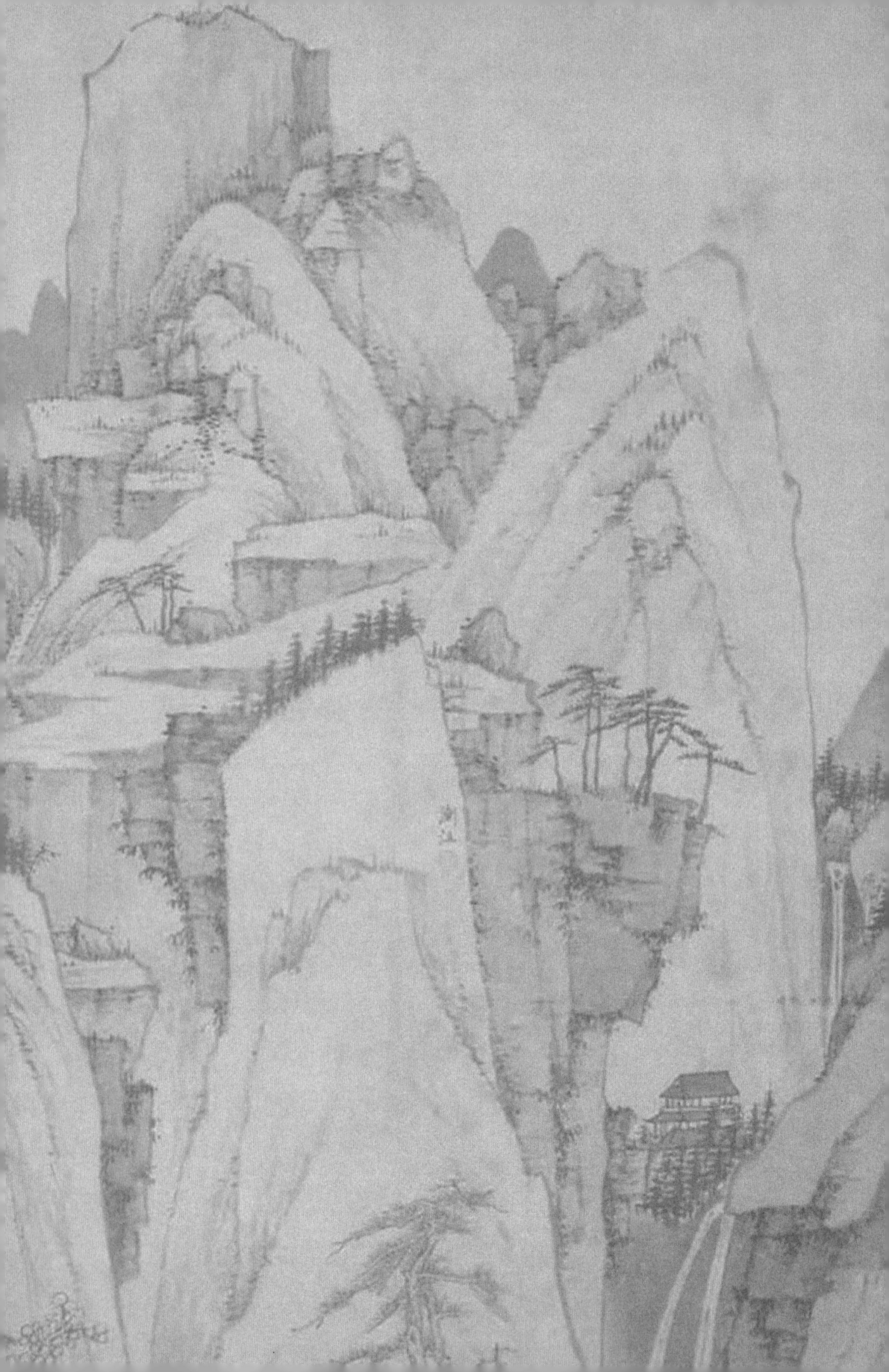

张元干(1091—约1161),字仲宗,号芦川居士、真隐山人,晚年自称芦川老隐。芦川永福(今福建永泰)人。张元干是由北宋入南宋的词人,是南宋爱国词派的开路先锋。

政和初,为太学上舍生。宣和七年(1125),担任陈留县丞。靖康元年(1126),著名将领李纲任亲征行营使抗击金兵时,张元干入其幕府担任他的属官,积极支持李纲抗击金兵入侵。南宋建炎元年(1127)五月,宋康王赵构在南京(今河南商丘南)即位,建立南宋王朝,是为高宗。宋高宗起用李纲为宰相,张元干被召回,官为朝议大夫、将作少监、充抚谕使。但高宗不思北上,执意与金议和,以求偏安一隅。绍兴元年(1131)春,秦桧当国,极力主张议和,主战派被排挤,张元干不愿与主和派合作,辞官回到福建。绍兴八年(1138)冬,秦桧、孙近等筹划与金议和、向金营纳贡,李纲立即上书表示坚决反对,却被罢官,下放到福建长乐。此时,休官在家的张元干听说李纲被贬长乐,就写了一首《贺新郎·寄李伯纪丞相》给李纲,明确表示支持他主战、反对朝廷一味求和的抗金主张。这首《贺新郎》词,是南宋词坛爱国词的先声,在当时就有很大的影响。

绍兴初年,南宋枢密院编修官胡铨,坚决反对宋金议和。他曾上书奏请高宗斩下秦桧、王伦、孙近的首级。奏疏上报之后,却触怒了支持议和的宋高宗,结果受到打击,屡遭贬谪。

绍兴十二年(1142),宋金议和成功,主和派旧事重提,谏官弹劾胡铨。因连遭诬陷,胡铨被开除官籍,一贬再贬。这种杀鸡儆猴的做法,其实是主和派对主战派的一种镇压。当时,作为一名爱国词人的张元干已到天命之年,但他对主和派的这种高压做法不仅毫不畏惧,相反,在胡铨经过福州时,他不顾个人安危,挺身而出,亲自为胡铨送行,并写下了传唱一时的杰作《贺新郎·送胡邦衡待制》,为胡铨被诬陷而鸣不平。词中表达了作者强烈的愤慨以及对投降派误国误民的强烈憎恨。此时,以秦桧为代表的主和派正在台上,怎么能容忍张元干公开写词反对自己,支持胡铨呢?张元干因此被朝廷除名,并被抄家、逮捕入狱。

张元干的词多以爱国为主题,将词的内容更紧密地与现实斗争结合起来。激昂慷慨,风节凛然,开拓了词的境界,赋予词以新的生命,为南宋词坛开辟了一条全新的创作道路,对后来的辛弃疾词派产生了重要影响。有《芦川词》《芦川归来集》传世。

张元干词之一

贺新郎·寄李伯纪丞相①

曳杖危楼去。斗垂天、沧波万顷,月流烟渚。扫尽浮云风不定,未放扁舟夜渡。宿雁落、寒芦深处。怅望关河空吊影,正人间、鼻息鸣鼍鼓②。谁伴我,醉中舞?

十年一梦扬州路。倚高寒、愁生故国,气吞骄虏③。要斩楼兰三尺剑④,遗恨琵琶旧语⑤。谩暗涩、铜华尘土⑥。唤取谪仙平章看,过苕溪、尚许垂纶否⑦?风浩荡,欲飞举。

【注释】

①李伯纪:南宋初抗金名将李纲,伯纪是他的字。当时,李纲在福州上疏反对朝廷议和卖国,张元干得知后,作此词以表明对议和的强烈不满以及对李纲的敬仰之情。

②鼻息鸣鼍(tuó)鼓:指人们熟睡,鼾声有如击打着用扬子鳄的皮做成的鼓,即有鼾声如雷之意。鼍鼓:扬子鳄的皮做成的鼓。

③骄虏:指金人。《汉书·匈奴传》说匈奴是"天之骄子",这里借指骄横的金兵。

④要斩楼兰三尺剑:楼兰是汉西域国之一,汉武帝时曾派使者通大宛,楼兰挡道,经常攻击汉朝使者。汉昭帝时派遣傅介子出使西域斩其王,以功封侯(事见《汉书·傅介子传》)。

⑤琵琶旧语:用汉代王昭君出嫁匈奴事,暗指宋金议和之不可行。相传王昭君善于弹琵琶,琵琶曲中的《昭君怨》是她所作。唐代大诗人杜甫《咏怀古迹》云:"千载琵琶作胡语,分明怨恨曲中论。"

⑥暗涩:形容宝剑上布满铜锈,逐渐失去光彩,失去作用。铜华:铜锈。

⑦垂纶:垂钓。传说吕尚在渭水垂钓,后遇周文王。后世以垂钓指隐居。

【译诗】

手拄竹杖,独自登上楼台高处。举目远眺,北斗星低低地垂挂在寥廓的夜天,万里长江烟波浩渺,波浪万顷,月光如水流泻在烟雾弥漫的洲渚。浩浩江风将浮云横扫净尽,仍吹拂不定,以至于渡口船只无法摆渡,我不能连夜飞渡。南飞的鸿雁像飘零的枫叶一样,摇晃着从空中落下来,躲藏在夜风摇曳的芦苇深处。怅望满目疮痍的祖国山河,我却只能独自黯然泪下——这人间似乎已沉沉睡去,鼾声像敲打鼍鼓。还有谁肯陪伴我乘着酒兴起舞?

十年前皇帝即位于应天府,而今连扬州都被金人占据,事隔十年,好像一场噩梦。独倚高楼,夜气寒凉逼人,远眺中原大地,我满腔悲愤,恨不得一口吞下骄横的胡虏。应该学傅介子提剑斩楼兰,用这三尺宝剑亲手杀死金的统治者,绝不能像王昭君那样和亲忍屈辱,徒使宝剑蒙尘土!谪仙李白啊,我请您来评评看,经过苕溪时,还能允许我们垂纶学钓鱼吗?大风浩荡,长吹不歇,我们要凭借浩荡荡长风腾云起,九天之上展宏图!

【赏析】

这首《贺新郎》是词人于宋高宗绍兴八年(1138)所作,是写给当时的爱国将领李纲的,以支持他主战的政治主张,对他被罢黜表示无比愤慨。贯穿在词中的是一股英雄之气。词作上片开篇写景,融情于景。起首四句写登高远眺所见之景,低垂暗淡的星斗,波浪迭起的江水,似水的月华,迷蒙的洲渚,疾风、孤雁、寒芦等景物的细腻描绘营造了冷落寂静的秋夜氛围,意境凄冷,令人心生悲凉。"怅望关河空吊影,正人间、鼻息鸣鼍鼓",这里的"怅望"二字,非常直白地抒发了词人的深切感受。眺望远景,却只能见到分裂的祖国山河,自然吊影自伤,表现了词人无限怅惘悲痛的心情。深夜时分,人们鼾声如雷。这里一方面写众人皆睡,夜气沉沉;另一方面借众人深夜酣睡来暗喻当时的朝廷掌权者求和苟安,暗示读者,朝野上下潜伏着一种巨大而黑暗的力量,抒发词人孤单无侣、"众人皆醉我独醒"的感慨。

因此,词人满怀希望地呼吁:"谁伴我,醉中舞?"这里借用晋代祖逖与刘琨夜半同起舞剑的故事,自问这世上还有谁能与"我"志同道合呢?语浅而情深。

词人认为,只要振作起来,上下同心,抗金的力量是非常巨大的,完全大有可为。在结构上,承接上文中"怅望关河空吊影"的自伤孤独;同时,为下片呼唤李纲重新出山领导抗金斗争,做了气氛上的铺垫,到这里才转入"寄李伯纪丞相"本题。

词作下片着重抒情,抒发词人所感,运用典故以暗示手法表明对金朝屈膝议和的强烈不满,并表达了自己对李纲的敬仰之情,同时希望李纲振作精神,坚持抗金。

"十年一梦扬州路",化用了杜牧《遣怀》中的"十年一觉扬州梦"。作者想到十年前,高宗在应天府(今河南商丘)即位。不久高宗南下,以扬州为行都;次年秋金兵进犯,南宋小朝廷又匆匆南逃,扬州被金人攻占,立刻被战争摧为一片破壁残垣。词人忆起昔日的繁华,感慨犹如一梦,表现了对当今朝廷懦弱议和的愤懑以及坚决抵抗金人南下的决心。"愁生故国,气吞骄虏",直抒胸臆。词人夜倚高楼远眺中原大地,只见山河破碎、满目疮痍,不由得悲愤满腔、愁思满肠。但词人并未因此而消沉,而是感到自己壮心犹在,豪气如潮,足以吞灭金兵。气氛悲壮而凄凉,令人回味。

"要斩楼兰三尺剑,遗恨琵琶旧语。"运用典故,借古喻今,抒发抗金的雄心壮志和报国无路的悲愤。这里用了两个典故。一个是汉代使臣傅介子出使西域,提剑斩杀楼兰王的故事。这里用楼兰来比喻金统治者,用傅介子来比喻李纲,表示坚定的抗金志向。一个是汉代王昭君被迫出塞与匈奴和亲,马上弹奏琵琶寄托悲怀的故事。这里用来写宋向金统治者屈膝求和的遗恨,也可以理解为抒发中原未能收复而抗金将领被弃之不用的遗恨。两个典故,一正一反,说明只有坚决战斗,才会取得胜利,否则留下的将是千古悲恨。这两句继续表述词人坚定的抗金志向,对南宋朝廷屈辱妥协、摒弃良才的错误政策予以强烈的斥责。"谩暗涩、铜华尘土",词人感叹如今的局势,朝廷一味求和,虽然自己有心杀敌,但也无能为力,如同宝剑生了铜锈,被弃于尘土之中。"唤取谪仙平章看,过苕溪、尚许垂纶否?"深化了词的主题思想。这里用"谪仙"李白来比李纲,是对李纲的推崇。面对山河破碎、和议已成定局的形势,李纲能否就此隐退苕溪垂钓自遣而不问国事呢?"风浩荡,欲飞举。"这两句总结全词,指出要凭浩荡长风,飞上九天,直接抒发了作者豪气万丈、跃跃欲试的爱国豪情,同时表达了对李纲坚持主战、反对和议的主张的坚定支持。词人热切地希望李纲乘风振起,为抗金事业再作贡献。这也就是他作此词的主要目的。

这首词激昂慷慨豪迈,爱憎分明,感情真挚,字里行间充满着词人豪壮轩昂之情,继承了北宋词作表达英雄气概的豪放词风。在此基础上,张元干将词的内容更紧密地与现实斗争结合起来,进一步表达了对无能朝廷、主和投降派的反感、愤恨!这种情绪在一定程度上甚至超过了对金人的憎恨。在词的发展史上,像这样的词的情绪对象的变化,是豪放词情调、境界变化的主要内容。从这些方面来说,张元干这首词在南宋词坛上是起着承传作用的。

(丁月香)

张元干词之二

贺新郎·送胡邦衡待制赴新州①

梦绕神州②路。怅秋风、连营画角③,故宫离黍④。底事昆仑倾砥柱。九地黄流乱注⑤。聚万落、千村狐兔。天意从来高难问,况人情、老易悲难诉。更南浦⑥,送君去!

凉生岸柳催残暑。耿斜河、疏星淡月,断云微度。万里江山知何处?回首对床夜语。雁不到、书成谁与?目尽青天怀今古,肯儿曹、恩怨相尔汝⑦?举大白⑧,听金缕。

【注释】

①胡邦衡:胡铨,字邦衡,庐陵(今江西吉安)人,宋高宗时进士,为枢密院编修官,因反对与金议和,请斩秦桧,一再被贬。待制:宋时官名。

②神州:古称中国为"赤县神州",这里特指未收复的中原。

③画角:古管乐器。古时军中多用其警昏晓,振士气,肃军容。

④故宫:指北宋都城汴京旧宫。离黍:《诗经·王风·黍离》有"彼黍离离,彼稷之苗"。离离,茂盛。后多以"离黍"为慨叹亡国之典。

⑤昆仑倾砥柱:传说昆仑山有天柱,天柱崩则天塌。九地黄流乱注:黄河中有砥柱,砥柱崩则黄水泛滥。这都是九州覆灭的灾祸。

⑥南浦:本义为南面水边,后常用以称送别之地。江淹《别赋》有"送君南浦"。张铣注曰"南浦,送别之地"。

⑦儿曹:儿辈,孩子们。

⑧大白:大酒杯。

【译诗】

我梦中一直萦绕着没有被收复的中原大地。在萧瑟的秋风之中,哀厉高亢的号角之声延绵不绝。遥远的故都汴京,旧时雄伟辉煌的宫殿里现在已长满茂盛的禾黍,一片萧条、荒凉。为什么昆仑天柱、黄河的中流砥柱都突然倾倒崩塌,以致黄河浊流四处泛滥,使中原人民流离失所,遭受痛苦,使昔日熙熙攘攘的万户千村都变成了狐兔盘踞横行之地?天子的旨意从来都是最难琢磨的,况且如今我们都老了,人也容易产生悲伤之情,可这悲痛我能向谁倾诉呢?如今,我只能在这凄冷的江边,送君远去!

水畔饯别,我不忍离去,伫立江边极目眺望。只见岸上的柳枝在清风中飘拂,带来些许凉意,退却不少暑气。夜幕降临,银河斜转横亘高空。在苍茫的夜空中,星辰寥落暗淡,月光惨淡晦暗,一片片浮云缓缓飘动。这一别之后,相隔万里河山,不知道你今夜流落到何处?回忆过去与你对床夜语,畅谈心事,如今却只剩我深夜孤独无依。你走了,你要去的新州那么远,鸿雁不至,那以后我们必将书信难通。放眼天下,心系家国命运,纵使有千言万语,又怎么肯像个孩子一样,对个人恩怨耿耿于怀呢?举起酒杯开怀痛饮吧,让我为你把骊歌高唱!

【赏析】

　　这首名词作于公元1142年,是一首送别词。南宋枢密院编修官胡铨,被佞臣秦桧除名,遣送新州编管。词人张元干支持胡铨,反对秦桧,以此词相送。词中对胡铨因耿直主战而接连被贬表示了强烈的愤慨,对南宋王朝苟且偷安、不思光复失地表示了强烈的不满,透露出词人的忧国愤时之情,平添了一层苍凉悲慨的况味。

　　上片,以"梦绕神州路"开篇,气势抑塞而宏阔,形象生动地概括了北宋灭亡的惨痛史实。词人对故国魂牵梦绕,始终不忘中原大地。"怅秋风、连营画角,故宫离黍",承接上面的"梦"字,通过想象极力描绘了一幅荒凉、萧索的故土废墟之景,北宋灭亡的黍离之悲使人泪下。"怅"字直接点出国破之事不堪回首的悲痛,同时也表达出了送别胡铨的惋惜愤慨。紧接着,词人由此发出强烈的质问之声,"底事昆仑倾砥柱,九地黄流乱注。聚万落、千村狐兔"。这里运用了两个比喻,以昆仑山天柱倒塌比喻北宋王朝沦落,以黄河洪水泛滥比喻金兵的猖狂掳掠,而千万个村落满是狐兔既实指中原人民流离失所,村落空虚,只剩野兽乱窜,也可以理解为当国家遭遇不幸之时,必然"狐兔"横行。至此,上片的第一层都是由"梦绕神州路"五个字展开的,通过申述北宋灭亡的历史,提醒人们不要忘记亡国的惨痛教训。词用的是艺术化的回顾,实际上起了支持主战的作用。

　　第二层主要表达了对主和派的退缩苟安的谴责。这四句开始大胆地提出了诘问。这里化用杜甫《暮春江陵送马大卿公恩命追赴阙下》中"天意高难问,人情老易悲"的诗句。天意,就是指皇帝的旨意。皇帝的旨意最难问,在中原沦丧、都城被占的情况下,宋高宗仍麻木苟安,力主议和。词人在此以满腔悲愤的议论,对宋高宗的懦弱苟且表示了不满与谴责,显示了作者鲜明的爱憎情绪。同时,"更南浦,送君去"也紧扣"送客"主题。

　　下片以写景来表示为胡铨送行,开头由"凉生岸柳催残暑"转入对送别水畔周围环境的描写。初秋残暑,岸柳飘拂,寒意渐生。在送行的渡口,两人依依分别,银河斜转,夜已深。天边星月暗淡,夜风从江上吹来,彼此心情都很沉重。这些意象的描写,不仅渲染了送别之时凄凉的氛围,也烘托出了当时送别之人的依依不舍和惺惺相惜,同时,暗喻了当时政局的悲凉。"万里江山知何处"一方面写这次一别,不知胡铨会流落到什么地方,从此远隔万里。另一方面,词人感慨时局国事:如果南宋朝廷继续屈膝求和,那"万里江山"迟早会全部断送而"不知何处"。接着词人以二人相谈甚欢的往事难忘,表现了词人送别的悲伤与无奈,也更展现了词人与胡铨之间深厚、真挚的友谊。"肯儿曹、恩怨相尔汝"化用韩愈《听颖师弹琴》的"昵昵儿女语,恩怨相尔汝"。词人不肯学小儿女的样,倾诉个人恩怨。他心中所怀的是家国天下,这里也是鼓励对方要目光远大,不必学儿女情长的样子。这是送别中深情的话别与互勉,情感真挚。从"万里江山知何处"至此,三个问句,以反诘的语气,表达了词人迫切悲愤的心情。最后以"举大白,听《金缕》"的豪壮行为,表达心中豪壮的感情,切合送别题意,也更加点出了送别的悲凉,词情悲壮。

  这两首《贺新郎》,在内容和风格上,都是南宋豪放派爱国词的开路之作。有人认为,张元干词作百余首,应当以这两首《贺新郎》为首,可见这两首词的影响有多么大了。

(丁月香)

15 岳飞

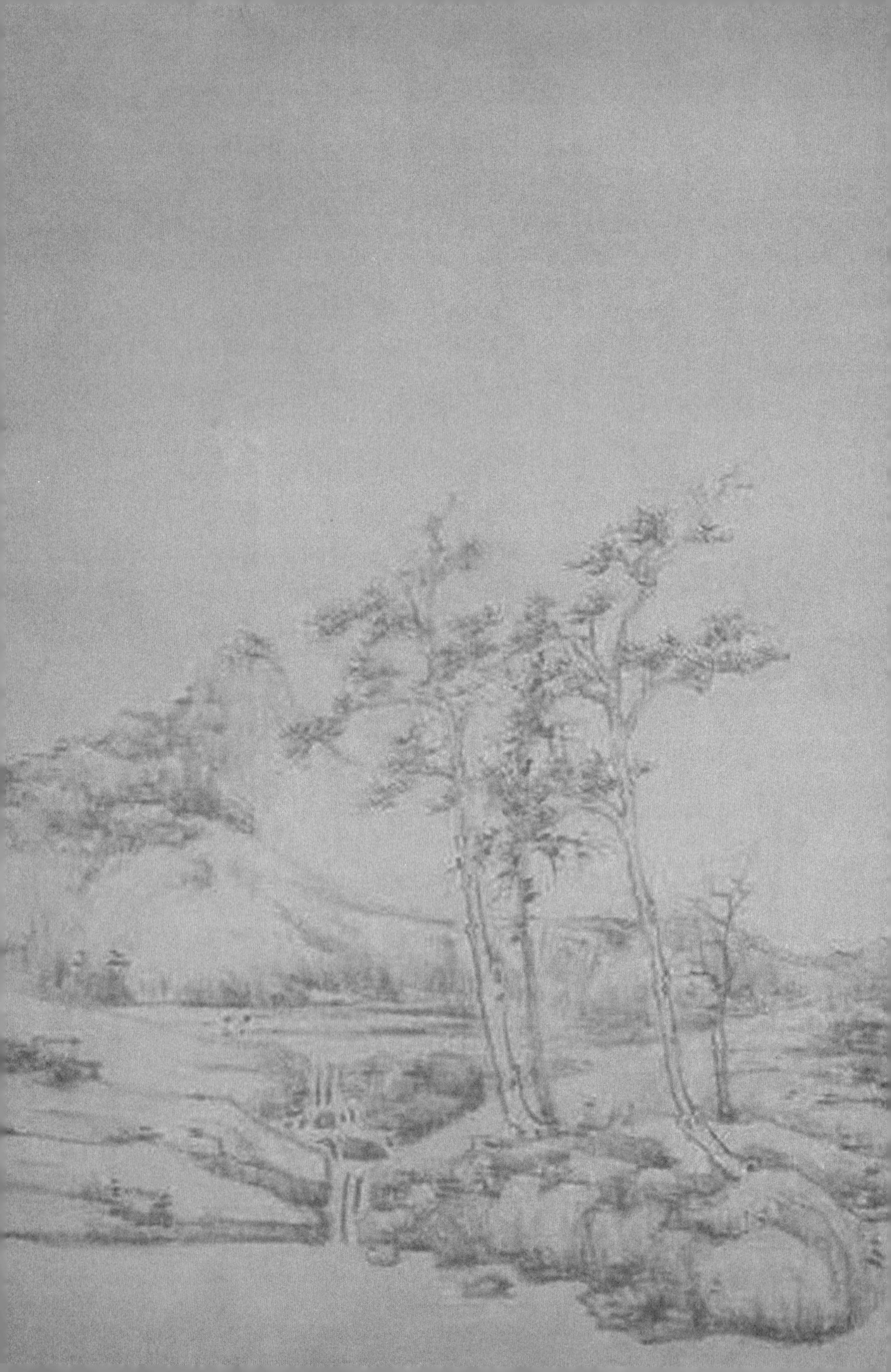

岳飞(1103—1142),字鹏举,相州汤阴(今属河南)人,抗金名将,世代从事农业生产。据说岳飞出生时,有一只像天鹅的大鸟,在他家屋上飞鸣,因此得名。岳飞年少时就很有气节,办事沉稳忠厚而少言谈。岳飞自幼就喜爱读书,尤其喜好《左氏春秋》、孙子兵法这类书。而且他天生力大无穷,未成年时便能拉开三百斤的弓、八石的弩。他跟着周同学射箭,学会了周同的全部技艺,能左右开弓。周同死后,岳飞每逢朔日、望日便到他的坟墓祭奠他。父亲岳和认为他尽到了义,说:"假如时代需要你,可以为国死义吗?"也许正是这样的家庭教育才养育出岳飞这么优秀的爱国之才。

北宋末年,岳飞应朝廷号召,联金灭辽,应募从军,担任秉义郎一职(秉义郎,宋官阶名。徽宗政和中,定武臣官阶五十三阶,第四十六阶为秉义郎,以代旧官西头供奉官。绍兴时改称秉节郎)。不料,宋军惨败。后因他的父亲去世,岳飞不得不回家奔丧。

康王赵构到相州时,因刘浩举荐,岳飞拜见康王,康王命令岳飞招降盗贼吉倩,后吉倩带领他部下三百八十人投降。岳飞也因此升任承信郎一职。岳飞带领三百铁骑在李固渡试探敌军,并将其击败。后又因跟随刘浩解东京之围,升任秉义郎,隶属留守宗泽。后又屡建战功,得到宗泽的赏识,并授以阵图。但岳飞说:"摆好阵式然后再作战,是兵法的常态,但是用兵的巧妙之处,在于将领心中对战争的准确判断。"宗泽赞同他的说法。

公元1127年,金兵攻陷汴京,康王赵构在南京应天府(今河南省商丘市南)即位,建立南宋,改年号为建炎。康王即位后,岳飞上书请奏,奏书几千字,奏请皇上趁敌人懈怠之时,趁势攻击,以图收回故土,恢复中原。但是奏书上达皇帝后,却因为越职上书而被革职。

宋高宗建炎二年,岳飞先后在胙城、黑龙潭与金兵征战,都大获全胜。跟随闫勋保护宋王陵寝,大战汜水关,射死金将,大破敌军。建炎三年(1129),金兀术渡江南进,岳飞率军抵抗,屡立战功。历少保、河南北诸路招讨使,进枢密副使。岳飞是宋朝主战派的代表,坚决反对与金议和。公元1141年,金朝大将金兀术利用秦桧,最终岳飞被秦桧以"莫须有"的罪名陷害。孝宗时,追谥武穆。宁宗时,追封鄂王。理宗时,改谥忠武。有《岳武穆遗文》(一作《岳忠武王文集》)传世。

岳飞诗词之一

满江红①

怒发冲冠②,凭阑③处、潇潇④雨歇。抬望眼、仰天长啸⑤,壮怀⑥激烈。三十功名尘与土⑦,八千里路云和月⑧。莫等闲⑨、白了少年头,空悲切⑩。

靖康耻⑪,犹未雪。臣子恨,何时灭。驾长车,踏破贺兰山⑫缺。壮志饥餐胡虏⑬肉,笑谈渴饮匈奴⑭血。待从头、收拾旧山河,朝天阙⑮。

【注释】

①满江红:词牌名,又名"上江虹""念良游""伤春曲"等。双调九十三字,仄韵,一般用入声韵。

②怒发(fà)冲冠:气得头发竖起,帽子都被顶起来了。形容愤怒至极。

③凭阑:将身子倚靠着栏杆。阑:同"栏"。

④潇潇:形容雨很大,雨势很急。

⑤长啸:大声呼叫,发出高而长的声音。啸:蹙口发出的叫声。

⑥壮怀:豪放的胸怀,奋愤图强的志向。

⑦三十功名尘与土:意思是诗人感慨自己已经三十岁了,功名也已建立,却如同尘土一样微不足道。三十:这里是约数,不是确指。功名:指岳飞攻克襄阳六郡以后建节晋升之事。

⑧八千里路云和月:形容岳飞一生南征北战,披星戴月。八千:这里是约数,不是确指,极言沙场征战行程之远。

⑨等闲:随便,寻常。

⑩空悲切:指白白地痛苦。

⑪靖康耻:这里是指公元1127年,即宋钦宗靖康二年,金兵攻陷汴京,掳走徽、钦二帝。靖康:宋钦宗赵桓的年号。

⑫贺兰山:贺兰山脉,位于宁夏回族自治区与内蒙古自治区交界处,当时被金兵占领。一说是位于邯郸市磁县境内的贺兰山。

⑬胡虏:这里是指对女真贵族入侵者的蔑称。

⑭匈奴:古代北方民族之一,这里指金入侵者。

⑮朝天阙:朝见皇帝。天阙:本指宫殿前的楼观,此指皇帝居住的地方。

【译诗】

潇潇雨声刚刚停歇,我怒发冲冠登上高楼凭倚栏杆。抬头放眼望去,四周一片辽阔,唯有仰天长声啸叹,壮怀激烈。征战南北,如今三十年的勋业也只能化为尘土,驰骋千里只有浮云、明月相伴。不要虚度年华白了少年头,到最后只能独自悔恨悲悲切切。

靖康年的奇耻何时才能洗雪,臣子的愤恨何时才能泯灭。唯愿我能驾驭着战车踏破贺兰山敌人的营垒,将他们一举歼灭。壮志同仇,饿了就吃敌军的肉;笑谈蔑敌,渴了就喝敌军的血。我要收复祖国的大好河山,到那时再回京阙向皇帝报捷。

【赏析】

这首词开篇便化用太史公写蔺相如的奇语"怒发上冲冠",表明这是不共戴天的深仇大恨。此仇此恨,到底是为何让人越想越觉得不可容忍?正缘高楼独上,栏杆自倚,纵目乾坤,俯仰六合,不禁满怀热血、激荡沸腾。而当此之时,骤雨初歇,风烟澄净,万里江山风光无限,更加激起词人内心的愤慨之意。于是仰天长啸,将心中万斛英雄壮气喷涌而出。

至此,内心凌云壮志、气盖山河之势已尽。词人又以"三十功名尘与土,八千里路云和月"十四个字微微唱叹,读罢,似乎看到了岳将军拊膺自理的神伤。是啊,功名是我所期许的,但是怎可与尘土同埋?这是多么宏大的胸襟,多么高远的识见!

过片处,"靖康耻,犹未雪。臣子恨,何时灭",一片壮怀,喷薄倾吐。靖康耻,即徽、钦二帝被俘,至今不得归还,词人抱恨无穷。"君使臣以礼,臣事君以忠。"对于深受忠君报国思想影响的岳飞,为国雪耻乃是毕生信念。但是这样的国仇家恨到底何时才能雪耻呢?功名早已化作尘土,而自己也早已过了而立之年,此时词人已将上片中的"莫等闲、白了少年头,空悲切"告知众人,让众人体会。字字掷地有声,无不饱含着沉痛之情。清代沈雄在《古今词话》说:"《满江红》忠愤可见,其不欲等闲白了少年头,可以明其心事。"

"待从头、收拾旧山河,朝天阙!"一腔忠愤,一颗丹心,一倾而出。明代沈际飞在《草堂诗余正集》写道:"胆量、意见、文章悉无今古。"这首词如此结尾,神完气足,无复毫发遗憾,诵之令人神往,令人起舞。

岳将军的这首词壮怀激烈,由民族的深仇大恨转化而来的勇猛无畏的战斗豪情、洗雪国耻的迫切愿望和必胜信念,配合着铿锵有力的语言、激昂雄壮的旋律,凝聚成词史上辉煌的乐章。这首词也激励着千古中华民族的爱国心。抗日战争时期,这首词曲低沉而雄壮的歌音,更使人们领受到它伟大的感染力量。

(周盼盼)

岳飞诗词之二

池州①翠微亭②

经年③尘土满征衣④,特特⑤寻芳⑥上翠微⑦。
好水好山看不足⑧,马蹄催趁月明归。

【注释】

①池州:今安徽贵池。
②翠微亭:在今安徽池州市贵池区南齐山顶上。
③经年:经过一年或若干年,这里指常年。
④征衣:远行人穿的衣服。这里指从军的衣服。
⑤特特:特地,专门。亦可解作马蹄声,二义皆通。
⑥寻芳:游赏美景,游春看花。
⑦翠微:诗歌标题中的翠微亭。
⑧看不足:看不够。

【译诗】

一年又一年,驰骋疆场,战袍上沾满了厚厚的灰尘;今天,我在这"得得"的马蹄声中,缓缓登上齐山,欣赏翠微亭的美景。看着眼前祖国的大好河山,我怎么会看得够呢?陶醉在这好山好水中,不知不觉已是明月当空,在马蹄的催促声中,我又踏上了归程。

【赏析】

这首七绝是记游诗,诗人借写登临古地,观赏美景,来表达自己对祖国山河的无限热爱之情。

从诗歌标题可以看出,诗人登临的地点是池州翠微亭。诗人开篇便写常年征战的辛苦。"经年",即长时间以来。"征衣",即长期在外作战所穿的衣服。因为常年征战南北,衣服上落满了尘土,可见军旅生活是多么的紧张。这不禁让我们联想到北朝乐府民歌《木兰诗》中的"朔气传金柝,寒光照铁衣"句。刺骨的寒气侵入战士们的身体,冷冷的月光照着和衣而卧的将士,可见军旅生活是多么的艰辛。诗的首句正是对这种紧张军旅生活的生动朴实的高度概括。长年累月地率领部队转战南北,生活十分紧张,诗人根本没有时间游览和欣赏祖国的大好河山,所以一旦有这样的机会,当然是醉心其间,流连忘返。因而次句便以"特特寻芳上翠微"接住。所以,首句初看似与记游无关,但实际上却是为后面的内容做了充分的渲染和铺垫,更能突出、强调和反衬这次出游的难能可贵。

"特特",在这里有两层意思,一是当特意、特地讲,起了强调、突出的作用,承接首句;一是指马蹄声,交代了这次出游是骑马去的,这样便使得尾句不那么突兀。"寻芳",即探赏美好的景色。"翠微",点出本次游览的地点。这一句既交代了出游的地点,照应诗题,也交代了出游的方式。

按照这样的思路,诗人接下来应该写看到的美景,或者写听到的天籁。但是诗人并没有对看到的景色作具体细致的描述,而是着眼于主观感觉,"好水好山",简单的四个字道出了出游的所有思绪。这个"好"字看似平淡无奇,但是冠在山、水前面,其意蕴就丰富了。一者,诗人登临古地,游览胜景,自然是美不胜收,自然是好山好水。再者,这眼前的大好河山却面临着被他人占领的危机,字里行间流淌着诗人对祖国山河无尽的热爱与惋惜。所以,这里的好山好水既是诗人观美景时的主观体验,也是诗人对祖国大好河山的高度赞美。因而,诗人用"看不足"传达自己对"好水好山"的喜爱、依恋和欣赏。

结尾一句则写了诗人陶醉在祖国壮丽的山河中,乐而忘返,直到夜幕降临,才在月光下骑马返回。"马蹄",照应了上面的"特特"。"催"字则写出了马蹄声响使诗人从陶醉中清醒过来的情态,确切而传神。"月明归",说明回返时间之晚,同上句的"看不足"一起,充分写出了诗人对山水景色的无限热爱与留恋。

这首诗以清新明快的笔法,抒写了作者对祖国大好河山的真挚热爱,体现了马背赋诗的特点。与岳飞激昂悲壮的词风大不相同,这首诗在艺术上运思巧妙,不落俗套,以时间为序,以情感为线索,语言通俗自然,明白如话。《竹坡诗话》中写苏轼谈诗法云:"冲口出常言,法度去前轨。人言非妙处,妙处在于是。"这首诗恰好道出了岳飞此诗的艺术特点。

(周盼盼)

16 陆游

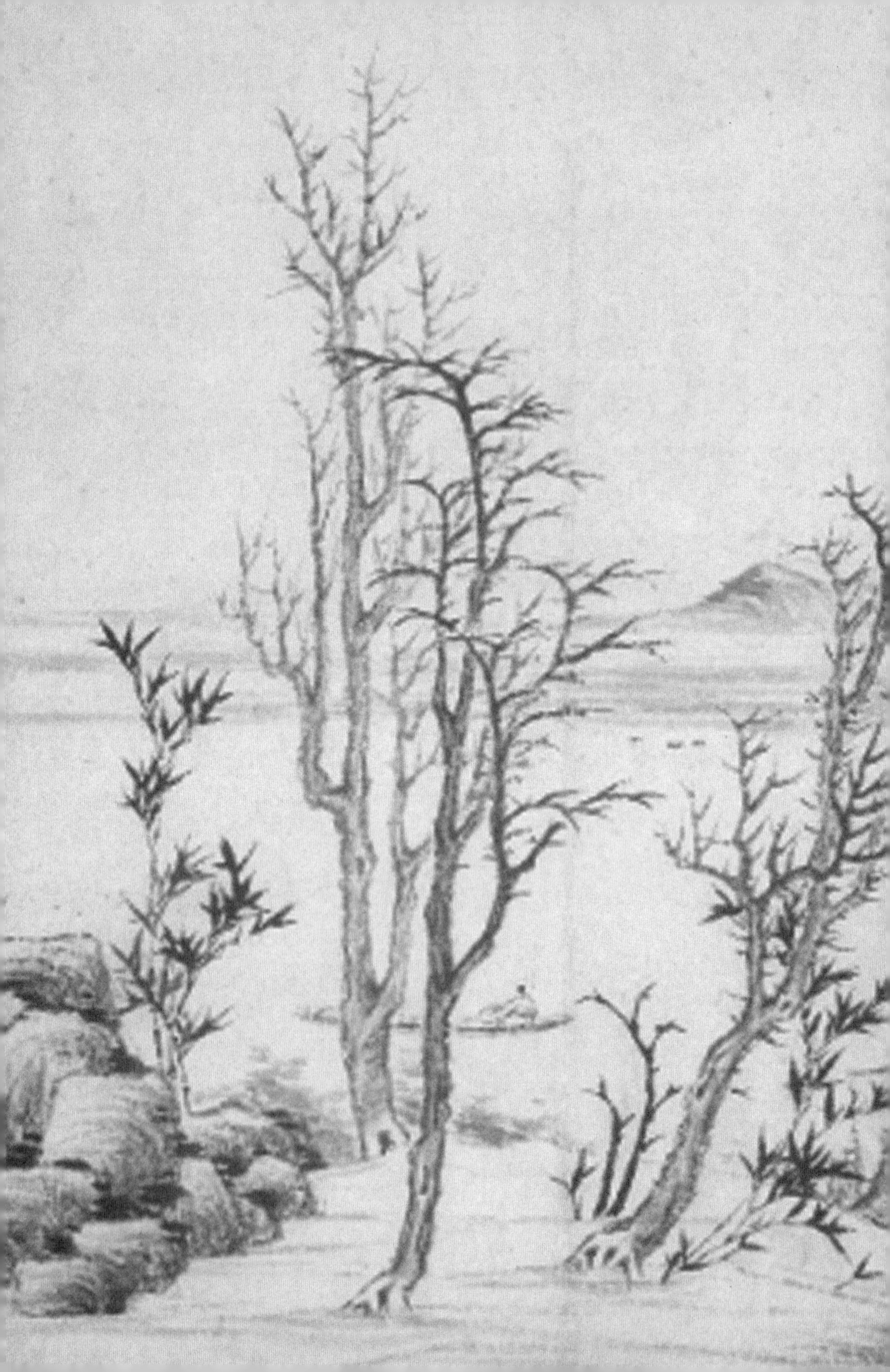

陆游(1125—1210),字务观,号放翁,汉族,东京开封(今河南开封)人,祖籍越州山阴(今浙江绍兴),尚书右丞陆佃之孙,南宋文学家、史学家、爱国诗人。

陆游是我国南宋杰出的爱国诗人。他诞生和成长的年代,正是宋王朝腐败不堪、遭受女真族统治者侵略和压迫的时候,"儿时万死避胡兵"正是这种生活的写照。父亲陆宰是一位具有爱国思想的知识分子,和他交往的多为爱国志士,每当他们在一起谈论国事,常常相对流泪,饮难下咽。这给幼年的陆游以极深刻的爱国主义教育,从此他立下了"上马击狂胡,下马草军书"的宏伟大志。他自幼好学,曾说:"我生学语即耽书,万卷纵横眼欲枯。"为了实现理想,他特别注意兵书的研读和剑法的练习,诗中屡次提到"夜读兵书",《醉歌》中讲"学剑四十年,虏血未染锷"。所以他曾自负地说:"切勿轻书生,上马能击贼。"

在陆游的一生中,有几件事,对他的思想和诗歌创作的影响比较大。

绍兴二十三年(1153),陆游二十九岁,赴临安(今杭州)参加进士考试,被当时的主考官陈子茂取为第一。第二年参加礼部复试,又被取为第一,名居秦桧的孙子秦埙之前,又因他不忘国耻,"喜论恢复",触怒了秦桧,结果被除名,直到秦桧死后,才被起用。孝宗继位后,抗战派稍得抬头,他被召见,赐进士出身。他乘机提出许多积极主张,并支持张浚北伐。后来张浚失利,主战派失势,他也因"交结台谏,鼓唱是非,力说张浚用兵"的罪名而被罢黜还乡。

乾道五年(1169),陆游四十五岁,被任为夔州通判,不久四川宣抚使王炎又邀请他在幕中襄理军务,他又从夔州到了南郑。这是诗人一生得以亲临前线的唯一机会,欲杀敌报国的陆游十分振奋。诗人换上了戎装,戍守在大散关一带。铁马秋风的军旅生活,更加激发了他的爱国热情,他写下了大量的爱国诗词,后来结集为《剑南诗稿》,在王炎调离了川陕后,陆游也被改为在范成大幕府任职,报国无门,常借酒浇愁,同僚又"讥其颓放",他索性自号"放翁"。

淳熙五年(1178),陆游去蜀东归,在江西做了一段时期的地方官,因开仓赈济难民,受大官僚反对,又以"擅权"罪名被罢职还乡。在家闲居六年后,被起用做严州知事,终因一贯坚持抗金,形于歌咏,又被以"嘲咏风月"罪名罢黜。

绍熙元年(1190),陆游六十六岁,此后二十年间,多在山阴度过,参加劳动,为人民治病,但是爱国思想更加深沉。当爱国词人辛弃疾再度被起用时,他还写诗表示祝贺。

嘉定三年(1210),八十六岁的老人,竟抱着"死前恨不见中原"的遗恨与世长辞了。他临终时在《示儿》诗中写道:"死去元知万事空,但悲不见九州同。王师北定中原日,家祭无忘告乃翁!"后人读到这首诗,无不有感于诗人爱国情怀而怆然泪下。

陆游是一位多产的诗人，集中存诗九千三百多首，还不包括散佚的和经他自己删汰的。就其表现的内容来看，题材是多方面的，但是热爱祖国，热爱人民，对妥协、投降的愤恨，都始终是诗歌的主旋律。像"报国计安出？灭胡心未休""逆胡未灭心未平，孤剑床头铿有声""楚虽三户能亡秦，岂有堂堂中国空无人""壮心未与年俱老，死去犹能作鬼雄""朱门沉沉按歌舞，厩马肥死弓断弦""遗民泪尽胡尘里，南望王师又一年"等诗句感召着一代又一代的志士仁人。

陆游的诗歌在艺术风格上最显著的特点是"雄浑奔放，感情汹涌"，那种流走激荡的阔大气概，有如长江黄河，滔滔滚滚，与诗歌所表现内容达到完美的统一，读来令人痛快淋漓，毫无滞涩之感。

在陆游的一生中，除了诗文外，书法亦是他理想的寄托和永远的追求。从其有关书法的诗作和存世的书法手迹、碑帖看，陆游擅长正、行、草三体书法，尤精于草书。陆游的正体书法，师从晋唐法帖，沉雄浑厚，极富神韵，有明显的颜真卿楷书笔势；其行书、草书，取法张旭、杨凝式，又受苏轼、黄庭坚、米芾等人的影响，更多追求人品和精神上的契合，讲究对比的变化和节奏。

陆游的书法简札，善于行草相参，纵敛互用，秀润挺拔，晚年笔力遒健奔放。朱熹称其"笔札精妙，意致深远"。其《自书诗卷》仍然保留早年学习颜真卿、苏轼书法的笔法风格和习惯用笔，但又明显地融会杨凝式行书、张旭草书的长处，无论是用笔、结字还是布白，都与其诗浑然一体，明人程郁题跋为"诗甚流丽，字亦清劲"，是难得的书法佳作。

陆游早年故居云门草堂，位于浙江省绍兴市平水镇平江村，为云门寺三在副寺之一。陆游之父陆宰曾隐居云门，陆游青少年时读书处就在云门草堂，三十二岁赴任福建做主簿时曾作《留题云门草堂》。云门草堂于明嘉靖、清康熙年间，曾二度重建，现因年久失修，佛殿塌圮，仅剩断墙残壁和几间旧屋。

后世为纪念陆游，也设有陆游故居遗址，其位于浙江省绍兴市区镜湖新区东浦镇塘湾村，在行宫、韩家、石堰三山环抱之中。1985年11月，陆游诞辰八百六十周年，于池西南侧立碑，阳面镌"陆游故居遗址，一九八五年九月朱东润敬书"，碑阴刻陆游故居史料。

陆游诗词之一

金错刀行[①]

黄金错刀白玉装，夜穿窗扉出光芒[②]。

丈夫五十功未立,提刀独立顾八荒③。
京华结交尽奇士,意气相期共生死④。
千年史策耻无名,一片丹心报天子⑤。
尔来从军天汉滨,南山晓雪玉嶙峋⑥。
呜呼!楚虽三户能亡秦,岂有堂堂中国空无人⑦?

【注释】

①金错刀:用黄金嵌饰的刀。错:用金涂饰。行:一种体裁,即歌行体。
②白玉装:刀柄上镶嵌着白玉。扉(fēi):门扇,此指门窗。
③八荒:八方荒远之地。
④京华:京都。此指南宋都城临安(今浙江杭州市)。期:期望,勉励。
⑤史策:史册。
⑥尔来:近来。尔:通"迩",近。天汉:原意是银河,陆机《拟明月皎夜光》诗:"招摇西北指,天汉东南倾。"此处实指汉水。南山:终南山。在今陕西省西安市南,秦岭山峰之一。嶙峋:山势突兀。
⑦楚国民谚有"楚虽三户,亡秦必楚",意思是说楚国哪怕只剩下三大氏族(屈、景、昭),但最后定能消灭秦国。三户,即三氏。这里借以表达诗人收复失地的决心。中国:此指中原地区。

【译诗】

刀身用黄金涂色装饰,刀柄用美玉嵌镶,
黑夜里穿过门扉,射出了万丈光芒。
大丈夫五十岁功名未立,
提刀独立,环顾着四面八方。
京城好友,都是爱国志士,
相约赴国难,大义小生死。
可恨史册未留名,
献上丹心报天子。
近日参军来汉滨,
终南披雪玉嶙峋。
楚三户,能亡秦,
岂有堂堂中国,抗金灭贼竟无人的道理?

【赏析】

　　这首诗写于乾道九年(1173)正月,是作者从军后第二年供职嘉州时所作。全诗咏物言志,借赞美金错刀寓抗金报国之志。诗在用韵上是四句一转,与诗人情感表达的流泻起伏变化相适应,抒发了誓死抗金、收拾山河的豪情壮志,表达了"中国"必胜的坚定信念,读起来抑扬顿挫。

　　"黄金错刀白玉装,夜穿窗扉出光芒。"诗人先写了刀的外观如何壮美,然后写出了刀更可贵之处,即黑夜里穿过窗扉射出了光芒。这是刀的内在的质的美。"孤剑床头铿有声"是因为"逆胡未灭心未平",宝刀夜放华光,也是基于同样原因,其意不在宝刀,而在诗人一颗杀敌报国的赤心。

　　"丈夫五十功未立,提刀独立顾八荒。"诗人此时四十九岁,说"五十"是取其整数。前句诗流露出诗人的忧虑,但诗人的忧虑绝不是个人没立功名,而是自己已年近半百,仍见遍地狼烟四起、战火不断,依然是山河破碎、人民涂炭。更可贵的是,诗人没有仅仅停留在忧虑上,他要付诸行动,他要有所作为。"提刀独立顾八荒",意境苍凉,形象生动,表达了诗人要杀尽逆胡、统一河山的坚强决心。

　　"京华结交尽奇士,意气相期共生死。"大敌在前,国难当头,虽然出现一批贪生怕死、置国家民族于不顾的"软骨头",但更多的是广大人民和有志之士的反抗。诗人并不孤独,在京城他结交了一大批志同道合的义士,相约为国家、民族同生共死。隆兴元年(1163),孝宗继位,起用张浚,准备北伐。陆游此时也被召见,赐进士出身,他和一大批抗金之士积极支持张浚北伐。他们同仇敌忾,对胜利充满了信心。

　　"千年史策耻无名,一片丹心报天子。"两句诗写出了诗人和他的朋友们的内心世界。诗句中的"名"和第三句中的"功"是一个意思。诗人羞愧的是没能杀仇敌、立战功来名垂青史。一个"耻"字,深刻地表达了诗人渴盼杀敌立功的心愿。"报天子"虽然有忠君色彩,但在几千年来的封建社会,"天子"是很难和国家分开的,所以忠君和爱国也是分不开的。因此,诗中的"一片丹心"仍是值得称道的。

　　"尔来从军天汉滨,南山晓雪玉嶙峋。"诗人从军来到汉中地带,遥望白雪覆盖、嶙峋的终南山,不禁豪气大发。诗人特别看重汉中这块地方,曾经建议道:"经略中原,必自长安始;取长安,必自陇右始。当积粟练兵,有衅则攻,无则守。"其中"陇右",即为汉中。在《山南行》一诗中诗人又写道:"会看金鼓从天下,却用关中作本根。"诗人认为汉中山河雄壮,物产丰富,民风豪爽,足可以作为收复中原失地的根据地,所以诗人来到这里就认为大干一番事业的时机已到,止不住心潮翻滚,气冲霄汉。

　　尾句:"呜呼! 楚虽三户能亡秦,岂有堂堂中国空无人!"诗歌从开始积蓄力量至此,终于发出了千古浩叹,抒发自己的壮烈情怀。战国时楚败于秦,但楚人不忘故里,故有民谣唱道:"楚虽三户,亡秦必楚。"诗人借此表达了誓雪国耻的坚强决心。"岂有堂堂中国空无人",力重千钧,既有对南宋王朝的指责,又有对广大人民的号召,体现了诗人抗金复国的浩然正气,真正达到了一石三鸟的效果。

这是一首七言歌行。歌行体诗往往转韵,全诗共十二句,前面十句皆为七言,最后两句却变化了句式,先用叹词"呜呼"提唱,末句则用一气呵成的九字反诘句,读起来显得铿锵有力,仿佛掷地有金石之声。

陆游生活在民族危机深重的时代。南宋国势衰微,恢复大业屡屡受挫,抗金志士切齿扼腕。陆游年轻时就立下了报国志向,但无由请缨。他在年将五十时获得供职抗金前线的机会,亲自投身到火热的军旅生活中去,大大激发了心中蓄积已久的报国热忱。于是他借金错刀来述怀言志,抒发了誓死抗金、"中国"必胜的壮烈情怀。这种光鉴日月的爱国主义精神,是中华民族浩然正气的体现,永远具有鼓舞人心、催人奋起的巨大力量。

通读全诗,诗人的一腔爱国热情如江水汹涌澎湃,并不断推向高潮,不可遏抑,令人感奋。几百年来,它鼓舞和激励了一代又一代的志士仁人献身于国家和民族的解放事业。

(葛晗)

陆游诗词之二

关山月①

和戎诏下十五年②,将军不战空临边。
朱门沉沉按歌舞③,厩马肥死弓断弦④。
戍楼刁斗催落月⑤,三十从军今白发。
笛里谁知壮士心⑥,沙头空照征人骨。
中原干戈古亦闻⑦,岂有逆胡传子孙。
遗民忍死望恢复⑧,几处今宵垂泪痕!

【注释】

①关山月:乐府横吹曲之一,原是西域军乐。
②隆兴二年(1164),宋孝宗赵昚下诏与金和议。距作此诗已有十四年,十五年

是取其约数。和戎：古代谓汉人与别的民族维持和平关系为"和戎"。诏：皇帝的命令。

③朱门：封建社会达官贵人家都用朱红漆涂门户。后来朱门就成了豪门贵族的代称。沉沉：形容屋宇重重。

④厩(jiù)：马棚。

⑤戍楼：边境上用以瞭望的岗楼。刁斗：古代军中铜器，白天可用以做饭，夜晚用以打更报时。

⑥笛里：横吹曲多用笛，这里指笛声里。

⑦干戈：古代两种兵器，此处指战争。

⑧忍死：忍着金人的摧残和踩躏，不死而待。

【译诗】

和戎的诏书已颁下了十五年，
将军不战，空守着边关。
红漆的大门里轻歌曼舞，
战马肥死在马厩，弓箭朽断了弦。
刁斗声声，催着月亮西沉，
三十岁当兵，现在已是头发霜染。
笛声里壮士们的心声谁人能懂？
冷月空照着战场，战士尸骨难还。
中原战火也早有所闻，
岂能让胡人在此子孙相传！
百姓们忍死盼望回归，
仰望冷月，今晚多少地方遗民们泪水涟涟！

【赏析】

《关山月》是宋孝宗淳熙四年(1177)诗人五十三岁时写的。《关山月》为乐府旧题，后人多用来写征人戍边御敌、怀念故乡之苦。陆游在这首诗里借守边兵士之口，表达了南北人民不满和议、渴望恢复中原的心声，表达了诗人一腔爱国热情。

全诗每四句分为一个层次，三个层次分别选取同一月夜下三种人物的不同境遇和态度，作为全诗的结构框架，语言极为简练概括而内涵却又十分丰富深广。一边是豪门贵宅中的文武官员，莺歌燕舞，不思复国；一边是戍边战士，百无聊赖，报国无门；一边是中原遗民，忍辱含垢，泪眼模糊，盼望统一。这三个场景构成了三幅对比鲜明的图画,痛斥了南宋朝廷文恬武嬉、不恤国难的态度,表现了爱国将士报国无门的苦闷以及中原百姓渴望恢复的愿望,体现了诗人忧国忧民、渴望统一的爱国情怀。

全诗十二句,四句为一段,共分三段。

第一段写出了议和以来南宋统治集团的腐败。"和戎"是指同金人订立的和议,时间为符离之败第二年,史称"隆兴和议",规定每年向金国交纳银二十万两、绢二十万匹;同时约定两国为"叔侄"之国,金为叔,宋为侄。南宋给金的国书上要写上"侄大宋皇帝再拜于叔大金皇帝"字样。"和戎诏"是指隆兴二年宋孝宗在和议订立后颁布的命令。"和戎诏"已颁布约十五年了,社会情况又怎么样了?诗歌中做了具体描述。

"将军不战空临边。""临边"就是戍边。"将军不战"正是"和戎诏"的命令和要求。一个"空"字,满含愤慨,既愤慨于将军的不战,更愤慨于朝廷的和戎误国。"朱门沉沉按歌舞。""朱门",指豪门贵族。"沉沉"形容屋宇重重,与"庭院深深"意同。"按歌舞",按拍而歌,按节而舞,这些豪门贵族忘却了国耻民恨,沉湎于轻歌曼舞中,纵情于声色犬马里,真是"暖风熏得游人醉,直把杭州作汴州"。"厩马肥死弓断弦。"本该驰骋疆场的战马却肥胖老死在马厩,本该呼啸于战场制敌于死命的弓箭,却因多年不用而朽烂弦断。

十多年来,权贵们早无恢复国土之志,可是那些眼见山河破碎、社稷被辱没、人民遭涂炭的征人们却心不甘,意难平!

第二段表现了征人义愤难平的心情。前两句是说在边境的岗楼上,战士们报更敲着刁斗的声音,催着一次又一次月落,三十岁离家从军来到这里,现在已是白发鬓鬓了。本为杀敌报国、收复失地而来,现在却在刁斗声声里白了少年头!壮志未酬身先老的悲伤煎熬着他们。一个"催"字流露出多少苦闷和无奈。如果说这两句还难以看出战士们的心情,那么,后两句就相当明白了。"笛里谁知壮士心?沙头空照征人骨。"意思是说,笛声里传来的战士们为国献身的壮烈情怀,有谁能理解?只有战场上一轮孤月空照着征人们留下的累累白骨。"沙头"作"沙场"讲。这两句义愤的矛头直指南宋统治集团,多少战士为收复中原、驱除金兵而战死疆场,然而现在你们却醉生梦死,不思收复失地,让烈士鲜血白流,让明月空照白骨,于心何忍,于理何通!

一、二两段形成鲜明对比,朱门歌舞和战场寒月,对比何等鲜明,作者的爱憎感情也十分鲜明。激烈的民族矛盾中暗示了当时的阶级矛盾。

第三段写的是边界以北的中原遗民的心情和愿望。前两句是说,胡人侵入中原的事,古时候也曾有过,但是哪有让敌人长期地盘踞下来、生子生孙的呢?作者虽是写一人愤慨和责问,但同时也代表了沦陷区遗民的愤慨。"岂有逆胡传子孙",既有对"逆胡"的仇恨,又有对南宋王朝的不满,也表达了遗民对收复中原的渴望。后两句是说,遗民们强忍不死,渴盼重回大宋的怀抱,多少地方多少人遥望天上一轮明月,流着心酸的眼泪!其含义和他的"遗民泪尽胡尘里,南望王师又一年"是完全相同的。

纵观全诗,在月光笼罩下的将军、士兵和遗民三幅画面对比鲜明,壮士心中、遗民泪里涌动着的是诗人一颗反对议和、盼望收复失地的爱国之心。

《关山月》虽然既写了统治集团,又写了将士、遗民,但是从头到尾贯穿着一条线索——南宋王朝下和戎诏,这是诗的第一句就指明了的。正是因为下诏和戎,将军才"不战空临边",战士才无法趁年轻力壮上阵杀敌,遗民才不得从外族统治的水深火热之中解放出来。诗人的思想倾向是非常鲜明的,这就是诗中所表现的对南宋集团妥协投降政策的谴责、对抗敌爱国的将士和遗民的深切同情及对侵略者的无比仇恨。正因为表现了这些思想,所以才说《关山月》集中体现了陆游爱国诗歌的进步内容和精神实质。陆游诗歌的爱国主义精神还常常表现为他壮志未酬的愤懑。在《关山月》诗中,虽然不像《书愤》等诗那样直接表现这一点,但是在"将军不战空临边""厩马肥死弓断弦""笛里谁知壮士心""沙头空照征人骨"等句子中也隐含着自己请缨无路、壮志未酬的悲愤,诗人与抗金的将士们的心是息息相通的。

《关山月》不仅有着深刻的思想,而且有充沛的感情、丰满的形象、生动的描写。具体说来,概括性强,抒情性强,语言精练自然、婉转流畅,是此诗的特点。同时也可以说这些是陆游诗歌艺术上的共同特点。《关山月》的风格是沉郁、苍茫、悲凉、激越的。

同一时间段不同阶层人物的生活情景和态度的对比、同一环境里的不同情景的对比、同一类人物的生死对比、同一地域的古今对比等,一个个特写镜头相继呈现于读者的视野中。三个场景之间,每个场景内部,对比之中又包孕着对比,层层套叠、交相映照,展现了极为深广的社会生活图景,揭示了当时表面上一汪平静的死水里尖锐的阶级矛盾和民族矛盾,极富概括性。

然而,这些情景并非是割裂的,而是包含了高度的统一性。一方面,三个大的场景紧扣一个"月"字来写:朦胧的月光照着戍边战士的白发、横笛,照着沙头的白骨,照着遗民的泪痕,也照着朱门的歌舞、肥死的厩马、霉断的弓弦;月色中,有扣人心弦的刁斗声,更有哀怨幽咽的横笛声和哭泣声,从而使三个画面在时间上保持了完整统一性。另一方面,上述诸种对比鲜明的场景是受诗歌开头的"和戎诏下"的统领,形成层层相因的逻辑联系。可以说,正是这种层层套叠的对比、示现修辞的运用,使得这首诗所描绘的深广社会生活构成了一幅幅沉郁悲壮的时代画卷。

从接受心理的角度来说,这两种修辞文本的套叠运用,通过多个意象的组合对接,从多个角度反复刺激接受者的视听感官,连续引发读者的不"随意注意",从而达成作者和读者的情感共鸣,使诗歌的寓意得到了强化。戍边战士的报国无门之怨、中原遗民的复国愿望落空之憾,诗人对下层人民的深切同情、对入侵者的切肤痛恨、对投降妥协派的抨击愤慨等思想感情,都包含在这重重叠叠、对比鲜明的意象群中了。

对比、示现的修辞模式在陆游的诗歌中运用较为普遍,但在《关山月》短短的十二句七言诗里,竟描绘了如此多对比鲜明的情景,语言极为简练概括而内涵却又十分丰富深广,其构思之精妙,在陆游的诗歌中,乃至在中国古典诗词史上都是少见的。

由此可见,说《关山月》思想性、艺术性达到了很好的结合,能代表陆游诗歌的思想艺术特点,一点也不夸张。

(葛晗)

陆游诗词之三

书 愤①

早岁那知世事艰②,中原北望气如山③。
楼船夜雪瓜洲渡④,铁马秋风大散关⑤。
塞上长城空自许⑥,镜中衰鬓已先斑。
出师一表真名世⑦,千载谁堪伯仲间⑧。

【注释】

①书愤:写出愤激之情。
②早岁:年轻时。
③中原:指的是淮河以北的失守地区。
④楼船:高大的战船。瓜洲:在江苏省扬州市南面,大运河流入长江的地方。隆兴二年(1164),宋军曾在瓜洲渡打败金兵。
⑤铁马:披甲战马。乾道八年(1172),诗人做四川宣抚使王炎幕僚,曾骑马战斗在大散关一带。
⑥塞上长城:南朝刘宋(420—479)的大将檀(tán)道济曾以"万里长城"自称。意谓可以挡住敌人进攻。
⑦出师一表:指诸葛亮的《出师表》。

⑧堪：可以，能够。伯仲：古代长幼次序称呼，长为伯，次为仲。后用来评论人物，认为相差不远。

【译诗】

年轻时哪知世事如此艰难，
遥望金人占领的中原气壮如山。
宋军的战船曾在雪夜袭击瓜洲，
我也曾跨铁骑追敌于大散边关。
空把自己也比作塞上长城，
镜中的人早已是白发斑斑。
一篇《出师表》世上传颂，
千年来谁能和诸葛亮齐名比肩。

【赏析】

《书愤》写于宋孝宗淳熙十三年（1186），是诗人暮年居山阴时的作品，当时江淮以北大片国土早已置于金人的铁蹄之下，而南宋小朝廷不仅不思收复失地，反倒对抗金将领和爱国志士不断进行打击陷害，诗人也正是因为力主抗金而遭贬黜。此时，诗人面对残破的河山回想起"上马击狂胡，下马草军书"的少年壮志，胸中不禁忧愤难平，奋笔写下千古悲歌。

诗题为"书愤"，即书写心中愤慨之情，但纵观全诗却未着一个"愤"字，可是细细读来，慢慢品味，却又无处不在写愤。

全诗紧扣住一"愤"字，可分为两部分。前四句概括了自己青壮年时期的豪情壮志和战斗生活情景，其中颔联撷取了两个最能体现"气如山"的画面来表现，不用一个动词，却境界全出，饱含着浓厚的边地气氛和高昂的战斗情绪。后四句抒发壮心未遂、时光虚掷、功业难成的悲愤之气，虽悲愤但不感伤颓废。尾联以诸葛亮自比，不满和悲叹之情交织在一起，展现了诗人复杂的内心世界。这首诗意境开阔，感情沉郁，气韵浑厚。

"早岁那知世事艰，中原北望气如山。"年轻的时候哪里知道社会上的事情如此复杂和困难，向北遥望中原，收复失地的豪情壮志有如涛涌。首句仰天浩叹，从字面上看，好像是诗人对自己年轻时不谙世事险阻而力主抗金、收复失地的深刻自责，但这恰恰说明诗人年轻时的雄心壮志和无私无畏。"那知世事艰"，暗写出了以秦桧为首的一伙投降派把持朝政、勾结金人、陷害主张抗金的将领，破坏收复山河的宏伟大业的罪行。"中原北望"即"北望中原"，"气如山"，气势有如高山，巍峨高大,雄伟磅礴,力不可拔,坚不可摧,突出了爱国者高山仰止的伟大形象。

"楼船夜雪瓜洲渡,铁马秋风大散关。"诗歌紧承前两句,生动地描绘出两幅大气磅礴的抗金斗争画面。南宋军队曾两次打败金兵:宋隆兴二年(1164),宋军在大雪纷飞的夜里,乘着高大的兵船,杀向侵占了瓜洲渡的金兵,大败敌人;公元1172年秋天,诗人曾亲自参加收复陕西南部重镇大散关的战斗。他和将士们一起,骑着披甲战马,在凛冽的秋风中追击着敌人。回首往事,令人振奋,只要团结抗战,完全可以驱走金兵、收复失地,可至今山河破碎依旧,怎不令人忧愤。作者用一对由三个名词并列构成的句子:楼船—夜雪—瓜洲渡;铁马—秋风—大散关。无一虚词勾连点缀的二二三节奏更显得顿挫有力,渲染了悲壮气氛,刻画出一幅庄严肃穆、威武雄壮的军旅画面。

纵使有扭转乾坤的大志,有武功盖世的英雄本领,在南宋投降派的控制下,一切也无从实现、无从施展。

"塞上长城空自许,镜中衰鬓已先斑。"早年希望自己能像边塞上的长城一样阻挡金兵进攻,而现在已两鬓斑白,却依旧山河破碎,壮志落空。"塞上长城"是暗用南朝名将檀道济曾以万里长城自称的典故。这两句诗,一个"空"字写出诗人多少悲愤,一个"先"字又流露出多少遗憾。

"出师一表真名世,千载谁堪伯仲间。"诸葛亮的《出师表》在世上是那么有名气,千年以来谁能比得上他呢!《出师表》是诸葛亮出兵伐魏前写给刘禅用以表明自己决心的表文。"名世",就是在世上有名气。"伯仲间",原为古代兄弟间序次,长者为伯,次者为仲,后来引申为衡量人物差异,意思为差不多或不相上下。诗人敬佩的是诸葛亮坚持北伐的宏伟志向,并把诸葛亮作为自己的楷模和典范。但千年以来,再也无人能和诸葛亮相比。这里既有诗人的千古遗恨,更表达了诗人对那些破坏抗敌复国的投降派的愤恨和抨击。

纵观全诗,诗人那种忧国伤时、痛恨妥协的感情喷涌而出,今天读来仍令人心潮难平,慨叹不已。

《书愤》是陆游的七律名篇之一,全诗感情沉郁,气韵浑厚,显然得力于杜甫。中间两联属对工稳,尤以颔联"楼船""铁马"两句,雄放豪迈,为人们广泛传诵。这样的诗句出自他亲身的经历,饱含着他的政治生活感受,是那些逞才摛藻的作品所无法比拟的。

(葛晗)

陆游诗词之四

诉衷情①

当年万里觅封侯②,匹马戍梁州③。关河梦断何处,尘暗旧貂裘④。胡未灭,鬓先秋⑤,泪空流⑥。此生谁料,心在天山⑦,身老沧洲⑧!

【注释】

①诉衷情:词牌名。
②封侯:封官,此处指建功立业。
③梁州:古九州之一,今四川省及汉中市一带地区。
④尘暗旧貂裘:苏秦说秦不被重用,貂裘破敝,见《战国策·秦策》。
⑤秋:秋霜,形容头发白。
⑥空:白白地。
⑦天山:在新疆维吾尔自治区北部。这里借指南宋的西北前线。
⑧沧洲:水边之地。古时说不出仕的人隐居之地为沧洲。

【译诗】

当年不远万里觅取封侯,
单枪匹马戍守梁州。
关山河防像梦一样消逝,
积年的尘灰早已落满了旧时的貂裘。
逆胡未能消灭,
鬓发先染秋霜,
老泪白白流。
谁能料到此生,
心在天山边防,
身却老死在沧洲。

【赏析】

这首词写于公元1189年,当时陆游已六十五岁。陆游出生第二年,北宋就被金人所灭,他在青壮年时就一心向往收复失地,直到临死前仍嘱咐儿辈:"王师北定中原日,家祭无忘告乃翁。"诗人一生都在关心着祖国的命运,之所以壮志未酬,基本是南宋小朝廷屈辱求和、苟且偷安造成的。这种理想与现实的矛盾,只能变成满腔忧愤,在诗人的许多诗词中流露出来。《诉衷情》也是抒写他一生空有抱负却无法施展的慨叹。

陆游四十八岁时曾经到当时的西北前线南郑(陕西汉中),在川陕宣抚使王炎麾下参与军事活动,"铁马秋风大散关"写的就是当时的军旅生活。这首词开头的"当年万里觅封侯,匹马戍梁州",也是写那一段从军生活。这两句写出了诗人当年意气之盛,以为可以为国家立功于万里之外。"匹马戍梁州"这一夸张的艺术手法写出了诗人的勇敢精神和大无畏的英雄气概。"当年万里觅封侯",固然有"但忧死无闻,功不挂清史"的一面,但更主要的是表达了诗人杀贼雪耻、报效祖国的决心。"关河梦断何处,尘暗旧貂裘。"纵观诗人一生,最让他得意的、最令他难以忘怀的就是这几年短暂的军旅生活。他同战士们一起,"铁衣卧枕戈,睡觉身满霜",跨战马,举大刀,驰骋在千里边防线。十六年过去了,当年的关山边防、当年叱咤风云的戎马生活早已在梦中消逝,剩下来的只有在军队里穿过的皮衣,早已落满了灰尘,破旧不堪。那种对当年战斗生活的热烈向往,以及未能建功立业、报效祖国(而且这种机会对于自己已永远不可能再有)的懊丧心情,在诗句中得到充分表露。

下片开头三句"胡未灭,鬓先秋,泪空流"是说金兵还没有被消灭,而自己早已是鬓发霜染,止不住老泪纵横。"胡未灭"紧承词的开头两句,金人横行依旧,而自己早已今非昔比。但是这里的泪,不是软弱的表现,是壮士的泪,是好男儿的泪,是"有心杀敌,无力回天"的激愤的泪。"此生谁料,心在天山,身老沧洲!"这一辈子谁又能想到,心在天山边防纵横驰骋,而自己的身体却将要老死在江湖。"此生谁料"表达了作者对南宋小朝廷屈膝求和、打击主张抗金志士,使自己的壮志难以实现的深深不满。

梁启超说:"诗界千年靡靡风,兵魂销尽国魂空。集中什九从军乐,亘古男儿一放翁。"这个评价作者是当之无愧的。《诉衷情》是作者爱国忠心的又一次披露,今天读来仍令人心潮难平。

词分上、下两片,上片写过去,下片写现在,且关照过去,开合自如。词中多处用典,如"万里觅封侯",暗用班超的典故;"尘暗旧貂裘",用了苏秦的典故;"心在天山",用了薛仁贵三箭定天山的典故。但即使不知这些典故,也并不影响我们对词的理解。

陆游这首词,确实饱含着人生的秋意,但由于词人"身老沧洲"的感叹中包含了更多的历史内容,他的阑干老泪中融汇了对祖国炽热的感情,所以这首词的情调体现出幽咽而又不失开阔深沉的特色,比一般仅仅抒写个人苦闷的作品显得更有力量,更为动人。

(葛晗)

17 范成大

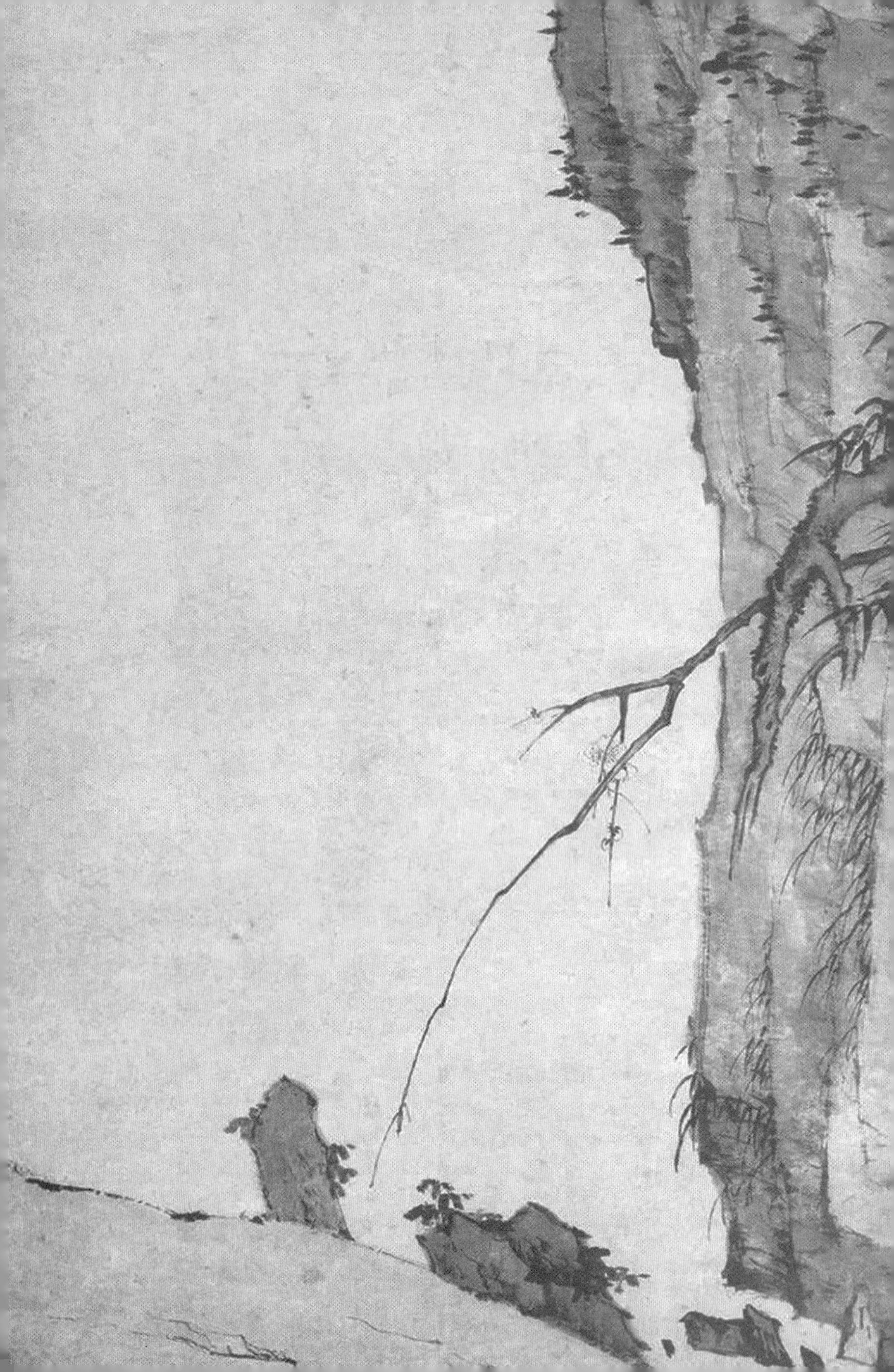

"昼出耕田夜绩麻,村庄儿女各当家。童孙未解供耕织,也傍桑阴学种瓜。"这首诗描写了一派田园牧歌式的生活场景,展现了一幅美丽的乡村画卷,读后不禁让人心驰神往。此诗的作者正是被钱锺书先生称为"中国古代田园诗的集大成者"的范成大。提及田园,往往浮现于我们脑海的是"隐逸"——与俗世相绝,徜徉在无车马喧嚣的精神世界。何其自由,何其无拘!但范成大却未"躲进小楼成一统",他关注天地春夏秋冬,关注民生饥饱寒暖。在风雨飘摇的南宋王朝,他用书生虽柔弱却又不屈的肩膀,扛起了"报国济民"的大任——正所谓"铁肩担道义,妙手著文章"。

范成大(1126—1193),字致能,号石湖居士,平江吴县(今江苏苏州)人。宋高宗绍兴二十四年中进士,历任处州(今浙江丽水)知州、静江(今广西桂林)知府兼广西经略安抚使、四川制置使等地方官职,后官至吏部尚书、参知政事、资政殿大学士等中央大员,宋光宗绍熙四年去世,赠谥号文穆。

当他面对挣扎在生活泥潭里而呼救无门的百姓时,迸发出"汝不能诗替汝吟"的壮语。民生疾苦,国之危亡,入其耳目,入其心胸。他饱蘸忧国恤民的浓墨,上承白乐天"歌诗合为事而作"的新乐府现实主义精神,将这些悉数写出来:《催租行》描述了农民输租完毕后,吏胥上门勒索的情景;在徽州为官时,他又写下了著名的《后催租行》,后世读来,赋敛之重、官吏煎逼之酷如在目前……中国士人"为生民立命"的使命担当,在他身上展现得淋漓尽致。

年近而立,进士及第;年逾不惑,才获任处州知州。中间意气风发的十余年,他本应施展经天纬地之才,救国救民,然而仕途不畅,他只能偶任小官或干脆奉祠赋闲。但恰如梁启超所说:"十年饮冰,难凉热血。"十余载倏忽而过,当他被宋孝宗任命为处州知州这一地方主要官员时,他终于等来了一展抱负、为国为民效力的舞台。

当时处州百姓劳役繁重,且摊派不均,百姓苦不堪言。下车伊始,范成大不顾舟车劳顿,立即展开了广泛调研。不久,他推行"义役法",乡民以富济贫,贫富互助。此法成功解决了劳役摊派不公的问题。该法于处州之地推广之后,范成大又呈上奏议,希望将处州"义役法"推行至全国,帮助更多的百姓。此法后来为宋孝宗所赞赏,遂颁其法于诸路,全国推广。范成大在处州任职不到一年,然而就在这短暂的任期内,他为了百姓多次请求朝廷减捐免税,他修水利、架桥梁、设义仓。短短一年时光,他为处州百姓做了许多实事、好事。

此后,在静江,他理顺盐政,减轻百姓负担;改革马政,为朝廷收购更多战马。在四川,他整军经武,加强边防;轻徭薄赋,为民减负;招抚并用,改善与少数民族关系……可以说范成大所至之处,仁民爱物,兴利除害,政绩卓著。同时期的杨万里赞之曰:"知政几二十人,求天下之所谓正臣,如公才一二辈。"秩满离任之时,百姓自发送行者万人塞途,可谓壮观!

司马迁评价屈原:"人则与王图议国事,以出号令;出则接遇宾客,应对诸侯。"该评价用在范成大身上也再贴切不过。他言百姓之苦、百姓之难,以笔墨为万民立命;他躬身实践,鞠躬尽瘁,为世为国开太平局面。然国事衰微之时,他又毅然赴金,抗辞慷慨,展现了铮铮不屈的爱国骨气。

宋孝宗即位之初,急于进攻金朝,收复中原,然而却是"元嘉草草""赢得仓皇北顾"。隆兴二年(1164)十二月,在金朝大军胁迫下,南宋再一次与金签订了屈辱和约——隆兴和议。和议规定:金宋两国皇帝以叔侄相称;改"岁贡"为"岁币";宋除割唐、邓、海、泗四州外,再割商、秦二州与金。和议达成后,由于赵宋皇陵处于金国域内,宋孝宗多次派人出使金国,索求祖先陵寝地。另外,签订协议之时未议定接受国书的礼仪,宋臣出使金国被要求行跪拜之礼。国格受辱至此,宋孝宗悔恨交加,却又无可奈何。

乾道六年(1170),范成大受宋孝宗之命,出使金国。是时,金强宋弱,南宋使臣出使常遭金人凌辱,轻则扣留,重则处死,他人皆唯恐避之不及,而范成大却主动请缨,慷慨前往。临行前,他对孝宗说:"臣已立后,仍区处家事,为不还计,心甚安之。"

范成大此行肩负重任,任务之一即为索求赵宋皇陵所在的河南巩、洛之地,此为国书之中记载之事。任务之二则为改变过去受书时的跪拜礼,而由于宋孝宗担心惹怒金人,不敢将此任务列于国书之中,只能由范成大自己提出。君主孱弱如此,身为臣子的范成大却毫无惧色。范成大抵金之后,向金主递交请求归还陵寝之地的国书,言辞慷慨。国书宣读完毕,范成大随即拿出自己擅自写就的"私书"要求金主同意。事出仓促,金主自然不肯接受,范成大遂跪立不动,坚持上呈。此为极其"越礼"之行,金臣纷纷要求斩之以后快。

范成大抗辞慷慨,毫无惧色,金主也为之惊动,并未因范成大的"越礼"而杀他,反倒对其气节大为激赏,范成大亦得以保全气节而归。此次出使,他不惧威胁,大义凛然,力争国权。后人评价他:"成大致书北庭,几于见杀,卒不辱命。俱有古大臣风烈。"

北上南归途中,中原沦陷区的残破景象深深刺激着他。百姓盼归而归期渺茫,再临故园而故园已作他姓……一路上,他将所见所感所伤一一付诸笔端,把自己在沦陷区的见闻感触一一记之于诗。《清远店》《州桥》《双庙》等就创作于此时,这些诗歌描写沦陷区山河破碎的景象,中原人民遭受蹂躏、盼望光复的情形,凭吊古代爱国志士的遗迹以表示自己誓死报国的决心。晚年重病之中,他依然在《题张戡蕃马射猎图》诗中写了"阴山碛中射生虏,马逐箭飞如脱兔。割鲜大嚼饱何求,荐食中原天震怒"来抒发对金人的痛恨;而"纵敌稽山祸已胎,垂涎上国更荒哉。不知养虎自遗患,只道求鱼无后灾"则是对南宋朝廷偏安一隅、耽于享乐、残害忠良表示不满。老骥伏枥,志仍在千里——家国事,天下事,桩桩件件都萦绕在怀。

南宋诗人张镃有诗赞曰:"石湖仙伯住吴门,事业文章两足尊。南北东西曾遍历,焉哉乎也敢轻论。"于事业而言,范成大"南至桂广,北使幽燕,西入巴蜀,东薄邓海,可谓贤劳";于诗而言,范成大与杨万里、陆游、尤袤合称南宋"中兴四大诗人",其作品在南宋末年即产生了显著的影响,到清初影响更大,有"家剑南而户石湖"的说法。其事迹和诗歌中所传递出的爱国情怀必将奋乎千百世之后者。

范成大诗之一

州 桥①

南望朱雀门,北望宣德楼,皆旧御路②也。

州桥南北是天街③,父老年年等驾回。
忍泪失声询使者,几时真有六军④来?

【注释】

①州桥:正名为天汉桥,横跨汴河,在汴梁(今河南省开封市)宣德门和朱雀门之间。因而题注中讲南望朱雀门,北望宣德楼。
②御路:御道,皇帝车驾行经的道路。
③天街:京城的街道叫天街,这里为北宋皇帝车驾经行的御路。
④六军:泛指朝廷军队,这里指宋朝军队。

【译诗】

州桥南北是旧日的御路天街,城中父老年年岁岁等待着皇驾归来。
忍着眼泪,泣不成声,问询着使者,何时真有我们的军队到来?

【赏析】

宋孝宗乾道六年(1170),范成大奉命出使金国,渡过淮河,踏上中原土地,感慨万千,作七十二首纪行诗,将沿途所见的山河破碎之景,中原人民饱受蹂躏、渴望光复之情表现得淋漓尽致,此诗即为诗人过汴梁时所作。

"州桥南北是天街",多么冷静而客观的陈述啊!诗人通过简单的几个字告知我们州桥位于北宋都城汴梁,它南望朱雀门,北望宣德楼,连接着北宋皇帝大臣们自由行走的"天街"。然而,这平淡的叙述背后隐含着诗人怎样的哀伤?曾经繁华喧闹的都城,如今却早已沦陷在金兵的铁蹄之下;曾经庄严、肃穆的皇驾过往的"天街",如今却是满目萧索,再也不见天家气概。独立桥头,放眼望去,只能通过想象回想当年天街景象,该是何等凄楚。文人过此,或许只会徒叹"黍离之悲",可身处金兵铁蹄之下的百姓该是何等凄惨。没有比亡国之人更能感受亡国之痛,没有比沦陷之民更能感受沦陷之苦。手无寸铁的百姓只能寄望于"王师北定中原日",望穿秋水渴盼皇驾归来。一句"父老年年等驾回"不禁让人眼前浮现出那一个个年年岁岁、岁岁年年,翘首远望的身影,这些人也是大宋子民啊。

在无尽的等待与期盼之中度过了几十年,忽然见到日夜所盼的宋朝使者,不禁"忍泪失声",他们忍着眼泪,泣不成声,却并没有开口向"我"这个大宋的使臣倾诉自己的不幸,哽咽之下是一句"询使者"。这一声问询是如此的急切、哀伤,又是如此充满期待与希望。问的是什么呢?"几时真有六军来?"仿佛看到父老们充满殷切期望的眼神,在期盼着使者能够给他们带来好消息。"几时"之中包含着父老们多少等待与期盼,又承受着多少失望与悲伤。他们在经年累月的等待之中,依然没有放弃希望,渴望"王师"到来。然而,他们根本不会知道,眼前的使者冒着生命危险来到金国,却只是奉命媾和。面对着遗民们期盼的眼神,诗人无言——能说什么呢?告诉他们王师会挥师北上吗?告诉他们北定中原终有日吗?这些日日夜夜等驾回的父老,早已成为南宋的弃儿。已把杭州作汴州的统治者,早已昏醉在南方暖风中!

身负朝廷议和之命,诗人无法推责。然而作为一名有良知、有骨气的爱国诗人,范成大又无法躲开父老声声哽咽问询,躲开他们噙满盼归热泪的眼睛。于是他提笔写下这首近乎直白却字字饱蘸血泪的《州桥》,虽仅是白描,却刻骨锥心。后人评此诗:"沉痛不可多读。此则七绝至高之境,超大苏而配老杜矣。"(清·潘德舆《养一斋诗话》)

(孙璐)

范成大诗之二

会同馆

万里孤臣致命秋①,此身何止上沤浮②!
提携汉节同生死,休问羝羊解乳不③?

【注释】

①致命秋：为国捐躯的日子。致命：捐躯。

②沤浮：水中气泡。

③"提携"两句：使用苏武典故。羝羊：公羊。苏武奉命出使匈奴被匈奴扣留，放逐北海牧羊，吞毡饮雪。匈奴扬言：待公羊生乳，始可释。但苏武手持汉节，历尽艰辛十九年，终不屈志。

【译诗】

万里出使孤身一人，如今已到殉国时分。
此身不过海中气泡，出使之时早已看轻。
愿效当年苏武出使，誓与汉节同生共死。
公羊生乳何须再问，哪管何时踏上归程。

【赏析】

此诗为范成大出使金国途中所作七十二首纪行诗的最后一首。据诗人自注，金人称接待宋朝使臣的馆舍为"会同馆"。自注又说："授馆之明日，守吏微言有议留使人者。"即谓诗人作为宋使有被扣留在金的危险。面对此种险境，诗人毫无畏惧，以诗言志。此诗犹如一纸宣言，将诗人视死如归、豪气干云的爱国情怀展现得淋漓尽致。

"万里孤臣致命秋"直接展现自己此次出使的险恶处境。其实出使之前，范成大不是不知道此行的危险。出使之前，范成大即对宋孝宗说："无故遣泛使，近于求衅，不戮则执。"意为南宋无故派遣使者前去金国请求更改协议，无异于挑衅金国，使者不被杀也会被执拿。然而范成大却义无反顾，主动请缨，慷慨前往。"万里孤臣"将一个为了国家利益，不惜冒着生命危险，孤身一人，跋涉万里的诗人形象展现在眼前，可谓最美逆行者。"此身何止上沤浮"，此句用比喻手法，将自己看作大海之中的一个小小气泡，是如此微不足道，即使失去自己的生命亦不足惜。"捐躯赴国难，视死忽如归"，其实在决定出使之时，诗人就已将生死置之度外。出使前，他对孝宗说："臣已立后，仍区处家事，为不还计，心甚安之。"意为自己早已做好不能归还的打算。正如奥斯特洛夫斯基所言："人最宝贵的是生命，生命对每个人来说只有一次。"而能够让诗人毫不顾惜自己生命的，正是他视国家与民族利益高于一切的强烈爱国意识和其大无畏的牺牲精神。

"提携汉节同生死，休问羝羊解乳不？"以汉代出使匈奴的苏武自许，表现出一种坚贞不屈的民族气节。苏武奉命出使匈奴被匈奴扣留，放逐北海牧羊，吞毡饮雪。匈奴扬言:待公羊生乳,才放他回国。但苏武手持汉节,历尽艰辛十九年,终不屈志。文天祥在《正气歌》中云:"在秦张良椎,在汉苏武节。"苏武牧羊的故事和其不屈的气节流传千年。苏武出使匈奴,而诗人出使金国;苏武被放逐牧羊,诗人也面临可能被扣留在金的危险。二人境遇如此相似,诗人下定决心,要效仿苏武,坚定信念,誓死不辱使命。"休问羝羊解乳不?"不必问公羊能否生乳,"我"根本不在乎何时踏上归程,语气是如此从容不迫,却又如此坚定有力。

  诗歌前两句掷地有声,直抒胸臆,充满强烈的抒情意味,将诗人为了国家和民族利益,视死如归的牺牲精神充分展现。后两句巧用典故,表达了诗人坚贞不屈的民族气节。全诗激昂慷慨,大义凛然,文学性和思想性兼备,可谓爱国主义杰作。

(孙璐)

18 张孝祥

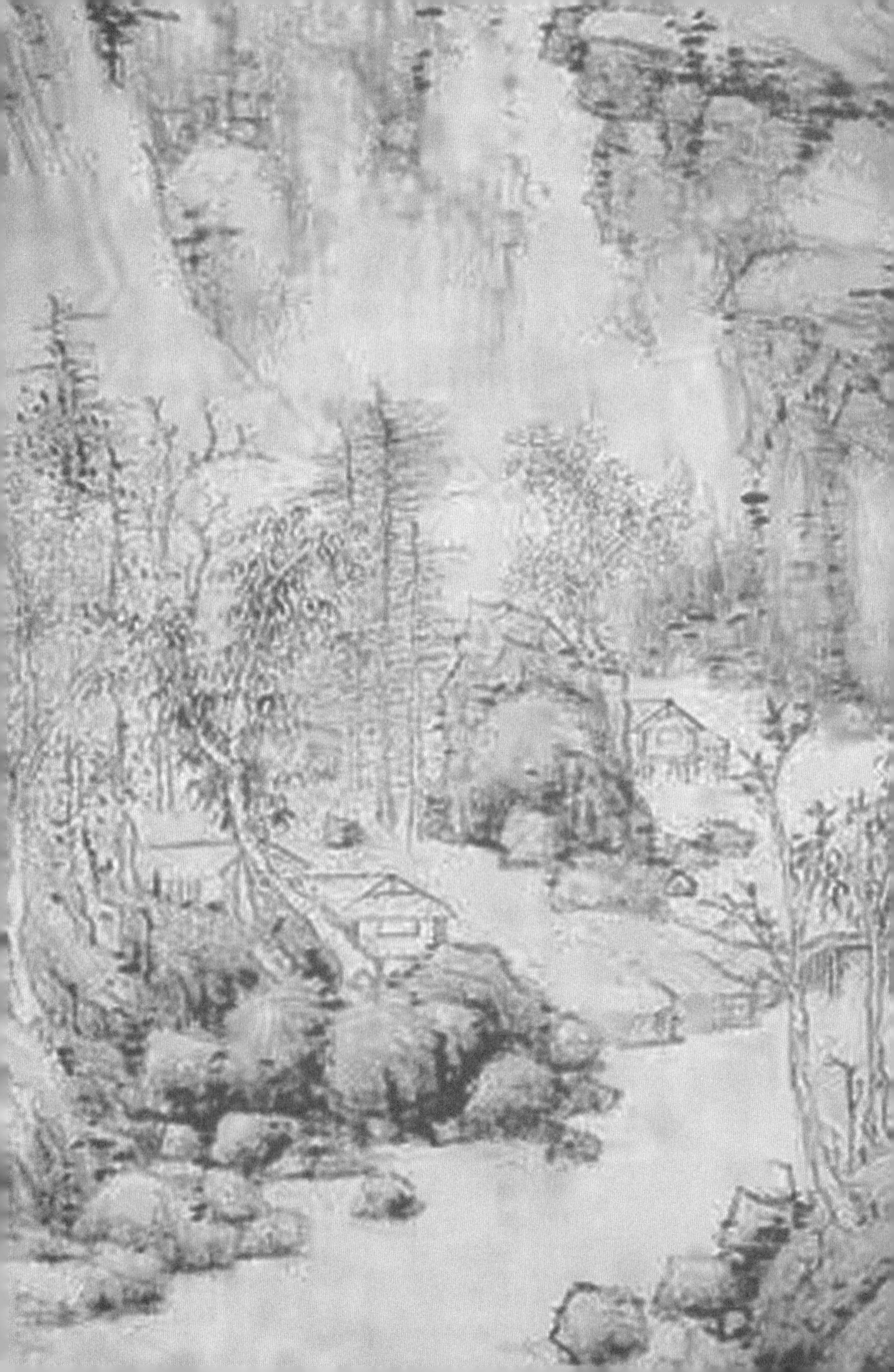

张孝祥(1132—1169),字安国,号于湖居士,历阳乌江(今安徽和县乌江镇)人,南宋著名词人、书法家。张孝祥自幼天资聪颖,性格英迈。

绍兴二十四年(1154),高宗钦定其为状元。但由于他上书为岳飞辩冤,为秦桧所忌。宋孝宗时,曾担任中书舍人(替皇帝起草诏令),为皇帝执笔代言,后遭人报复弹劾而被贬。作为地方官,张孝祥以卓著的政绩彰显了其治事之才。乾道五年(1169),张孝祥因病退居芜湖,后因病而逝,年仅三十八岁。

张孝祥擅长诗文,工于书法,词的成就最高,有《于湖居士文集》存世。

根据《宋史》记载,宋高宗绍兴三十一年(1161)十一月,金主完颜亮亲率大军大举南侵,突破南宋淮河防线,直驱长江北岸,局势万分危急。当时的中书舍人虞允文兼江淮军马府参谋军事,到采石矶犒劳军队,便收容、整顿从和州溃败下来的散兵。在采石矶(今安徽马鞍山),以一万八千人的弱小兵力,一举击溃骄气十足的完颜亮四十万大军,骄横不可一世的完颜亮也因此役失利而遭部下杀害,这是中国历史上正义战争以少胜多的又一战例,在宋室南渡以来,可谓振奋人心的一次大捷。消息传来,爱国将士无不为之感到欢欣。当时,张孝祥正在抚州知府任上,听到这一令人欢欣鼓舞的喜讯,按捺不住兴奋昂扬的心情,挥笔写下了《水调歌头·闻采石矶战胜》一词,颇有杜甫的《闻官军收河南河北》一诗的激动和惊喜,被誉为南宋词坛上的一首"快词"。

采石矶一战,金兵微败,只好退回淮河流域,暂时息战。高宗却并未把握住这一抗金的大好时机,反而为一己私利继续压制主战派,将主战派张浚由潭州(今湖南长沙)改判建康府(今江苏南京)兼行宫留守,不再让他率兵北伐。次年正月,金主派遣使臣出使南宋,宋亦派遣洪迈出使金国。议和之事再次掀起。张孝祥从平江府任上来到建康,拜见张浚,希望他能为克敌驱虏、重整河山而效力,却得知张浚要求率军北伐被高宗再次拒绝,大失所望,满腔悲愤难以宣泄。一次酒席之上,与宴者谈及当前的局势,都对捉摸不透的和、战前途十分担忧。张孝祥感慨无限,慷慨悲歌,以饱蘸血泪的笔墨写下了千古爱国词作《六州歌头》。全词大气磅礴,笔墨饱酣,在沉郁悲壮中抒发了词人难以遏制的激愤之情,具有强烈的艺术感染力。

在短短的一生中,张孝祥写下了二百多首词和大量的诗、文。他的词题材广泛,想象丰富,境界阔大,寄意高远,词风豪放,力追东坡。谢尧仁《于湖居士文集·序》曰:"自渡江以来,将近百年,唯先生文章翰墨,为当代独步。"

张孝祥词之一

水调歌头·闻采石矶①战胜

雪洗虏尘静,风约楚云留②。何人为写悲壮,吹角古城楼。湖海平生豪气,关塞如今风景③,剪烛看吴钩④。剩喜燃犀处⑤,骇浪与天浮。

忆当年,周与谢,富春秋⑥。小乔初嫁,香囊未解⑦,勋业故优游。赤壁矶头落照,肥水桥边⑧衰草,渺渺唤人愁。我欲乘风去,击楫誓中流⑨。

【注释】

①采石矶:在今安徽省马鞍山市。

②风约楚云留:指自己被风云所阻,羁留后方,未能参加此次战役。风约:暗喻朝廷没给"我"命令。楚云留:当时作者知抚州,所以称为楚云。暗喻知抚州的责任,使我必须留在那儿。

③风景:指宋南渡。

④吴钩:宝刀名。

⑤燃犀处:指采石矶。《晋书·温峤传》记录,温峤平乱回镇至采石矶,传说这里水深不可测,而且水下多怪物,便命人燃犀照之,看见水中奇形怪状。燃犀:有照妖魔的意思。

⑥周:指周瑜。谢:指谢玄。富春秋:春秋正富,正当年。

⑦谢玄少时,好佩香囊。香囊未解,就是说谢玄还在少年。

⑧肥水桥边:谢玄破敌的地方。

⑨《南史·宗悫传》载,宗悫少时对叔父炳曰:"愿乘长风破万里浪。"《晋书·祖逖传》载:"祖逖统兵北征,渡江,中流击楫而誓曰:祖逖不能清中原而复济者,有如大江。"这里借此表现作者也有扫清金兵、收复中原的抱负。

【译诗】

采石矶一战,虞允文终于洗雪扫除了敌寇所扬起的耻辱尘嚣。可惜我被风云羁绊滞留在抚州,不能亲自去参加战斗。如此大捷,有谁来谱写将士们舍身鏖战的悲壮颂歌呢?城楼之上,凄厉雄浑的号角声连成一片——那是为此战奏响的战歌啊!一直以来,我胸怀湖海般壮阔奔涌的满腔豪气。在这边关告急、山河有异之时,我悲愤难眠。夜中,我挑灯看剑,实在渴望参战,以了却卫国夙愿。采石矶之战实在令人鼓舞啊,我未能实现的心愿在好友你的手中实现了,真是令人欣喜!那采石矶的江水也一定欢腾奔涌到天际。

忽然想起古代的两位英雄,一位是三国时期的周瑜,一位是东晋时期的谢玄。他们建立功勋之时,都正年轻,年富力强。那时周瑜与小乔刚成婚不久,谢玄则还佩带着喜欢的香袋,但他们都已从容不迫地破敌,建立功业。如今,落日余晖斜洒赤壁矶头;淝水桥畔,也早已遍生萋萋荒草。像这些供人施展才华的地方现在还会有吗?想到这些,心中不免生出些许惆怅。我多想学他们乘风破浪,驱除胡虏,更想像祖逖决心北伐那样,挥桨击水,誓死收复中原!

【赏析】

词的标题"闻采石矶战胜"点明了写作的缘由,词人的狂喜、激动之情也跃然纸上。

在饱受失败屈辱之时,忽然传来大捷的消息,任谁都会欣喜若狂或者喜极而泣的。这首《水调歌头》就是表现这种狂喜之情的。

上片首句"雪洗虏尘静"可以理解为宋军把金兵所扬起的战尘扫除一空,归之平静,这是对这次胜利的高度评价。一个"洗"字,形象地写出了虞允文带领大宋军队横扫金兵的气势和声威,极富表现力!岳飞曾在《五岳祠盟记》中说:"虽未能远入夷荒,洗荡巢穴,亦且快国仇之万一。"由此可见,词人此时产生了与抗金英雄同样的痛快与豪情。这句也是对此战主将虞允文御敌功绩的称颂和赞扬,表达了词人对虞允文才识的钦佩。采石矶一战,如同一剂强心针,振奋并鼓舞了无数爱国志士的雄心,坚定了主战派的信念。颇为遗憾的是,当时的词人正在远离前线的古楚地抚州做太守,并未亲临沙场,所以接下来两句就借听军号之声而抒发内心的壮怀激烈:"何人为写悲壮,吹角古城楼。"其中"写"通"泻",可理解为倾泻,既写出了鼓角声的雄壮悲凉,又写出了词人激动欣喜中夹杂苍凉悲慨的复杂心情。"湖海平生豪气"出自《三国志·陈登传》:"陈元龙(登)湖海之士,豪气不除。"这一句词人以陈登自比,自抒胸怀,我们也能从中读出词人那种想要廓清天下的豪情。"关塞如今风景",也通过暗用《世说新语》中"风景不殊,正自有山河之异"的典故,表达出词人欲荡除胡虏、恢复中原的壮志。所以,这次前线的胜利,给了后方的词人极大的激励。因此,他夜晚"剪烛看剑",来抒发自己杀敌建功的迫切愿望和强烈冲动。当然,这一举动中也隐约透出了词人的那份遗憾。最后两句中"剩喜"即甚喜、非常喜,反映出词人的无限喜悦、亢奋之情。"骇浪与天浮"则是张孝祥想象的采石矶鏖战的壮烈场面,气象阔大,声势雄壮。所以通观上片,词人虽有不能身临战场的遗憾,有些许悲慨的情绪,但更多的则是"闻捷"后的无限喜悦、激动与衷心祝贺。

下片从两位古代北抗强敌的英雄写起,进而表达自己想要效法前人、扫平胡虏、为国立功的雄心壮志。"周与谢"点明了他回忆的两位英雄。周,指三国时东吴大将周瑜,曾在赤壁大破北下的曹操军队;谢,指晋朝的谢玄,曾在淝水击破率军南下的苻坚。"富春秋"指他们建立不朽功绩之时正春秋鼎盛,年富力强。"小乔初嫁,香囊未解,勋业故优游"则更直接表现了词人对周瑜和谢玄的钦佩与向往。这是词人以周瑜、谢玄来比拟、赞美虞允文。但接下来词人并未停止欢呼、歌颂,而是笔锋一转,生出深刻思考——"赤壁矶头落照,淝水桥边衰草,渺渺唤人愁"。周瑜、谢玄早已作古,他们取得胜利的地方——赤壁矶头、淝水桥边,也早已无人问津,荒芜不堪。衰草连天的肃杀环境使人不禁联想到沦陷在金兵铁蹄之下的广大中原失地,唤起了人们遥远无际的忧愁。从中可见词人对胜利的理性思考和对国家、民族前途及命运的忧虑。"我欲乘风去,击楫誓中流。"结尾二句,巧用两个典故,以高亢雄壮的声音喊出了自己希冀如祖逖统兵北征、廓清中原、报效国家的宏伟志向,这也与上片"湖海平生豪气"相呼应,更突出了他的爱国热情。至此,全词感情发展达到了高潮!

本词从听到采石矶大捷的兴奋和喜悦写起,歌颂了抗战将领的功业,既抒发了自己的遗憾和悲慨,又表达了自己从戎报国的豪迈激情。全词主题博大,笔墨酣畅,格调激昂,不愧是南宋词坛上的一首"快词"!

张孝祥词之二

六州歌头·长淮望断

长淮望断①,关塞莽然②平。征尘暗,霜风劲,悄边声。黯③销凝。追想当年事④,殆天数,非人力;洙泗上⑤,弦歌地,亦膻腥。隔水毡乡⑥,落日牛羊下,区脱⑦纵横。看名王⑧宵猎,骑火一川明,笳鼓悲鸣,遣人惊。

念腰间箭,匣中剑,空埃蠹⑨,竟何成!时易失,心徒壮,岁将零,渺神京⑩。干羽方怀远⑪,静烽燧⑫,且休兵。冠盖使,纷驰骛,若为情⑬!闻道中原遗老,常南望、翠葆霓旌⑭。使行人到此,忠愤气填膺,有泪如倾。

【注释】

①长淮:指淮河。宋高宗于绍兴十一年(1141)与金和议,以淮河—大散关为宋金的分界线。此句即远望边界之意。

②莽然:草木茂盛的样子。
③黯:精神颓丧的样子。
④当年事:指靖康之变。靖康二年(1127),中原沦陷,宋徽宗、宋钦宗被俘。
⑤洙泗上:洙水、泗水流经曲阜(春秋时鲁国国都),孔子曾在此讲学。
⑥毡乡:指金国。北方少数民族住在毡帐里,故称为毡乡。
⑦区(ōu)脱:汉时匈奴语称边境屯戍守边的地方。
⑧名王:这里指金兵的将帅。
⑨埃蠹(dù):尘埋虫蛀。
⑩神京:指北宋都城汴京。
⑪干羽:干盾和翟羽,都是舞蹈乐具,代指礼乐。这句是说用礼乐来使远方的少数民族归附。
⑫烽燧:烽烟。
⑬若为情:何以为情,相当于现在的"怎么好意思"。
⑭翠葆霓旌:指皇帝的仪仗。翠葆:以翠鸟羽毛作为装饰的车盖。霓旌:像虹霓似的彩色旌旗。

【译诗】

我久久地伫立在淮河岸边极目远望,视线所及之处,遍地荒草萋萋,林木葱郁,关塞已成平阔的荒原。北伐的征途已暗淡,只有寒冷的秋风劲吹不歇,边塞静寂悄然、冷落死寂,完全看不到应有的战备状态。此情此景不得不令人黯然神伤。追想当年金人攻破汴京,中原沦陷,只怕是天意如此,并不是依靠人力可以扭转的。所以就连孔子讲学的礼乐文化圣地也被金人的腥臊气玷污了。淮河对岸就是被金兵侵占的土地,放眼望去满是敌军的毡帐,黄昏之时成群的牛羊从山上下来返回圈栏,敌军的前哨据点纵横遍野,防备严密。金兵将领夜间出猎,骑兵手中的火把照亮了淮河边的平川,胡笳鼓角齐鸣,发出雄浑悲壮的声音,令人胆战惊惶。

看看我这腰间的弓箭和匣中的宝剑吧,许久不用,白白遭了蠹虫的蛀蚀,被厚厚的尘埃蒙上。时光最易流逝,而我满怀壮志却不得施展。转眼又是一年时光到了尽头,我却还是只能在远离京都的地方远远怀念——光复汴京的希望越发邈远了。朝廷正采取退让政策,推行礼乐来缓和同金人的紧张关系,所以此时边境烽烟暂停,敌我双方也暂时停止了战争。同时,那些冠服乘车的使者,一批又一批在两国之间来回匆匆奔驰,那是为了求和而奔忙啊!他们怎么好意思啊!听说留在中原沦陷区的老百姓们,时刻在盼望着朝廷北伐,收复失地;盼望大宋皇帝翠盖车队彩旗蔽空的仪仗归来。他们怀着这样的衷肠,眼巴巴地朝南眺望。这样的情景啊,使行人来到此地,无不义愤填膺,热泪倾洒前胸。

【赏析】

这首词写于南宋绍兴年间。主战派老臣张浚北伐,结果在符离大败。于是,主和派的气焰便又嚣张起来,他们将淮河前线边防撤尽,向金国遣使乞和。张孝祥痛恨南宋王朝投降媚敌求和的可耻,在一次宴会上,即席挥毫,写下了这首著名的爱国词作。

上片,描写淮河区域宋金对峙的场景。"长淮"二字,指出当时的国境线。曾是祖国动脉的淮河,如今成了宋、金的分界线,大宋国境已收缩至此,只剩下半壁江山。词人站在边境线上,眺望千里淮河,看到的只有萧条荒芜、死气沉沉的景象,完全看不到南岸的戒备、防御。国土沦丧,金人虎视眈眈之时,国家边备竟然如此松懈、空虚,由此可见词人内心的悲痛和愤怒。"征尘暗,霜风劲,悄边声",这既是对战后荒凉景象的描写,也直接点明了北伐征尘暗淡、收复失地无望。"黯销凝"一语,直接表现出作者对国事无限忧虑、凝神沉思、悲痛欲绝,却又无可奈何的感受。此情此景不禁使词人联想到当年的靖康之变,二帝被掳,宋室南渡。词人把中原沦陷的原因归罪于"殆天数,非人力",真是这样吗?当然不是!这是南宋统治者妥协投降造成的历史悲剧,对于词人来说,实在是难以启齿——这包含着自己民族屈辱的血泪,包含着一种先进文明被一种落后野蛮文明所破坏、所征服的惨剧。"洙泗上,弦歌地",代表的是在当时拥有相对先进文明的地方。但现在这些礼乐文化之邦都已被金人占领,到处充满了膻腥臭味。从"隔水毡乡"到"笳鼓悲鸣",是在写对岸金人的生活和金兵的活动情形。原本属于大宋的耕作农种之地,已完全是一幅游牧的景象,如何令人不悲痛。不仅如此,金兵还设置了大量的哨所,对比南岸空虚的军防,金人防备甚是严密;金兵将领夜晚狩猎,在宋人的故土上纵马飞驰。可见,金人从未彻底放弃南下之心,敌势猖獗,国家仍然岌岌可危。词人自然意识到了这一点,所以发出了一种令人震颤的悲愤:"遣人惊!"

下片以"念"领起,首先写自己"匣中剑,空埃蠹","时易失,心徒壮,岁将零",有心去战场挥剑杀敌,却始终不能,只能眼看着时间白白流逝。时光流逝,壮志消磨,收复神京的希望更加邈远了,这是对自己报国之志不能实现的遗恨,声情激烈,语句铿锵,给人以沉痛感。而造成这种遗恨的,正是朝廷"干羽方怀远"的政策!南宋朝廷不思北归,一味偷安,只要求和。他们用屈辱的做法换来了苟且的"静烽燧,且休兵"。"冠盖使,纷驰骛"正写出了他们求和的丑态!如果说这是词人辛辣的讽刺,那下一句"若为情"则是一针见血的揭穿和谴责,直接表达了对当局软弱媚敌、腐败无能、奉行投降政策的谴责和怨愤。"闻道"两句是词人联想的金人统治下的中原父老,盼望"王师"北伐的情景。这里一方面借中原父老盼望朝廷北归讽刺了南宋朝廷苟且偷安的态势,又进一步激发了人们内心的激愤。所以结尾三句"使行人到此,忠愤气填膺,有泪如倾",感情顺势而发,形成全词的高潮,然后戛然而止,有力地激发起人们的爱国热情。传说当时张浚在席上读到此词,情绪激动罢席,可见其感人之深。

《六州歌头·长淮望断》词格篇幅长,格局阔大,多用三言、四言的短句构成激越紧张的促节,声情悲壮。这首词不仅通篇意气肆意纵横,表达了作者心系社稷安危却报国无门的忧愤遗恨,更为重要的是,其中展示了一种极其深厚的爱国主义精神——对人民、国家、历史以及民族和文化的思考。作者爱国之深,令人动容。就像杜甫诗被称为"诗史"一样,这首《六州歌头·长淮望断》也完全可以被称为"词史"。

(丁月香)

19 陈亮

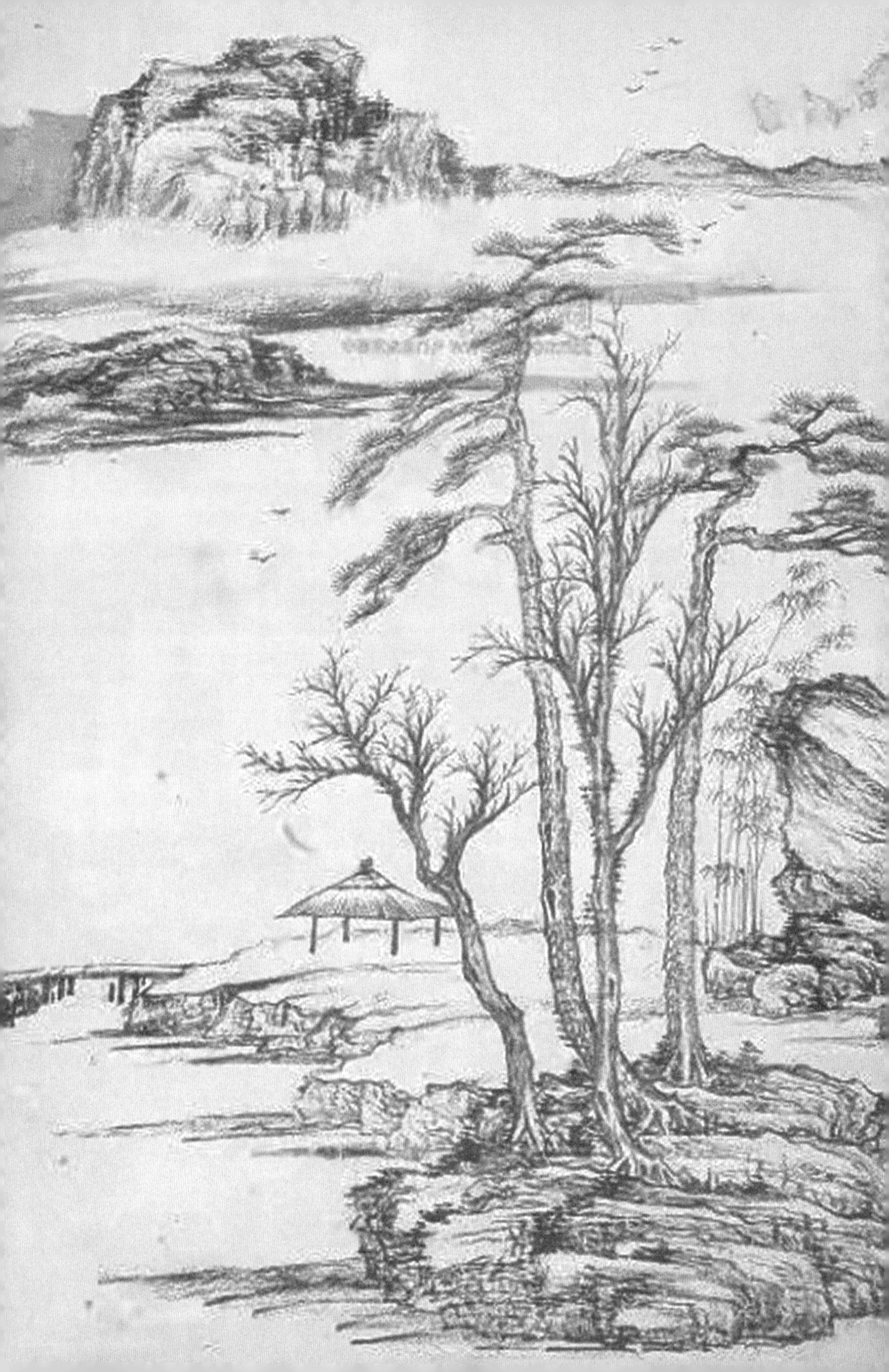

陈亮(1143—1194)，原名陈汝能，字同甫，号龙川，学者称其为龙川先生，婺州永康(今浙江永康)人，南宋著名思想家、爱国词人。

陈亮年少时就喜欢谈论军事，未弱冠便写成了颇有见地的著作《酌古论》。

他在《酌古论》一书中对汉光武帝、刘备、曹操等十九位历史人物进行了评论，分析并总结了他们的军事活动，并提出自己"文武不分家"的观点，得到当时郡守周葵的赏识。这部书实际上是为南宋"中兴""复仇"事业提供借鉴，表现出一个天才少年的忧国忧民之心和宏伟抱负。

公元1164年，宋孝宗北伐失败后，同金人议和，把海、泗、唐、邓四个州割给金国，两国之间从此定为叔侄关系，历史上称之为"隆兴和议"。陈亮对此事很是气愤，在公元1169年趁去往临安参加进士科初试的良机，拜伏在宫殿下面向皇帝奏疏，他以布衣身份向孝宗陈述自己对时局的看法，并寄希望于孝宗会接受他的意见。这就是历史上著名的《中兴五论》。他在这篇文章中说："臣窃惟海内涂炭，四十余载矣。赤子嗷嗷无告，不可以不拯；国家凭陵之耻，不可以不雪；陵寝不可以不还；舆地不可以不复。此三尺童子之所共知。"然而，当时的现实并不尽人意，上有独断专行的皇帝，下无匡扶社稷的栋梁。他痛斥庸臣，同时提出富国强兵的振兴大计，但最终陈亮的一片苦心却付诸东流，《中兴五论》竟然没能送到孝宗手中。

公元1178年，即在写成《中兴五论》后的十年，陈亮又至临安，连续三次给孝宗上书，孝宗也颇为所动，无奈权臣从中作梗，屡屡阻挠，再加上孝宗原本也只不过是想借起用陈亮来装点起抗金的门面，显示自己的圣明，致使陈亮终究是壮志难酬，只好回到故乡聚众讲学去了。回乡后，救国之志一时难抒，他整日落魄醉酒，与乡里一些狂士交往，所以统治者曾三次以"狂怪"为由，把他投进了监狱。

公元1187年，在高宗的丧礼上，金使甚为无礼，陈亮又一次上疏，劝孝宗与金绝交，寻求恢复之道，但此奏疏仍如石沉大海，杳无回音。公元1188年，陈亮到京口(今镇江)、建业(今南京)观察地形，他认为这一带地势险要，可以作为恢复中原失地的重要基地。据实地考察，他又一次上疏(《戊申再上孝宗皇帝书》)，反对统治阶级中以自然形势作为界限分割河山的谬论，主张废除丧权辱国的条约，尽快出师北伐，一统中原。

公元1193年，陈亮应试中了状元，授官建康府判官，陈亮至此终于有了施展抱负的机会，但却因长期"忧患困折，精泽内耗，形体外高"，最终在绍熙五年(1194)的一天夜里溘然长逝，时年五十二岁。

"复仇自是平生志，勿谓儒臣鬓发苍。"(《及第谢恩和御赐诗韵》)只可惜一代英才，壮志未酬，只能遗恨九泉。陈亮死后，他的好友辛弃疾写下《祭陈同甫文》纪念他。嘉熙二年(1238)七月，宋理宗追赠陈亮为中大夫，赐谥"文毅"。

陈亮词作就其思想内容而言,多写对沦陷区人民的惦念、对偏安江南的统治者的不满、对复国大业成功的期盼,字里行间洋溢着强烈的爱国热情。就其艺术特色而言,风格豪迈奔放,议论风生。尤其是他的爱国词作,能结合政治议论,自抒胸臆,如《水调歌头·送章德茂大卿使虏》。

陈亮词之一

水调歌头·送章德茂大卿使虏①

不见南师久,谩说北群空②。当场只手,毕竟还我万夫雄③。自笑堂堂汉使,得似洋洋河水④,依旧只流东。且复穹庐拜,会向藁街逢⑤。

尧之都,舜之壤,禹之封⑥。于中应有,一个半个耻臣戎⑦。万里腥膻⑧如许,千古英灵安在⑨,磅礴几时通⑩?胡运何须问,赫日自当中⑪!

【注释】

①章德茂:名森,字德茂。大卿:对章德茂的尊称。使虏:出使金国。

②南师:南宋的军队。谩说:胡说。北群空:指没有良马,这里借喻没有人才。典出韩愈《送温处士赴河阳军序》,"伯乐一过冀北之野,而马群遂空。夫冀北马多天下。伯乐虽善知马,安能空其群也?解之者曰:吾所谓空,非无马也,无良马也。"

③当场只手:面对出使大事,独立应付。还我:还是我(大宋)。

④自笑:自感可笑。得似:好像。洋洋:水势盛大的样子。

⑤且复:姑且再。穹庐:古代北方游牧民族居住的毡帐。这里指金廷。藁(gǎo)街:汉代京城长安专供外国使臣居住的一条街道。《汉书·陈汤传》曾记载陈汤假托朝廷之命发兵斩郅支单于(匈奴首领),奏请悬于街以示犯汉必诛。

⑥都:都城。封:疆域。

⑦耻臣戎:以向金人称臣为耻。戎:指金人。

⑧腥膻(shān):羊臊气味,金人以牛羊肉为食。

⑨千古英灵:自古以来为保家卫国而牺牲的英雄。安在:在哪里。

⑩磅礴:指英灵的浩然正气。几时通:什么时候才能伸张。

⑪胡运:金人的命运。赫日:日光红亮。自当中:自该日上中天。

【译诗】

久久不见南宋军队北上挥戈,
金人便妄言我大宋没有人才。
临危受命,只手撑天。
章君呀,你毕竟显示了英雄气量。
可笑啊,我汉使向来正正堂堂,
怎么会像那永向东淌的黄河之水,
永远朝拜那金邦。
章君呀,你姑且再向金人的帐篷走一趟!
相信将来定会征服他们,将金酋押于藁街,
料想那日子不会太久长。

尧舜禹都曾在中原建都定邦,
自古以来那里就是我汉人故乡。
应有一个半个知耻的臣子,
肯站出来保卫家乡。
故国已被践踏得满目苍凉,
千古以来的爱国志士英灵安在?
浩大的抗金正气呀,何时才能伸张?
金人必败,毋庸置疑!
我大宋定会如那中天丽日,
永放光芒!

【赏析】

公元1164年,宋孝宗和金人签订了"隆兴和议"后,南宋小朝廷苟且偷安思想更为严重,甚至每年还要在金主生日时派使节前往祝贺。公元1185年十二月,孝宗派遣章森以大理少卿、试户部尚书身份出使金国,祝贺万春节(金世宗完颜雍的生辰)。因为之前宋使出使金国,总是备受屈辱,故朝臣多数不愿担此使命,陈亮闻章森此次出使,便深寄希望,作此词以送行。

词的上片,评议时局,赞赏章森,鼓舞士气。

词开篇就点明严峻的时局,"不见南师久,谩说北群空"。南宋朝廷只知偏安一隅,长期不敢出兵北伐,导致金人气焰日益嚣张,更加小视南宋无人可用。"北群空"反用韩愈《送温处士赴河阳军序》中"伯乐一过冀北之野,而马群遂空"之典,意在强调南宋不仅有人且大有人才。"谩说"一词,表现出作者对金人狂妄自大的愤恨。这句同时是在为下一句蓄势。"当场只手,毕竟还我万夫雄。"正是在这样的危急关头,章森能够挺身而出,一定能只手擎天,以万夫莫当之勇,完成使命,一雪前耻。用"毕竟"一词,来对"谩说",表达出对金人蔑视我大宋的愤慨,对章森此行的殷切希望。"还我"即"还是我(大宋)",暗点此前宋使曾有辱使命,鼓励友人定能恢复我宋使万夫雄之威,并自然引出"自笑堂堂汉使,得似洋洋河水,依旧只流东"这三句。"自笑"意为"自感可笑",言外之意,本不该出现朝拜金人的事,这样可以砥砺斗志。这三句意在强调友人章森心中充满了堂堂汉家使者该有的正气,有着威武不能屈的高尚节操,就像那浩浩荡荡向东奔流的黄河之水,任何力量也不能使之屈服。最后一句扣题,"且复"一"拜",此乃权宜之计,你暂且到金人宫殿里去拜见一次吧,总有一天我们会制服他们,把金统治者的头颅挂在藁街,以警示那些"犯汉"者,这才是我们的目标所在。"会向"句是对未来的自信,更是对好友章森的勖(xù)勉。

　　词的下片,怀想中原,追思英魂,展望未来。

　　"尧之都,舜之壤,禹之封"三句一气呵成,纵观历史,气势磅礴。北中国自古就是我们祖先繁衍生息之所,那里是我们的故乡,保家卫国自是理所应当。"于中应有,一个半个耻臣戎"这句也顺势而出。在这片孕育了华夏文明的故土之上,总会有耻于向金人俯首的志士男儿吧!此中作者悲愤痛心之余,更有一种民族自信。可是收复失地并非是一个半个英雄儿女之力所能办到的,所以作者又大声疾呼"万里腥膻如许,千古英灵安在,磅礴几时通"。曾经的安乐故土,如今召被金人铁蹄践踏得面目全非,作者的感情再次喷涌而出:古代英魂如今又在哪里?他们惊天地、泣鬼神的浩然正气何时才能深入每个人的心中?这几句有对国土沦陷的苦痛,有对国家危难的忧虑,有对统治阶级的发难,更有对未来的期盼,期盼所有人能以恢复疆土为己任,同仇敌忾,共赴国难。倘若如此,那么"胡运何须问,赫日自当中",金人必败,我朝必胜。作者仿佛已经看到了即将到来的胜利。

　　全词层次分明,以激励章森为主线,顿挫有致,层层展开,最后用一组对比,金人必败,宋将如日中天。陈廷焯在《白雨斋词话》中曾说,这首词"精警奇肆,几于握拳透爪,可作中兴露布读",真是一语中的。

陈亮词之二

贺新郎·寄辛幼安和见怀韵①

老去凭②谁说？看几番、神奇臭腐,夏裘冬葛③！父老长安今余几？后死无仇可雪。犹未燥、当时生发④！二十五弦多少恨,算世间、那有平分月⑤！胡妇弄,汉宫瑟⑥。

树犹如此⑦堪重别！只使君、从来与我,话头多合⑧。行矣置之无足问,谁换妍皮痴骨⑨？但莫使、伯牙弦绝⑩！九转丹砂牢拾取,管精金、只是寻常铁⑪。龙共虎,应声裂⑫。

【注释】

①辛幼安:辛弃疾。和见怀韵:辛弃疾与陈亮别后作《贺新郎》一词,以寄托对陈亮的思念,陈亮得词后用其韵也作了一首《贺新郎》。和:旧体诗词创作中依照别人所作诗词的体裁和音韵而写作。

②凭:依靠。

③神奇臭腐:典出《庄子·知北游》:"臭腐复化为神奇,神奇复化为臭腐。"庄子原意是说"臭腐""神奇",只不过是人们依自己好恶所定,本无固定标准。此处比喻世事变化。夏裘冬葛:典出《淮南子》,意谓颠倒错乱。裘:皮衣,应冬天穿。葛:葛布,又称夏布。

④生发:胎毛。

⑤二十五弦:《史记·封禅书》:"太帝使素女鼓五十弦瑟,悲,帝禁不止,故破其瑟为二十五弦。"寓悲愤和破分之意。平分月:代指国土被金人平分一半。

⑥汉宫瑟:《宋史·钦宗本纪》记靖康二年四月,金人掳徽、钦二帝并重器物等,其中有"大乐教坊乐器"。汉宫瑟为胡妇所弹,借指汴京破后礼器文物为金人所劫。

⑦树犹如此:典出《世说新语》,桓温北征时,见当年移种之柳已大十围,叹息道:"木犹如此,人何以堪!"

⑧使君:汉以后对州郡长官的尊称。此处指辛弃疾。合:投合。

⑨"行矣"句:辛首唱之词《贺新郎》题下小序云,陈亮与辛弃疾别后,辛曾追陈到鹭鸶林,因雪深路滑才怅然而归,此句乃宽慰辛弃疾之语。"谁换"句:妍皮痴骨,指俊美的外表里裹着愚笨的内心。典出《晋书·慕容超载记》。妍,音 yán。此句意谓虽然我们被世人误认为是"妍皮痴骨",遭摒弃,但志向不改。

⑩伯牙弦绝:《吕氏春秋·本味》载,伯牙善鼓琴,只有挚友钟子期完全理解,子期死后,伯牙终生不再鼓琴。

⑪九转丹砂:道家谓烧炼金丹以九转(把丹砂烧成水银,把水银又炼成丹砂为

一转)为贵。牢拾取:牢牢抓住。"管精金"句:据说九转的丹砂可点铁成金。

⑫龙共虎,应声裂:龙虎丹烧成后,从炉鼎中迸出。

【译诗】
年华易逝向谁说?
世事变幻,黑白颠倒。
夏日穿皮袄,冬日着葛衣。
沦入敌手的中原父老,如今剩几人?
偏安江南的后辈,当年都胎发未干,
早已不知何为报仇雪恨。
锦瑟原本五十弦,如今破成了二十五根;
此间多少恨,月应圆如轮,
岂容金人分!
那汉宫的锦瑟,竟在胡妇的手中弹奏。

小树已然参天,
离人何以承受别情?
只有你是我的知己,
我们彼此意见投合。
虽然天各一方,只要不改初衷,
也无须殷勤挂问。
只希望友谊长存。
九转丹砂可点铁成金,
把握时机,必定胜利!
听,"轰"然一声炉鼎迸裂,
看,那金光灿烂的龙虎丹已经炼成!

【赏析】
公元1188年冬,陈亮与朱熹相约在紫溪与辛弃疾会面,可是朱熹却不在,于是二人在那里游玩了十几日,却仍未等到朱熹,陈亮只好先行离开。分别之后,辛弃疾怅然若失,作《贺新郎》一词遣怀,后来陈亮即依其韵写作本词。

上片,抒发感慨,纵论世事。

起句"老去凭谁说"。一声长叹,感慨知音难觅,年华易逝,壮志难酬,领起全篇。"看几番、神奇臭腐,夏裘冬葛!"作者引《庄子·知北游》里"臭腐复化为神奇,神奇复化为臭腐"和《淮南子》里"冬日之葛,夏日之裘"的句子来说明世事变化不定,而且越变越乱,越来越对国家恢复不利,使人们逐渐丧失了复国大业的雄心,不禁令人忧心。朝廷偏安江南数十年,在外金人步步紧逼,在内统治阶级麻木不仁,作者目睹国势衰颓,怎不痛心!"父老长安今余几?后死无仇可雪。犹未燥、当时生发!"想当年靖康之变,中原沦入金人之手,沦陷区的父老多数已经不在了,剩下的还有几人?一声反问,包含多少痛心疾首的血泪。更为恼人的是南渡几十年了,如今在世的多是当年胎发未干的婴儿。这正是"山外青山楼外楼,西湖歌舞几时休!暖风熏得游人醉,直把杭州作汴州"。(林升《题临安邸》)统治者尚且苟且偷生,及时享乐,更何况是百姓呢?这是多么可悲的现实呀!"二十五弦多少恨,算世间、那有平分月!"《史记》记载,瑟本五十弦,太帝因素女奏瑟声悲,破为二十五弦。此句用典,以锦瑟断弦代山河破碎,这样的残酷现实,实在令人难以接受。作者"位卑未敢忘忧国",忠心耿耿,日月可鉴。末一句"胡妇弄,汉宫瑟",以细节描绘,展现国家残破、礼器被劫之事实,以小见大,更具有震撼人心的力量。

下片,与辛词唱和,互相勉励。

起始一句"树犹如此堪重别!"用典,典出《世说新语》。东晋时期,桓温北征之时,见当年移种之柳已大十围,叹息道:"木犹如此,人何以堪!"作者借此典故抒发人世沧桑,伤离别之感。所谓千金易得,知己难求。正因如此,离情别绪才是那样令人肠断。谁曾想陈亮、辛弃疾这一别,竟成永诀,六年后,陈亮就病逝了。"只使君、从来与我,话头多合"补足了"堪重别"的语意,也呼应了起句的"老去凭谁说"。词人当时无法预料,但我们如今看来,再深味此句,定会潸然泪下。更为难能可贵的是,两人的友情是崇高的,是建立在忧国忧民、恢复社稷的高度上的。"话头多合"正是此意。"行矣置之无足问,谁换妍皮痴骨?但莫使、伯牙弦绝!"根据辛弃疾《贺新郎》词题下小记可知,陈亮离开之后,辛弃疾曾追赶甚远,终因雪深路滑,只好怅然而归,"行矣置之无足问"句就是宽慰友人辛弃疾的。两人共同致力于中兴大业,无人理解,反而被冠以"妍皮痴骨"的评价,的确令人愤慨,但二人并未因此而心灰意冷,"谁换"即"谁会改变",出语干净利落,表明心迹,可以说真是矢志不渝。"但莫使、伯牙弦绝",两人既为同道,也给彼此心灵以慰藉,更显珍贵。接着宕开一笔,"九转丹砂牢拾取,管精金、只是寻常铁"。此句以炼丹作比,希望自己和友人能经得起锤炼,只要把握时机,持之以恒,不畏艰难,寻常铁也能被点成真金,所以,只要坚持抗金,光复中原大业必有成功一日。此处比喻精妙,使人充满希望。最后以"龙共虎,应声裂"六字结尾,用"龙虎丹"炼成后迸裂出鼎的情状来比喻胜利到来的不可阻挡之势,既是与友人的共勉,更是对未来的期盼。

(柴敏)

20 辛弃疾

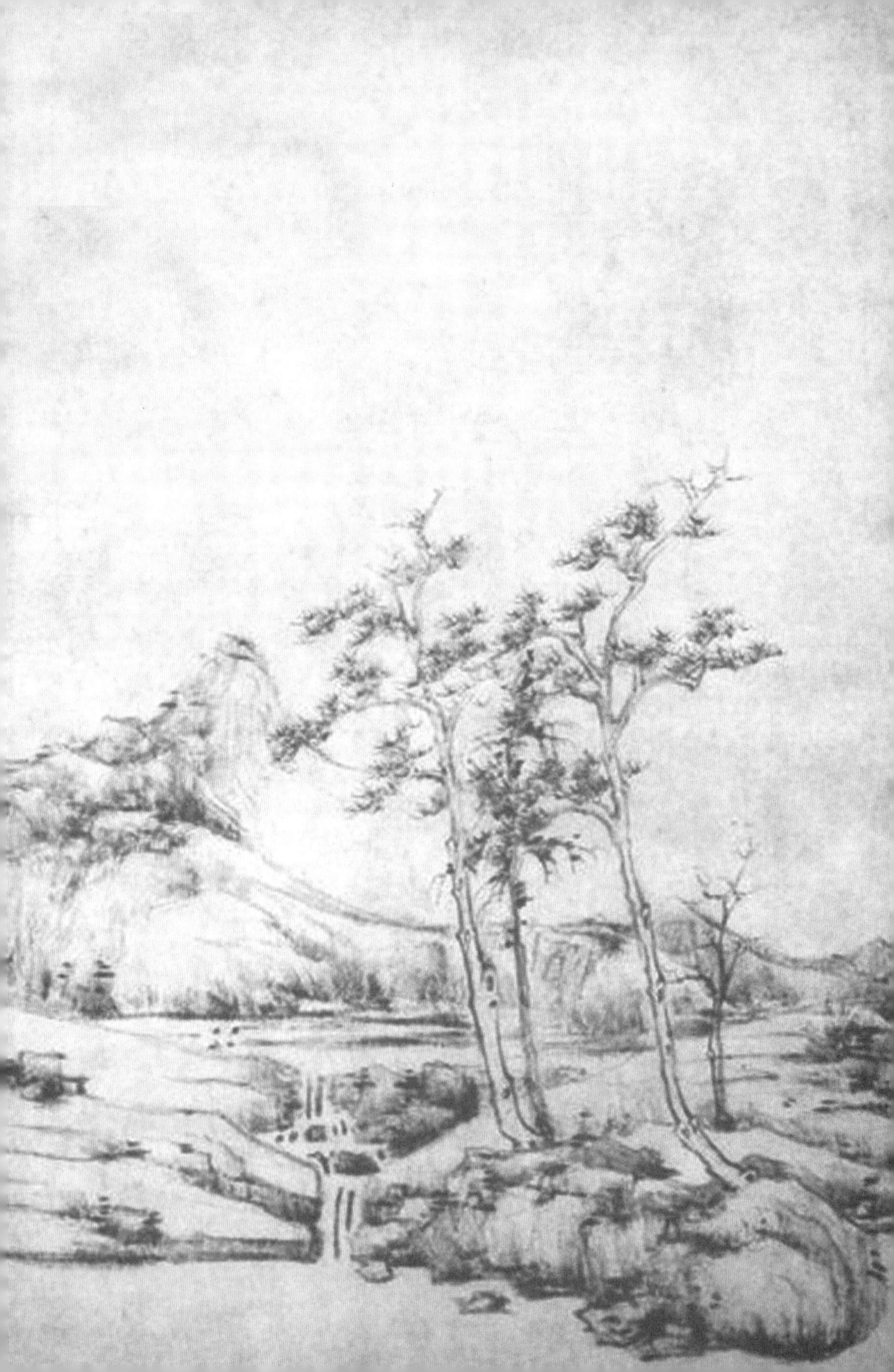

辛弃疾(1140—1207),字幼安,号稼轩,南宋历城(今山东济南)人。南宋时期的著名爱国词人。

辛弃疾出生时北方就已沦于金人之手,他在沦陷区度过了童年、少年时光,亲身体验了亡国奴生活的屈辱与艰辛,心中的爱国之志与日俱增。1161年,金主完颜亮挥师南侵,年仅二十一岁的辛弃疾于敌后参加起义,树起了反金义旗。不久,他又率众加入了耿京的起义队伍,被任命为掌书记。不久,南侵金兵发生内讧,完颜亮一命呜呼。辛弃疾觉得抗金有利时机到来,便劝耿京奉表归宋,以便与南宋主力合力作战,重整山河。耿京采纳了辛弃疾的建议,派他奉表归宋。

辛弃疾率领一支人马直奔建康,受到皇帝赵构的热情接见。赵构拜耿京为节度使,辛弃疾为承务郎、天平节度掌书记,并传旨劳军。朝拜结束,辛弃疾奉命返回北方,不想刚踏上海州地面,就听到叛徒张安国杀害耿京、挟持军队投降金人的消息。辛弃疾一听,怒发冲冠,当即挑选精壮骑兵五十名,飞奔济州,直闯张安国大营。

张安国刚被金人任命为济州知州,十分得意。他设宴庆功,正处于酒酣耳热之际,不想辛弃疾奇兵突至,以迅雷不及掩耳之势把他"缚于马上",向南方疾驰。金人将吏猝不及防,一时呆若木鸡,待反应过来率兵追赶时,辛弃疾一行已无影无踪。

辛弃疾风餐露宿,一路疾驰,终于献俘京城。南宋皇帝下旨斩张安国于闹市。一时之间,江南士庶深受鼓舞,对辛弃疾交口称赞,仰若高山。这一年,辛弃疾才二十三岁。

入宋之后,辛弃疾历任右承务郎,江阴签判及湖北、湖南转运使,江西、福建、浙东安抚使等职务。他力主抗金、收复失地统一祖国,因而遭到投降派嫉恨与排挤。但是,他"位卑未敢忘忧国",曾向皇帝上书《美芹十论》,阐述自己的"平戎"之策;也曾向名将虞允文陈献《九议》,可惜都未被采纳。1181年,他因被言官弹劾落职,退居江西,在上饶、铅山一带过了二十年闲居生活。直到韩侂胄当权,他才被重新起用。1204年,他被调镇抗金前线京口,然而,骥足未展,次年又被罢免。1206年,韩侂胄北伐失败,朝中权臣认为辛弃疾是韩侂胄出兵的支持者,因而飞短流长,使他精神上受到很大打击。次年,他便含恨而逝。

辛弃疾的词作存于《稼轩词》,共六百多首。他的词作无论从思想内容还是艺术表现形式来看,都是"异军特起,能于剪红刻翠之外,屹然别立一宗"(《四库全书总目提要·稼轩词提要》)。

就思想内容来说,他的词表现了爱国思想与战斗精神,对沦陷的北方深深怀念,对抗金的壮举热情讴歌,对南宋苟安的战略十分反感,对自己怀才不遇、壮志难酬的境遇愤慨不平。

辛弃疾继承了苏轼豪放的词风及南宋初期爱国词人的战斗传统,进一步扩大词的题材,几乎达到了无事无意不可以入词的地步。他的词意境雄奇非凡,比兴、用典,出神入化,想象丰富,豪放不羁。为了充分发挥词的抒情、状物、记事、议论等功能,他创造性地融会了诗歌、散文、辞赋等各种文艺形式的长处,丰富了词的表现手法与语言技巧,从而形成了独特的风格。

辛弃疾词之一

水龙吟·登建康赏心亭①

楚天②千里清秋,水随天去秋无际。遥岑远目③,献愁供恨④,玉簪螺髻⑤。落日楼头,断鸿声里,江南游子。把吴钩⑥看了,栏杆拍遍,无人会,登临意。

休说鲈鱼堪脍,尽西风,季鹰归未⑦?求田问舍,怕应羞见,刘郎才气⑧。可惜流年,忧愁风雨,树犹如此⑨!倩⑩何人唤取,红巾翠袖⑪,揾英雄泪⑫?

【注释】

①建康:今南京。

②楚天:泛指南方的天空。

③遥岑:远山。岑:音 cén。远目:远望。

④"献愁"句:群山呈现出愁恨。

⑤螺髻:螺样式的发髻。以螺髻与玉簪喻远山形状。

⑥吴钩:吴国所铸的弯形的刀,这里泛指刀剑。

⑦"休说"二句:不愿学张翰弃官归隐。脍:音 kuài,细切肉。季鹰:晋张翰字。他在洛阳为官,见秋风起,因思念吴地菰菜、莼羹、鲈鱼,便辞官回乡(《世说新语·识鉴》),辛词反用。

⑧"求田"三句:如果像许汜那样庸俗自私,将为天下英雄所笑。《三国志·陈登传》载,刘备批评许汜说:"君有国士之名,今天下大乱,帝主失所,望君忧国忘家,有救世之意,而君求田问舍,言无可采……"求田问舍:买田置房。

⑨"可惜"三句:叹息壮志难酬而年华虚度。树犹如此:晋朝桓温北伐征讨姚襄,途经金城,见到昔日所植柳树已干粗十围,感叹道:"木犹如此,人何以堪!"(《世说新语·言语》)

⑩倩:请。

⑪红巾翠袖:代指女子。

⑫揾:音 wèn,拭。

【译诗】
楚地天空辽阔千里，
江水连天秋色无际。
远望山峰含愁怀恨，
尽管美如碧玉奇似螺髻。
楼头何见？夕阳西下。
楼头何闻？断鸿哀啼。
昔日北方健儿，今为江南游子！
雄心犹在，把吴钩细看，
壮志未酬，栏杆拍遍无计。
有心报国，一展身手，
偏安者谁领会我此刻胸臆！

不要说思乡归隐，避身远祸，
也不愿像许汜求田问，
舍愧对刘郎才气！
只可惜流年似水，忧风愁雨，
树尚且苍老，
人怎能不如此？
有谁唤来佳人用红巾绿袖，
拭干英雄泪水淋漓！

【赏析】

　　这首词作于辛弃疾在建康（今南京）任江东安抚司参议官，离他活捉叛徒、南渡归宋已逾十年，但是他却仍然得不到重用，报国无门，心中郁闷。一次，他登上赏心亭，放眼北望，心中感慨顿生，即兴写下了这首词。

　　上阕，抒写了作者心怀失地、报国无门的悲愤。

　　"楚天千里清秋，水随天去秋无际。"登高望远，秋高气爽，千里风物尽收眼底；长江滔滔流向天边，更是一望无际。楚天，这里指南方的天空。作者极力渲染秋空之辽阔、秋色之无际，意境开阔，为下文抒情做了有力的铺垫。"遥岑远目，献愁供恨，玉簪螺髻。"远处青山，望去犹如美人头上的碧玉簪和青螺髻，不可谓不美。然而，"感时花溅泪，恨别鸟惊心"，景物虽美，在作者的眼中却是"献愁供恨"！作者写景只是手段，抒情才是目的。作者此处运用了拟人手法。沦陷区的山也不满异族蹂躏,在那里愁眉不展,怨恨满腔!山尚且如此,人何以堪?山愁人更愁!这里物我合一,情景交融,了无痕迹。

"落日楼头,断鸿声里,江南游子。"三个非主谓句,渲染了一种仓皇、悲凉的气氛。这几句看似景语,实为情语:落日暗喻南宋国运衰微,断鸿哀鸣喻自己身世飘零,无人赏识。词句如浓云低垂,凝聚着作者心底的家国之哀。

"把吴钩看了,栏杆拍遍,无人会,登临意。"吴钩,是杀敌的工具,但却无处使用,成了点缀身份的佩饰!一个"看"字,透露出作者急切想挥剑杀敌的心情。然而,拍遍栏杆,也无人知道他心中的愿望!一个壮士,最可悲的是"报国欲死无战场",作者正是如此!一个多愁善感的文人,需要的是心思为人理解,然而,南宋君臣苟且偷安,又有谁来领会他登临的感受呢?"无人会,登临意。"这是作者内心的呐喊,是对抱负无处施展的义愤,饱含着"寄意寒星荃不察"的悲凉。

下阕,用典抒情。

"休说鲈鱼堪脍,尽西风,季鹰归未?求田问舍,怕应羞见,刘郎才气。"晋代张翰(字季鹰)在京城齐王手下做官,一年因秋风渐起,便思念起家乡吴地的菰菜、莼羹以及鲈鱼来,于是决然辞官回家。他回家不久,齐王身败名裂,而张翰却得以避祸全身。作者用"休说"二字表明自己不愿像张翰那样独善其身。他苦苦恋着祖国的抗敌大业,不去计较个人的得失。这种对祖国的苦恋情结,与屈原一脉相承。辛弃疾还表明,自己不能像许汜那样满足于求田问舍,他自觉这样做会愧对天下英雄。刘郎,原指刘备,这里指同辈的抗金志士。我们可以把作者的诗句看作不与逍遥派苟合的自白!

"可惜流年,忧愁风雨,树犹如此!"时光可贵,然而时光易逝,南归以来,作者无一施展身手的机会。人生有几个十年?哪堪岁月虚掷?古人桓温看见当年种植的树干粗十围而感慨岁月流逝,人已老大,叹息说:"木犹如此,人何以堪!"作者过着"忧愁风雨"的日子,此时自然产生了桓温式的悲哀。这种美人迟暮之感,沉甸甸,湿漉漉,怎能不令词人潸然泪下?

"倩何人唤取,红巾翠袖,揾英雄泪?"男儿有泪不轻弹,但是"无情未必真豪杰,怜子如何不丈夫"。人间最悲壮的是英雄泪!英雄泪,浓于血!然而,当时有谁来理解他唤取红粉佳人为他拭去泪痕呢?作者的心灵伤痕累累,又由谁替他抚平呢?词以问句结束,这问句中有多少家国之思、家国之情、家国之怨、家国之恨!

读此词,令人回肠荡气。它给我们的不唯是无奈伤感,更多的是激动,为作者的爱国真情而激动不已!

(孙汉洲)

辛弃疾词之二

破阵子·为陈同甫赋壮词以寄之①

醉里挑灯看剑,梦回②吹角连营。八百里分麾下炙③,五十弦翻塞外声④。沙场秋点兵。

马作的卢飞快⑤,弓如霹雳⑥弦惊。了却君王天下事⑦,赢得生前身后名。可怜白发生!

【注释】

①词以实际生活为素材,写诗人的愿望与失望。
②梦回:梦醒。
③八百里:牛名。晋王恺有牛名八百里。王济与王恺比试射箭,以八百里为赌注。王济射箭获胜,就杀牛作炙。麾下:部下。麾:音 huī,旗帜。炙:烤肉。
④五十弦:古代的瑟用五十弦。这里用以指代军中乐器。塞外声:指雄浑悲凉的军乐。
⑤作:如。的卢:马名。相传刘备在荆州遇险,因所骑的卢"一跃三丈"而脱险。
⑥霹雳:雷声,这里比喻弦声。梁曹景宗在家乡时,"与年少辈数十骑,拓弓弦作霹雳声"(《南史·曹景宗传》)。
⑦天下事:指恢复中原的大业。

【译诗】

醉酒朦胧,犹自挑灯看剑。
几度梦回,营垒号角震天。
犒师点兵,锦瑟奏响塞外歌声,
何等雄壮,秋季阅兵的场面!

骏马飞驰,冲锋陷阵,所向无敌,
强弓射敌,弦声如雷,晴空长鸣。
但愿完成君王光复大计,
博得个生前身后英名。
谁曾料苍天未能遂人愿,

镜中白发,此恨难平!

【赏析】

1188年,辛弃疾的好友陈亮来访问他。陈亮与辛弃疾同为主战派,并在词坛负有盛名,其友情非同一般。挚友相遇,难免要谈抗金复国的计划。然而,投降派当道,英雄无用武之地,他们更多的是感慨。陈亮告别后,辛弃疾心潮难平,就作了这首词,寄给陈亮。

"醉里挑灯看剑,梦回吹角连营。"词人被削职闲居,眼看壮志难酬,只好借酒浇愁。尽管有时难免喝醉,但是酒醉心未醉,仍挑灯看剑,重温往昔率兵杀敌的场面,以至于进入梦乡后,犹记当年事。想当年,拥兵千万,连绵的营垒里吹响了悲壮的号角。号角声就是命令,召唤着战士出征杀敌。号角声令军心振奋!此时,作者又沉浸在昔日豪壮的战斗生涯之中。

"八百里分麾下炙,五十弦翻塞外声。沙场秋点兵。"给养充足,官兵们分食烤熟的牛肉;军容雄壮,军乐队奏出反映塞外征战生活的乐曲,这场面何等雄壮热烈!沙场征战即将开始,时值秋高马肥,检阅兵精粮足的部队,主将心中该充满几多豪情!"沙场秋点兵"句,透露出作者踌躇满志的心境、壮怀激烈的气概、稳操胜券的豪情!

"马作的卢飞快,弓如霹雳弦惊。"这两句是壮士沙场征战、冲锋陷阵的特写镜头。当年刘备凭借的卢化险为夷,而今壮士马如的卢,驰骋腾挪,所向之处,强敌披靡。马凭人长精神,人凭马显威风。弓弦声犹如霹雳,这种比喻兼夸张的写法,把强弓射敌的壮举渲染得淋漓尽致。从这两句词里,可以窥见一个跃马驰骋、杀敌报国的英雄的飒爽英姿。这个形象,可以理解为"以功名自许"的作者的化身,因为作者当年确有这番亲身经历,也可以理解为作者麾下官兵的群体形象。

"了却君王天下事,赢得生前身后名。"这两句写的是作者出生入死的目的。"了却君王天下事",指收复失地,完成统一祖国大业;"赢得生前身后名",指的是作者希望建立功名、名垂史册。作者把个人的理想与国家的兴亡结合在一起,使词的意义得到升华。

然而,结果如何?"可怜白发生!"作者由醉梦中回到现实,情绪急转直下,多少青春抱负,却为人事消磨!南宋王朝屈膝求和,根本就不信任这位抗敌英雄,以致使他削职闲居。花开花落,时光流逝,失地未复,壮志未酬,镜中所见,白发如霜!末尾一句与开头"醉里挑灯看剑"呼应,抒发了作者心中无尽的悲愤!

"壮",乃本词的最大特色。作者说壮语,言壮志,抒壮情,读这首词,让人觉得字里行间似有风雷滚动!此外,词的上、下片连贯一体,打破了词的常规结构,便于抒发不可遏止的激情,显示了作者创作方面的独创精神。所以我们说,非英雄不能为此语,非英雄不能作此词!

(孙汉洲)

辛弃疾词之三

菩萨蛮·书江西造口壁①

郁孤台下清江水②,中间多少行人泪③。西北望长安,可怜无数山!
青山遮不住,毕竟东流去。江晚正愁余④,山深闻鹧鸪⑤。

【注释】

①造口在今江西万安西南三十公里处,词作于淳熙二三年间,当时辛弃疾任江西提点刑狱。

②郁孤台:在今江西赣州市,因郁然孤峙得名。清江:袁江与赣江合流处,旧称清江,这里指赣江。

③建炎年间,金兵侵江西,隆祐太后仓皇出赣州。淳熙二年,赖文政起义,转战赣、吉、袁、抚间,此句因此感念今昔,出语沉痛。行人:指奔走流亡的人。

④愁余:使我愁苦。

⑤闻鹧鸪:鹧鸪啼声如"行不得也哥哥",故闻而生愁。

【译诗】

郁孤台下流不尽清江水,
其间多少是行人血泪涟涟?
遥望西北,故都何在?
青山连绵峰峦叠嶂遮断视线。

青山毕竟遮不住滔滔江水,
百折不回最终还是东流而去。
江上暮色已使我愁思重重,
更哪堪深山中鹧鸪啼声凄苦!

【赏析】

《菩萨蛮》这首词作于宋孝宗淳熙二三年间。当时，辛弃疾任江西提点刑狱，驻节赣州，因而在造口写下了这首词。造口，这个地方原本并不出名，然而，当与民族的屈辱联系到一起时，便引起了词人的关注。

1129年，金兵分两路南侵，志在吞灭偏安的宋朝残山剩水。其东路主力攻陷建康（今南京），直指临安（今杭州），旨在捉拿皇帝赵构；另一路由湖北进攻江西，目标指向隆祐太后。这一路金兵追踪隆祐太后到江西泰和县，隆祐太后又退往赣州。当年隆祐太后乘船经过造口，金人也曾追到这里，只是没有追上。辛弃疾作为一位抗金英雄、爱国词人，来到造口，抚今追昔，能不感慨万千？于是，他挥笔作词，寄托情思。

本词用比兴手法，从怀古开始，反映了作者渴望恢复中原的爱国情怀，以及羁留后方、壮志难酬的苦闷。

上阕前两句："郁孤台下清江水，中间多少行人泪。"这两句词于怀古中寄寓了无限情思。郁孤台，为唐宋时代的风景胜地。作者登临此台，却无心欣赏风景。他俯视从台下流过的清江水，联想到这里发生的历史惨剧，不禁发出叹息："中间多少行人泪！"是啊，当年金兵南下，皇帝、太后固然仓皇窘迫，百官僚臣也艰难竭蹶，而平民百姓更是悲惨凄切。当时，万安、赣州一带挤满了难民，惨不忍睹。这些行人们当年流下了多少眼泪！这浩荡的清江之水中，至今仍未流尽他们辛酸的泪水。作者这里重提历史的耻辱，字字血，声声泪，令人义愤难平。词句夸张的背后，蕴含着历史的沉重叹息：四十七年，岁月悠悠，然而此耻未雪，敌人依然猖獗，责任在谁？

上阕后两句："西北望长安，可怜无数山。"郁孤台，唐人李勉做刺史时曾更名为望阙，取"眺望帝阙"之意，现在，作者也想望望长安（这里借代北宋首都汴京），但已不能够，山岭重重拦住了视线。而那可爱的"无数山"与首都一道沦入敌手！作者在这里表达了对北方失地的思念。大好河山，无数人民，哪堪长期遭受异族的蹂躏？"长安"何时收复？人民何时安居乐业？作者的此种感情，我们不难从字里行间看出。

下阕前两句："青山遮不住，毕竟东流去。"作者生出无限感慨：青山遮住了我的视线，但毕竟挡不住奔腾的江水。它冲破阻力，终于向东流去。江水能够冲破阻力而得逞其志，而作者却无法实现自己的宏愿！作者运用对比手法，表达了心中的不平。作者当年曾驰骋于敌后，屡建奇功，南渡投宋，本愿更好地发挥作用。谁知事与愿违，滞留后方！"良马思千里"，作者于字里行间透露出对目前处境的不满。

下阕后两句："江晚正愁余，山深闻鹧鸪。"黄昏降临清江，"愁"字压在作者的心头。"白发三千丈，缘愁似个长！"这个"愁"字，是民族责任感凝结而成，本已使心灵不堪重负，可是这时偏偏听到一片鹧鸪声。鹧鸪，是一种叫声凄苦的鸟。它的叫声犹如在说"行不得也哥哥"。作者这里写鹧鸪的叫声，表达了对朝廷主和派的不满。

在辛弃疾耳中,鹧鸪的啼声就像朝廷主和派的口吻,总是道"恢复之事,行不得也!"失土待恢复,个人志欲酬,然而,主和派却不思恢复,作者自己人微言轻,无计可施,无限愤慨只好诉诸笔端,诉诸吟哦!至此,词人忧国忧民的形象突现在读者的眼前!读完这首短词,我们掩卷长思,当于千年之下,也谛听得出作者内心的呐喊。

(孙汉洲)

辛弃疾词之四

鹧鸪天

有客慨然谈功名,因追念少年时事,戏作①。

壮岁旌旗拥万夫,锦襜突骑渡江初②。燕兵夜娖银胡䩮,汉箭朝飞金仆姑③。

追往事,叹今吾,春风不染白髭须。却将万字平戎策④,换得东家种树书⑤。

【注释】

①少年时事:指绍兴三十二年(1162)辛弃疾南归事。虽然题为戏作,实际上是抚今追昔,不胜感慨。

②锦襜突骑:穿着锦衣的轻骑兵。襜:音chān,围裙,这里泛指衣服。

③燕兵:金兵。娖:音chuò,整备。胡䩮:箭筒。金仆姑:箭名。

④平戎策:指南归后所上《美芹十论》《九议》等。

⑤东家:引用汉王吉东家树典故。王吉居长安,东家有大枣树,枝垂吉庭中,吉因妇取枣,与之离异;东家闻之,将伐树;邻里因请王吉招妇还。种树书:《史记·秦始皇本纪》:"所不去者,医药卜筮种树之书。"

【译诗】

壮年抗金义旗高举,拥兵万数,
战士锦衣,战马精壮,飞驰南渡。
燕兵丧胆,草木皆兵,夜娖胡䩮,
汉箭齐发,飞落敌阵,纷纷如雨。

往事历历,现实凄凄,几多感慨,
逝者如斯,春风无情,不染髭须。
平戎之策,虽是字纸,也是心血,

无人赏识,换取东家种树之书!

【赏析】

《鹧鸪天》,一曲爱国英雄的暮年悲歌!

刘祁在《归潜志》中说这首词为辛弃疾"退闲"时作。辛弃疾志在抗金报国,谁知报国无门,横遭打击,被迫退隐江湖。岁月悠悠,壮士白头,但心中块垒却是消磨不尽的。偶然有客人大谈功名事业,又勾起了他的沧桑之叹……

词的上阕忆旧,下阕感今。

上阕追忆青年时代的得意经历,激昂慷慨,声情并茂,展现了一位少年英雄形象。

"壮岁旌旗拥万夫,锦襜突骑渡江初。""壮岁"句追述了当年在耿京幕下运兵鏖将的抗金业绩,"锦"句则艺术地概括了他率兵五十,直驱敌营,捉拿叛徒,押送南方的传奇壮举。指挥健儿,出没于敌后,何等雄奇!轻骑深入,献俘行在,何等豪迈!这两句诗可以视为作者年轻时代的自画像。

"燕兵夜娖银胡䩮,汉箭朝飞金仆姑。"弓箭射敌,威风凛凛,"汉箭"飞处,敌人胆寒!银胡䩮,这里指用来探测远处音响的箭筒。据说,"令人枕空胡䩮卧,有人马行三十里外,东西南北皆响见于胡䩮中,名曰地听,则先防备"。(《通典》卷一五二)辛弃疾奔袭成功,金人丧胆,燕兵夜不敢眠,枕胡䩮而听,深恐辛弃疾再次飞袭!反衬了辛弃疾前番奇袭之威!这两句向读者推出了特写镜头,使读者对作者的战斗生活有了具体而又形象的了解。

下阕感今,抒写岁月蹉跎、壮志难酬、英雄迟暮的愤懑。

"追往事,叹今吾,春风不染白髭须。"往事如梦如烟,人老无觅当年英姿。龙困沟壑,哪来当年呼风唤雨之势!春风有情,年年染绿草木,然而,为什么就染不绿白色的髭须?今昔对比,反差太大,诗人不愿接受这种事实,然而,又无法不接受这种事实!诗句反映出作者"无可奈何花落去"的心境。

"却将万字平戎策,换得东家种树书。"自信不是无能之辈,胸有大计,腹有良谋,也曾形诸文字,献于朝廷,遗憾的是,却不被采纳。时过境迁,"万字平戎策"更无人重视,它的价值竟只能换取东家树木栽培一类书籍!古有卞和抱璧哭于楚山之下,今有辛弃疾抱平戎策叹于农家小院!千古同悲,谁为一哭!透过词句,我们可以看到词人的心在殷殷滴血!应该指出的是,辛弃疾的叹息与嗟卑叹老的悲吟形似而神不似。它是与民族命运联系在一起的!我们能于叹息声中谛听到作者高亢的爱国心音!

(孙汉洲)

21 刘克庄

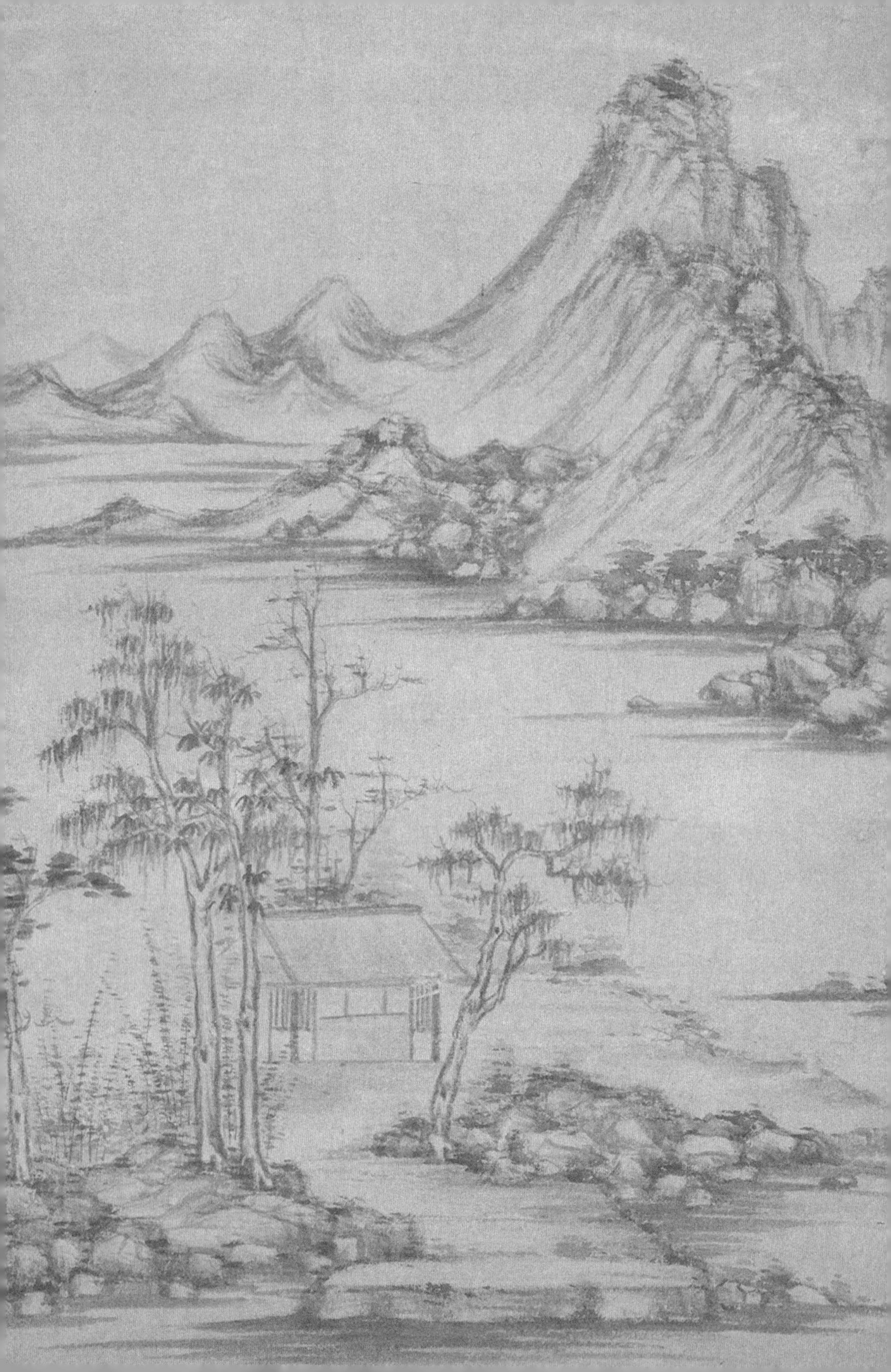

刘克庄(1187—1269),字潜夫,号后村居士,莆田(今福建莆田)人,南宋后期辛派词人的重要代表,词风豪迈慷慨。

刘克庄出身世家。宁宗嘉定二年(1209)补将仕郎,后调靖安簿。宋下诏伐金后的一段时期中,刘克庄参加了江淮制置使、江东安抚使兼知建康府的李珏的幕府,这是一段让他骄傲的军旅生涯。那时,他风华正茂,雄姿英发。他曾主动请求出击金人,表现出一个爱国青年的宏图大志。但这段生活并没有使作者一展外扫贼寇、内振国威的壮志,反而只落得"有谁怜,猿臂故将军,无功级"(刘克庄《满江红》词)的结局。

嘉定十七年(1224),宋宁宗死后,丞相史弥远废立原来的皇子,改拥赵昀继位。宝庆初年,刘克庄赋《落梅》诗,诗中有"东风谬掌花权柄,却忌孤高不主张"句,于是史弥远以为他这是在暗讽自己专权误国,就将他摈斥出朝,直到绍定六年(1233)蒙古灭金之际,宋师北上想要收复河南,刘克庄仍赋闲在家。在这期间,刘克庄虽遭废弃,却仍关怀国事。《满江红》词中"平戎策,从军什,零落尽""叹臣之壮也不如人,今何及"等诗句就是对报国无门、杀敌无望表达自己的愤愤不平之意。

端平元年(1234),在被闲废十年之后,刘克庄复被起用,官至枢密院编修,兼权右侍郎。因朝中党争激烈,他几进几退。淳祐六年(1246)被召为太府少卿,继而授官秘书少监,兼崇政殿说书、中书舍人。当时史弥远的侄子史嵩之秉政,对内独断专行,排斥异己,苟且偷安;对外力主和议,屈膝投降。此时金已灭亡,蒙古军队乘机入侵南宋,刘克庄便因此弹劾史嵩之,于是又被贬出朝,知漳州,不久改为福建提刑。他在这一时期所作的《贺新郎》一词中,就曾发出投笔从戎的感慨,并警告统治者不要放松对敌人的警惕,同时要不拘一格,重用贤才,朝野同心,共渡国难。这些都反映出一个爱国志士的远见卓识和爱国情怀。

淳祐十一年(1251),刘克庄又被召为太常少卿、直学士院,但未满一年即去官。景定元年(1260),他任中书舍人、兵部侍郎等职。不久,出知建宁府。景定五年(1264),又入朝任官。度宗咸淳四年(1268)特授龙图阁学士。第二年去世,谥文定。刘克庄虽晚年趋奉贾似道,但他也曾仗义执言,抨击时弊,弹劾权臣。

刘克庄有《后村长短句》存世,传词二百余首。他的词以关怀国家兴亡、揭露统治阶级内部矛盾为主要内容。前人曾评之曰:"后村词与放翁、稼轩犹鼎三足,其生丁南渡,拳拳君国,似放翁;志在有为……似稼轩。"(冯煦《六十一家词选·例言》)的确一语中的。在艺术风格上,他力主豪放,发展了苏、辛词的散文化、议论化特征,不受传统格律局限,叙事、说理明白晓畅,文笔自然生动。

刘克庄词之一

贺新郎·送陈真州子华①

北望神州②路,试平章、这场公事,怎生分付③?记得太行山百万,曾入宗爷④驾驭。今把作、握蛇骑虎⑤。君去京东豪杰喜,想投戈、下拜真吾父⑥。谈笑里,定齐鲁⑦。

两河萧瑟⑧惟狐兔。问当年、祖生⑨去后,有人来否?多少新亭挥泪客,谁梦中原块土⑩?算事业、须由人做。应笑书生心胆怯,向车中、闭置如新妇⑪。空目送,塞鸿⑫去。

【注释】

①送陈真州子华:陈子华,作者友人,时朝廷命他知真州兼淮南东路提点刑狱。真州:江苏仪征,在长江北岸,时为国防前线。

②神州:原指全中国,此处指中原沦陷区。

③平章:评论,谋划。这场公事:指抗金大业。分付:嘱咐,引申为处理。

④宗爷:宗泽,北宋末人,曾留守东京,将太行山等地的义军收编,约百万人,共同抗金。金人惧其神勇,呼之为"宗爷爷"。事见《宋史·宗泽传》。

⑤把作:当作。握蛇骑虎:手中握蛇,不敢放手;骑于虎背,左右为难。

⑥京东豪杰:指汴京东部的义军将士们。"投戈"句:放下戈矛下拜,尊陈子华为领袖,服从管辖,称其为父。

⑦齐鲁:代指山东地区(宋时属京东路),此地在春秋时分属齐、鲁。

⑧两河:黄河两岸地区。萧瑟:寂寞凄凉。

⑨祖生:祖逖(tì),东晋名将,力主北伐,曾率部渡江,中流击楫,誓得中原,收复过黄河以南地区。此处借指宗泽、岳飞等抗金名将。

⑩新亭挥泪客:新亭,一名劳劳亭,三国吴时建,位于南京市南。《世说新语·言语》载东晋时:"过江诸人,每至美日,辄相邀新亭,藉卉饮宴,周侯中坐而叹曰:'风景不殊,正自有山河之异。'皆相视流泪。"梦,思量。

⑪此句是作者自嘲不能随陈子华上前线抗金,而是如新妇般胆怯,闭置车中。

⑫塞鸿:边雁,喻指陈子华。

【译诗】
举目北望,中原已沦入虎口,
抗击金军,收复失土,
这样的大事有谁来出谋划策?
想当年,太行山百万义军,
甘愿随宗泽抗金奔走。
叹如今,朝中无疆场旧将,
视义军如胯下之虎,手握蛇头。
京东豪杰闻君前往,
定会喜上眉梢,放下戈矛,
拜你做个杀敌的头领。
陈君你定会不负众望,
谈笑间把山东收复。

黄河两岸一片萧条,
只剩狐兔在奔跑四窜。
名将祖逖已成过去,
他的宏愿今有几人知?
南渡的士大夫只会流泪,
有谁在尽心筹划收复?
成事在天,可总得人来动手,
可笑我一介书生,
如置身嫁车中新妇般怯羞。
一腔热望寄托在你身上呀,
遥送君赴真州壮志一酬!

【赏析】
  陈子华在宝庆二年(1226)四月奉命知真州,自兴化北上,经建阳与作者会面。真州即今江苏仪征,在长江北岸,当时属抗金前线。陈子华通晓军事,善于谋划,作者对他寄予厚望,这首词就是在这样的背景下所作。
  词的上片讨论收复大业,并对陈子华寄予厚望。
  "北望神州路,试平章、这场公事,怎生分付?"友人分别,往往依依难舍,而这首词却一反常态,径直以军国大事发问,如异峰突起,摄人心魂,显出英雄本色。"记得太行山百万,曾入宗爷驾驭。"此句可以说是为友人献策。《宋史·宗泽传》记,北宋爱国将领宗泽,招抚义军约百万人,依靠这些义军,声势一天天壮大,金人听到宗泽的名字必然称其一声"宗爷爷",可见宗泽的正确决策影响之大。当时的南宋小朝廷不但自己屈膝事金,还把百姓视为异己之力严加防范,以至于对义军"今把作、握蛇骑虎"。作者身为统治官吏,却能看到百姓在抗金斗争中的重要作用,且将矛头直指当朝权要,确实让人敬佩不已。这几句,对比鲜明有力,比喻恰切精当,很好地表达了作者的意图。"君去京东豪杰喜,想投戈、下拜真吾父。谈笑里,定齐鲁。"在这里,作者称义军为"豪杰",充分肯定了群众的抗金卫国精神,着一"喜"字,则更为鲜明地表现了群众的抗金热情。"想投戈、下拜真吾父",此处用了《宋史·岳飞传》的典故,据说义军首领张用在岳飞晓以大义之后,便称岳飞"果吾父也",于是"投戈下拜"。这几句紧承起句意脉,使前后自然流畅,并且一扫起句的凝重气氛,转入欢快活泼之境,给人以"柳暗花明"之感。正因为有百姓支持,再加上陈子华的谋略,"谈笑里,定齐鲁"也就顺理成章了。这一句化用苏轼词"谈笑间,樯橹灰飞烟灭"之句而了无痕迹,同时陈子华倜傥不群的风度和高超娴熟的军事指挥才能也毕现于眼前。真可谓浑然天成!

  词的下片,鞭挞偏安江南的朝廷,表达对友人的勉励之意。

  "两河萧瑟惟狐兔。问当年、祖生去后,有人来否?"黄河南北,沦入敌手,百姓非死即逃,只有狐兔奔突,真可谓生灵涂炭,萧条凄凉之景令人不禁心寒。而尤为可悲者,在"遗民忍死望恢复"(陆游诗)之时,南宋小朝廷却"朱门沉沉按歌舞,厩马肥死弓断弦"(陆游诗)。故作者借东晋名将祖逖中流击楫、意在恢复的故事来鞭挞偏安江南、苟延残喘的统治者的无能。"多少新亭挥泪客,谁梦中原块土?"以东晋过江诸人来类比南宋朝廷。"块土"极言其少,作者悲愤之情溢于言表。这里接连两声反问,其中包含对统治者的几多愤恨、几多失望,以及对陈子华恢复国土、救民于水火的热切呼唤。"算事业、须由人做"就更含对陈的勉励之情了,也是在向国人明诏大号。"应笑书生心胆怯,向车中、闭置如新妇。"这里,"应笑"即"当自笑",作者出语绝非在讥讽自己,而是抒发不能同往杀敌的遗憾和对陈子华的激励——时机难得,你一定要大有作为呀。"空目送,塞鸿去。"以送别作结,呼应题目。写法上大得唐诗"唯见长江天际流"之妙,而表意上忧心国事,则大异其趣,高标卓立。"空"仍透露出不能随之前往的憾意。"塞鸿"乃边雁,作者内心仍旧不忘恢复河山,如此结尾言有尽而意无穷。

  本词是送别友人之作,但没有儿女情长之语,直接以国家大事发起议论。上片起句突兀,陡然发问,然后作者自行作答,接着对友人寄托厚望。下片先描绘现实之严峻,然后斥当朝之苟安,最后用自己的"心胆怯"从反面激励友人。全词起承转合,不离抗金大事,主旨突出,开阖有度。另如善用反问以增气势,善用比喻以摹情状,善用典故以拓展表现空间,都值得细细品味。

刘克庄词之二

贺新郎·国脉微如缕

实之三和,有忧边之语,走笔答之①!

国脉微如缕②。问长缨何时入手,缚将戎主③?未必人间无好汉,谁与宽些尺度④?试看取当年韩五。岂有谷城公付授⑤,也不干曾遇骊山母⑥。谈笑起,两河路⑦。

少时棋柝曾联句⑧。叹而今登楼揽镜,事机频误⑨。闻说北风吹面急,边上冲梯屡舞⑩。君莫道投鞭虚语⑪,自古一贤能制难,有金汤便可无张许⑫?快投笔,莫题柱⑬。

【注释】

①实之:作者朋友王迈的字。三和:作者与王迈唱和五次,这是第三次的和词。忧边:担忧边境受敌侵扰。走笔:运笔疾书。

②国脉:国家命脉。缕:线。

③长缨:长绳子。戎主:指蒙古军指挥官。

④"谁与"句:意谓南宋统治者应放宽用人标准。

⑤韩五:韩世忠,南宋初年的抗金名将,排行第五,故称韩五。谷城公:又称黄石公,是曾传授《太公兵法》于张良的老人。事见《史记·留侯世家》。

⑥骊山母:传说中的仙人。唐将李筌在嵩山读《黄帝阴符经》:"抄读数千遍,竟不晓其义理,因入秦,至骊山下,逢一老母,为说《阴符经》之意。"事见《太平广记》。

⑦两河路:指河北东路和河北西路(在今河北和黄河以北的河南地区)。韩世忠曾率少数部队在此击败金兵。

⑧"少时"句:此句写年轻时曾在军中过着下棋、联句的生活。化用韩愈与李正封联句:"从军古云乐,谈笑青油幕。灯明夜观棋,月暗秋城柝。"柝:夜巡所敲木梆。

⑨揽镜:揽镜自照。意谓叹伤老大,陆游诗"塞上长城空自许,镜中衰鬓已先斑"。事机:事情的机会、时机。

⑩北风吹面急:借喻敌人南侵的紧急。冲梯:冲车和云梯,都是攻城的工具。

⑪"君莫道"句:《晋书·苻坚载记》中苻坚南侵东晋时夸口:"以吾之众旅,投鞭

于江,足断其流。"虚语:凭空说的话。

⑫制难:解除危难。金汤:金筑的城和开水灌的护城河。喻坚不可摧的城池。张许:唐将张巡、许远在"安史之乱"中死守睢阳城,阻止了敌人的进攻。

⑬投笔:《后汉书·班超传》载班超少有大志,尝投笔叹曰:"大丈夫无它志略,犹当效傅介子、张骞立功异域,以取封侯,安能久事笔砚间乎?"后果在西域建功,被封为侯。题柱:常璩《华阳国志·蜀志》载,成都"城北十里有升仙桥,有送客观。司马相如初入长安,题市门曰:不乘赤车驷马,不过汝下也"。

【译诗】

国家命运丝缕般微弱,何时能请得长缨一束,
我将亲手把敌酋捆缚。休说大宋无英雄好汉,
宽要求都能擒龙捉虎。那叱咤疆场的韩世忠,
本没有黄石公传兵书,更不曾遇到过骊山母,
他运筹帷幄谈笑风生,顷刻间收复两河失土。

下棋联句柝声震耳鼓,军中生活艰苦又丰富。
塞上长城也曾深自诩,功业未就年华空虚度。
昔日青丝今竟成白发,登楼照镜内心涌苦楚。
敌军南侵势如风啸呼,冲车云梯围我边城舞。
投鞭断流绝非出狂语,天堑长江戎敌能飞渡。
金城汤池虽说可御敌,杀退强敌还得名将出。
投笔从戎自古已有之,莫为富贵再题观门柱。

【赏析】

这首词作于淳祐四年(1244),作者年逾五十。小记中实之所忧,已非金兵,而是蒙古军队。1234年,蒙古灭金后逐步南侵,而宋边防空虚,统治者昏聩,国家岌岌可危,作者有感于此,和实之词而作此词。

上片,在国家生死存亡之际,呼吁统治者不拘一格,任人唯贤,共渡国难。

"国脉微如缕",用一个形象的比喻,道出了当时严酷的现实,国家已临近危亡。"缕",游丝一线,飘忽不定,真是千钧一发,让有志之士皆为之心惊。"问长缨何时入手,缚将戎主?"国势颓败至此,匹夫有责,何时授我长缨一束,我必将擒获敌首。这一声发问,势若劈山,力重千钧,确实对统治者有振聋发聩之效。这三句如晴空霹雳,铮铮铁骨,耿耿丹心,跃然纸上。"未必人间无好汉,谁与宽些尺度?"是啊,南

宋积贫积弱,国势衰颓,屡受外侮,究竟是何原因,作者的满腔恼怒化为一声谴责,道出个中原因——统治阶级嫉贤妒能,这也正是"国脉微如缕"的原因。字里行间充斥着怀才不遇、报国无门的怨气。"试看取当年韩五。岂有谷城公付授,也不干曾遇骊山母。谈笑起,两河路。"史鉴就在眼前,南宋抗金名将韩世忠出身士卒,既没有名师指点,也未遇仙人教授,但他却能运筹于帷幄之中,决胜于千里之外,轻轻松松收复了黄河南北失土。作为统治者不该深思吗?作者于此片之中,连用散文化句式"未必……谁与……试看……岂有……也不……",势如长河,奔涌流转,飞湍急瀑,一气呵成,议论风生,周密严谨。更为难能可贵的是,作者并非纯发议论,而能在议论之间,杂以形象的叙述、细节的点缀,使词虽然以议论为主,却没有呆板、空洞之病,的确是达到了至高的境界。

下片感叹自身遭遇,抒发报国热情,告诫朝廷自警。

"少时棋柝曾联句。叹而今登楼揽镜,事机频误。"作者先回忆青年从军生活,彼时军营中,作者年轻有为,意气风发,决心献身边塞,那是何等的豪情万丈,敢以"塞上长城"自诩。而今,岁月已如白驹过隙,未老鬓先斑,登楼望远之时,揽镜自照,唯有徒唤奈何而已。金瓯已缺,国脉日微,虽有怀瑾握瑜之才,可竟无人理会,多少杀敌良机,痛失于瞬息之间,怎不泪下沾襟,道一声:"这次第,怎一个愁字了得。"(李清照《声声慢》)"闻说北风吹面急,边上冲梯屡舞。"作者毕竟时时刻刻心系国家恢复之大业,故而"老骥伏枥,志在千里"(曹操《龟虽寿》)。一"急"一"舞",写出"黑云压城城欲摧"(李贺《雁门太守行》)的情势,也从中看出作者忧心如焚。此时作者自然要发出警告:"君莫道投鞭虚语。"作者用苻坚攻东晋的典故以警示南宋小朝廷,切不可麻痹松懈,对蒙古军队南侵应保持高度警觉。"自古一贤能制难,有金汤便可无张许?"作者对时局的见解的确是高瞻远瞩,这里,既是对南宋统治者软弱无能、摒斥贤才的指责,更是对国危时艰如何应对的谋划——长江虽为天堑,但挡不住南下的蒙古军队,张巡、许远那样的良将贤才,才是安邦的中流砥柱。其中多少情感,汇为这一句反问。最后用司马相如在成都升仙桥观门柱题词旧事,反其意而用之,呼吁爱国志士,不要念及个人富贵得失,而应投笔从戎,奔赴沙场,杀敌报国,此处显出作者心胸之博大和情操之高尚。下片围绕国家大事,有回顾历史,有感叹现实,更有瞻念未来,指出国势垂危的情况下,不应幻想依靠天险,而应依靠能拯世扶倾的英雄。全词感情丰沛流畅,词句凝练有力,用典精妙自然,读来朗朗上口,畅快淋漓,意气风发!

(柴敏)

22 文天祥

文天祥(1236—1283)，初名云孙，字宋瑞，一字履善，进贡士后，更名天祥，易字履善。文天祥一生好义士爱国之人，孩提时，见学宫中所祭祀的乡先生欧阳修、杨邦义、胡铨的画像，谥号都为"忠"，便羡慕不已，说：如果不成为其中的一员，就不是真正的男子汉。

文天祥善辞令，并得到宋理宗的青睐。《宋史》载：文天祥二十岁中进士，在集英殿对答皇上的策问，被皇上亲自选拔为第一。当时的考官王应麟上奏说：此文以古代的事情作为借鉴，忠心肝胆好似铁石，皇上能得到这样的人才真是可喜可贺。德祐元年，朝廷下诏号召天下帮助朝廷抗敌，文天祥应召召集郡中豪杰，有万余人，不惜倾尽家财为军费。德祐二年正月，文天祥被授予临安知府一职，继而又授任右丞相兼枢密使。时值元兵侵逼南宋，朝廷派他到元营求和，但是文天祥和元丞相伯颜在皋亭山谈判时据理力争，结果请和不成，反被元丞相伯颜扣押了。文天祥随元军向北，被押送到了镇江，趁夜色逃到真州，辗转到了高邮，渡海前往温州，至元十五年十二月，逃到南岭。当时文天祥正在五坡岭吃饭，元朝大将张弘范的军队突然抵达，文天祥仓皇出逃，最终被千户王惟义上前抓住。随后文天祥被押解到潮阳，并被带去见张弘范，张弘范的近侍命文天祥给张弘范下拜，但文天祥坚决不拜。张弘范不仅没有责罚他，反而以礼相待，并带他一起到崖山，想让他写信去招降有"宋末三杰"之称的抗元英雄张世杰。文天祥却大义凛然地说："身为宋朝子民，我自己不能护卫皇上左右，又怎么会让其他人去背叛我的国家，我们的皇上呢？"张弘范坚持索要劝降信，文天祥便将他过零丁洋时所写的诗《过零丁洋》拿给了张弘范。后来崖山被攻破之后，张弘范派人护送文天祥去京师大都。文天祥在元军大营一共待了三年，元世祖忽必烈知道文天祥始终不愿屈服，便召他入朝，并对他说："你有什么愿望，说与朕，朕都满足你，朕许以中书宰相之职。"但文天祥大义凛然，宁死不屈，慷慨地回答说："我文天祥深受大宋恩泽，担任丞相，生是大宋的臣，死亦是大宋的臣，怎能臣事他姓之人呢？只求一死便足矣。"可是元世祖还是不忍心杀文天祥，就让他退下了。有人进言，竭力赞成依从文天祥的请求，元世祖同意了。文天祥临刑时特别从容，向大宋所在的方向行了拜礼后毅然死去，年仅四十七岁。

文天祥诗之一

过零丁洋①

辛苦遭逢起一经②，干戈寥落四周星③。
山河破碎风飘絮④，身世浮沉雨打萍⑤。

惶恐滩⑥头说惶恐,零丁⑦洋里叹零丁。
人生自古谁无死?留取丹心⑧照汗青⑨。

【注释】

①零丁洋:零丁洋即"伶丁洋"。现在广东省珠江口外。1278年底,文天祥率军在广东五坡岭与元军激战,兵败被俘,被囚禁于船上时曾经过零丁洋。

②遭逢:遭遇。起一经:因为精通一种经书,通过科举考试而被朝廷起用做官。文天祥二十岁时参加科举,在集英殿对策,观点新颖,得到宋理宗的赏识,钦定第一名。

③干戈:本义是兵器的通称,这里指抗元战争。寥(liáo)落:荒凉冷落。一作"落落"。四周星:四周年。文天祥从1275年起兵抗元,到1278年被俘,一共四年。

④絮:柳絮。

⑤萍:浮萍。

⑥惶恐滩:在今江西省万安县,是赣江中的险滩。1277年,文天祥在江西被元军打败,所率军队死伤惨重,妻子、儿女也被元军俘虏。他经惶恐滩撤到福建。

⑦零丁:"伶仃",孤苦无依的样子。

⑧丹心:红心,比喻忠心。

⑨汗青:同"汗竹",史册。古代用竹简或木简写字,先用火烤干其中的水分,干后易写而且不受虫蛀,也称汗青。

【译诗】

自我历尽艰辛科举中榜做官,
到现在战争平息已经有四个年头了。
曾经的大宋王朝,现在却危在旦夕,犹如那狂风中的柳絮,
而我自己也好似被骤雨击打的浮萍。
每当我想到当日惶恐滩战败的惨况,至今依然惶恐,
现如今又在这零丁洋身陷元虏孤苦伶仃。
自古以来又有谁能够长生不死?
我要留一颗爱国的丹心映照着历代史册。

【赏析】

这首诗约作于宋祥兴二年(1279),是文天祥《指南录》中的一篇,是其代表作之一。宋祥兴元年(1278),文天祥在广东海丰北五坡岭兵败被俘,被押到船上,第二年过零丁洋时作此诗。随后又被押解至崖山,张弘范逼迫他写信招降固守崖山的

张世杰、陆秀夫等人,文天祥不从,出示此诗以明志。

诗人面临生死,回忆一生,思绪万千,不知从何说起。因而,开头两句诗人便抓住两件大事来写:"辛苦遭逢起一经,干戈寥落四周星。"一言明经入仕,这是关系他政治前途命运的大事。一言"勤王",这是关系宋王朝存亡命运的大事。一腔报国热情的文天祥深知知遇之恩,这两句将当时的历史背景和个人的心境描写得淋漓尽致。四周星,即德祐元年(1275),文天祥为响应朝廷号召"勤王",将自己全部家产充当军费,到祥兴元年十二月在五坡岭战败被俘,正好是四年。为了挽救宋王朝,这四年里,文天祥舍其所有,折冲樽俎,辗转兵间,但宋王朝大势已去,他仍未能挽回局势。"干戈寥落"是从国家层面来说的。据《宋史》记载,朝廷大规模征兵,但是能像文天祥这样高举义旗为国献身的爱国志士却屈指可数。正因为干戈寥落,孤军奋战,寡不敌众,难挡敌寇,宋王朝也危在旦夕。"干戈寥落"四个字不仅写出自己当时孤军奋战的惨状,更写出诗人内心对投降派吕师孟、贾余庆等人的谴责,对苟且偷生者的愤激。

颔联中,诗人以"风飘絮""雨打萍"几个字形象地写出了当时宋王朝风雨飘摇的衰颓国势以及自己孤苦无依的悲惨身世。端宗在逃难中惊悸病死,陆秀夫等人拥立年仅八岁的赵昺为帝,行朝设在崖山海中,随时都有覆灭的危险。此时的宋王朝犹如风中柳絮,怎能不令人痛心泣血。诗人用柳絮形容此时的宋王朝,极深切地表达出他此时的悲痛。诗人为救国难,不惜得罪权贵佞臣,在抗元战争中,出生入死,一次被扣,两次被俘,但从未摒弃过民族气节,甚至为了尽节而多次试图自杀。他的家人也遭受深重灾难,老母被俘,妻妾被囚,大儿丧命,家破人亡。诗人的命运不正是"雨打萍"的真实写照吗?

颈联中进一步渲染。文天祥的军队曾在景炎二年(1277)在空坑(江西吉水附近)被元兵打败,从惶恐滩一带撤退到福建汀州。前面是茫茫大海,后面是敌人大军,濒临绝境,如何求得"救国之策",如何转败为胜,这应该是文天祥当时最忧虑、最惶恐不安的事了。现如今再次来到这里,早已物是人非,军队溃散,身为俘虏,被押送过零丁洋,怎能不感到孤苦伶仃呢。这一联中的"惶恐滩"与"零丁洋"两个带有感情色彩的地名自然相对,又被作者拿来表现他昨日的"惶恐"与眼前的"伶仃",真可谓诗史上的绝唱!

"人生自古谁无死,留取丹心照汗青。"悲怆激愤,大义凛然。以磅礴的气势,高亢的情调收束全篇,既表现出诗人高尚的民族气节,也表现出他舍生取义的生死观。这两句也成了鼓舞后代仁人志士舍生取义的格言。明代布衣诗人谢榛在《四溟诗话》中说:"结句当如撞钟,清音有余。"正因为结尾句的高妙,所以全诗也由悲而壮,由郁而扬,堪称一曲千古不朽的壮歌!

(周盼盼)

文天祥诗之二

金陵驿①·其一

草合离宫②转夕晖,孤云飘泊复何依?
山河风景元无异,城郭人民半已非。
满地芦花和我老,旧家燕子③傍谁飞?
从今别却④江南路,化作啼鹃带血⑤归。

【注释】

①金陵:今南京。驿:古代官办的交通站,供传递公文的人和来往官吏休憩的地方。这里指文天祥抗元兵败被俘,由广州押往元大都路过金陵。

②草合:长满野草。离宫:行宫,皇帝出巡时临时居住的地方。南宋初,宋高宗曾短暂留驻于金陵,所以有离宫。

③旧家燕子:化用刘禹锡《乌衣巷》"旧时王谢堂前燕,飞入寻常百姓家"之意。

④别却:离开。

⑤啼鹃带血:用蜀王死后化为杜鹃鸟啼叫带血的典故暗喻北行以死殉国,只有魂魄归来。

【译诗】

一抹残阳下,昔日里大宋的离宫早已长满了荒草,我自己又将寄身何处?

江山还是曾经的江山,和原来没有什么两样,但是国中的百姓却早已成了异族统治的臣民。

只有那满地的芦苇花和我一样慢慢老去,人民流离失所,背井离乡,国亡无归。

我要离开这个生我养我的熟悉的故土了,从此以后想要再次南归恐怕已无望了吧,那就等我死后让魂魄归来吧!

【赏析】

诗人一生都生活在内忧外患、政权腐败的时代里。终其一生,他都在为救国于危难而奔走。因此,在文天祥的诗里,无处不充溢着诗人对祖国的热爱、对百姓的热爱、对已逝山河故土的留恋。这首诗是诗人被俘后,在押送大都的途中,路过金陵驿馆时所作。原诗两首,这是第一首。

首联中，诗人用夕阳下长满野草的行宫渲染出悲凉的气氛，暗示当时衰颓的宋王朝。这种借助荒凉的自然景象暗指王朝衰败是古诗创作中的常用手法，如李白的"吴宫花草埋幽径，晋代衣冠成古丘"(《登金陵凤凰台》)。如果说第一句诗人借"草合离宫"暗指当时宋王朝的命运，那么下句中的"孤云飘泊"就是指自己此时的命运。是啊，国家都已经灭亡了，家又何在？家都没有了，我又哪来的归宿呢？古诗中常常用"云""孤雁"等借指游子，但是游子尚有家可归，而作为俘虏的诗人的处境还不如游子，怎能不令人泪目？

颔联中，采用对比，通过"元无异""半已非"的强烈对比抒发心中山河依旧、物是人非的悲叹。山河还是当时的山河，但是国中百姓却已大半不再是大宋的子民。这里一方面写出了大宋王权不再，另一方面也反衬出战争摧残下最受苦的是手无寸铁的百姓，他们或背井离乡沦为俘虏，或死或亡。诗人吟诗至此，怎能不生感慨。

现如今还有谁能和我共语呢？颈联中，诗人用"满地芦花和我老"写尽内心的凄凉。此时此刻的我就如同这满地的芦花，在飒飒的西风中飘零，慢慢老去。"旧家燕子"化用典故。唐代诗人刘禹锡所作《乌衣巷》有"旧时王谢堂前燕，飞入寻常百姓家"，现如今栖息在寻常百姓家房檐下的燕子，曾经却是在王谢权门高大厅堂的檐檩之上的旧燕。刘禹锡借此表达对盛世不再的遗憾伤感，文天祥化用此典有异曲同工之妙，不仅表达身家之感，而且传达出黍离之悲。

至此，诗人内心的情感本已抒发殆尽。但诗人似乎还觉得不够，他还要将自己的心志说明了给世人听。"从今别却江南路"，从现在开始，"我"要离开这里了，再回到故土还不知是何年月。"化作啼鹃带血归"，那么就让"我"化作啼血的杜鹃来表达我对故国的深情吧。这一句化用杜鹃啼血的典故。勤政爱民的蜀国国王望帝，被妖人所害。但由于望帝太爱自己的子民，死后便化作杜鹃整夜啼哭，似言："民贵啊，民贵啊。"想以此来劝诫后代的帝王能爱惜自己的子民，但是直到嘴巴流血了也没有几个人愿意听他的话。诗人化用此典意在明示：现在的我即使被迫离开家乡，即使毫无生还的可能，但是我也要将自己的一片忠魂，归还南土。我要学蜀王望帝死后化作杜鹃，飞回江南。爱国之志，誓死之心，哀苦之至。正如他自己的诗句所说："人生自古谁无死，留取丹心照汗青。"是的，诗人对国家的一颗丹心注定要流芳百世，警策后人；诗人视死如归的英雄气概和坚贞不渝的民族气节，不知感动了多少人。

文天祥作为宋末民族英雄的代表，在艰苦的战斗和苦难的命运中，锤炼出具有独特风格特色的诗歌语言。他的诗歌慷慨悲壮，气贯长虹，悲怆激愤，大义凛然，在中国诗歌史上是不可多得的佳作。

（周盼盼）

23 刘辰翁

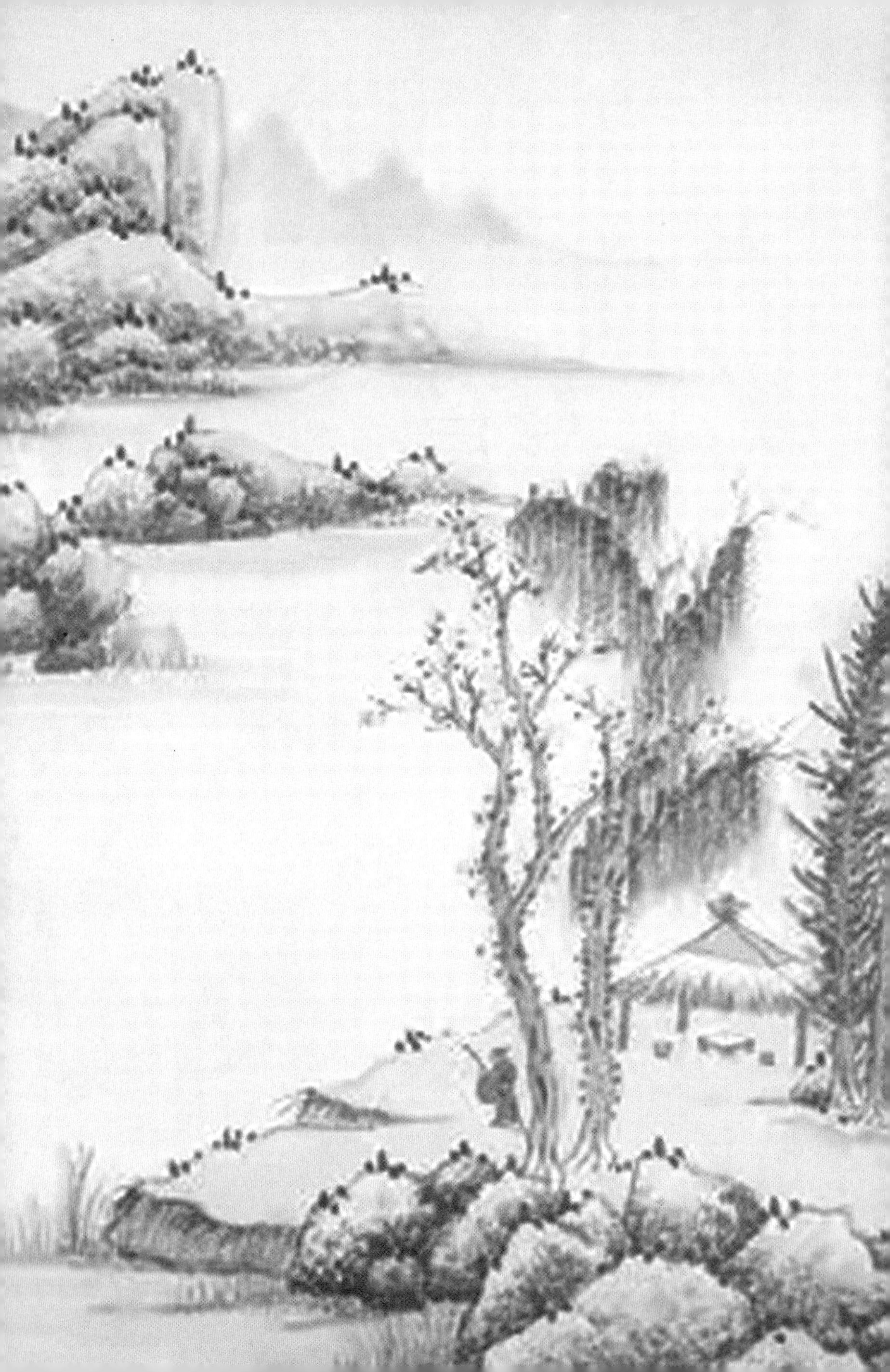

刘辰翁(1232—1297),字会孟,号须溪,庐陵(今江西省吉安市)人,南宋末年著名爱国词人。

刘辰翁生于绍定五年(1232),早年入太学,景定三年(1262)登进士第,刘辰翁到临安参加进士试。廷试对策时,恰逢贾似道擅权,刘辰翁称忠良固然可以被陷害,但其气节无法撼动。此言忤逆贾似道,刘辰翁被宋理宗置为进士丙等,从此刘辰翁留下了耿直敢言的名声。后以母老为由,请为赣州濂溪书院山长。度宗咸淳元年(1265),授临安府学教授,后入江东转运司幕。咸淳五年,入中书省架阁库任事。德祐元年(1275),民族英雄、抗元名臣文天祥起兵反元勤王,刘辰翁参与江西幕府。宋亡后,刘辰翁矢志不仕,回乡隐居,埋头著书,逝世于元成宗大德元年(1297)。

刘辰翁一生著述甚丰,尤以词见长,词作数量仅次于辛弃疾、苏轼。刘辰翁的词取法苏辛,对于苏辛派既有发扬又有创新;既兼容苏辛,又自成一派,形成了清空疏越尺幅千里、雄劲跌宕轻灵婉丽的独特风格。豪放沉郁而不求藻饰,言之有物而不无病呻吟,表现出浓厚的爱国热情和对故国故土的眷恋,以文学的形式真实地再现了那段特殊的历史。刘辰翁的词所展现的思想境界较之于其他南宋遗民文人要高,不是一味地掩抑低徊、悲切哀怨,而是表现出英雄失路的悲壮感情与民族之志。通过不同时期的词作,展现出作者愤奸臣误国、痛宋室倾覆、寄故国哀思的强烈爱国热忱与民族情怀,于沉痛悲苦中透发出激越豪壮之气。

宋德祐元年(1275)二月,"贾平章似道督师至太平州鲁港,未见敌,鸣锣而溃"。刘辰翁得知贾似道统率宋军大败于攸关南宋存亡的太平州之战,扼腕切齿,愤而写下《六州歌头·向来人道》,对朝政腐败和贾似道的怯懦昏庸进行了辛辣的痛陈批判和揭露抨击,对当时的政治腐败、奸臣误国表示出极度的痛恨。

刘辰翁最有价值的作品,当属宋亡前后感怀时事家国情怀的爱国词篇,强烈反映了当时的社会现实和作者对故国、故土的眷念与哀思,为后人留下了可贵丰厚的文化和精神遗产。

刘辰翁遗著由子刘将孙编为《须溪先生全集》,《宋史·艺文志》著录为一百卷,已佚。清修《四库全书》时,采辑《永乐大典》所录记、序、杂考、诗、词等作,厘为十卷,仍以《须溪集》为名。其现存作品大致情况是,文二百四十九篇、诗二百零五篇、词三百五十八篇,计八百一十二篇,数量仅为《须溪先生全集》之十一。

刘辰翁生逢宋、元易代之际,常常通过描写时令相代、景物变迁来寄寓亡国哀思。他以笔为刀愤权误国,将满腔爱国热忱寄于词中。所以况周颐说:"须溪词,风格道上似稼轩,情辞跌宕似遗山。有时意笔俱化,纯任天倪,竟能略似坡公……"(《蕙风词话》)。"于宗邦沦覆之后,眷怀麦秀,寄托遥深,忠爱之忱,往往形诸笔墨,其志亦多有可取者。"这是《四库全书总目》对刘辰翁为人和词作思想内容的评价。

刘辰翁还是一位著名的文学批评家,一生勤于批点,所掇点者有《班马异同评》三十五卷、《校点韦苏州集》十卷、《批点孟浩然集》三卷、《批点选注杜工部诗》二十二卷等。其词学批评思想,在中国文学批评史上一直占有一席之地。

刘辰翁词之一

柳梢青·春感

铁马蒙毡①,银花洒泪②,春入愁城。笛里番腔③,街头戏鼓④,不是歌声。

那堪独坐青灯⑤!想故国、高台月明⑥。辇⑦下风光,山中岁月⑧,海上心情。

【注释】

①铁马:披甲的战马,泛指精锐的骑兵。蒙毡:(战马)身上披御寒的毡子。
②银花:指明亮的花灯。洒泪:指灯烛流泪。
③番腔:少数民族吹唱的腔调。
④戏鼓:指有北方游牧民族情调的鼓吹杂戏。
⑤那堪:怎能忍受。青灯:因灯光青荧,故谓。
⑥高台:指临安的宫殿。月明:点出是元宵节。
⑦辇(niǎn)下:皇帝车驾之下,指临安城。
⑧山中岁月:南宋灭亡后,作者隐居山中。

【译诗】

披着毛毡的元军兵马到处横冲直撞,
人们去观看元宵灯市,花灯也似乎泪光盈盈。
春天已到,元军在街头打鼓耍把戏,
笛子吹奏着少数民族的乐曲,
可是哪里有春天的气息?
独坐在昏暗的灯光下,怎能忍受这悲伤无聊的生活?
在这皓月当空的元宵灯市,我十分留恋已经沦陷的家园。
那令人眷恋的临安城啊,那隐居山中的孤寂时光,
那逃往海上的君臣,怎么收复故土?

我的心情就像那海上的波涛久久难以平静！

【赏析】

　　创作背景：宋末，元兵南下紧逼，南宋政权岌岌可危。德祐元年(1275)，文天祥起兵勤王，刘辰翁参加抗元斗争，且以同乡、同门身份短期参与文天祥的江西幕府。景炎元年(1276)，元兵攻陷临安，南宋政权覆亡。同年，作者避居庐陵山中。宋王朝虽已灭亡，但抗元斗争仍在进行，作者虽远居山中，却对于沦为异族牧场的故国家园和抗元志士念念不忘。景炎二年(1277)元宵节，作者对景伤情，有感而发，以苍凉悲愤的笔调写下《柳梢青·春感》，抒发了作者深重的亡国之恸和物事皆非、故国之思的悲苦愁怨。

　　题名"春感"，实为元宵节有感而作。作者借春来咏怀故国不再、城春草深的悲愤痛惜，形成强烈的情感反差，更彰显作者心中的悲苦愁怨。

　　词的上阕，作者通过对临安城元宵节景的描绘，表达了故国沦亡后临安城的凄惨悲愁以及对于异族入侵的痛恨憎恶。

　　"铁马蒙毡，银花洒泪，春入愁城。"寥寥十二字，即呈现出昔日繁华富庶的都城沦陷后的凄惨悲苦、阴森恐怖的全景画面，与往昔元宵佳节应有的喜庆祥和气氛形成反差。开篇短短三句就揭示出强烈的时代背景特征。"铁马蒙毡"不仅生动地描绘出元军兵马的强悍凶猛，更给人造成一种心理上的强大冲击和恐怖感受。临安地处江南鱼米之乡，历来文化昌盛、经济繁荣、景色俱佳，素有人间天堂之美誉。苏东坡有词："水光潋滟晴方好，山色空蒙雨亦奇。"一个"浓妆淡抹总相宜"、富庶繁荣的都城临安，在快马弯刀残暴蛮横的异族征伐之下，其悲苦愁怨自是不堪言述。"银花洒泪"则是对于这种无法言说的悲痛的借喻，连本是用来烘托节日气氛的花灯都洒泪，何况临安百姓？更何况满怀报国之志，虽身处远山、心系社稷的作者？而一个"洒"字，更加突出了作者难以抑制不能自拔的悲愤之情。"春入愁城"，面对国已不国、哀愁弥漫的临安城，春天却依然来到人间，国破城非，伴随春天到来的不是喜悦和希望，而是更加深沉的愁闷和感怀。自然的春天和作者心中的春天、现在的元宵节和过去的元宵节形成了鲜明的对照。

　　"笛里番腔，街头戏鼓，不是歌声"，紧承开篇三句，是对元宵之夜临安城景象的进一步描述。分别通过目所及的画面、耳所闻的声音，全景展现蛮族统治下的临安凄凉状况。横笛吹出的不是故国汉调，街头鼓声传出的也不是宋室雅音，而是一派异邦蛮夷的杂戏之声，这些根本不能称为可吟唱的歌声。这几句不仅表现出作者的伤痛和愤懑，更是从更高的文化层面表达了对异族统治者的排斥和憎恶，体现出作者悲郁苍凉的心情和忠于故国的民族气节。

词的下阕通过对不同时空景物的描写,表达出作者对故国的遥想之情和心志情怀。"那堪独坐青灯!想故国、高台月明。"这两句对全文的构思起到传承转折的作用,由对临安城凄戚恐怖的情景描绘过渡到作者本人的心理和思想活动。"独坐青灯"形象而生动地展现了作者避居远山、遥想故国旧都宫殿高台时无边的孤独寂寥的状态,"想故国"三个字点出了作者对故国真挚深沉的思念之情。昔日的繁华喧嚣与如今的沦陷悲苦,不堪回首的沉郁之情更加强烈。

"辇下风光,山中岁月,海上心情。"不同的时空描写,烘托出作者不同的境况心迹。"辇下风光",昔日的临安是何等的繁荣升平,如今却一派凄惨景象;"山中岁月",以满腔爱国情怀面对强敌屠戮,却只能选择隐居不仕,徒生感叹而又无可奈何;"海上心情",临安陷亡,宋室漂流南海,作为爱国知识分子,除了对在南方沿海坚持抗元复国的仁人志士表达挂念关切之意,作者也借用苏武牧羊的典故明志,表明自己忠于故国、心怀宋室的民族气节情操。

这首词的艺术构思和描写手法都颇为精妙。以春为题,却不颂春,以佳节春景反衬沦陷后的故都临安凄惨愁苦的景象,和往时繁华升平的临安形成强烈对比,表达了作者对故国旧都深沉的怀念悲郁之心,以及对元朝统治者的憎恶愤懑之情。

刘辰翁词之二

永遇乐·璧月初晴

余自乙亥上元,诵李易安《永遇乐》,为之涕下①。今三年矣,每闻此词,辄不自堪②,遂依其声③,又托之易安自喻④。虽辞情不及,而悲苦过之。

璧月初晴⑤,黛云⑥远淡,春事谁主⑦?禁苑娇寒⑧,湖堤⑨倦暖,前度遽如许⑩!香尘暗陌⑪,华灯明昼,长是懒携手去。谁知道,断烟禁夜⑫,满城似愁风雨!

宣和旧日,临安南渡,芳景犹自如故⑬。缃帙流离⑭,风鬟三五⑮,能赋⑯词最苦。江南无路⑰,鄜州今夜,此苦又谁知否?空相对,残釭⑱无寐,满村社鼓⑲。

【注释】

①乙亥:宋恭帝德祐元年(1275)。上元:上元节,即元宵节。李易安《永遇乐》:李易安是宋代女词人李清照的号。她曾作《永遇乐》词以抒发国破家亡之感。涕下:流泪。

②辄:每,总是。堪:能够承受,忍受。

③依其声:依照李清照原词的声韵而作词。

④此句是说作者借写李清照的身世来抒发自身的哀感。
⑤璧月:圆月如璧玉。初晴:下雨刚停。
⑥黛云:青黑色的云。
⑦此句是说,谁是这美好春色的主人呢?
⑧禁苑:皇宫中花园,因禁人民游赏故称。娇寒:轻微的寒冷。
⑨湖堤:西湖堤边。
⑩刘禹锡《再游玄都观》诗云"前度刘郎今又来"。此句谓,我重来临安,时局变化竟如此之快。
⑪此句是说香车扬起的尘土遮暗了道路。
⑫这句是说禁止升火和夜行。
⑬芳景:美景。如故:与李清照生活时的汴京、临安一样,没有改变。
⑭缃(xiāng)帙(zhì):浅黄色书套,代指书籍。流离:流转离散。
⑮风鬟:头发松散。三五:指旧历正月十五元宵节。
⑯赋:写作。
⑰此句是说江南沦陷敌手。
⑱残釭(gāng):残灯。
⑲社鼓:社祭的鼓声,元宵节社鼓是新春祭土地神以祈求丰年。

【译诗】

傍晚大雨初停,明月如璧东升。
青黑色的云彩淡淡飘荡在远空。谁是这美好春色的主人呢?
皇宫禁苑微凉,西湖堤岸暖意袭人。
刘郎如今又来这里,想不到变化如此之大。
昔日的元夜,车水马龙熙熙攘攘,
香气弥漫的尘土遮暗了道路。璀璨的花灯照亮了黑夜。
而我总是懒于和人们携手同去赏灯。
谁知,今年的上元夜竟然禁止升火和夜行,
满眼是凄风苦雨。
宣和旧日,南渡临安,
上元夜如昔日热闹。
一生辛苦收藏的金石书画,几乎散尽无处找寻。
佳节无心打扮,任凭发鬟松散随风飞舞。
触景伤情,写下感时的词章。

如今江南也陷入敌手,我四处漂泊。
想起被叛军困在长安的杜甫月夜里思念鄜州的亲人,
这种辛酸又有谁知?
独自孤对昏暗的残灯,长夜无眠,
外面又传来满村的社鼓声。

【赏析】

这首词的创作背景:根据作者自序可推知,这首词应该作于宋景炎三年(1278),乙亥为宋德祐元年(1275),"今三年矣",故推知为1278年所作。此时,宋亡已两年,作者重温李清照词更感不胜唏嘘,悲愤难抑。抚今思故,易安南奔,犹存半壁可偏安;辰翁作词,已无一寸河山在。国破城陷,词人亦流离失所,蛰居乡野。辞情不及为自谦,悲苦过之乃实情。

上阕以临安今昔春景描写,借景言情,抒发作者心中感慨。

"璧月初晴,黛云远淡",开头以对句写景,从元宵夜色切入,用背景渲染气氛,点明所处的特殊时日,为后续埋下伏笔。暮雨初晴、如璧明月,天青云淡、月明空远,景色可嘉,极为传神美妙。然而一句"春事谁主"问得突兀而重千钧,仿佛重重一击!故国不再,何堪对此!接着写"禁苑娇寒,湖堤倦暖,前度遽如许",开篇"璧月"二字交代了词作的时间背景,"禁苑""湖堤"则可知词作应成于临安。都城临安的宫苑楼台,西湖堤岸寒暖适宜的天气,无不深刻在作者心里。"前度遽如许","前度"应是借用刘禹锡"前度刘郎今又来",一则说明作者在临安沦陷后曾经再次来过;二则因异族入侵,故国沦亡,短短两年已河山不再,字里行间更衬托出作者的悲愤哀痛心情。文行至此,作者突然笔锋宕转,追忆都城临安的昔日繁华,"香尘暗陌,华灯明昼",车水马龙熙熙攘攘,昔日的临安城是何等繁华热闹!"长是懒携手去",如今却懒得携游,无心赏玩,作者的愁苦心境何等凄凉。"谁知道,断烟禁夜,满城似愁风雨",上阕结尾三句,词人又将目光放到了时下的临安城,发出自问的同时也是对元朝统治者的诘问:本应良辰美景、上元之夜的临安城,因为元军入侵沦陷实施宵禁,满城断烟禁夜,凄风苦雨,冷落不堪。词人对临安往昔的回顾和与今下的对比,使爱国之情的主题得到进一步深化。

下阕通过对北宋南渡临安的追叙,借用李清照的经历感事抒情。

"宣和旧日,临安南渡,芳景犹自如故。"作者追忆北宋年间的繁华景象,即便是南渡后的临安,也是繁华如故,暗含不堪回首之意。"缃帙流离,风鬟三五,能赋词最苦。"此句借用李清照南奔途中流离失所、平素所藏并暗指寄托了其情感的书画金石尽失的悲苦、无奈、不舍,真可谓国恨家仇并杂。作者通过李清照对于这一段恸哭悲苦的记录，对照如今沦陷的临安城，更觉凄凉哀伤。"江南无路，鄜州今夜，此苦又谁知否"，北宋将亡，李清照南奔尚有临安偏安，如今临安沦陷，皇子南逃，陆秀夫负卫王投海殉国。身处沦陷之地的作者，无家可归、无路可走，用杜甫在"安史之乱"中寄家鄜州的故事自喻。"此苦又谁知否"的发问，更显词人国亡家破无处归的无奈和郁愤之情。"空相对，残釭无寐，满村社鼓"三句，以境写情。近处，空屋孤身两相对，如豆残灯照无眠，作者独自寂寥凄怨；远处，传来阵阵社祭鼓乐之声，哀伤而悠远。词人在不眠长夜的孤寂哀伤，非常富有身临其境的画面感。

全篇通过情和景的描述，景情交织，先景后情，以景寓情，景中有情，情中有景，从而达到以景抒情。同时，运用往昔对比，怀古追忆，刻画了故国都城曾经的繁华和现今的落寞，体现出词人对民族的悲恸和故国的怀念之情，真实且深入人心。

（徐静芝）

24 汪元量

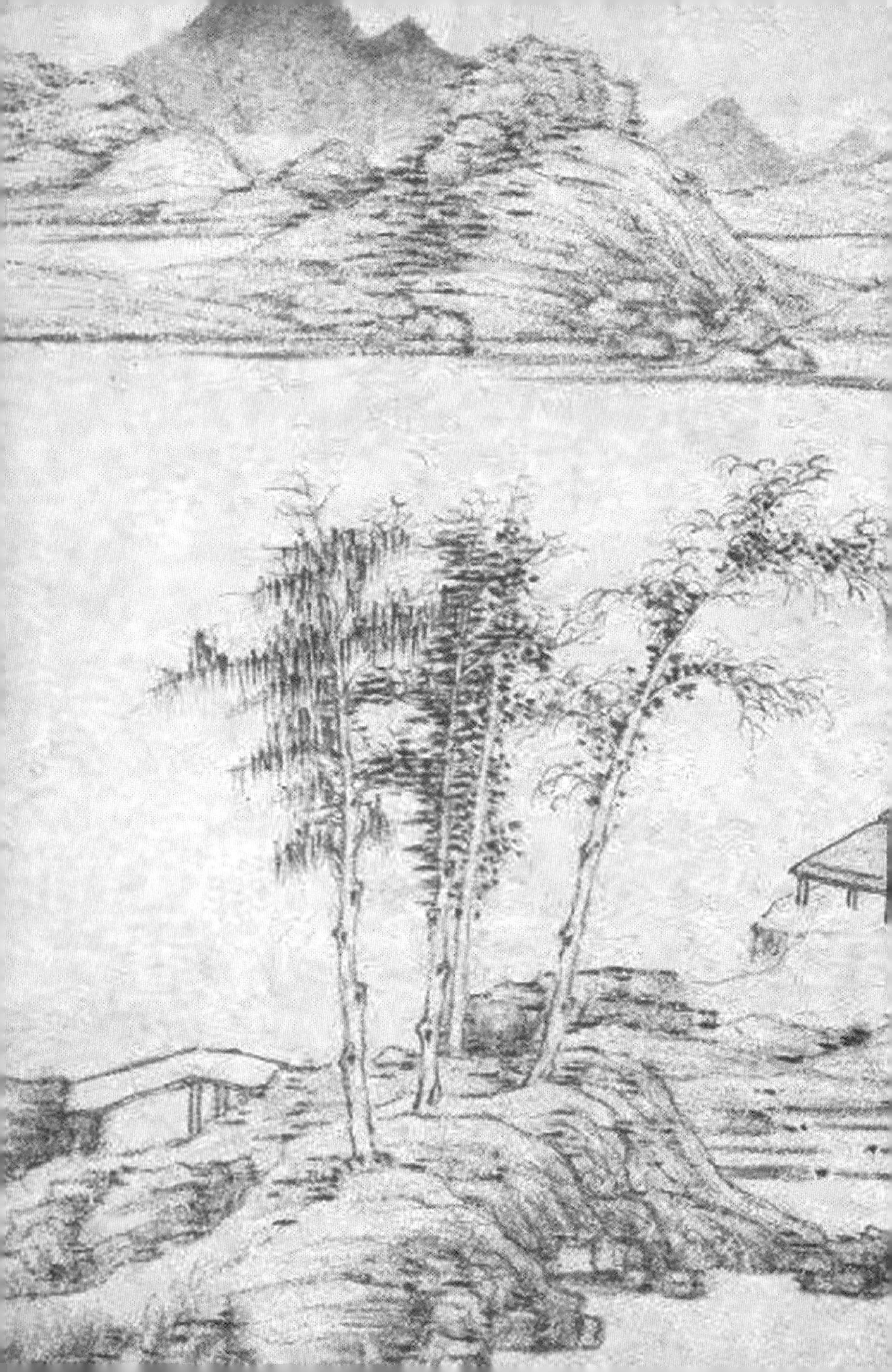

汪元量,字大有,号水云,宋末诗人,钱塘(今杭州)人,生卒年不详。作品有《湖山类稿》《水云集》。德祐二年(1276)正月,元丞相伯颜率兵进至临安(今杭州)东北的皋亭山,迫南宋太皇太后谢道清献传国宝玺。二月,元军又进驻湖州,令人索取太皇太后谕天下州郡降附元朝的手诏,并封存宋朝府库、图书及百官印信,解散宋朝职官与侍卫军。三月,伯颜胁宋三宫北行,汪元量是当时供奉内廷的琴师,也随行亲身体验了亡国之痛。文天祥在大都被囚时,汪元量常去探望,以诗词唱和,遂成好友。后汪元量出家为道士,南归后往来于庐山一带,不知所踪。

汪元量的特殊经历,使他对国家覆亡带来的耻辱有他人所不及的痛彻感受,他的诗篇多感慨深沉,悲凉凄恻。其作品有《醉歌》《越州歌》《湖州歌》,这些作品规模宏大,用七绝组诗的形式,每首写一事,组合成相互衔接的流动画面,分别记述了南宋皇室投降的情形、元兵蹂躏江南的惨状和被俘北去途中的见闻,广泛地反映了南宋亡国前后的历史,因此有"宋亡之诗史"的誉称。

汪元量的诗受江湖派影响,不常用典,不多议论,以朴素的语言白描叙事,却让人感到强烈的悲恸。如《醉歌》中"乱点连声杀六更,荧荧庭燎待天明。侍臣已写归降表,臣妾佥名谢道清",据实直书谢太后屈辱签署降书一事,既含愤慨,也有悲悯。其他如登高临远、吊古伤今的作品,写破碎山河之状,感怀历史兴亡,悲叹前途渺茫,亡国之痛感人至深。李珏《湖山类稿跋》评曰:"其记亡国之戚,去国之苦,间关愁叹之状,备见于诗。微而显,隐而彰,哀而不怨……水云之诗,亦宋亡之诗史也。"

汪元量是宋遗民诗人中的代表人物之一。

汪元量诗之一

湖州歌·其五[①]

一掬吴山在眼中[②],楼台累累间青红[③]。
锦帆后夜烟江上[④],手抱琵琶忆故宫[⑤]。

【注释】

①《湖州歌》:共九十八首,写被俘北去的见闻和感受。此选其五,是诗人还未离开杭州时所写。

②一掬:一捧,此处形容吴山好像可用手捧起的样子。吴山:在今杭州市。

③累累:重叠的样子。间:相间,夹杂。

④锦帆:俘虏乘的船。后夜:从今往后的夜里。

⑤故宫：亡国后称原来的皇宫为故宫。

【译诗】
远远凝望啊，那吴山宛若一捧，
殿阁楼台层层叠叠啊，青红掩映。
想此后夜夜，风烟迷蒙大江之上、龙舟之中，
宫人们啊，只能手拨琴弦思忆那为欢的故宫。

【赏析】
　　1276年春，元兵由伯颜率领进逼临安。那时宋朝小皇帝未满六岁，由其祖母谢太皇太后、母全太后做主向伯颜投降。伯颜进驻湖州，派人到临安受降，把小皇帝及谢太皇太后、全太后等俘虏北去，诗人随行。此诗写于离开临安之前，表达了亡国之痛、流连故国之情。
　　前两句写眼前景。"一掬吴山在眼中"是远眺吴山。远远望去，吴山是那么的小啊，仿佛伸手可掬。用"一掬"形容吴山之小与秀丽，似乎可以看到诗人望着吴山时那怜惜的目光。吴山是这么可爱，可从今以后就永别了。"楼台累累间青红"，是说临安城里的歌舞楼台，庭院殿阁，或青或红，以吴山为背景，依如往常。"楼台累累"即重重叠叠，说明临安城曾经繁华富庶，曾经歌舞升平，如今只默默地静卧，不知今后是何命运？这山这城，满眼望去，似乎没有什么改变。但诗人在这乱离之中，身已遭掳，即将北迁，深感物是人非。此后颠沛流离，不知所终，何时能再见这熟悉的故国风物？且多看几眼吧，牢记心中以解日后之思。诗人选取的景物是有代表性的：层层楼台隐映在吴山的背景之上，这是故都概貌。吴山秀丽是故国山河秀美，楼台累累是往日繁华快意生活的体现。在即将离国北去的诗人心中，那难言的亡国之思都寄托在这画面之上。这两句不是一般的写景，而是诗人惨痛心情和忧郁目光所及，此时诗人满脑子想的是：离开这眼前的一切，今后的日子怎么挨过去？
　　三、四句紧接前两句所绘之景，笔锋一转，直接道出心中所感。最后面对故国风物时的复杂情怀是很难三言两语表达明晰的，诗人却以自己设想的一幅画面成功地将其表现了出来。"锦帆后夜烟江上，手抱琵琶忆故宫。"从此以后，面对夜雾茫茫的大江，坐于敌人押解的船中，只能默默地抱着琵琶，思念从前生活过的豪华的皇宫，默想国未亡家未破时的日子。亡国之苦如影随形，无时无刻不在。诗人单以这样一幅画面来表现强烈深沉的亡国之思是独具匠心的。"烟波江上使人愁"，似乎在烟波浩渺的江面上，人们最易生出"乡关何处"的愁情。而诗人与皇室成员等被掳北去，从此国非我国，家非我家，连自己也成了没有自由、没有尊严的阶下

囚,面对黑夜沉沉、江雾迷蒙,想到前路渺茫不知所终,心中涌动的不仅是思乡之愁,更有亡国之恨、去国之戚,有悲伤,有无奈,有反思。口不能言,只能在琵琶弦上说相思,默想故国皇宫的样子。从前操琴为欢,今日竟落得如此惨凄之境!国破家亡,可怜我们只有悲伤,却无回天之力。"忆故宫"是沉痛追怀往事的概括,是亡国后的沉痛,不仅有悲愁,而且有幽恨,恨守国无策。因此说,最后两句所述是以黑夜风烟迷蒙的大江为背景,渲染出凄伤黯然的氛围,突出心中弥漫的亡国之痛。

这首诗以眼前所见引发心中所思,由今日到日后,情感由隐而显,凄恻缠绵,情绪低沉哀伤。语言朴素,以简笔描画,以景托情,情景相生,抒发了国破家亡后身不由己的哀痛,表达了面对国亡却无能为力的无奈。

汪元量诗之二

湖州歌·其六①

北望燕云②不尽头,大江东去水悠悠。
夕阳一片寒鸦外③,目断东南四百州④。

【注释】

①《湖州歌》共九十八首。此选其六,写于诗人北去途中。
②燕云:泛指北方。
③本句化用秦观词:"斜阳外,寒鸦数点,流水绕孤村。"隋炀帝杨广也有诗句:"寒鸦千万点,流水绕孤村。"
④四百州:唐玄宗开元二十八年(740),全国重设郡(州)府三百二十八个。宋时不到此数,此举其整数。

【译诗】

抬眼北望,望不尽的是白云渺渺,
浩浩东流,永不停歇的是江水悠悠。
斜阳西沉,映照着归鸦飞过了寒空,
望穿茫茫四极啊,何处是故园神州?

【赏析】

诗人与被俘众人怀着凄恻的心情被押往北方,旅途中步履维艰,却后退不得。

"北望燕云不尽头",抬眼北望,哪里是个尽头呢?眼中所见再也不是熟悉的故国风物,头顶的天空再也不是故国的天空。"不尽头",是指北国的云天苍茫弥漫,神秘莫测,不知尽头,是指这艰难的旅程没有尽头。"不尽头"三字透露出诗人前程未卜、追怀故国、难舍难休的心态。这第一句就以沉缓迷惘的语气奠定了全诗怅惘缠绵、凄神哀伤的感情基调。

第二句写大江东流的壮阔之景。面对浩大之物,人们往往感到宇宙时空宏大永恒、人生渺小短暂,继而或看破红尘、游戏人间,或情动于中、积极奋进。诗人正处于此境,面对这永不停歇的江水,感慨万千。"水悠悠"似乎说诗人的苦痛永无断绝,而流水悠悠恰似无情。孔子指着江水说"逝者如斯夫"。时光如流水一去不返,而诗人心中的亡国之思随时间的推移,不像流水一去不返,却像江流那样滔滔不停无尽期。江水悠悠,心潮起伏,诗人或者也想到人世更迭、人生荣辱之变,最为刻骨铭心的却是故国之思,是对国事变迁的沉痛追怀。故国往事是否如水流逝了?时光之水是否真能冲刷掉心头的哀伤愁绝?诗人以"大江东去水悠悠"的壮阔之景衬托心中难耐的孤凄无助、恍然如梦的思绪,传达出哀怨、怅惘、悲凉的心境。

"夕阳一片寒鸦外",化用秦观的词句:"斜阳外,寒鸦数点,流水绕孤村。"因正是眼中所见,真情实景,便自然无痕,不觉生硬。画面很简单,夕阳渐沉,暮色苍苍,寒鸦归巢。但那种孤寂清冷、悲凄的情绪却深入人心。这动人心弦的画面与前两句所述是同一双忧郁的眼睛所见,同样都投射出诗人心中的苦楚,所谓景皆著我之色,"一切景语皆情语"。

"目断东南四百州",至此我们仿佛听到了一声凄然的长叹。环顾四野,高天长云,大江流水,夕阳寒鸦,暮色暝暝,故国神州何处?我身何处?"目断"是思而望,望而不见。从诗的第一句起,诗人就开始了寻找,东西南北望断,只落得心中一声无奈的叹息。"四百州"说明了魂牵梦绕的故国曾地大物博、国强民盛,而今再也寻不见。国势衰微至此,连皇帝都成了敌人的俘虏。此时真是泪眼望穿,愁肠寸断。

这首诗,诗人以白描的手法展示了一个动态的画面,叙述了北行途中寻望故国而不见的过程。语言简洁明了,情感哀怨凄迷。诗人用迷茫的白云、悠悠的江水、凄清幽寒的夕阳来烘托凄恻悲凉、感慨惆怅的复杂情怀,抒发自己眷恋祖国的深情和亡国失家的悲伤无奈。我们仿佛能看到他缓缓四顾的身影、忧郁渴念的目光,听到他失望无奈的叹息。他曾有诗"书生空有泪千行",说的也是这种心情,他只能低吟亡国之声,寄托"亡国之苦,去国之戚"。李珏(鹤田)《湖山类稿跋》评汪元量诗:"开元、天宝之事,纪于草堂,后人以诗史目之。水云之诗,亦宋亡之诗史也。"从这首诗可见一斑。

(丁骎)

25 于谦

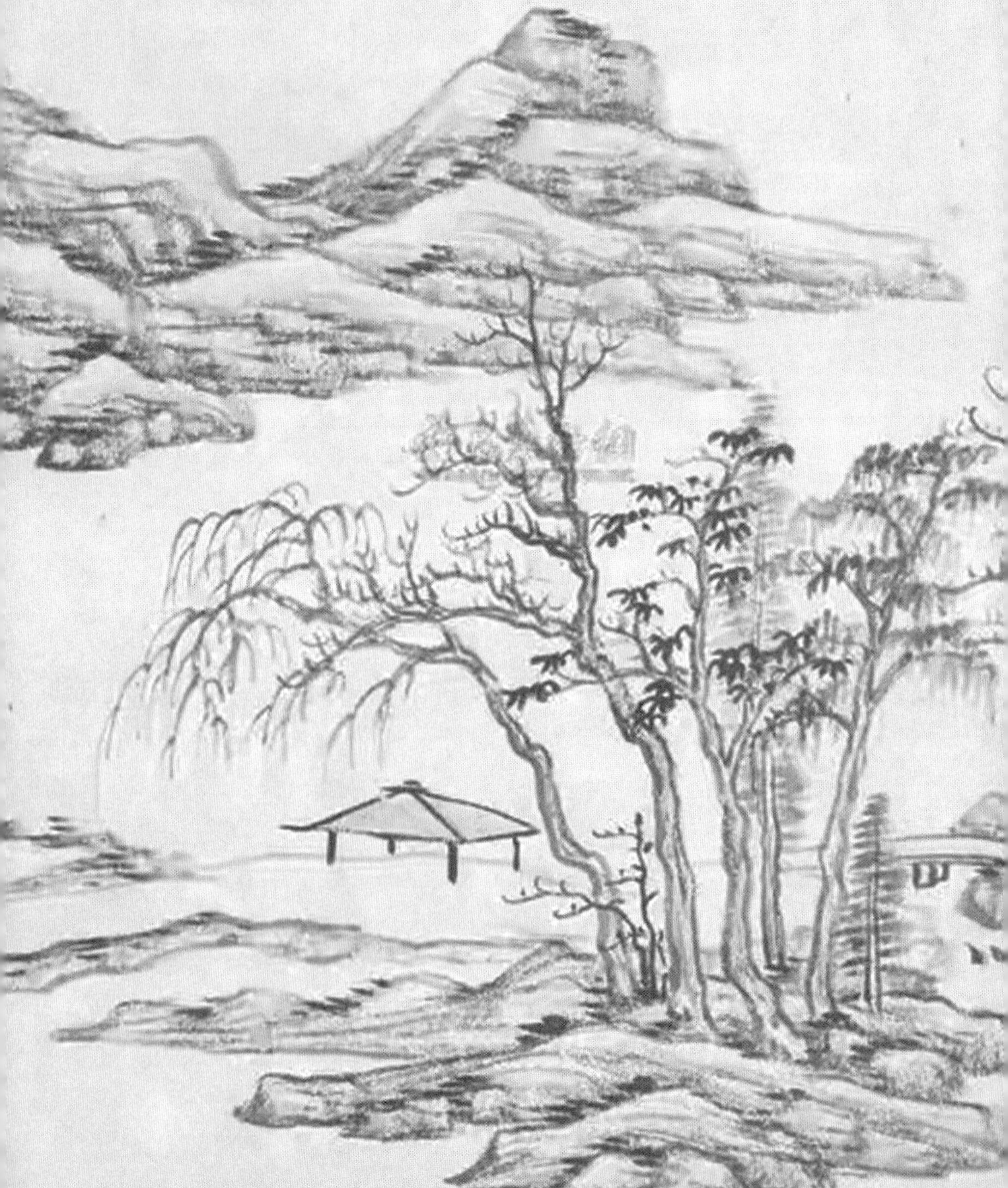

"粉骨碎身浑不怕,要留清白在人间。"《石灰吟》中的这两句可谓家喻户晓、脍炙人口,于是诗人于谦的形象在我们心中也有了大致的轮廓。然而他究竟何许人也,令《明史》称赞其"忠心义烈,与日月争光"?

于谦(1398—1457),字廷益,钱塘(今浙江杭州)人。永乐十九年(1421)进士。宣德初年,被授予御史之职。在位尽职尽责,皇帝知道他可堪大任,亲自书其名交与吏部,越级提拔他为兵部右侍郎,并兼河南山西巡抚。但他为人勤勉,秉性刚直,不事权贵,不媚宵小,因陷入狱。闻知此事,山西、河南的百姓进京,俯伏在宫门前上书,请求于谦留任的人数以千计,周王、晋王等藩王也同样上言,于是朝廷再命其为巡抚。

时值多事之秋,正统十四年(1449)七月,也先大举进犯。明英宗因逸决定亲自出征,但事有不利,军师大败,帝驾于土木堡被俘。消息传至京师,朝野震动。郕王监国,命群臣商议战还是守。可当时京师最有战斗力的部队、精锐的骑兵都已败于土木堡,剩下疲惫的士卒不到十万,大家意志涣散。侍讲徐珵借星象有变之说主张南迁国都。于谦据理力争:"京师是天下根本,一动则大事去矣,宋朝南渡的灭亡就是前车之鉴!"郕王采纳了他的意见,守议乃定。在郕王的支持下,于谦调南北两京、河南的备操军,山东和南京沿海的备倭军,江北和北京所属各府的运粮军,马上开赴京师,经画部署,有条不紊,人心这才稍稍安定一些。

郕王摄政,权威不足。廷臣请求族诛向明英宗进逸的王振,而王振的党羽马顺立刻出来斥责言官,于是给事中王竑和马顺厮打了起来,众人也跟随加入了战局。偌大的朝堂竟如市井集市般闹闹嚷嚷、混乱不堪!郕王惧怕起来,起身想要离开,于谦力排众人上前扶止郕王的动作,启发他下谕安定了朝局,众人这才安静下来。退朝后,在宫城正门左边的小门,吏部尚书王直拉着于谦的手感叹说:"国家正赖公耳。今日虽百王直何能为!"此时上下都倚重于谦,而他也毅然以社稷安危为己任。

其后,郕王被众大臣拥立为帝,年号景泰,尊英宗为太上皇。于谦关于募民兵、缮器甲、守九门等的意见,景帝都一一认真采纳了。十月,也先挟太上皇率军深入,"视京城可旦夕下,及见官军严阵待,意稍沮"。已叛的宦官喜宁怂恿也先,让大臣们迎接圣驾(太上皇),并索要巨额金帛。景帝闻讯,又邀于谦及王直、胡濙等大臣商议,最终景帝并没有答应。得知此事后,也先更加丧气。庚申,也先部队悄悄靠近内城门德胜门。于谦令石亨在空屋里设伏,并遣了几个骑兵诱敌。敌寇以万骑来犯,副总兵范广发射火药武器,伏兵迎击,也先的弟弟孛罗身亡。两方相持五日,也先的要求不曾被答应,战又不利,明白终究不能得逞,又听说勤王军队将至,害怕被阻断了退路,于是带着太上皇从良乡向西而去。于谦调将追击,至居庸关乃还。景泰元年三月,也先求和无果,无利可图,只得向朝廷提出将太上皇送回。

于谦在任兵部时,也先的势力正在扩张,而福建邓茂七、浙江叶宗留、广东黄萧养各自拥有部众和自封的封号,湖广、贵州、广西、瑶、侗、苗、僚到处蜂起作乱,军队征集调遣,都是于谦独自安排。而战局瞬息万变,于谦于忙乱中的章奏决定,悉数合乎机宜,同事和下属对此都感到佩服。

天顺元年(1457),英宗复辟,大将石亨等诬陷于谦谋立襄王之子,致使其含冤遇害。等到抄家籍没,才发现于谦的家中并没有多少资产,只有正屋的锁十分坚固,打开来一看,都是皇上所赐之物。皇太后起初不知道这件事,等到听闻此事后,嗟叹哀悼了好几日,英宗也对此感到后悔。

明宪宗时,于谦被复官赐祭,弘治二年(1489),追谥"肃愍"。宪宗曾言:"卿以俊伟之器,经济之才,历事先朝,茂著劳绩。当国家之多难,保社稷以无虞;惟公道而自持,为权奸之所害。在先帝已知其枉,而朕心实怜其忠。"

斯人已去,只"粉骨碎身浑不怕,要留清白在人间"二句,振聋发聩。

于谦诗之一

石灰吟[①]

千锤万击出深山,烈火焚烧若等闲[②]。
粉骨碎身浑不怕,要留清白在人间。

【注释】

① 吟:吟咏、歌颂的意思。
② 等闲:寻常,随便。

【译诗】

历经千般锤凿,万般击打,
石灰从深山中被开采出来,
熊熊烈火焚烧的命运,
不过是一件平常之事。
就算粉身碎骨,也毫无畏惧,
只要能够把崇高的气节留在人间。

【赏析】

　　《石灰吟》是明代诗人于谦的佳作。据传,此诗是诗人十七岁时所作,倘若如此,这位少年的志气和胸襟着实令人赞叹!诗中托物言志,表面是在吟咏平常的自然之物——石灰,实际上蕴含着深刻的哲理,寄托着崇高的志向。

　　"千锤万击出深山,烈火焚烧若等闲。"这两句写了石灰的出身和经历,同时饱含深情,点出了石灰面对艰苦磨炼的无惧无畏。经过千万次的锤击和磨炼才得以见天日的石灰,立刻又要陷入熊熊烈火的焚烧,可这于它而言只是平常之事,这种大无畏之精神不禁令人肃然起敬。"千锤""万击""烈火",诗人运用夸张的描写,突出其生存环境之恶劣和恐怖,然而,越是艰难,石灰就越是"等闲",在对比之中,我们可以感受到一股坚韧与顽强的力量,外界的磨难并不能消磨它的意志,反而更加坚定了它的决心!

　　"粉骨碎身浑不怕,要留清白在人间。"这两句直抒胸臆,此时的石灰仿佛有了生命,有了灵魂,它向世界发出庄严宣告:就算粉身碎骨,我也毫无畏惧,要把清白留在人间! 这是石灰的决心,也是它的信仰,更是它生命的意义! 即便粉身碎骨,我也会笑着坦然面对,因为我存在的意义就是要还人间一份清白,把这世间所有的污秽和黑暗全部染净。这不仅是石灰的使命,更是诗人自己的心声。放在整个历史语境中,更是古代众多仁人志士的理想。他们视道德情操、气节品格为人生目标,"宁为玉碎,不为瓦全""富贵不能淫,贫贱不能移,威武不能屈",他们终其一生都是为了达到"清白"这一理想境界。

　　换个角度看,倘若石灰没有经过磨炼,它还可以留"清白"在人间吗? 从这一点可知,高尚的人品、完善的人格不是生来就有的,普通人需要经过无数次的历练和考验,才能得到精神的升华。因此,在生活中,我们要笑对困境,把它视为成功路上的垫脚石,利用它不断磨炼自己的意志和人格。"生于忧患,死于安乐",只有从忧患中涅槃重生,才可以获得"清白"的完美人格,才可以实现自己的理想抱负。

　　本诗将石灰人格化,赋予其新的审美特质,并让石灰成为那些宁死不屈、忠贞高洁的勇士的象征。石灰精神历百年而不朽,直至今日依旧值得我们学习。

于谦诗之二

北风①吹

北风吹,吹我庭前柏树枝②。

树坚不怕风吹动，节操棱棱③还自持，冰霜历尽心不移。
况复阳和④景渐宜，闲花野草尚葳蕤⑤，风吹柏枝将何为？
北风吹，能几时！

【注释】

①北风：比喻恶势力、邪佞小人。
②柏树：自喻，亦是他喻，指有刚正不阿品格的人。
③棱棱：威严方正，形容节操的刚正。
④阳和：春天的温暖。
⑤葳蕤（wēi ruí）：形容草木茂盛。

【译诗】

北风呼啸，吹刮着我庭前的柏树。
可是柏树坚韧，何惧风雨，节操刚正，威严自守。
就算历尽冰霜雨雪，也不会动摇心中的志向。
更何况春天已来，更何况景色宜人，
更何况闲花烂漫，野草茂盛，
北风啊，吹刮我柏树又如何？
北风啊，任你肆虐，你还能吹多久？

【赏析】

《北风吹》是一首拟古体的咏物抒怀诗，表面上是在赞扬柏树在肆虐北风的摧残下，依旧保持坚挺的顽强品质。但联系诗人所处的时代，朝廷昏庸，奸臣横行，官吏腐败，而于谦身处污浊的环境，却依旧刚正不阿，守节不移，颇有些"举世皆浊我独清，众人皆醉我独醒"的境界，因此这首诗便不再是普通的咏物诗，而是蕴含了诗人的志向和理想的抒怀诗。

开头运用了传统的比兴拟人手法，诗人没有直接进行批判，而是以"北风"喻小人，以"柏树"喻君子，赋予他们人的品格，通过描写北风呼啸，却吹不走柏树严峻的节操，冰霜凌厉，却移不动柏树坚定的内心，突出了柏树的刚正不阿，同时体现了君子坚强的意志，面对奸佞小人的逸言诽谤、刁难构陷，依旧不改初心，志向不渝。"还自持""心不移"强调了柏树自身意志的坚定，诗人赋予了它高洁的情操和凛然的气质，正如孔子所言："岁寒，然后知松柏之后凋也。"柏树既是诗人人格的象征，也是那些身处逆境中的刚烈义士的写照，诗人作此诗，一是为了自励自勉，坚守那

"出淤泥而不染"的高洁品性；二是为了鼓励和歌颂那些正与黑暗进行斗争的勇士，希望他们和自己一样坚守情操、矢志不渝。

"况复阳和景渐宜，闲花野草尚葳蕤"强调了整个大环境的发展规律。温暖的春天总会来临，路边的野花闲草也早已在阳光的沐浴下茁壮成长，原本冷寂萧然的大地如今一片生机盎然。画面由冷转热，色调由暗变明，同时暗示着诗人内心的愉悦与乐观。联系时代，诗人正是在警告那些猖狂的社稷蛀虫，他们的恶行终不能长久，他们的猖狂也终将被镇压，邪恶永远战胜不了正义。

结尾处气势磅礴，格调雄浑。北风想要吹倒柏树，简直就是痴心妄想！北风的肆虐又能持续到几时？语调高昂，诗人的感情也到了一个高峰，"北风吹，能几时"，既是诗人情感的升华，又在结构上点题，呼应开头，自然天成。

这首诗以比兴开篇，以反问作结，表达了诗人同恶势力斗争的必胜信念和乐观主义精神，也蕴含了诗人在面对磨难时保持"棱棱节操"的高洁品性，对世人有一定的勉励作用。整首诗语言质朴遒劲、刚健雄浑，颇得汉魏风骨的精髓。

于谦诗之三

咏煤炭

凿开混沌①得乌金，蓄藏阳和意最深。
爇火②燃回春浩浩，洪炉照破夜沉沉。
鼎彝③元④赖⑤生成力，铁石犹存死后心。
但愿苍生俱饱暖，不辞辛苦出山林。

【注释】

①混沌：古代传说中世界开辟前元气未分、模糊一团的状态。这里指大地。
②爇(jué)火：小火。
③鼎彝(yí)：古代祭器，上面刻着表彰有功人物的文字。鼎：炊具。彝：酒器。
④元：通"原"。
⑤赖：倚靠。

【译诗】

你埋藏在大地深处，
造化令你蕴藏着太阳般的力量。
人们从沉睡的大地中把你开采出来，
你燃起小小的火炬，
带来浩浩春风，温暖大地。
熊熊炉火照破长夜黑暗。
那些铜铸的器皿，
原本靠你的热力冶炼，
铁石虽已死去，
但仍保持着一片忠心。
只要天下人都得饱暖，
即使千辛万苦也甘心出山。

【赏析】

  这首诗和《石灰吟》《北风吹》一样皆为咏物抒怀诗，都用世间平常之物来表达诗人高洁的志向和伟大的理想，是诗人人格的完美写照。本诗运用诗人一贯的比兴象征手法，借煤炭来赞扬那些勇于牺牲自己、造福世间的英雄伟人。首联先写了煤炭的出身，"凿开混沌"体现了它是自然的产物。"蓄藏阳和意最深"，运用了拟人的手法，体现了在这乌黑的外表下蕴含着温暖的阳光。不起眼的煤炭却拥有着崇高的理想，渴望将温暖送给人间，本句赞颂了煤炭伟大的品格。

  颔联运用了对偶的手法，形式上整齐对称，节奏鲜明，"春浩浩""夜沉沉"两个叠词的使用，赋予此诗朗读上的音韵美。内容上写了煤炭给世间带来的温暖。燃烧了煤炭，春风吹醒了世间万物，光明照亮了死寂的黑暗。一个"破"字，生动形象地写出了煤炭带来的希望，它将使这个世界焕然一新。

  颈联说"铁石"经过煤炭的冶炼锻造，成为造福人间的"鼎彝"，虽然不再是原来的矿石，却在锻造中继承了煤炭的精神，突出了煤炭精神的永久长存。哪怕煤炭自己已不复存在，但它的热量始终温暖着世人。"犹存死后心"不仅肯定了煤炭自身的价值，也赞扬了它对世间万物的影响，可以让他们继承煤炭的心愿继续造福人间。

  尾联直抒胸臆，表达了自己来到世间的愿望，即希望天下百姓都可以获得饱暖，不为衣食而发愁，只有这样，才不枉自己辛苦地离开山林！这种心怀天下，燃烧自我、照亮世间的崇高品格，正是煤炭精神的本质。至此，煤炭已不再是一个物的存在，而是一个具有伟大人格的艺术形象——辛苦出山，释放自己所有的光和热，只为了照彻黑暗，温暖人间，至死方休，正应了那句"春蚕到死丝方尽，蜡炬成灰泪始干"。煤炭和石灰、柏树一样，是鲜明的艺术典型，凝聚了忠贞、高洁等崇高的品格，是人们仰慕追求的精神典范。

  回到诗人于谦，他的人格追求充分地体现在了这三首诗中。他一生方正清廉、忧国忧民、鞠躬尽瘁，有着石灰的清白、柏树的坚挺、煤炭的无私，人若能此，此生无憾！人不能此，此生何为？以上种种，皆是中华民族的传统美德，需要每个华夏子孙去继承和弘扬。于谦的品格还体现在他诗歌的语言上，正所谓诗如其人，尽管语言浅易直白，但内涵丰富，含蓄隽永，耐人回味。

（王岩）

26 戚继光

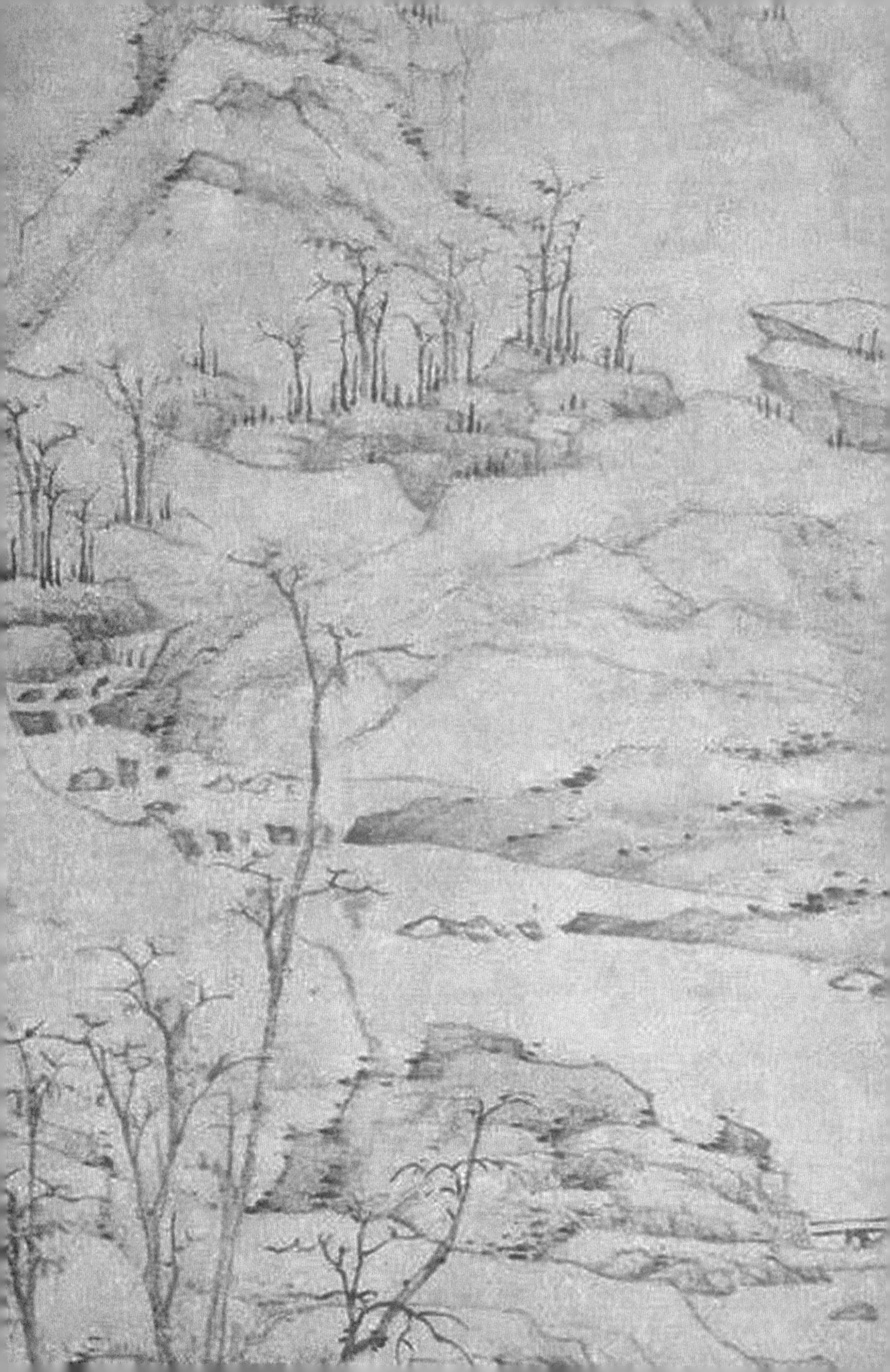

戚继光(1528—1588),山东登州人,字元敬,号南塘,晚号孟诸。明朝杰出的军事家,著名的爱国英雄,抗倭将领。

戚继光出身将门,喜欢读书,通晓儒经、史籍,从小立志做一个正直、文武全能的人。十七岁那年,他的父亲戚景通因病去世,他袭任父职,成为登州卫指挥佥事,开始了金戈铁马的军事生涯。戚继光上任伊始,就遇到了倭寇(日本国的海盗)为患的严峻问题。倭寇凶残无比,戚继光虽然读过许多兵书,但在初期与抗倭实战的过程中,多次失利,戚继光意识到明军实战能力较差,但他并不气馁,屡屡向上级提出加强练兵的建议,最终得到了批准。戚继光认真总结经验教训,终于扭转局面。

1555年,由于戚继光抗倭有功,朝廷把他调往浙江任定海参将,镇守倭寇活动的中心地带——宁波、绍兴和台州三府。戚继光到浙江赴任后,发现卫所的将士作战能力一般。1559年,戚继光无意间看到义乌矿工与永康矿工打群架的场面,双方都比较彪悍,戚继光惊喜道:"如有此一旅,可抵三军。"他便前往招募,建立起一支由矿工、农民组成的新军,这支队伍被人们称为"戚家军"。在戚继光的严格训练下,戚家军训练有素,军纪严明,百战百胜,名闻天下。1561年,倭寇两万多人大举侵犯浙江,戚继光率军迎敌,首战台州大田。在激烈的战斗中,戚继光一马当先,手刃倭寇首领,倭寇大败而逃。再战上峰岭,戚继光大摆"鸳鸯阵",歼敌两千多人。接着,戚家军乘胜追击,连续与倭寇交战十余次,歼灭敌人六千余人,并救出了被掳的百姓。凯旋之时,台州的父老乡亲出城二十里相迎。

嘉靖四十一年(1562),倭寇进犯福建,"自福宁至漳、泉,千里尽贼窟",声势浩大。朝廷再调戚家军去福建剿寇。戚继光率领部下到福建的第一仗,就是摧毁倭寇的大本营横屿。横屿是个小岛,四面水路险隘,涨潮时被海水淹没,落潮后一片烂泥,倭寇有恃无恐。戚继光命将士们在退潮时每人手持一束稻草,填壕而进,匍匐前进,迅速越过浅滩烂地,似天兵般突然出现在敌人阵前。戚家军大破横屿倭寇,经过三个时辰的拼杀,斩杀两千六百多人。戚继光乘胜追击,穷追猛打,杀至福清,连连捣毁倭寇的牛田和兴化两个巢穴,共歼灭敌人三千多人。由于戚继光用兵神速,戚家军第二天清晨开进兴化城时,老百姓才知道横行的倭寇已被消灭。他们兴高采烈,纷纷拿出酒肉慰劳戚家军。

第二年,倭寇再次进犯福建。戚继光二次援闽,将倭寇驱逐出海疆。之后几年中,戚继光又挥军南下,配合广东总兵俞大猷彻底肃清了进犯广东的倭寇。至此,戚继光以及戚家军将东南沿海三百多年来的倭患基本荡平,实现了"封侯非我意,但愿海波平"的灭倭志向。

这时,北方的鞑靼骑兵进犯边境,朝廷又急调戚继光北上蓟州,担任护卫京师的要职。戚继光上任后,督修长城,创建"空心敌台",制定了战车,步、骑各兵种配合作战的战术，蓟州边防强大起来。鞑靼骑兵见戚继光在此防守，有几十年不敢前来骚扰。

戚继光戎马四十多年，平定倭寇，镇守边疆，为国立下了赫赫战功。戚继光还是一位锐意进取、对军事制度进行改革的创新者。他英勇抗倭、爱国惠民的崇高精神为人民所弘扬。

戚继光诗之一

过文登营①

冉冉双幡度海涯②，晓烟低护野人家③。
谁将春色来残堞④，独有天风送短笳⑤。
水落尚存秦代石⑥，潮来不见汉时槎⑦。
遥知百国微茫外⑧，未敢忘危负岁华。

【注释】

①文登营：明代设置在文登山（在今山东文登东）的营卫。相传秦始皇东巡，召集文士登此山歌功颂德，故名。

②冉（rǎn）：慢慢前行的样子。幡（fān）：直着挂的长条形旗子。

③野人：古时从事农业生产的平民。

④残堞：形容文登营垒年久失修，含有指斥张居正之前的宰相严嵩之意，在他当政期间边防废弛，致使沿海卫所残破。堞（dié）：城墙上如齿状的矮墙。

⑤短笳：短促的军号声。

⑥秦代石：秦始皇东巡至文登山所立纪功之石。

⑦槎（chá）：木筏。汉时槎：传说天河与海相通，住在海边的人，年年八月见有浮槎去来，不失期。汉时曾有人乘浮槎到一城，遥见宫中有许多妇女织布，一男子牵牛在河边饮水，以为到了天河（见《博物志》）。这里借喻汉朝国力强大，海运范围极广。

⑧微茫外：遥远迷茫的海外。

【译诗】

幡旗飘飘船儿缓缓，我终于驶抵了文登山；

晨雾渺渺炊烟袅袅，掩映着低矮的农家。
是谁把春光带到这年久失修的文登营？
海风阵阵送来短促嘹亮的胡笳声。
潮退时还可见到秦始皇纪功的石刻，
潮涨时却再也看不到汉朝的木筏。
我知道那遥远迷茫的大海外还有很多国家，
不敢忘记肩负卫国的重担而虚度年华。

【赏析】

明嘉靖三十三年（1554）春三月，戚继光奉命在山东沿海负责防御海上倭寇。诗人去文登、即墨视察部队，路过文登营的时候，居安思危，写下了这首脍炙人口的诗篇《过文登营》。

诗的首联双幡"冉冉"招展，诗人乘船出海巡视海防，显示了戚继光的将帅风采和戚家军的精神风貌。"晓烟低护野人家"，为巡航驶向文登山营地时所见。此联叙事写景，只见晨雾缭绕，炊烟袅袅，几家简朴的农舍安宁地散落着，恬适而又静谧！把雄壮的军队和宁静的农家生活置于同一画面，形成强烈反差，为抒发诗人保家卫国的豪情做了铺垫。

"谁将春色来残堞，独有天风送短笳。"兵营的城墙残破颓塌，防务废弛，此处暗斥前朝宰相严嵩父子，由于严嵩疏于朝政，不重视边防，导致文登营卫所残破。但这盎然的春色还是来到了这里。"谁将"这一反问，写出诗人见到文登春色的惊喜心情。诗人由景生情，巧用双关手法，既赞美了勃勃的生机，又暗寓自己带来了朝廷的慰问，如春风般将给文登营带来新的希望。此联表达了诗人对和平生活的追求，同时对抗击倭寇、保家卫国充满了乐观的精神。

"水落尚存秦代石，潮来不见汉时槎。"诗人借两个典型的历史遗物秦代刻石、汉代船只，感慨秦汉时国力的强盛，赞叹当时边疆海域的安宁。时世沧桑，如今秦始皇东巡所立的纪功之石虽然尚在，强盛的汉朝的木筏却已难以找寻。诗人追溯千古，联想到明朝如今的国势衰弱，在潮起潮落中抒发了对于昔盛今衰的感慨，流露出对现状的担忧。这里不难看出诗人的抱负及远见卓识。

"遥知百国微茫外，未敢忘危负岁华。"诗人登营远眺，想到遥远的海外还有许多国家，其中有些国家经常掠扰我国的沿海地区，危险重重。作为一个爱国将领，"安不忘危，忘安必危"，诗人心忧国家，牢记敌寇从海上入侵的事实，表达了自己的抱负：不忘自己背负的责任，不敢虚度自己的年华，加强海防，保卫一方平安。

这首诗自然平和，情感真挚。诗人从眼前之景自然过渡到对历史盛衰的感慨，同时提出了加强海防、防止敌人从海上入侵的思想,具有卓越的军事见识,抒发了立志报国的雄心,极具有感召力。

戚继光诗之二

登盘山①绝顶

霜角②一声草木哀,云头对起石门开③。
朔风边酒④不成醉,落叶归鸦无数来。
但使玄戈销杀气⑤,未妨白发老边才⑥。
勒名峰上吾谁与⑦,故李将军舞剑台⑧。

【注释】

①盘山:在天津市蓟州区西北二十余里处,为京东第一名胜。有上、中、下三盘,平地突起,四无依傍,最高处叫挂月峰。

②霜:代指秋天。角:军中的号角。

③云头:山头之云。石门开:两峰对峙,中间像开着的石门。

④朔风:北风。边酒:北方边塞地区少数民族酿制的酒。有的版本上作"虏酒"。

⑤玄戈:铁戈,这里泛指一般兵器。有的版本上作"雕戈"。销杀气:指消除战祸。

⑥老边才:老于边防的任上,终生做防守边境的武官。

⑦勒:刻。勒名:古人在山上刻石留名纪功。吾谁与:我赞赏、钦佩谁,意即谁是我学习的榜样。与:赞赏。

⑧故李将军:当年的李将军。本来应指汉武帝时抵御匈奴的名将李广,在此则指唐初名将李靖,至今盘山上还有李靖的舞剑台。

【译诗】

凄凉的军号声随风传来,山上的草木似乎听了都为之悲哀,
山头彤云似两峰对峙,中间如石门在敞开。
北风呼啸中我手举边酒却难以入醉,
放眼四望,叶落纷纷,无数寒鸦飞来。
假使手中的兵器能消除外敌的侵犯,
我宁愿一直到老终生戍守在边塞。

刻名字在峰上的人们我最佩服谁呢？
唐初名将李靖保卫边疆为国杀敌最值得我崇拜。

【赏析】

戚继光在东南沿海荡平倭患后，北调京师，总理蓟州、昌平、保定练兵事务。后任总兵，镇守蓟门，积极修防备战，严明军纪，屡次击败来犯之敌。这首诗是隆庆二年(1568)，一个秋日的黄昏，戚继光在蓟州训练边兵、游览盘山(在蓟州西北二十余里)时所作。诗人登上盘山顶峰，触景生情，慷慨赋诗，表达了为消除战祸，宁愿守边到老的决心。

诗的前四句描写登上盘山绝顶时见到的景象。诗人登上盘山山顶，举目四眺，天色阴沉，"霜角一声草木哀"，耳边传来军营中的号角声，号角声划破寂静，盘旋回荡，显得空旷而又凄凉，漫山的草木似乎也感到了肃杀悲哀。远处山头上的片片白云，隐约显现出对峙的山峰，犹如洞开的石门巍然屹立。诗人将深秋的北方山冈在傍晚的岑寂肃杀的景物特征凸显出来，为全诗定下了感情基调。草木的人格，又将诗人悲怆的情感更形象地表现出来。景语即情语，物我合一，令人为之沉思，为之神伤。就算传来阵阵醇美的酒香，也无法使诗人陶醉。诗人倾注情感的是那片片落叶、无数归鸦的深秋景色。

诗的后四句即景抒情，表达了赤胆忠心的报国意愿。在前面所描写的"霜角""朔风""落叶""归鸦"的肃杀景色下，诗人报国立功的慷慨豪情顿生。"但使玄戈销杀气，未妨白发老边才。"作为一个将领，保卫大好河山责无旁贷。诗人立下豪迈誓愿：只要镇守边疆、手握兵器，能为国驱除外族侵扰，即使自己白发苍苍守边到老也在所不辞，从而突出了诗人爱国报国的耿耿忠心。"勒名峰上吾谁与，故李将军舞剑台。"谁有资格在山上刻石留名呢？只有唐初名将李靖，他为国立功的事业，就是我效法的榜样！诗人引用这一典故，以名将李靖勉励自己，进一步表达了自己的爱国雄心。

全诗情景交融，把悲壮的景色、豪迈的志向、朴实而深沉的情感有机地结合起来，动人心魄！"但使玄戈销杀气，未妨白发老边才"是全诗的传神之笔，也是为后人传诵的名句绝唱。当时诗人正值年富力强、施展抱负的时候，登高远望，气度恢宏，万物容于胸中，欣然运笔于纸上。诗篇意境开阔，形象鲜明，格调高昂，气势磅礴，读来催人奋发向上，是一首爱国主义的赞歌。

（石琳）

27 顾炎武

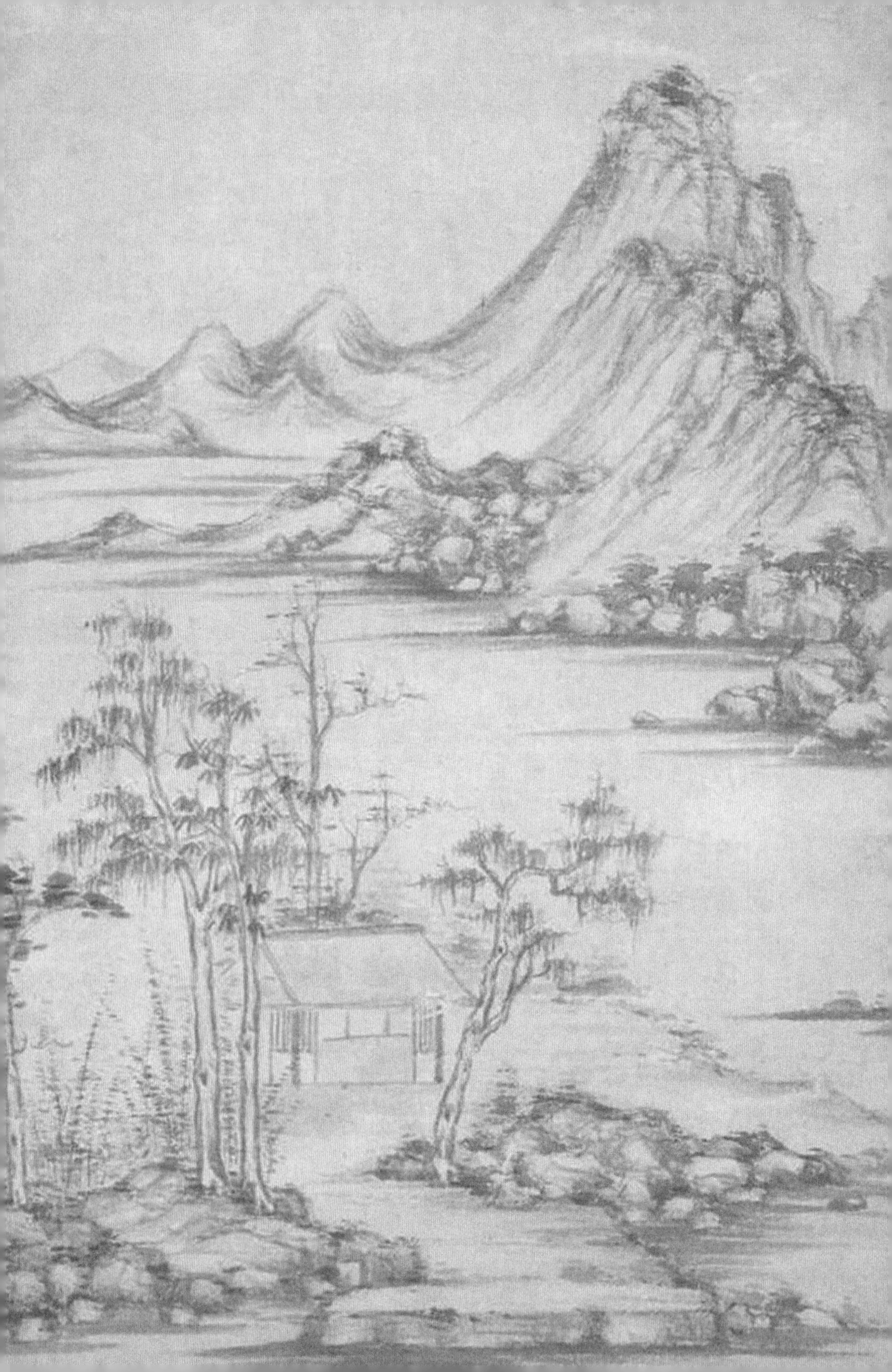

顾炎武(1613—1682),明末清初江苏昆山人,初名绛,字忠清,明朝灭亡后改名炎武,字宁人,号亭林,后人尊称他为亭林先生,自署蒋山佣。

顾炎武生活在阶级矛盾和民族矛盾十分尖锐的时代:明末皇帝大多昏庸无能,宠信宦官,政治黑暗严酷;与此同时,满族贵族正酝酿着发动灭明战争。"感四国之多虞,耻经生之寡术",顾炎武十四岁取得诸生资格,少年时参加爱国社团"复社",反对宦官专权,议论朝政,经世致用,曲线救国。

1644年,清军入关,长驱南下。清军攻下扬州时,对扬州人民残暴屠杀,制造了"扬州十日"大惨案,清军的暴行激起了广大人民的愤怒,太湖地区的渔民张三发起抗清起义,许多爱国志士纷纷响应,顾炎武也组织几个好友前往,积极参加抗清斗争。但不久后起义失败,顾炎武又回到昆山。

这一年,清政府发布剃发令,命令江南汉族男人在十天内按满人风俗一律剃发垂辫。江南人民不堪忍受这种压迫,提出了"头可断发不可剃"的口号,掀起了激烈的反抗斗争。顾炎武在家乡昆山参加了这场斗争,他们杀死汉奸知县,放火烧了清衙门,抵抗了二十多天。斗争失败后,清军残酷屠杀人民,顾炎武生母何氏的右臂被残忍的清兵砍断,两个弟弟也都被杀。吴胜兆起义失败后,顾炎武不得不开始逃亡。逃难的顾炎武决不甘心当亡国奴,"旌旗埋地中",图谋东山再起。

顾炎武两次参加起义失败以后,奔波于山东、河北、山西、陕西等地,历时二十五年,矢志不渝地进行秘密抗清联络活动。他将自己比作填海的精卫:"万事有不平,尔何空自苦。长将一寸身,衔木到终古? 我愿平东海,身沉心不改。大海无平期,我心无绝时。"(《精卫》)

1677年,已经六十五岁的顾炎武在陕西华阴定居下来,饱经风霜之苦和国破家亡之痛的老人仍勉励朋友们要保天下不变节。他认为,"天下兴亡,匹夫有责",天下是大家的天下,国家是大家的国家。为官的,应当用为官之道来为天下负责,为民的,应当用为民之道为天下负责。天下的兴亡,不是指一家一姓王朝的兴亡,而是指广大的普通人民的生存和整个中华民族精神文化的延续。因此,他的"天下兴亡,匹夫有责"成为激励中华儿女不断奋进的精神源泉。

1678年,清政府欲开设博学鸿儒科,朝堂上的大人物都要罗致顾炎武,顾炎武笑道:"刀绳我都准备好了,请勿催我自尽!"其守节的决心可见一斑,其民族气节一直激励着很多志士仁人。

1682年,伟大的爱国活动家、思想家顾炎武病逝,终年七十岁。

顾炎武不仅是一位高尚的爱国者,还是一位伟大的学者。他二十七岁就对经学、史学、天文、地理、音韵、金石、兵农等有独到的研究,在政治思想方面针对"明道救世""分权众治"等问题,提出了明确的政治主张乃至解决问题的措施,表现出了强烈的时代性,而其经世致用的思想也对后世学者有所裨益。

顾炎武诗之一

秋 山

(其一)

秋山复秋山,秋雨连山殷①。
昨日战江口,今日战山边。
已闻右甄溃,复见左拒残②。
旌旗埋地中,梯冲③舞城端。
一朝长平败④,伏尸遍冈峦。
北去三百舸⑤,舸舸好红颜⑥。
吴口拥橐驼⑦,鸣笳入燕关⑧。
昔时鄢郢人⑨,犹在城南间。

(其二)

秋山复秋水,秋花红未已⑩。
烈风吹山冈,磷火⑪来城市。
天狗下巫门⑫,白虹⑬属军垒。
可怜壮哉⑭县,一旦生荆杞⑮。
归元⑯贤大夫,断脰⑰良家子。
楚人固焚糜,庶几歆旧祀⑱。
勾践栖山中⑲,国人⑳能致死。
叹息思古人,存亡自今始。

【注释】

①殷(yān):赤黑色。
②右甄:右翼的军队。左拒:左翼御敌的军队。残:严重伤残。
③梯冲:攻城的器械。梯:云梯。冲:攻城的战车,带有梯子,可以接触城头。
④长平败:公元前260年,秦国在长平(故址在山西高平西北)与赵国决战,秦军大获全胜,把赵国几十万降兵坑杀于长平。
⑤三百:表示数量多。舸(gě):船。清兵把掠夺的人口和财富装船运往北方。

⑥红颜:青年女子。

⑦吴口:吴江口。橐(tuó)驼:骆驼。

⑧笳(jiā):胡笳,古代流行于塞北和西域一带的管乐器。燕关:指山海关。

⑨鄢郢:楚国都城,春秋战国时楚国都城先在郢(今湖北江陵西北),后曾一度迁于鄢(今河南鄢陵西北),名字仍叫郢。《战国策》记载,雍门司马谓齐王曰:"鄢郢之大夫不欲为秦,而在城南下者以百数。"此二句意思是,不肯归降清朝的遗民,还大有人在。

⑩未已:没有停止。

⑪磷火:这里指清兵屠城时的尸体无人埋葬,早已腐烂,骨殖产生了磷火。

⑫天狗:一种陨星,传说这种陨星落地后状如狗头,出现的地方将有不幸的流血事件发生。巫门:苏州八门之一,此指苏州城。

⑬白虹:白虹贯日的现象,白色的光晕穿日而过,将要有战争或不寻常的事件发生。《战国策》:"聂政之刺韩傀也,白虹贯日。"

⑭壮哉:令人赞叹的、壮丽的。

⑮生荆杞:城市荒芜,长满了荆棘、杞柳等杂草和树丛。

⑯归元:佛教用语,指人的死亡。

⑰脰(dòu):脖子,颈。断脰即断头。

⑱"楚人"二句:据《左传》记载(定公五年):"吴师居麇,子期将焚之。子西曰:'父兄亲暴骨焉,不能收,又焚之,不可。'子期曰:'国亡矣!死者若有知也,可以歆旧祀,岂惮焚之?'"庶几:可以期望。歆:享受。旧祀:从前规模的祭祀。

⑲勾践:春秋末期的越国君主,曾大败于吴国,屈服求和,受尽凌辱,后来他回越后在山中卧薪尝胆,发愤图强,整顿国政,终于转弱为强,灭亡吴国,成为霸主。

⑳国人:此指明朝遗民。

【译诗】

(其一)

秋山萧索,一座连一座,
秋雨霏霏,山呈深红色。
昨日与清兵激战在江口,
今日又与他们搏杀在山的这一边。
听说右翼的军队已经溃退了,
又见左翼抗敌的兵士严重伤残。
快把旌旗埋藏起来吧,

敌人攻城的云梯已经搭到我们的城墙边。
如战国时期赵国长平之战惨败一样,
我们抗清将士的尸骸布满了山峦。
清兵把掠夺的财物装满了成千上万只船运往北方,
条条船上都有我们的好姐妹。
吴江口挤满了清兵掠夺财物的骆驼队啊,
山海关外一队一队的清兵又吹着笳涌来。
如同昔日楚国大夫聚在城下不愿降秦一样,
现在也有许多不肯归降清朝的人在等待时机。

(其二)

秋山萧索,一座连一座,
秋花火红还没有凋落。
惨烈的西风吹到山冈,
被敌人屠杀的同胞已成磷火漫天飞入城。
天狗这颗灾星降落到了苏州城,
军营里又出现白虹贯日的凶象。
可怜壮美秀丽的苏州啊,
一下子长满了荆杞等杂草丛树。
壮烈牺牲的都是贤良的官员将领啊,
被砍头的都是良家子弟。
楚国人能至死不屈坚持到底,
我们只要奋不顾身坚持战斗也可以再享受从前的祭祀。
勾践卧薪尝胆图谋复国啊,
明朝的人民也要竭力奋斗到死。
叹息现状思念古人啊,
是亡国还是复国就看我们现在的所作所为。

【赏析】

　　1644年,因明朝政府在战略战术上的失策造成了清兵南驱直入,一路烧杀抢掠,大片江山落入贼手,尸横遍野。史可法率领扬州军民坚守孤城,奋战到最后,英勇殉国。清兵入城后,劫掠烧杀十天,这就是惨烈的"扬州十日"。但清兵的残暴屠杀没有击垮军民的抗击精神,太湖、江阴、昆山、嘉定等地民众也在爱国将领的带领下坚守城池,各地掀起了轰轰烈烈的抗清斗争。《秋山》真实地再现了清兵的用兵迅速、屠杀惨绝,以及江南人民斗争的壮烈情景。前一首悲愤,后一首壮烈,表达了诗人对清军野蛮凶残的杀戮洗劫行径的控诉,对南明覆亡的痛楚和复国的决心。一幅幅慷慨悲壮的画面,极具有震撼力。

《秋山·其一》主要叙写了抗清战事连连失利后的惨烈情形。从"昨日战江口"到"复见左拒残"为第一层次。开头的"秋山复秋山,秋雨连山殷",写的是作战时的自然环境和气候,渲染着阴郁而又沉重的氛围,为全诗情绪的展开定下了基调。"昨日战江口,今日战山边",点出了战斗地点的变化,"昨日"和"今日"更显示了战局危急。"右甄溃""左拒残"描绘了抗击侵略者作战连连失利,节节败退,防线全面崩溃的紧急状态。"已""复"更突出了形势的险峻、急迫。从"旌旗埋地中"到"伏尸遍冈峦"为第二层次。敌人攻城的"梯冲"已经紧迫地"舞城端"。爱国将士在大势将去的局面下,仍然勠力一心,"伏尸遍冈峦",鲜血染红了山冈也在所不惜。字里行间饱含了对国家状况的忧愤,对军民牺牲的泣颂,同时借秦赵长平之战这一典故形象地表现出爱国军民牺牲之惨重。从"北去三百舸"以下四句为第三层次。这四句控诉了清兵掠夺的无耻与贪婪:财物、妇女,或用船运,或用骆驼驮,一批又一批,一船又一船,运走了再回来,回来后又掠夺……亡国的男儿和女子的悲惨命运并没有把我们的爱国志士吓倒,他们不甘屈辱,埋好旌旗。"昔时鄢郢人,犹在城南间。"如"鄢郢人"一样坚贞刚毅的民族志士,仍会等待时机。人们从悲痛中仍然看到无限的希望,心情为之一振。诗人的感情在悲愤中仍然透露出振兴民族的豪情。

《秋山·其二》主要叙写了抗清战争的惨败景象和南明臣民在抗战中英勇壮烈的民族精神。从起笔到"一旦生荆杞",铺陈描写战事及结果。诗句以烈风、磷火、天狗、白虹着力渲染出了战前浓重的悲惨氛围。凛冽的西风吹拂山冈,惨死者的遗骨化成的磷火漫天飞舞,繁华富庶的苏州城旦夕之间长满了荆棘等杂草野树丛……一草一木都在控诉清兵的残暴。这种民族大恨怎能忘记?"楚人固焚麇,庶几歆旧祀。勾践栖山中,国人能致死。"诗人连用两个典故,借古谏今,希望南明君臣能像子期焚麇那样,面对残局,决不屈服求和,要像勾践那样,卧薪尝胆,以图复国。诗的结尾两句发出誓词:从今以后,继承前人精神,把恢复故国的大业作为自己的奋斗目标,并以此来激励人民为反清复明而不断斗争。诗的基调是激情高亢的。

顾炎武约有四百首诗存世,大多表现了他的民族精神与百折不挠的意志。诗歌用典精确,表现了顾炎武的博学多闻,加强了诗意的含蓄深沉。

顾炎武诗之二

酬王处士九日见怀之作①

是日惊秋老②，相望各一涯③。
离怀销浊酒④，愁眼见黄花⑤。
天地存肝胆⑥，江山阅鬓华⑦。
多蒙千里讯⑧，逐客已无家⑨。

【注释】

①酬：答谢，用诗文应答。处士：旧时指有才德而不出来做官的读书人。九日：指阴历九月九日，即重阳节。

②是日：此日。秋老：深秋的季节。

③涯：边际。

④离怀销浊酒：用饮酒解除相思的情怀。

⑤黄花：菊花。

⑥肝胆：指诗人的爱国心志。

⑦阅：历。鬓华：斑白的双鬓。华：花白。

⑧蒙：承蒙，得到。讯：问讯，指写诗寄信打听情况或表示慰问。

⑨逐客已无家：被流放的人是没有家的。逐客：被贬谪、被流放的人。

【译诗】

重阳日接到你问讯信时才感秋色已深，不免心惊，
你我遮山隔水各在天涯，只能遥望。
举起酒杯聊解心中对你的思念，
醉眼蒙眬中摇晃着瘦弱黯然的菊花。
我那爱国肝胆将留存于天地之间，
痴心不改江山作证，即使两鬓青丝成白发。
承蒙你千里传信寄牵挂，
像我这样被驱逐的人心中早已没有了家。

【赏析】

《酬王处士九日见怀之作》是一首酬答诗。王处士，名炜暨，是顾炎武的好友。九月九日重阳佳节，顾炎武的好友王处士写了一首诗赠予顾炎武，表达了离别后对他的思念之情，并询问他是否答应亲朋的请求回家乡当清朝的顺民。顾炎武接到信后，写了这首酬答诗。

这首诗写出了诗人与王处士虽然天各一方，但真诚的友情永在，同时也抒发了对国家兴亡的沉重感慨，写得深沉蕴藉，情真意切。

"是日惊秋老，相望各一涯"，诗歌开篇即表达了自己忽然收到友人来信后的感受。诗人接到老友书信，才惊讶地发现已到深秋季节。秋，一般被认为是万物凋零的季节，诗人顿时感到自己和这季节一样，也老了。此处的"惊秋老"，实际上是惊叹光阴荏苒，韶华已逝。诗人只能通过浊酒、清幽淡雅的菊花来消除郁闷。可惜却是愁眼相看，悲怆的情绪终难排遣！诗人借物抒怀，在黯然的深秋景色中，寄寓着对于身事、家事、国事的担忧。

"天地存肝胆，江山阅鬓华"两句直抒胸臆，表达自己的心志。"肝胆"是指诗人真挚的爱国志向，"阅"是见证的意思。诗人年岁已高，且深知复国无望，但自己的爱国之心绝没有一丝一毫的改变，江山可作证。这里强烈地表达了自己坚如磐石的爱国之志将永存于天地之间。最后两句结束全诗："多蒙千里讯，逐客已无家。"既表达了对朋友来信的感谢，又进一步表明了自己的心迹。"鸟飞反故乡兮，狐死必首丘"，中国人都有着落叶归根的情结，但亡国已杳，神州易主，诗人的根在哪里呢？被驱逐的人没有家，虽然有亲朋的期盼，虽然已经衰老，虽然复国希望渺茫，但坚贞复国的心坚定不移。郁结的哀愁盘旋心头，矢志不渝的爱国之志更感人至深。

诗人将满腔情绪寄托在与友人的酬答中。呈现在读者面前的，是一位经历无数磨难、两鬓斑白、却坚贞如故的爱国诗人形象。诗歌节奏铿锵，情真意切，悲壮而又凝重。

（石琳）

28 张煌言

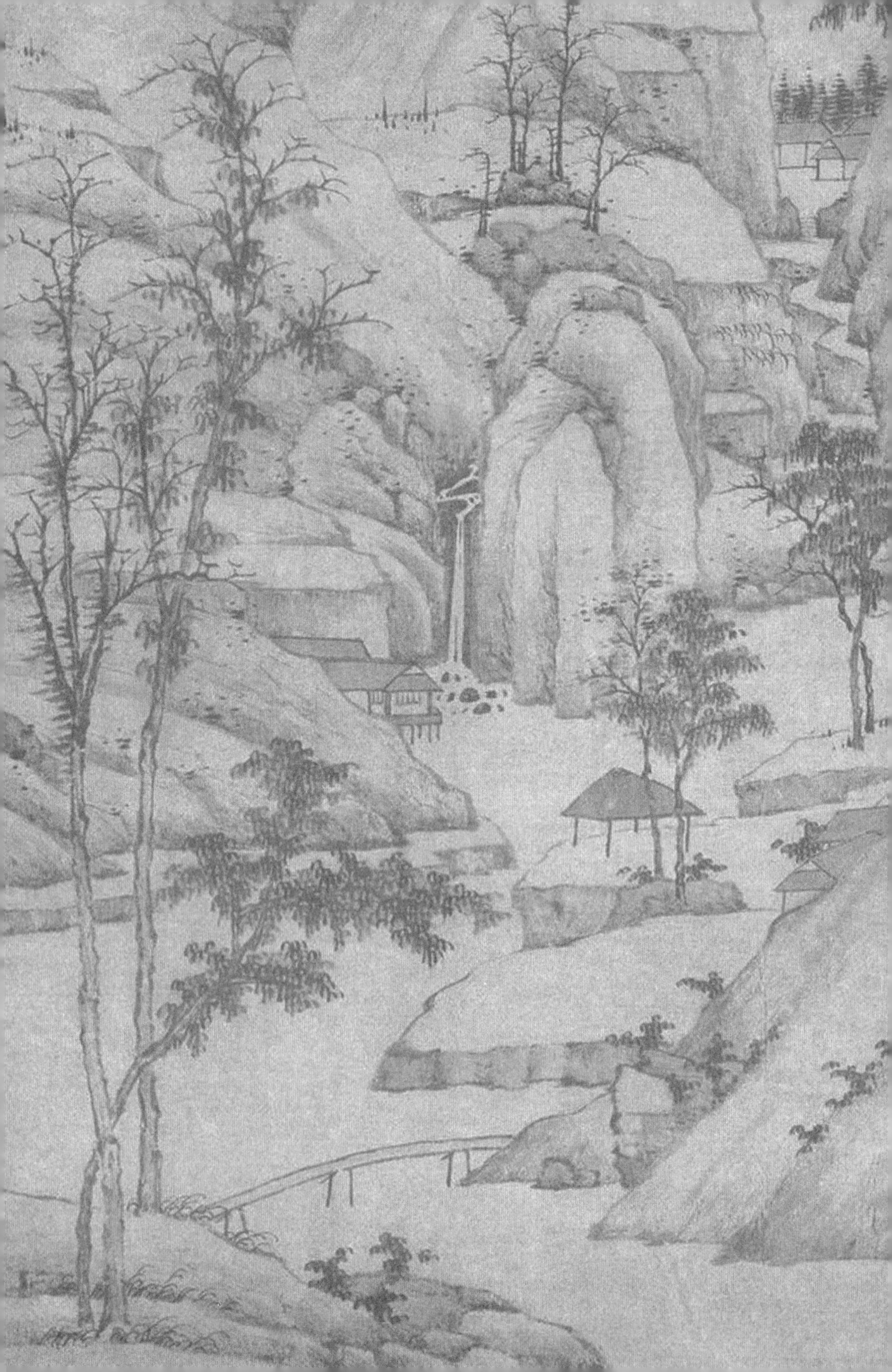

张煌言(1620—1664),字玄著,号苍水,浙江鄞县(今宁波)人。父亲张圭章是一位刚直正派的官员。在父亲的教育下,张煌言二十二岁时考中举人。曾在山西任盐运司判官,在北京任刑部员外郎。因不满朝中奸党专权,愤然辞职归乡,在乡间做塾师。

明朝末年,祖国大好河山不断遭到清军蹂躏,而朝廷又对外妥协,对内镇压人民,进一步加深了民族危机和阶级矛盾。面对这种恶劣局面,作为一个爱国知识分子,张煌言异常痛苦,他在家乡结交了一批江湖豪侠,日夜不息地扛鼎击剑,练习武功,准备将来为国杀敌。

1644年,清军攻占北京,次年长驱南下,各路明军闻风而逃,溃不成军。清军很快攻进浙江。这时,二十六岁的张煌言,为了挽救民族危亡,毅然投笔从戎,与各路义军共奉南明鲁王监国于绍兴。张煌言担任翰林编修,为鲁王拟定各项法令制度,创建军队,竭尽辛劳。

1646年,鲁王政权灭亡。1658年,永历帝封张煌言为兵部左侍郎,负责指挥浙江兵力。1659年,他与郑成功十七万人合师,统率战舰数百艘,大举进兵长江,攻下要塞瓜洲后,兵分两路,先后光复四府、三州、二十四县,近三十座城池,一时人心大振。后因郑成功在南京兵败,张煌言孤军难以支持,只得退兵,辗转两千余里,回到浙东海上,重新集结力量,继续抗清。其间,清军逮捕了张煌言的妻儿,羁于监狱,以此为要挟,但却没有使他动摇。1662年,郑成功在台湾病故,东南沿海抗清力量只剩下张煌言一支,形势越来越严峻,张部虽曾与李自成起义军余部联合,但农民起义军也遭到清军"围剿",没有多大效果。后张煌言不得不解散余部,自己则带少数人隐蔽在浙江象山县花岙岛上,伺机而起。不久,张的藏身之处被清军侦知。七月,张煌言被捕,被押至宁波,他拒绝提督的宴请,激昂陈词:"父死不能葬,国亡不能救,死有余辜。今日之事,速死而已,何必多言。"后被清军押至杭州。

到杭州后,清总督继续诱降:"公若肯降,富贵功名即可立致。当以原司马起用。"张严词拒绝,清总督无奈,遂于九月杀害了张煌言。刑场之上,张煌言大义凛然,面无惧色,望向吴山,叹息说:"大好江山,可惜沦于腥膻!"就义前,赋《绝命诗》一首。临刑时,他拒绝跪而受戮,"坐而受刃",时年仅四十五岁。

张煌言死后,鄞县万斯大与和尚超直等人遵照他在《入武林》诗中所表示的愿望,把他葬于杭州南屏山北麓荔枝峰下。张煌言成为与岳飞、于谦一同埋葬在杭州的第三位民族英雄,后人称之为"西湖三杰"。

乾隆四十一年(1776),清高宗命录前朝"殉节诸臣",并加以褒谥和祭祀,收入《钦定胜朝殉节诸臣录》。清廷对张煌言加谥"忠烈",且将其牌位入祀"忠义祠",得享定期供祭。后人对他评价颇高,顾城评论:"在南明历史上,最杰出的政治家有两位,一位是堵胤锡,另一位是张煌言。"

张煌言一生诗文著述甚丰,后人收辑编纂命名为《张苍水集》。1959年,中华书局重加整理、校勘,将《张苍水集》分为四编,包括《冰槎集》《奇零草》《采薇吟》《北征录》;并有附录一卷,载有年谱、传略、序跋等。

张煌言诗文多作于战斗生涯。其诗质朴悲壮,洋溢着他忧国忧民的爱国热情。《渝州行》《闽南行》《岛居八首》《冬怀八首》等诗抒情言志,描写艰苦卓绝的战斗生活和舍生取义的英雄气概。尤其是《甲辰八月辞故里》二首及《放歌》《绝命诗》,写于就义之前,饱含血泪,感人至深。

张煌言诗

甲辰八月辞故里①

国亡家破欲何之?西子湖头有我师。
日月双悬于氏墓②,乾坤半壁岳家祠③。
惭将赤手分三席④,敢为丹心借一枝⑤。
他日素车⑥东浙路,怒涛岂必属鸱夷⑦。

【注释】

①甲辰:清康熙三年(1664)。故里:故乡。

②日月:指明朝,也有光辉的意思。于氏:于谦,字廷益,号节庵,官至少保,世称于少保。明代前期杰出的政治家、军事家、诗人。

③乾坤:天地。岳家祠:岳飞的祠庙和坟墓。

④赤手:空手。席:席位。

⑤枝:鸟栖息枝上,此处借喻人栖身的处所,也指死后埋葬的地方。

⑥素车:古代帝王居丧所乘之车,泛指丧事所用之车。

⑦鸱夷:本为皮制的盛酒口袋,这里指春秋时的伍子胥。

【译诗】

国亡家破还要到什么地方?
西湖之滨有我的老师。

这里有功高如日月的于谦之坟墓,
这里有捍卫半壁江山的岳飞之祭祠。
惭愧啊!我在他们的墓地旁占一席之地,
只是为了表达忠诚,借地安息。
终有一天,在素车白马赶赴浙东为我吊丧的路上,
葬在鸱夷里的伍子胥会化作愤怒的狂涛,
涌起滚滚潮汐。

【赏析】

首联"国亡家破欲何之?西子湖头有我师",面对国破家亡,诗人表明了以死殉国的决心。"皮之不存,毛将焉附",对他来说,最大的痛苦就是不能实现抗清的宏愿,最大的遗憾就是"出师未捷身先死"。既然不能再驰骋疆场,将清军赶走,那就唯求以死殉国。西子湖畔的民族英雄,就是诗人效法的楷模。

首联两句点题,写辞故里、向杭州,表达了效仿民族英雄于谦、岳飞二位,魂归西湖。一位宁死不屈、视死如归、大义凛然的抗清英雄的形象如此鲜活,仿佛站在我们面前,为挽救民族的危亡,他早将生死置之度外,抱定了以身殉国的决心。

颔联"日月双悬于氏墓,乾坤半壁岳家祠",点出了诗人心目中的两位英雄。于谦,明代爱国英雄,誓死保卫都城北京,一次又一次击退瓦剌军。宋代岳飞,精忠报国,"上马击狂胡,下马草军书",发出了"待从头,收拾旧山河,朝天阙"的宏愿。他们抗击侵略的丰功伟绩,给诗人以鼓舞和指引,如日月经天、江河行地。这两句诗,点明了诗人以身殉国的思想基础,来源于对民族英雄的仰慕和敬佩。正是这两位英雄的鼓舞,才使诗人一次次在艰难中奋起,千方百计聚集力量,一次次举起反清的大旗,驰骋疆场,奋勇杀敌;才使诗人面对着清军高官厚禄的诱惑"威武不能屈",抗清豪气冲云天。这正是诗人从民族英雄那里得到的深刻启迪。

颔联"惭将赤手分三席,敢为丹心借一枝",诗人以自己和于谦、岳飞两位英雄相比,深感惭愧。于谦文能安邦,武可定国,"粉身碎骨浑不怕,要留清白在人间";岳飞文韬武略,"三十功名尘与土,八千里路云和月",岳家军曾使侵略者闻风丧胆,大宋的半壁江山,曾被岳家军光复。想到这些,诗人自愧弗如,但期与英雄为伍,既表达对于、岳二人的景仰之情,又为自己能够为报效国家、英勇献身感到自豪。

尾联"他日素车东浙路,怒涛岂必属鸱夷",慷慨悲壮之气震撼人心,将全诗情感推向高潮。诗人运用浪漫主义的手法,表达了自己的遗愿:今天,我虽然死了,但明日,我会卷起滚滚怒涛,将清军冲出江浙大地,冲出华夏大地。诗人的志向,不仅

是知道华夏不会灭亡,更愿自己如伍子胥,亲自看着清军荼毒江浙的暴行不能得逞。英雄报国,死而不已!

这首七律,是诗人被捕、离别故乡时所作,字里行间,不是对生的留恋,也不见半点悲戚,而是满载着强烈的家国情怀,以及身虽死而志不移的博大胸襟。

(杨惠)

29 郑成功

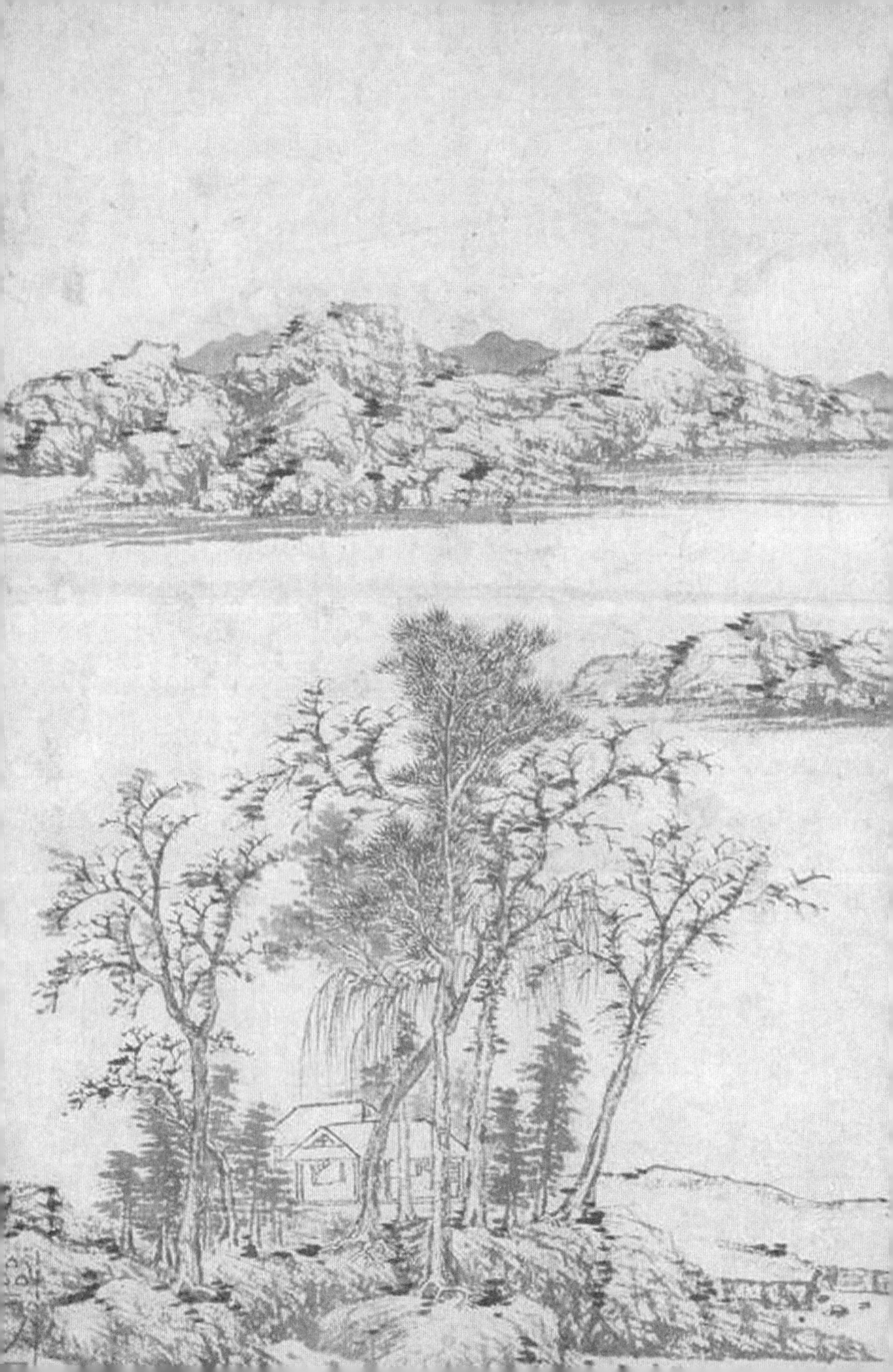

郑成功(1624—1662)，原名森，字大木，福建南安人，明末清初的军事家，民族英雄。南明唐王隆武帝赐其国姓"朱"，更名"成功"，故又称郑国姓、国姓爷。二十一岁到南京国子监读书，此时清兵长驱直入，占领了大半个中国，各地抗清义军揭竿而起。正在南京求学的郑成功听到很多可歌可泣的抗清英雄事迹，爱国思想在他的心中扎了根。

郑成功的父亲郑芝龙是福建首屈一指的富户。清军南下时，他拥立唐王朱聿键为帝，年号隆武，一度掌握了隆武朝廷的军政大权。这时，郑成功因参加了抗清斗争，骁勇善战，屡建战功，深得隆武帝器重，被任命为御营中军都督。后来他的父亲为保住巨额财产，与洪承畴勾结，把浙江入福建二百余里防线上的军队撤退，让清军直入福建汀州，导致唐王隆武政权覆灭。此时，郑父积极准备投降清军，郑成功日夜苦言相劝，终未能如愿。郑成功便带了人马退到金门，郑父则正式向清军投降。

此后，郑成功的家乡遭到清军的洗劫，出于对清军残暴罪行的愤恨，郑成功举起了报国的旗帜。几年时间，他就控制了东南诸多岛屿，清军始终无法消灭郑成功的军队，便几次要求郑芝龙写信劝儿子投降，郑成功却坚贞不屈。

1655年，郑成功在福建取得巨大胜利，光复了不少县城，后郑成功与张煌言联络，合师北伐。五月，郑成功率师十七万人从厦门到达舟山与张会师，几百条兵船直取长江。然后，郑师向南京进发，在节节胜利的时候，骄傲情绪日盛，致使围攻南京失败，只好回师厦门，张煌言退返浙江。

回厦门后，郑成功了解到中国台湾的实际情况，便率两万五千名将校士卒，大小战船三百余艘向台湾进发，从荷兰殖民者手中收复了祖国宝岛台湾。他在台湾设置了行政机构，建立府县，创办学校，使台湾的政治、经济和文化得到了较快的发展。台湾光复后的第二年，郑成功终因积劳成疾，英年早逝，享年三十九岁。台湾人民为纪念这位民族英雄，表达坚持祖国统一的愿望，在台中县大甲镇东北的铁砧山上树起一座面向大海、远眺大陆的郑成功塑像，永远怀念这位可敬的民族英雄。

郑成功诗之一

出师讨满夷自瓜州至金陵①

缟素临江誓灭胡②，雄师十万气吞吴。
试看天堑投鞭渡③，不信中原不姓朱④！

【注释】

①满夷：对清军的鄙称，因满族位于东北部，而夷是我国古代对东部少数民族的蔑称（后也为对外族的通称）。瓜州：镇名，在今江苏扬州邗江区南部。金陵：今南京市。

②缟素：缟是一种白色的丝织品，缟素即丧服。胡：古代我国称北方的少数民族为胡，这里指标题中的"满夷"，即清军。

③试：请。天堑：此处指长江。投鞭渡：投鞭断流，喻军队之多。前秦苻坚将攻晋，石越以为晋有长江之险，不宜勒师，坚曰："以吾之众旅，投鞭于江，足断其流。"

④朱：指明朝，明朝皇帝姓朱。

【译诗】

穿着白色丧服对着滔滔长江起誓，

十万雄师直指金陵，气概吞吴。

把我们的马鞭投向长江，就可将流水截断而渡，

不相信中原不复是明王朝的版图！

【赏析】

这首七绝写于清军大举入闽、隆武帝殉难之后，郑成功率哀师北伐，从福建北上与张煌言会师镇江焦山，生动记录了祭告天地祖宗、痛哭誓师的场景。诗中描写了全军将士誓师、祭告天地祖宗的悲壮场面，以及誓死灭胡、复明宗室的雄心壮志。

"缟素临江誓灭胡，雄师十万气吞吴。"国破了，家亡了，忠于国家民族的子孙，穿着白色的丧服伫立江头，对着滚滚的长江，历数清军的蛮横和残暴，全军将士纷纷落泪，哀痛民族的灾难，对天对祖宗发誓，不收失地不罢休，不打败清军不罢休，不讨血债不罢休。请看我浩浩荡荡的十万大军啊，个个同仇敌忾，人人气吞山河。金戈铁马，气吞万里如虎，在我威武之师面前，在我正义之师面前，清军能不闻风丧胆、望风而逃吗？这两句，起笔不凡，写出了勇气、豪气、正气，写出了军威、声威，既是诗人爱国志气的抒发，更使读者如临其境，感受浩然正气。

"试看天堑投鞭渡，不信中原不姓朱。"此二句写了将士们在誓师会上激发出来的气吞山河的英雄气概，表达了出师必胜的信心。我国古代有以皇帝之姓代朝代之惯例，如李唐、赵宋；因明朝皇帝为朱姓，故姓"朱"指恢复明室。结句用两个"不"的句式表示肯定，更加强语气，表达坚定的信心，英雄气概跃然纸上。古有"哀师必胜"之说，看我万千勇士，奋勇进击，锐不可当，把我们手中的马鞭投向滚滚的长江，即可截江而渡。这里，诗人用了一个典故，公元 382 年，前秦皇帝苻坚召集群臣讨

论攻打东晋,宗室群臣激烈反对,苻坚据理力争:"今以吾之众,投鞭于江,足断其流,又何险之足恃乎。"(《资治通鉴》)此处诗人极言抗清将士人数之多,士气之盛,信心之足。"不信中原不姓朱",既对这次北伐充满必胜信念,同时也表达了自己对明王朝的忠诚。"任何一个时代的统治思想始终都不过是统治阶级的思想。"作者忠于明王朝,也就是爱国。光复中华,收复失地,其爱国之心、恋国之情是不言而喻的,这正是诗人起兵抗清的思想基础。正是由于这样的思想基础,诗人才能拒绝劝降者的引诱,忠君爱国。正是由于有这样的思想基础,诗人才能不顾形势的险恶,毅然出兵宝岛台湾,从荷兰殖民者手中收复台湾。如果说,开头两句是描写了壮观的誓师场景,这两句则是前两句江边誓师场景的升华,既写出了出征将士的出征阵容,又写出了出征将士的共同心愿。

郑成功诗之二

复台诗

开辟荆榛逐荷夷①,十年②始克复先基。
田横③尚有三千客,茹苦间关④不忍离。

【注释】

①荆榛:原指两种灌木,此处喻险阻障碍。荷夷:荷兰侵略者。

②十年:指诗人从1652—1662年,用了十年时间才收复台湾。

③田横:齐国贵族,秦末从田儋起兵,重建齐国,楚汉战争中自立为王,不久为汉军所破,投奔彭越。汉立,田横率余部逃往海岛,后汉高祖命他回到洛阳。他因不愿对汉称臣,途中自杀,其部下五百人也全部自杀。

④间关:道路险阻难行。

【译诗】

历尽艰辛驱逐了荷兰侵略者,
花费了十年心血收复了先祖的土地。
田横尚有那么多追随者,
即使死了,也不愿与这片土地分离!

【赏析】

　　这是1662年郑成功收复台湾后所作的一首七言绝句。台湾自古以来就是中国的神圣领土。荷兰殖民者侵占中国台湾强占38年之久。郑成功北伐抗清失败后退守福建,于1661年率领将士二万五千人从金门出发,经过近一年的鏖战,终于驱逐了荷兰殖民者,使台湾回归祖国。《复台诗》便是这一壮举的历史记录。

　　"开辟荆榛逐荷夷,十年始克复先基"两句,记录了郑成功克服重重困难,终于完成复台大业。为了驱逐荷兰侵略者,让宝岛台湾回到祖国的怀抱,这位爱国将领花费了十年的心血,付出了十年的艰辛,其情其景,其艰其苦,唯有诗人自己才有最深刻的体验。今天,这种理想终于变为美好的现实,能够告慰先民,告慰后来者。诗人满怀胜利的喜悦,追忆了难忘的岁月及胜利后的欢愉。

　　"田横尚有三千客,茹苦间关不忍离"两句,诗人借用"田横尚有三千客"的典故,表达了他在复台过程中与台湾人民同甘共苦的鱼水之情,再现茹苦间关的历程。

　　诗人以田横自比,当此际,台湾回到了祖国的怀抱,身处海岛,诗人仍心系祖国,想着明君。一千多年前,田横曾宁死不愿归附汉王朝。今天,诗人的处境与田横何其相似!国难当头,抗清复明的理想尚未实现,诗人自然不能就此罢休,表达了他抗清复明的坚定信念和对宝岛台湾的一片赤诚!

(杨惠)

30 夏完淳

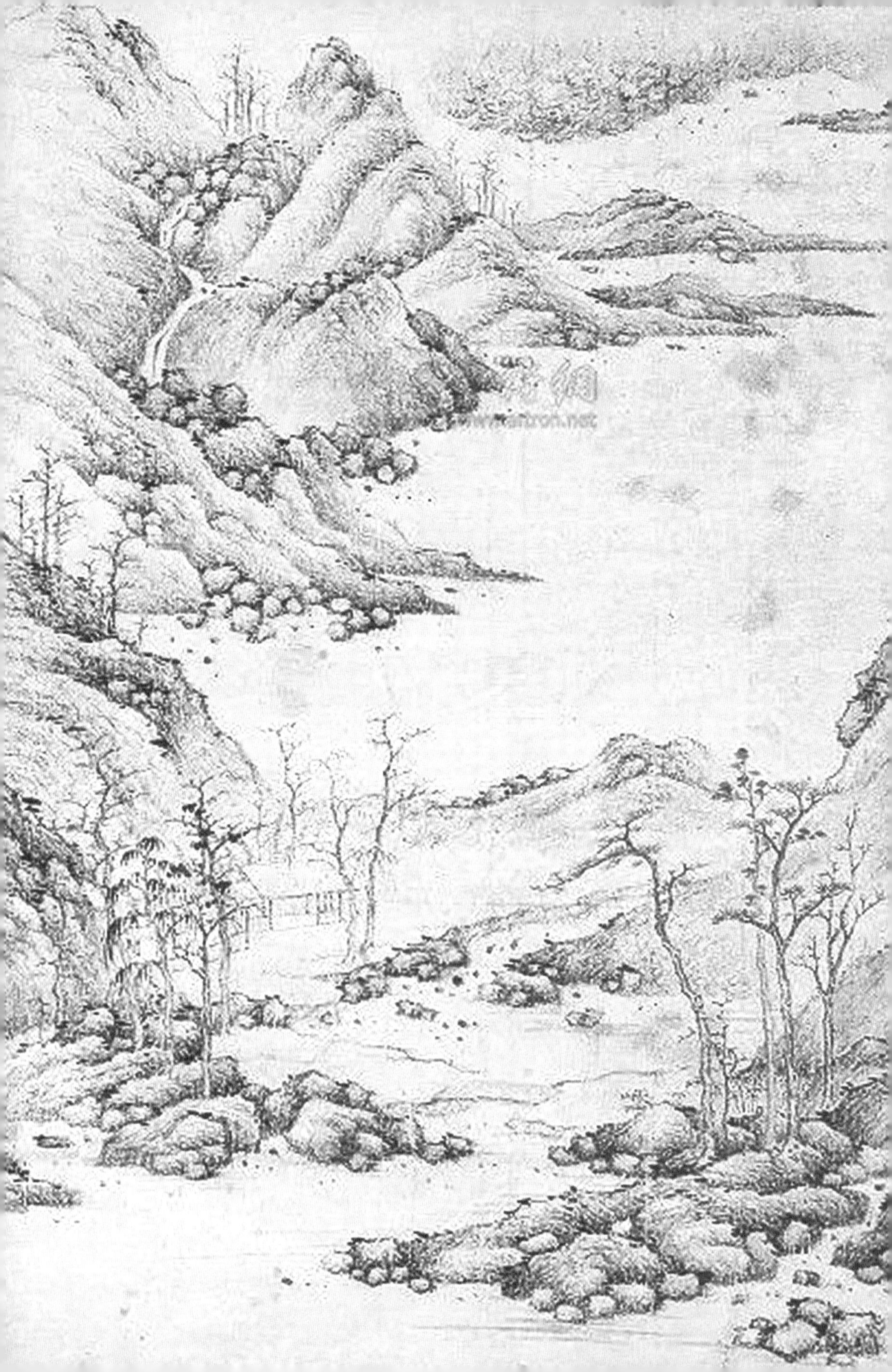

"五岁知五经""七岁能诗文",这些标签常常都和神童联系在一起,所以当八岁的夏完淳同父亲夏允彝北上拜见当时的文坛领袖钱谦益的时候,这位巨擘对这个出口成章、对答如流的小童甚是喜爱,还写了一首《赠夏童子端哥》,赠送给夏完淳。端哥是夏完淳的乳名,若是一切都能按着理想的方向前行,从饱读诗书到缀玉连珠,从到蟾宫折桂到策名就列,再到匡扶苍生,夏完淳的这一生,一定能走到诗中"若令酬圣主,便可压群公"那样美好的地步。

可惜没有如果。夏完淳是明朝人,出生于1631年,彼时的明朝,已是风雨飘摇之际,崇祯帝虽有励精图治之心,奈何大厦难扶,狂澜难挽,曾经圣火般熊熊闪耀的朱明一朝已是日薄西山,清兵南掠,农民起义,内忧外患。国运遮不住,终究东流去,1644年,李自成率领起义军攻入北京,崇祯帝于煤山自缢。1645年,清军南下,攻占南京,一个朝代就此崩塌。覆巢之下,安有完卵?

夏允彝时任长乐县的县令,满怀经世济国之豪情,却在科举的桎梏下,郁郁不得志。本以为得到了崇祯帝的赏识,可以建立一番大事业,可丧君、亡国让这个封建士子的前途一片黯淡,何去何从?是像吴三桂、洪承畴、钱谦益等人投降了清朝,继续享那高官厚禄?还是像史可法、郑成功等人扛起反清复明的大旗,殊死搏斗?或是一死了之,以身殉国,追随先君而去?最终他选择了最艰难的那条路,带着亡者的遗志,留下了士大夫最后的一丝荣光,走上了一条望不到终点的复辟之路。

不同于自己的父亲,虽然自幼熟读的儒家经典同样在夏完淳脑海中烙下了"忠君爱国"四个难以磨灭的大字,但十四岁正是血气方刚的年纪,年少见闻的种种不公,让他立志做一个屈原式的官员,志洁行廉,以换得俗之一改。可满腔的理想再也没有可以实现的疆场。国破的惨痛现实令他瞋目扼腕,夏完淳先后写下"我侪帛书自矢,室剑相盟。君子六千,有死无生之气;丈人九二,承家开国之心。二姓老奴,罪在不赦;一门先泽,义无可辞"(《讨降贼大逆檄》),"汉宫佳丽抱琵琶,皓齿红颜塞上沙。最怜齐殿金莲步,恨杀陈宫玉树花。桑田碧海须臾改,歌舞流光不相待。梦到当年罗绮场,钟山半落斜阳外"(《翠华篇》)等意气激昂、深思远虑的文章。这个时候的夏完淳,在思想上也完成了某种蜕变,所说的"忠君爱国"已经不再是一个简单的对于崇祯、弘光、隆武、鲁王等某一个帝王的誓死效忠,而是对整个民族的深深关切、深沉思考。国家民族的意义已经超越了某一个人,他的目光聚焦在了风云变幻下这存留了近三百年的大明王朝的命运浮沉。

在得知钱谦益投降清王朝的那一刻,当曾经敬仰的前辈抛弃了士人的底线,夏完淳愤怒地撕碎了被他珍藏着的那首《赠夏童子端哥》,以示唾弃,以示决裂。

战!只有一战!才见希望!

以卵击石,螳臂当车,蚍蜉撼树……历史上常用这些比喻来形容弱者去挑战力量悬殊的强者,通常这样的比喻又带有一丝嘲弄的意味。1645年,夏完淳投笔从戎。当夏完淳和父亲夏允彝带着由千余名渔夫汇编而成的"振武军"想去攻打被清兵占领的苏州城时,我们都可以预知这一场战役的结果一定是失败的。这样的失败不止是在夏氏父子身上,当时嘉定、松江、江阴等江南多地的百姓都在殊死反抗,对于这些失败,没有人会给以轻佻的嗤笑,因为这是一个民族在危急存亡时刻的自救,是值得每一个人肃然起敬的民族精神。

也许是心力交瘁,也许是以血衅鼓,在这次战役失败之后,夏允彝投水自杀。在后来的《咏史杂成口号十首》中,夏完淳曾这样写道:"遗恨殷郊太白旗,黄虞千载更无依。当时尚有顽民在,何事西山独采薇。"夏完淳对伯夷、叔齐式的消极逃避表示了反对,从某种层面上来说,对于父亲的死,夏完淳一定是感到遗憾的。那是教会自己仁义礼智信的父亲,教会自己君君臣臣、父父子子的父亲,却不能如同自己心中想象的那般,在战场上流尽最后一滴血。

战斗仍在继续。1646年,夏完淳变卖了自己的家产充作军饷,和自己的老师陈子龙,联合了当时义军中声望最高的吴易共同起兵,颇有起色。这一段时间,夏完淳运筹帷幄,上阵杀敌,在大大小小的战斗中大放异彩,在此期间写下了《军宴》:"十万艨艟偃翠微,风雷黄石问兵机。月寒壁垒侵柝,风入旌旗动铁衣。自愧青藜陪客座,幸从细柳识军威。辕门鼓角寒霄醉,帐下南塘夜猎归。"

诗中可见他心中的自豪感和对军伍生活的热爱之情。戎马倥偬,世事易迁,同年六月,义军统领吴易在嘉善不幸被捕,继而遇害。义军群龙无首,光复的终点离自己又远了一步,美好的蓝图再次被阴云掩盖,夏完淳把悲愤的心绪化为笔下的龙蛇,六首《哭吴都督》歌尽心中悲凉。上天似乎并没有善待夏完淳的意思,在起义陷入窘境的时候,亲友的离世让他本就低沉的心绪变得更为喑哑。写下《续幸存录》,梳理了这一年多的心得体会,夏完淳再次出发,在《大哀赋》中表明了抗清复国的坚定志向:"亡楚之功不就,报韩之志谁传!""下江但见夫绿林,圯桥未逢夫黄石。"虽失望却不失希望,身处困境,心满乾坤,失利之后还是希望能够联合绿林豪杰东山再起。"待从头,收拾旧山河,朝天阙!"郭沫若在《由葛录亚想到夏完淳》中说:"就因为有这血淋淋的实践渗着,所以他的词赋,尽管有好些还没有脱掉摹仿前人的痕迹,而却十分动人,往往有青出于蓝、冰寒于水之慨。"例如他那首万言以上的《大哀赋》,那分明地摹仿庾子山的《哀江南赋》,但那沉痛和清新的地方比起后者来还要使人伤心。

是啊,还有什么能比一个为了家国而屡败屡战,甚至不惜押上自己性命的人,更让人沉痛呢?何况,那个人尚小,还未弱冠,即使在古代,也不过是一个本该读书习礼的少年呢!

1647年,局势并没有任何的好转。苏松提督吴胜兆策划叛清事泄露,被杀,牵连甚广,和吴胜兆共同举事的陈子龙也被通缉,和陈子龙有关的人,甚至夏完淳的岳父都被牵涉其中。严密的搜索层层铺开,六月底,清军袭击华亭,捉拿夏完淳,一切仿佛一场梦,这一次再也没有迂回前行的可能,所有的梦想还没开始就支离破碎。被捕之后,夏完淳写下了"我欲归来振羽翼,谁知一举入罗弋"(《细林野哭》),其中无奈,不忍卒读。

从被捕押解到金陵,再到九月十九日英勇就义,留给他的时间不满三个月。当投降清朝后主持江南一带的洪承畴苦口婆心地劝他归附清朝时,他以"亨九先生(洪承畴)死亡事已久,天下莫不闻之,曾经御祭七坛,天子亲临,泪满龙颜,群臣鸣咽。汝何等逆贼,敢伪托其名,以污忠魂"痛斥洪承畴的叛国行径,英勇赴死。夏完淳不是没有选择,只是他的选择中从来没有跪着生这一条,所以他无须选择,只因为从一开始他就做出了选择,选择了一条蹈死不顾的道路。

在被羁押期间,夏完淳写下了很多著名的诗作:《别云间》《拜辞家恭人》《细林野哭》《吴江野哭》《寄荆隐女兄兼武功侯甥》《狱中上母书》《遗夫人书》等慷慨悲歌、饱含深情的文章,幸而后人有心,把那些惊天地泣鬼神的诗歌收编成册,名曰《南冠草》。南冠本是楚国之冠,代指被俘的楚国人,古楚有屈原,一切似乎有冥合之意。

夏完淳,别名复,字存古,复难复之社稷,存千古之仁义,也许从他出生的那一刻,就注定了他所要背负的一切,道阻且长。

在监狱中,在临刑前,他写下《土室馀论》,高呼:"呜呼,家仇未报,匡功未成。赍志重泉,流恨千古。今生已矣,来世为期。万岁千秋,不销义魄;九天八表,永厉英魂!"三百多年,足以消磨很多东西,但那顶天立地、气壮山河的呐喊一定还在,夏完淳的英魂一定还在!

夏完淳诗词之一

鱼　服[①]

投笔新从定远侯[②],登坛誓饮月氏头[③]。
莲花剑淬胡霜重[④],柳叶[⑤]衣轻汉月秋。
励志鸡鸣思击楫[⑥],惊心鱼服愧同舟。
一身湖海茫茫恨,缟素秦庭矢报仇[⑦]!

【注释】

①鱼服:《说苑·正谏》:"昔白龙下清泠之渊,化为鱼,渔者豫且射中其目。"此隐喻明亡后明皇室逃亡的困难处境。

②投笔、定远侯:《后汉书·班超传》:"班超……家贫,常为官佣书以供养。久劳苦,尝辍业投笔叹曰:'大丈夫无它志略,犹当效傅介子、张骞立功异域,以取封侯,安能久事笔研间乎?'左右皆笑之……后出使西域有功,封定远侯。"

③登坛:登坛拜将,指聚兵起义。月氏(zhī):古西域国名。《史记·大宛列传》:"老上单于杀月氏王,以其头为饮器。"此以月氏喻清军,表示自己杀敌的决心。

④莲花剑:宝剑。据《吴越春秋》载,薛烛曾经赞美铸剑大师欧冶子铸造的宝剑为"沉沉如芙蓉始生于湖"。

⑤柳叶:锁子甲上的柳叶甲片。

⑥鸡鸣、击楫:《晋书·祖逖传》载,祖逖"与司空刘琨俱为司州主簿,情好绸缪,共被同寝,中夜闻荒鸡鸣,蹴琨觉曰:此非恶声也。因起舞",又"帝乃以逖为奋威将军,豫州刺史,给千人廪,布三千匹,不给铠仗,使自招募。仍将本流徙部曲百余家渡江,中流击楫而誓曰:'祖逖不能清中原而复济者,有如大江。'辞色壮烈,众皆慨叹"。

⑦缟素:白色丧服。秦庭:据《左传》载,春秋时吴师破楚都,楚申包胥入秦请求出兵援救,哭于秦庭七日夜,秦终出兵,大败吴军。矢:发誓。

【译诗】

追随恩师陈子龙,投笔从戎誓报仇。
莲花宝剑柳叶衣,贼人当此空生愁。
我辈当思复中原,唯恐懈怠负战友。
浪迹湖海满腔恨,不达胜利不罢休。

【赏析】

如果单单看诗歌的标题"鱼服"两个字,我们可能很难把它和家国危亡的处境联系在一起,鱼的衣服如何能和国家搭上边?张衡在《东京赋》里有"白龙鱼服,见困豫且"一句,写的是一条白龙出游时装扮成鱼的样子,却被一个叫豫且的渔夫困住了。白龙本是四海之王、渔人的衣食父母,却因为一时兴起换了面目,让本该对自己三叩九拜的渔人,拔刀相向。如果说白龙是玩火上身,咎由自取,那么明王朝的龙袍,可不是为了体察百姓疾苦微服私访而脱下的,而是在清王朝的兵刀之下彻底被戳了个破。"鱼服"二字,写的恰恰是由龙退化成鱼的明王朝,而在这衰颓的局势之中,涌现出无数的仁人志士,希望能"捐躯赴国难",力挽狂澜,光复王室。夏完淳便是其中的一个杰出代表。

首联,先写自己和班超一样有着投笔从戎的志向,追随和班超一样战功赫赫的恩师陈子龙共同抗清,一典对应二人,新奇巧妙。后句借"老上单于杀月氏王,以其头为饮器"一事来写一定要用清军的头颅盛酒,极似岳飞"壮志饥餐胡虏肉,笑谈渴饮匈奴血",有着与敌人不共戴天的血海深仇。开门见山,以长虹贯日之势,表明自己灭清的决心与信心。

冰霜雨雪,虽是自然气象,却常常和人间困厄联系起来,饱经风霜的人不一定真的被自然的风霜摧残,但一定被种种坎坷煎熬过。林黛玉的《葬花吟》"一年三百六十日,风刀霜剑严相逼"就有这样一种比喻意义,我们在理解诗歌的时候往往要找到意象的特性。胡和北方有关,如"胡天八月即飞雪"。"胡霜重",意指清军的实力强大,面对强悍的敌人,作者丝毫没有任何胆怯:再强大的敌人都只会沦为剑下的亡魂,为我们淬剑所用。在月色的掩护之下,我们轻装上阵,攻其不备,令敌人仓皇奔逃。剑是锋利的剑,甲是轻便的甲,战是有准备的战,在"汉家"土地之上,在"汉月"笼罩之中,这场战争最后的胜利一定是属于我们的。颔联自信而不自负,乐观而不轻敌。

颈联"励志"句,连用祖逖的"闻鸡起舞""击楫中流"两个典故,借此表达自己坚定不移的报国志向和希望有更多的人能够挺身而出、驱除鞑虏的热切期盼。一个人的战斗注定是孤独的,所以起义受到围剿之后,逃出生天的夏完淳内心会有那么一瞬间的迟疑、退步:我还能继续下去吗?一切还有意义吗?可这样的想法停留了片刻之后,又被打消了,是啊,国家危亡,身边的战友还在奋力拼搏,我怎么能够有这样的想法呢?"惊心"和"愧"之后的夏完淳再次鼓起了斗志,投入了战场。一个人的战斗也注定是伟大的。

尾联"一身"句直抒胸臆,写自己对清朝,对战争不能取得胜利,对不能复国的无穷无尽的恨意,"缟素秦庭矢报仇"则借楚大夫申包胥为救楚国依秦庭痛哭七日、泪干泣血,终于求得救兵的典故,表达了希望能联合其他力量共同抗清,更显其报仇雪恨之志。

此诗约写于夏完淳初入吴志葵军时,向我们展现了他投身军营时丰富的内心世界,情真意切。从手法上来说,从诗题开始到全文的四联八句,多处用典而自喻,自然贴合,一唱三叹,申述自己反清复明的坚定志向,令人钦佩。

夏完淳诗词之二

采桑子①·片风丝雨笼烟絮

片风丝雨笼烟絮②,玉点香球③。玉点香球,尽日东风不满楼。
暗将亡国伤心事,诉与东流。诉与东流,万里长江一带愁。

【注释】

①采桑子:词牌名,又名丑奴儿、罗敷媚等。
②烟絮:指柳絮。
③玉点香球:玉点指珠玉般的雨点,香球指成团的柳絮。

【译诗】

轻风细雨笼烟柳,雨落如珠絮如球。细雨绵绵扶软香,不见东风吹满楼。
国破家亡许多恨,欲把心事付东流。东流不堪苦与愁,东行万里只盼休。

【赏析】

明朝覆灭之后,夏完淳跟随父亲夏允彝起义抗清,失败后,父亲自沉堂坳,而夏完淳又跟随恩师陈子龙再度起兵,其间几经挫败。本首词写于1647年,约是作者兵败后辗转湖海之间而作,不似《别云间》那般慷慨壮烈,全词抒情意味浓厚,深沉徘徊。

上片写景,寓情于景。

"片风丝雨"化用了汤显祖《游园》中的"雨丝风片"("朝飞暮卷,云霞翠轩,雨丝风片,烟波画船"),写的是春日里的和风细雨。"烟絮"则是借用了贺铸《青玉案》中"一川烟草,满城风絮"的意味,写柳絮如烟。"片风"一句写出了一幅令人惬意舒心的春景图:柳枝轻柔绵长,在微风的吹拂下摇曳生姿,吹面不寒,蒙蒙细雨洒落下来,沾衣欲湿,满地的柳絮随风滚动,粘上轻盈的雨点,渗透着珠玉的光彩,似乎还伴着沁人心脾的芳香。

风也柔,雨也柔,此情此景,令人陶醉。细想下来,却可能藏有深意。柳絮纷飞,江南已是暮春时节,春夏更迭,百花谢世。李商隐《无题》诗云"相见时难别亦难,东风无力百花残",这看似美好的暮春时节,却再也不能停留,夏季将近,春风无力花凋零,颇有清室上升明朝下沉这一现实的触目惊心。"东风"也可以理解为从东边吹来的风,汉唐时期江南士人在长安供职,他们归乡即称为"东归",李煜亦叹"小楼昨夜又东风",所以"东风"又勾起了作者的家国之思,虽然自己仍在江南,仍在故乡,但明朝的帝都早就不在北京了,甚至在南京苟延残喘未满一年,又迁到了福州,何年才能梦回京都,梦回大明?

"尽日东风不满楼"又反用了唐朝诗人许浑《咸阳城东楼》中"溪云初起日沉阁,山雨欲来风满楼"的诗意,云起而风生,风生而雨来,彼时的明王朝正是日薄西山,如同在凄风裹挟中摇摇欲坠的咸阳城楼,在各种骤雨一般的政治危机之下,随时都会坍塌。作者不见东风吹满楼,是对无法集聚足够的力量来战胜清军的悲叹。

下片抒情,情思深重。

"暗将亡国伤心事,诉与东流"直陈心事,愁结所在正是亡国,此为一愁,岳飞在《小重山·昨夜寒蛩不住鸣》中"欲将心事付瑶琴。知音少,弦断有谁听"和夏完淳的心绪是相通的,亡国之恨本就深重,若身边连个可以倾诉的人都没有,那便是愁上加愁了。所以,夏完淳只好把满腔的愁苦诉与长江,这里既有自己兵败之后漂泊江湖的处境写照,更有无人倾诉的精神上的寂寥苦闷。江还是江,它听不见,感受不到,无感无情,悠悠东流。夏完淳似乎感受到了万里长江的愁,"以我观物,故物皆著我之色彩",苍茫天地间,无法排遣的夏完淳把自己的情感糅入了所观的事物之中,这样的情绪,虽似"无理",却把自己的愁扩展到每一寸土地之上,扩展到"同饮一江水"的每个个体之上,这样的愁就更见其沉重了。

齐物我,同悲喜。沉痛凄婉的景,沉痛凄婉的人,沉痛凄婉的词。

夏完淳诗词之三

别云间①

三年羁旅客,今日又南冠②。
无限河山泪,谁言天地宽。
已知泉路③近,欲别故乡难。
毅魄归来日,灵旗④空际看。

【注释】

①云间:上海松江的古称,是夏完淳的家乡。1647 年,夏完淳在此地被捕。
②南冠:语出《左传》,楚人钟仪被俘,晋侯见他戴着楚国的帽子,问左右的人:

"南冠而絷者,谁也?"后世以"南冠"指代被俘。

③泉路近:泉,指黄泉,指人死后所往之地。"泉路近"指即将死去。

④灵旗:战旗。出征前必祭祷之,以求旗开得胜。见《史记·孝武本纪》:"其秋,为伐南粤(即南越),告祝泰一,以牡荆画幡日月北斗登龙,以象天一三星,为泰一锋,名曰'灵旗'。为兵祷,则太史奉以指所伐国。"

【译诗】

东奔西走历三霜,今日被囚缧绁间。
社稷沧桑泪难尽,后土不厚天不宽。
虽知前路必黄泉,欲别故乡心犯难。
未得此身长报国,毅魄同君复河山。

【赏析】

这首五律是夏完淳被捕以后,将被押赴南京时所作。后人整理其遗作时,将此篇列在《南冠草》中的首位,此诗读来字字泣血,慷慨悲歌,撼人心魄。

"杀身成仁,舍生取义",对于夏完淳来说,死从来不是件可怕的事情,可怕的是不能在有生之年完成反清复明的大业。所以1645年金陵沦陷后,忧心国事的夏完淳再也不能端坐家中,遂投笔从戎,置身于复明蓝图的第一线——刀光剑影的战场。"三年羁旅客",以抚今追昔的慨叹简要概括了这三年的难忘经历,这三年是为了救亡图存奔波飘零的三年,此刻所有的努力都付诸东流,自己再没有机会上阵杀敌了。"又"是虚写,夏完淳这一生只有这一次被捕,继而英勇献身,因为他从来不是一个苟且偷生的人,一个"又"字写出了诗人内心极度的不甘苦楚。

松江是夏完淳的故乡,生于斯,长于斯,最终在友人的帮助下他得以归葬于斯。这片土地上的一丝一缕都是那般的亲切熟悉,有说着同一种语言的父老乡亲,有埋葬了祖祖辈辈的玉峰和泖水,有志同道合的朋友,有青梅竹马的爱人……告别这一切,内心一定是无比的哀痛,可夏完淳的视线没有局限在自己个人的一方天地里,他不仅为自己的遭际痛心,更为反清斗争的踽踽独行而痛心,彼时,吴易、陈子龙、侯峒曾、黄道周……无数扛起旗帜的仁人志士都倒在了血泊之中。北望中原,曾经的满眼风光只有满目疮痍,催人泪下。本是天高地迥的宇内,似乎突然变得逼仄起来,步步紧逼,不再给人举手投足的空隙,九州上下,万马齐喑。颔联的"谁言",是反诘,是追问,是诗人再无立锥之地的愤懑。

文天祥说:"人生自古谁无死,留取丹心照汗青。"从被捕的那一刻,夏完淳就抱着殉国的必死决心了,但凡他想活下去,只要对清政府低头认错、将"功"赎"过",说不定还能做个大官。清政府是愿意这样做的,招降了"叛军"的灵魂人物,不需要一兵一卒,"叛军"瞬间就会土崩瓦解,顺便还能捞一个仁爱的名声,何乐而不为。只是,要告别故乡,告别故乡里亲爱的人,的确是困难的啊。人非草木,如果非要把一个忠君爱国的士人,刻画成一个对亲人、对爱人、对孩子冷漠无情的决绝形象,那一定是有悖人之常情的。真正令人感动的是,在二者难分轻重的时候,夏完淳选择了忠君爱国。这样的"难",并不会让他的英雄形象有半点折损,反而让我们看到了一个人性和神性交织的真实的英雄,戳中我们的泪点。

　　低回的心绪并没有持续多久,肉身终究会陨灭,不灭的是心中那复国的志向。最后两句,诗人写道:"等魂魄归来的那一刻,我一定会高举着战旗同战友们再次浴血奋战。""生无以救国难,死犹为厉鬼以击贼"(《指南录·后序》),当一个人由生至死都在闪烁着"愿得此身长报国"《塞上曲二首·其二》的光辉时,这样的豪情不仅照亮了他自己,也照亮了他所处的时代,更照亮了历史的夜空。当群星闪耀时,我们就不再迷失。

　　南朝江淹作《别赋》,叹"黯然销魂者,唯别而已"。有情之人,总为离别而感伤。《别云间》,别亲,别旧,别乡,别生,让人潸然;而不别复国之志,又让人倍感振奋,慷慨悲凉,荡气回肠。

(张剑)

31 林则徐

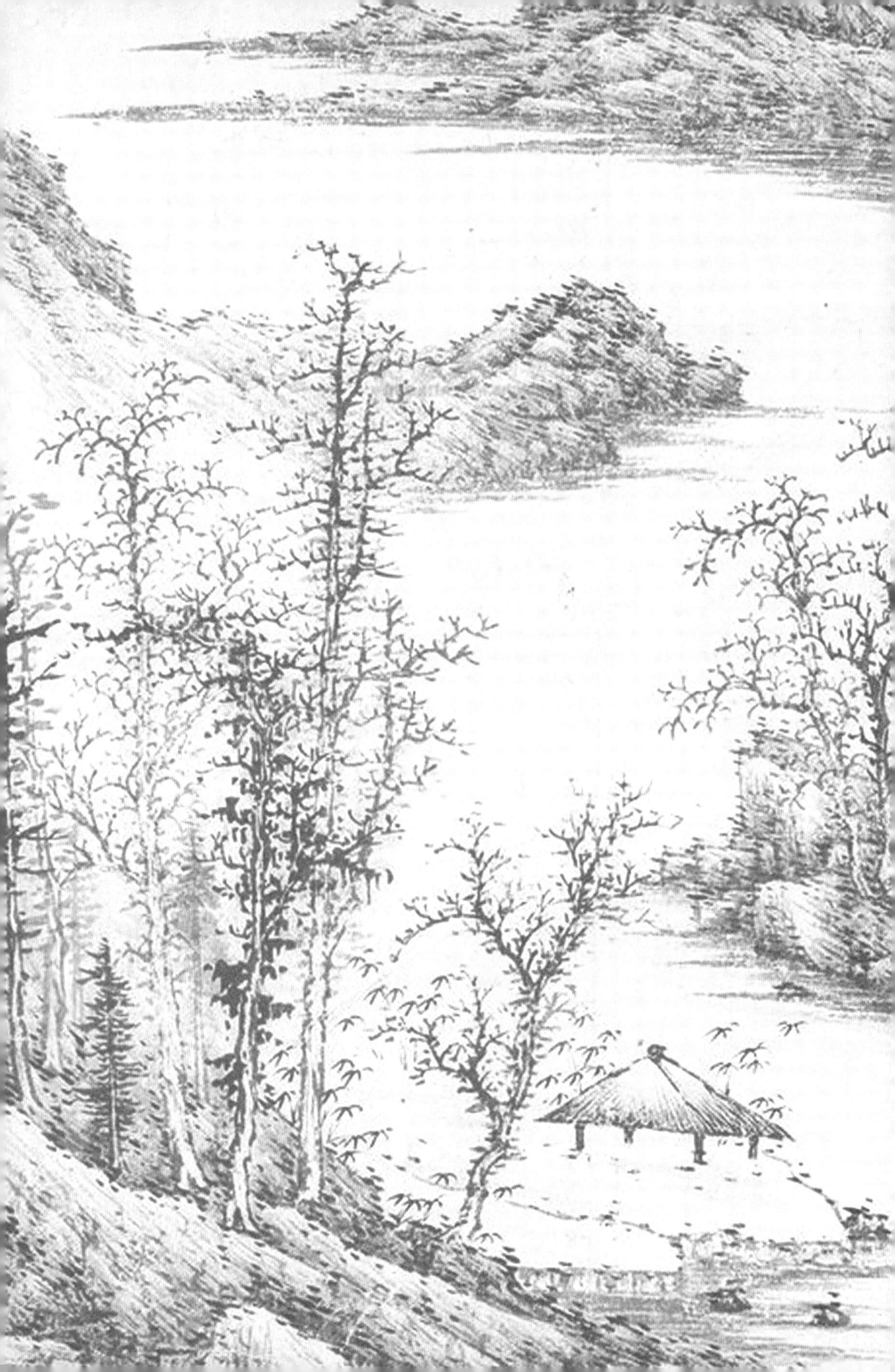

林则徐,字元抚,又字少穆、石麟,晚号竢村老人、瓶泉居士,1785年8月30日出生于福建侯官(今福建福州)。林则徐是人们心中的禁烟英雄,他既是不保守的"开眼看世界的第一人",又是誓死抵御外来侵略者的英雄人物。

　　林则徐自幼生活在一个清贫的知识分子家庭,从小父母就十分重视对他的培养。他勤学上进,学而优则仕,同时受到清廷的嘉许。林则徐重视经世之学,为官清正,被百姓称颂为"林青天"。

　　早在十八世纪,英国为了开发殖民地就开始对中国进行经济侵略,在中国大量倾销鸦片,毒害了千千万万的中国人民。至1838年,仅广州一地就输入了四万多箱鸦片,被"抢"走约三千万两白银。中国的经济濒临崩溃,中国人民的身心健康也受到了极大的摧残,这是中国人民不能容忍的。我中华男儿怎能成为被人蔑视的"东亚病夫"!在当时的统治阶级中,以军机大臣穆彰阿为首的投降派和以林则徐为首的抵抗派为禁烟问题斗争得很激烈。清朝的道光皇帝起先是倾向于林则徐的,他在1838年任命林则徐为钦差大臣,节制广东水师,急赴广州查禁鸦片。

　　其实,早在赴广州查禁鸦片之前,林则徐就坚决主张禁烟。他在两湖地区采取严禁吸食鸦片的措施,设立禁烟局,有时捐出自己的薪金,配制戒烟药,无偿发给戒烟者,取得了较好的效果,两湖地区的烟客听到"林则徐"三个字,都被吓得魂飞魄散。

　　当时的广州禁烟局势非常严峻,外有洋人,内有皇亲国戚,许多官员投鼠忌器,下不了手。而林则徐"明知山有虎,偏向虎山行",在短时间内使朝野上下出现一个"银价平,物力实,人心定"的局面。

　　1839年初,林则徐离京赴任,他在途中便开展查禁工作,效果卓越。林则徐刚到广州,就开始了详细调查。林则徐坐堂传讯曾帮助外商贩销鸦片的十三洋行的商人,让他们通知外国商人,将所存鸦片、造具清册,听候收缴,否则一经查出,鸦片没收,人即正法。这些外国商人认为林则徐和其他的禁烟官员一样,新官上任三把火,时间长了自然就会向他们妥协。但他们万万没想到三天一过,仍在观望的外国商人就立刻被逮捕,受到了严厉的处罚。

　　为防不测,林则徐又开始整顿水师、加强海防,做好了迎击入侵者的全面准备。在查禁鸦片的过程中,林则徐始终表现出"鞠躬尽瘁,死而后已"的精神,着实令人敬佩。

　　1839年6月3日,林则徐率领地方官来到虎门海滩主持销烟,他们在海滩高处开池漫卤。销烟过程中浓烟冲天,欢声雷动,而林则徐那大义凛然的身姿、那坚定昂扬的神情也永远留在了世人的心中。在现场围观的百姓,平日里深受外国侵略者的欺压,看到此情此景莫不欢欣鼓舞、拍手称快。这就是中国近代史上震惊中外的"虎门销烟",它整整进行了二十三天,沉重打击了殖民主义者的气焰,鼓舞了中国人民的斗志,向全世界表明了中国人民维护主权尊严和反抗外来入侵的坚强决心。

1840年6月,鸦片战争爆发了。早已做好准备的林则徐毫不畏惧,严阵以待的他令英国入侵者无机可乘,转而进攻天津。这使道光皇帝惊慌失措,一道"圣旨",将林则徐革职查办。不久,又下令将他谪送新疆伊犁"效力赎罪"。在新疆期间,林则徐仍然不忘国事,致力于兴修水利,开地屯田,推广坎儿井和纺车,为发展新疆的农业生产做出了自己的贡献。

1846年4月,林则徐被重新起用为陕西巡抚,次年调任云贵总督。1850年,奉诏再度出任钦差大臣,督理广西军务。1850年11月,病逝于广东潮州。

在举国颟顸的晚清最后七十来年,林则徐是开眼看世界的第一人。接受皇命总督两广,意气风发虎门销烟。他是一位极具开明意识的人物,在广州时曾网罗人才,翻译外文书报,编写了《四洲志》《华事夷言》等书,开创了研究世界历史、地理和关注世界形势的风气。他并不是一个传统的卫道士,而是一个超前的革新者,在国家动荡之际,他深刻地意识到这个民族只有融入新鲜的血液,才能不被时代潮流所击垮。林则徐还是一位饱学之士。公务之余,手不释卷,工于诗、书,长于古文辞,主要著作有《林文忠公政书》《云左山房诗钞》《信及录》《荷戈纪程》《滇轺纪程》《俄罗斯国纪要》等。最著名的要数他在总督府所题的堂联:"海纳百川,有容乃大;壁立千仞,无欲则刚。"这充分体现了林则徐宽广的胸怀和高尚的品质,虽身处官位却始终向往着那没有钩心斗角的高山丛林,一身浩然正气,从不曾沾染过利欲和名声;他的心胸也正如大海一样广阔,容纳了国家山河、万千子民;他的刚强正如高耸的陡峭岩壁,即便经历风吹雨打也始终坚持正义,可以说他是一个真正伟岸的大丈夫。

总之,林则徐是面对侵略者不卑不亢、英勇无畏的民族英雄,他的以服务国家和人民为己任、救民族于水火的爱国赤诚需要我们去弘扬。他革新的理念、宽广的胸怀、坚强的意志,即使在当今也焕发着蓬勃的生命力。

林则徐诗之一

赴戍登程口占示家人[①]

力微任重久神疲[②],再竭衰庸[③]定不支。

苟利国家生死以④，岂因祸福避趋⑤之。
谪居⑥正是君恩厚，养拙⑦刚于戍卒宜。
戏与山妻谈故事⑧，试吟断送老头皮⑨。

【注释】

①赴戍登程口占示家人：诗人于1842年8月前往伊犁驻守，启程前随口吟诵两首诗留别家人，此为二首之一。

②神疲：精神疲惫。

③衰庸：指衰老的身体和平庸的才能。

④苟：如果，假如。生死以：语出《左传·昭公四年》。春秋时，郑国大夫子产因改革军赋制度而受到别人的指责，他坚定地说："苟利社稷，死生以之。"即"如果对国家有利，个人的生死都由它去了"。

⑤避趋：躲让，奔赴。

⑥谪居：因谪而居。

⑦养拙：犹"守拙"，指隐退不仕。

⑧故事：典故。

⑨老头皮：老头。诗末诗人自注：宋真宗闻隐者杨朴能诗，召对问："此来有人作诗送卿否？"对曰："臣妻有一首，云'更休落魄耽杯酒，且莫猖狂爱咏诗。今日捉将官里去，这回断送老头皮'。"上大笑，放还山。东坡赴诏狱，妻子送出门，皆哭。坡顾谓曰："子独不能如杨处士妻作一首诗送我乎？"妻子失笑，坡乃出。诗人所注内容，载于《东坡志林》。

【译诗】

能力低微责任重大早觉得神倦精疲，
老而平庸虽竭尽心力再也难以支持。
假如有利于国家我决不管个人生死，
岂能见福便去迎受而遇祸就想躲避！
我被遣戍伊犁真得感谢皇上的大恩，
退隐不仕做名守边的小兵正好适宜。
和贱妻逗趣说起真宗召杨朴的典故，
老伴呀，你也试写首断送老头的诗？

【赏析】

林则徐是晚清著名的禁烟英雄,因"虎门销烟"而被世人所熟知和敬佩。他的《赴戍登程口占示家人》在因被贬而被迫与家人分别时所作,共有两首,其二最为著名,这就是第二首。这首诗表现出诗人满腔爱国主义情怀和不计个人得失的态度;情感层层推进,浑然一体;用典自然,诙谐风趣,是迁谪、别离诗中的上乘之作。

"力微任重久神疲,再竭衰庸定不支。"这句道出了诗人以低微的能力担当繁重的任务,多年来精神早已疲乏。如果再去竭尽全力为国效力的话,无论自己的衰弱体质还是庸俗才能必定都无法支撑,很明显这是诗人的正话反说之辞。诗人被贬伊犁,临行前心中定有万般不舍、千般不甘。但面对家人时,他却藏起忧伤,故作欢颜。这不仅体现出了诗人的温情,更体现出了诗人的广阔胸襟。作为禁烟抗敌的民族英雄,诗人问心无愧,所以在面对贬谪时才能如此坦荡。这两句中的"久"字十分值得推敲,这说明诗人早就料到自己能力低微,难以担当大任,被贬谪也在意料之中;同时也体现出诗人长此以来的疲乏,面对有心无力的国家事务,愧疚和不甘早已把他折磨得身心俱疲。"再"和"定"说明在诗人看来,这次贬谪于国家、于自身都是再好不过的事情,从个人角度出发,对这次贬谪表示了接受和理解,显得大气又平静,同时又希望国家可以派更有才能的人去顶替自己的位置,希望他人可以有一番作为。这两句深刻体现了诗人的无奈与哀伤,在朗读时要感受诗人多年来的沧桑以及蕴藏其中的平静与宽厚。

颔联是传颂至今的名句,一直以来被许多仁人志士当作座右铭。这两句诗中诗人把国家利益看得高于一切,他为了民族大义可以置生死于度外,怎么可能因为怕招来祸患就躲避呢?胸怀宽广、刚正不阿是林则徐的一大人格魅力。他曾将"海纳百川,有容乃大,壁立千仞,无欲则刚"悬挂于政事堂,这足以证明林则徐非计较个人得失、苟且偷安之人。本句中的虚词运用得灵活而巧妙,"苟""以""岂""之"等字或衬托,或承转,或强化语义,运用灵活,使诗句舒展流畅。另外,从写法上看,本联严守律诗格式,虚实相对,整饬分明,在如此铁箍之内还能将人臣大义蕴含其中,写得游刃有余,足见诗人文学功底之深厚。

颈联很明显是诗人讲给家人听的安慰之语:皇上对我的恩情厚重,我趁这个机会"守拙",自此隐退不仕,当个边卒也十分适宜。诗人谪居而谢君恩,远戍而自认适宜,为的就是让家人放心。再刚正不阿的人心底也有柔软的地方,对诗人来说,家人就是他所有温情的归属。由为国到为家的身份转变,诗人不再是朝廷重臣,而是一个普通的儿子、丈夫、父亲。这句深情的"正话反说"之辞也许比慷慨激昂的颔联更能激起读者的共情。这句话既是在宽慰家人,也是在宽慰自己,虽然有心为国家重振朝纲,但壮志难酬,于是只好寻求精神的慰藉,"海纳百川,有容乃大",投身于那无欲无求的高山深林,让那一身正气在天地间驰骋,岂不也是一件乐事?

尾联运用隐者杨朴和苏东坡的典故,希望能在这沉重的时刻让妻子开心。在如此时刻,诗人还能打趣自己的妻子,似有一种"不以物喜,不以己悲"的境界。同时,尾联也为本诗沉重的氛围增添了一抹明亮的色彩,表达了诗人对谪居生活的积极态度。

林则徐诗之二

程玉樵方伯德润饯予于兰州藩廨之若已有园,次韵奉谢①

我无长策②靖③蛮氛④,愧说楼船练水军。
闻道狼贪今渐戢⑤,须防蚕食念犹纷。
白头合对天山雪,赤手谁摩⑥岭海云?
多谢新诗赠珠玉⑦,难禁伤别杜司勋⑧。

【注释】

①程玉樵方伯德润:程玉樵,名德润,字玉樵,当时任甘肃布政使。布政使为督、抚属官,专管一省的财赋和民政,俗称藩司、藩台。方伯,原指古代的一州诸侯之长,《礼记·王制》云:"千里之外设方伯。"后来泛称地方长官为"方伯",明、清时代用作对布政使的称呼。饯予:用酒食为我送别。藩廨:指布政使官署,廨,音xiè。若已有园:花园名,在程玉樵官署后面。次韵:和(hè)别人的诗并依照原诗用韵次序,又叫"步韵""和韵"。奉谢:答谢。奉:敬辞。这首诗题的大意是说,布政使程玉樵在兰州官署的若已有园内设宴为我送行,我依照他的诗韵次序写诗答谢。

②长策:好的谋略。长:善、优。

③靖:平定。

④蛮氛:"蛮凶",指英国侵略者。蛮:本是古代对南方少数民族的泛称,此代指外国。氛:凶气。《国语·楚语上》引韦昭注说:"凶气为氛,吉气为祥。"

⑤戢:音jí,收敛,停止。此时清廷已经与英国侵略者签订了《南京条约》,英国的大规模侵略活动暂告停止。

⑥摩:迫近,接近。这里有"镇抚"的意思。语出《左传·宣公十二年》:"吾闻致师者,御靡旌,摩垒而还。"

⑦珠玉：比喻像珍珠、美玉一样完美珍贵的诗，这里是赞美程德润对诗人的赠诗。

⑧杜司勋：指杜牧，他曾任司勋员外郎，唐代诗人李商隐在《杜司勋》一诗中写道："刻意伤春复伤别，人间唯有杜司勋。"

【译诗】

我没有雄才大略平定英国人的入侵，
提起训练水师的事情让人惭愧万分。
听说贪如饿狼的侵略者已暂停进攻，
更要提防他们重生蚕食我国的用心。
满头白发正该对着天山的皑皑白雪，
只手拨云谁能荡去岭海的滚滚烟云。
多多感谢你这珍珠、美玉般的赠诗，
抑制不住杜牧那样的别情黯然伤神。

【赏析】

这首诗是诗人答谢友人的和诗，全诗语气谦虚而亲切，表达了依依不舍的别离之情。

首联读来十分无奈，诗人说他没有好的计策来平定英国人的侵略，说到操练水军就很惭愧。这是诗人的自谦之辞，当时敢大刀阔斧在广州禁烟的也只有诗人一人了。这一"愧"字十分耐人寻味。谁都知道广州的"戏"不好唱，没唱好肯定不怪林则徐一人。当时的广州外有虎视眈眈的侵略者，内有卖国求荣的皇亲国戚。林则徐一人势单力薄，实际上已拼尽全力，仰不愧于天，俯不愧于地，他何愧之有？应该有愧的是琦善那些软弱的投降派。

颔联"闻道"用词飘忽，微带讥讽，有"不愿意相信"之意。但丧权辱国已是天下皆知的事实，无能的清政府被坚船利炮打出了一个丧权辱国的《南京条约》。诗人将侵略者比作凶狠贪婪的豺狼，和他们斗争过的林则徐深知，仅一纸《南京条约》是难以满足他们的欲望的。因此，在这里他忧心忡忡地提醒人们要多加小心，这充分反映了诗人炽热的爱国情怀。另外，这一联出语天成，对偶严谨："闻道"与"须防"、"狼贪"与"蚕食"、"渐戢"与"犹纷"，无不让人叹为观止。

唐朝诗人温庭筠《达摩支曲》中有"白头苏武天山雪"的句子，颈联取来"白头"一词，写成了"白头合对天山雪，赤手谁摩岭海云"。其中的"白头"一词使诗人的形象鲜明起来，生动地刻画出了一位为国忧思的臣子形象。诗人自知年老体衰，遣戍伊犁也是应该的,但是有谁能亲临南方只身担当起沿海一带抵御侵略的重任呢?这一问句透露着诗人多少的期盼与无奈。诗人如此为国家利益着想,而置个人利益于身外,多么令人钦佩啊!

尾联表达了诗人对友人的不舍之情,扣住了"次韵奉谢"的诗题,赞美了程德润的赠诗,以"珠玉"来比喻友人的赠诗,体现了对友人才华的钦佩以及自己对其之珍重。唐代诗人李商隐在《杜司勋》一诗中写道:"刻意伤春复伤别,人间唯有杜司勋。"诗人在这里运用典故,含蓄委婉地表达了难以抑制的离别之情。"伤别"一词直抒胸臆,"难禁"二字又体现了情之深重,不堪承受。

(韦庆芬)

32 龚自珍

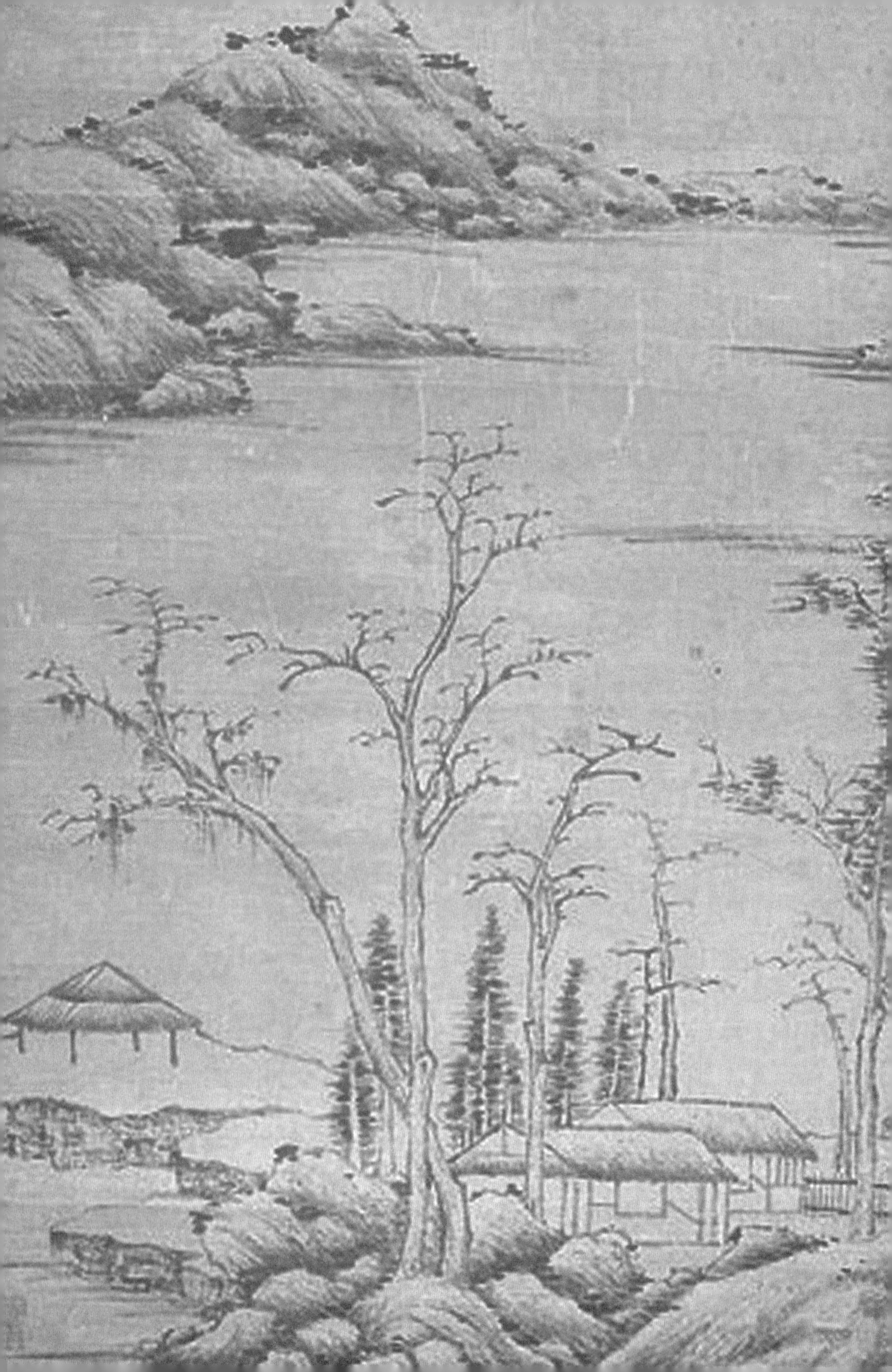

龚自珍(1792—1841),字璱人,号定庵,浙江仁和(今杭州)人,清代著名的思想家、文学家、诗人,著名的改良主义先驱者。

他出生在一个充满文学氛围的官僚家庭,祖父、父亲都是京官,都极具文学修养。母亲是著名文字学家、训诂学家段玉裁的女儿。他从小就深受母亲影响,爱好诗文,精通经学、史学和文字学,工于诗文,奠定了深厚的文学基础。有《定庵文集》《国语注补》等。

龚自珍出生在中国由封建社会进入半殖民地半封建社会的转折时期。清王朝政权腐败无能又横征暴敛,西方列强对中华虎视眈眈。龚自珍自青年时期起,就深刻地意识到国家内忧外患的严重危机。道光三年(1823),他针对外国资本主义侵略造成的民族灾难,指出"近惟英夷,实乃巨诈,拒之则叩关,狎之则蠹国"(《阮尚书年谱第一序》),积极主张进行政治和经济改革,坚持以武力对抗外国侵略者。他十分关注西北边疆和东南海防,要求皇上"益奠南国苍生""益诫西边将帅",请求加强海防、边防,抵抗西方列强的经济和军事侵略,维护国家的领土主权,表现出了强烈的爱国情怀。虽然龚自珍在史学、诗词、经学、治国等领域都有显著成就,但官场黑暗,有德之士不被赏识,他在科举和仕途上屡遭挫折。他于二十七岁中举以后过了十年才中进士。之后在担任京官的二十年中,也只是担任内阁中书、礼部主事等小官。但他仍多次上书,直言时弊,提出不少改革建议,但都未被采纳。

道光十八年(1838)十一月,龚自珍的好友湖广总督林则徐被任命为钦差大臣到广东禁烟,龚自珍深感高兴,在《送钦差大臣侯官林公序》一文中,向林则徐建议严厉惩罚烟贩,加强战备,并表示希望能随同他南下,为禁烟斗争献绵薄之力,但没有实现。第二年又写下了"故人横海"一诗,热情赞扬林则徐不辱使命,同时,又提醒他功业尚未完成,应该坚持不懈。诗人还撰写了禁烟具体谋略"阴符三百字",想为老朋友助一臂之力,可惜无法冲破投降派的阻挠而送给林则徐。

因为龚自珍屡屡揭露时弊,所以不断受到权贵们的排挤、打击。虽然"我劝天公重抖擞,不拘一格降人才",但一直怀才不遇,报国无门。道光十九年(1839)春,他最终不得不辞官南归。鸦片战争爆发不久,道光二十一年(1841)夏末,他曾经写信给江苏巡抚梁章钜,表示愿意前往上海参加反抗外国侵略的战斗。天不遂人愿,龚自珍患上急病,暴卒于丹阳,当时仅仅五十岁。我们可以想象,诗人是在悲愤交加与不甘中逝去的。

龚自珍的诗歌多用象征隐喻,具有浪漫主义的风格,构思神奇,想象丰富,富有力度。他对古代的理想化诗歌艺术进行了总结与发展,从而开创了一代诗风。中国十九世纪末、二十世纪初的诗人,几乎都受过他的影响。

龚自珍诗之一

己亥杂诗·其五

浩荡离愁白日斜①,吟鞭东指即天涯②。
落红③不是无情物,化作春泥更护花。

【注释】

①浩荡离愁:指离别的愁思浩大无边。白日斜:太阳西斜。
②吟鞭东指:诗人的马鞭指向东方。诗人从北京返杭州,实际上是东南方。即:靠近,接近。
③落红:落花。

【译诗】

太阳西斜,离别的愁思如水波远伸,
长吟挥鞭,向东而行,我将去那迷茫的天涯。
落英缤纷,花儿离开了枝头,并非无情,
飘落地上,零落成泥,甘愿培育美丽的春花成长。

【赏析】

《己亥杂诗》写于道光十九年(1839)。这年四月,在保守腐朽的封建官僚排挤下,诗人辞官南归故里,后来又北上至河北固安县迎取家眷。在南北往返路程中,有感而发,创作了一组七言绝句,共三百一十五首,即《己亥杂诗》。

第五首是诗人辞官南归刚离开北京时所作,时值鸦片战争爆发的前夕,诗中颇有伤时忧国的感慨。这首诗既表现了诗人辞官的决心,又有报效国家的信念与使命,以及献身改革理想的崇高精神。

前两句叙事抒情,写的是诗人离开京城时的情景,以及当时的内心情感。一方面,离别是忧伤的,"浩荡离愁",诗人一家从祖父、父亲到自己,三代在京城做官,一腔报国志,无奈黑暗的现实一次又一次地粉碎了诗人美好的爱国理想,现在不得已辞官离京,怎么能没有满腔的离愁呢?这离愁,是已经日渐衰老的诗人一生报国无门的爱国之愁。另一方面,有"吟鞭东指"的豪迈,诗人即将回到官场以外的世界,隐约透露出能另有一番作为的期待。既有西斜的白日,又有广阔的天涯,这两个画面互为映衬,真实地体现了诗人当时复杂的心境。

后两句由叙写离别之情转为抒发自己的报国情怀,诗人以落花比喻自己辞官离京的身世,"化作春泥更护花"表现了诗人虽然脱离官场,但依然会一直关心国家的前途命运,体现出诗人至死都会牵挂国家的爱国之志。"化作春泥"浑不怕,诗人要像落花粉身碎骨化为泥土也要护着新花那样,虽屡遭磨难仍要为国家、为百姓而不懈努力。至此,诗人自身离愁别绪在报效国家面前变得无足轻重了。诗人的豁达带着时代的使命感,庄严而又神圣。

全诗寓情于物,形象贴切,构思巧妙,把政治抱负和个人志向融为一体,形象地表达了诗人复杂的情感。龚自珍在论诗时曾强调"诗与人为一,人外无诗,诗外无人",他的创作就是最好的体现。

龚自珍诗之二

己亥杂诗·其一百二十五

九州生气恃风雷①,万马齐喑究可哀②!
我劝天公重抖擞③,不拘一格降人才④。

【注释】

①九州:中国古代分为冀、兖、青、徐、扬、荆、豫、梁、雍九州,后人以"九州"代指中国。生气:生气勃勃的局面。恃:依靠。风雷:风神、雷神,这里比喻巨大的政治变革。

②喑(yīn):哑。"万马齐喑",典出苏东坡《三马图赞引》一诗:"振鬣长鸣,万马皆喑。"此处比喻万分沉闷的政治局面。究:终究,毕竟。

③天公:天上的玉皇,传说中主宰一切的神,这里指当时的最高统治者。重(chóng):再一次。抖擞(sǒu):振作,奋发。

④降:这里是产生、选用的意思。

【译诗】

神州大地如何焕发生机?
只有依靠狂雷炸响般的巨大力量。
万众缄默终究是一种悲哀,

政治高压思想禁锢只能扼杀人才。
上苍啊,我呼唤你重新振作,敞开襟怀,
打破戒律,唯贤是举唯才是用吧。

【赏析】

这首诗是诗人辞官南归途经镇江时所作,是《己亥杂诗》中最经典、激情洋溢的一篇。诗人路过镇江,应道士们的请求,当场撰写了这篇祭玉皇大帝与风、雷神的祭词。全诗表面上是对风神、雷神和玉皇大帝的赞颂与祈求,实际上内有玄机,痛斥昏庸腐朽的清王朝禁锢钳制思想领域;表面上是在祈祷着天神,实际上是渴望朝廷进行一次风雷般的变革,从而打破清王朝因束缚、扼杀人才而造成的死气沉沉的现状,表达了渴望打破陈规、革新社会的愿望。

诗人一开始就直指社会弊病——"万马齐喑"。整个社会到处充满着昏沉、愚昧的氛围,人才不得被任用,积极的思想被禁锢,一片死寂。这种状态实在令人感到悲哀。在腐朽而又残暴的反动统治下,如何才能打破这种令人窒息的现实状况?变革!

"九州生气恃风雷",要想改变这种沉闷而又腐朽的状况,就必须依靠狂风巨雷般的猛烈力量,锐意进取的变革才能扭转社会局面。"风雷"比喻尖锐猛烈的改革,诗人含蓄地表达出当今朝廷只有经历波澜壮阔的社会变革,才能变得充满生机活力。

诗的前两句既是对清王朝腐败政治的鞭挞,更是对社会变革的热情呼唤。

"我劝天公重抖擞",诗人用奇特的想象表现了他热切的希望,他清晰地意识到社会变革的力量来自起用人才,希望朝廷能振奋精神,"不拘一格降人材",破格选拔、任用人才,让能振兴国家的杰出人物大量涌现。诗人的建议不可谓不大胆而真挚!

诗人热情洋溢,通过"九州""风雷""万马""天公"等宏壮意象,形象地表达了政治理念,讽谏执政者,期望执政者能够广开言路、不拘一格地选用人才,直率地表达了诗人对国家未来命运的担忧与关心,具有较强的历史背景和深刻的现实意义。全诗想象奇特,联想丰富,意味深长,奇伟而又磅礴。

(石琳)

33 魏源

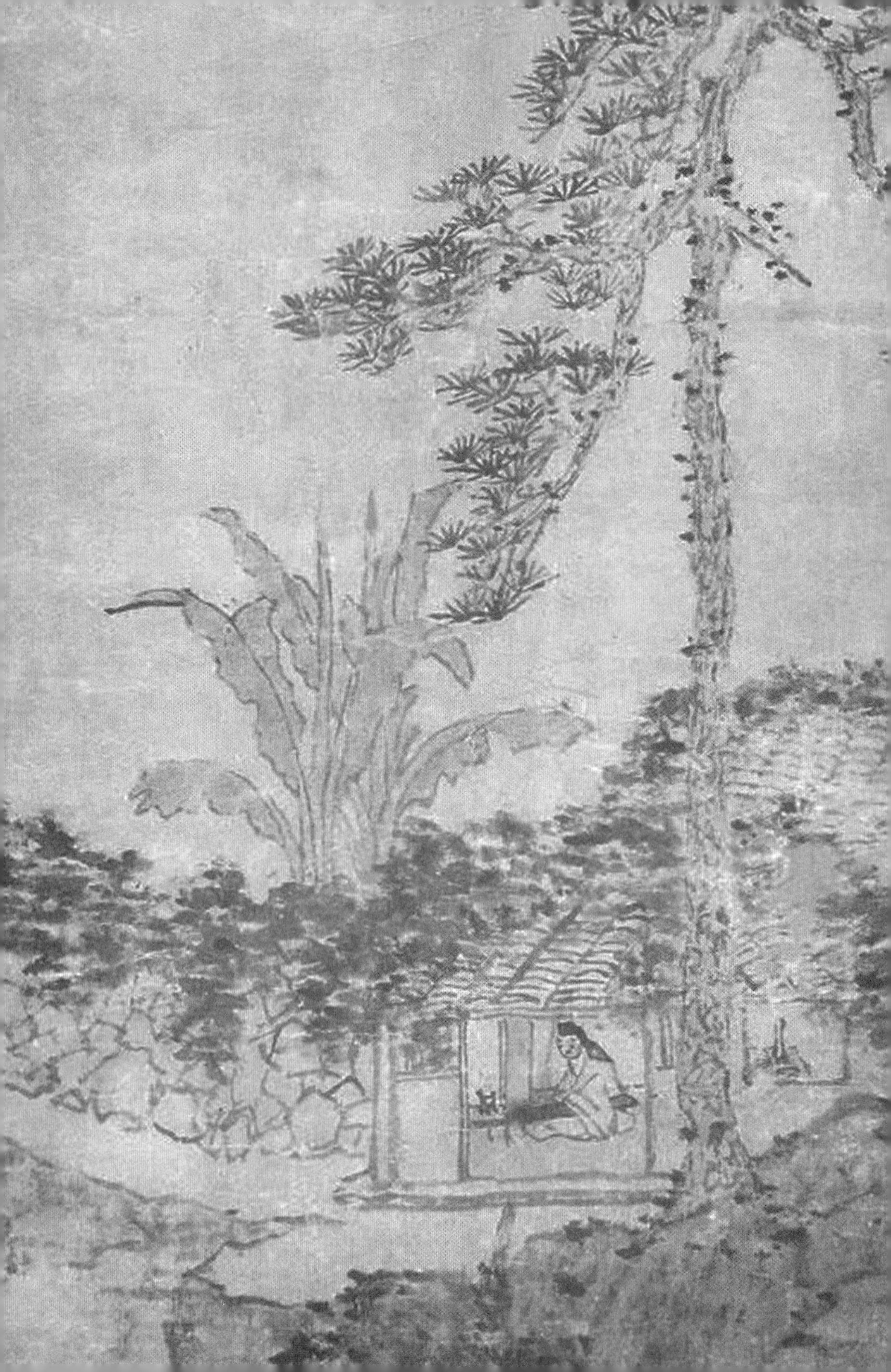

魏源(1794—1857)，原名远达，字默深，著名学者，近代中国启蒙思想家，"睁眼看世界"的先行者之一。他主张"经世致用"，提出了"师夷长技以制夷"的主张，倡导学习西方先进科学技术。魏源出生于湖南邵阳，七岁从塾师刘之纲，十五岁中秀才，十七岁在家设馆授读。道光二年(1822)中举人。1825年，受江苏布政使聘请，编辑《皇朝经世文编》一百二十卷。1831年，协助江苏巡抚陶澍改革盐政，筹划漕运、水利，并撰写《筹漕篇》和《湖广水利论》等。他大力支持林则徐的禁烟运动，主张坚决抵抗英国侵略者，热情讴歌三元里人民的英勇斗争。1841年，入两江总督裕谦幕，积极参与筹划海防，参加浙东的抗英斗争。1844年，在礼部会试中进士，后任扬州府兴化知县、高邮知州。1856年秋，赴杭州，寄寓东园僧舍。1857年病故。魏源一生的著作有《海国图志》《圣武记》《古微堂诗集》等。

魏源生活在中国半殖民地半封建社会的特殊时期，封建制度积弊日益严重，外国侵略者的威胁逐渐加剧，鸦片战争中清政府的战败，也给魏源以极大的震撼。他怀着满腔救国热忱，认真研究中国社会积弊，积极主张改革，革新吏治，反对外国侵略，成为鸦片战争时期家喻户晓的爱国人士。

魏源也是一位杰出的爱国诗人。诗风古朴浑厚，充满着忧国忧民的爱国情感，然而因被《海国图志》和"师夷长技以制夷"的卓见光辉所掩，魏源的诗作便鲜为人知了。"默深先生喜经世之略，其为学渊博贯通，无所不窥，而务出己意，耻蹈袭前人。人知其以经济名世，不知其能诗，而先生之诗顾最夥。"(郭嵩焘《古微堂诗集·序》)。后代的研究专家们固然不会从诗人的角度去探讨魏源，文学史家和诗论家也甚少关注他，然而却掩盖不了他雄浑遒劲、气势奋发的爱国诗风。道州何子贞曾赞叹魏源的诗"如雷电倏忽，金石争鸣"，其掷地有声的爱国抒怀之作影响深远。

魏源作为一位自觉肩负着历史使命的近代诗人，其诗歌创作与其启蒙思想及改革家的身份是统一的。晚年始中进士，这反而让他更加认清清政府的腐朽时局，从而潜心学术。朗读魏源的诗作，我们不仅能感受到他那拳拳的赤子之心，更能聆听到这位启蒙思想家如"促膝长谈"般的心声。1841年，林则徐被遣戍伊犁，途中在镇江与魏源"论议"，亲手将《四洲志》译稿交予魏源，两人对榻连宵，感慨万千。魏源事后有两首诗证明了这次不平常的会见，诗末有自注云："时林公嘱撰《海国图志》。"委婉深情，肝胆相照，记录了两位爱国者忧时图救的心声。

"无心插柳柳成荫"，魏源早年并非矢志要做诗人，一如罗汝怀所说："谓其为诗，非其所忻；谓其非诗，非其所惜，彼自道其学也。"正是这种既爱诗又不欲在诗坛争位的平常心，使这位启蒙思想家成就了独特的爱国诗风。

魏源诗之一

居庸关[①]

读史筹边二十年,撑胸[②]影子是山川。
梦回汉使[③]旄头[④]外,心在秦时明月先。

【注释】

①居庸关:位于北京昌平西北,形势险要,一向为交通要冲。原诗三首,这里选一。
②撑胸:指充满胸怀。
③汉使:指西汉汉武帝时的张骞和东汉时的班超,他们都作为汉使出使过西域。一说汉使指汉武帝时出使匈奴的苏武。
④旄(máo)头:节旄,古时使者手持符节作为凭证,符节以牦牛尾作为装饰。这里借指外交官员。

【译诗】

研读史书筹划边防历时二十年,
充满胸中的是祖国的壮丽河山。
几回梦见自己比汉使走得更远,
心儿早已飞向古老而遥远的边关。

【赏析】

居庸关,原指军都关、蓟门关,号称天下第一雄关,因形势险要,是自古以来的交通要道。

《居庸关》组诗共有七言绝句三首,这里选一。本诗为1844年魏源在北京应考期间重游长城时所作。鸦片战争爆发后,西方列强用"坚船利炮"打开了中国的大门,已走向腐朽衰落的清政府,再无法抵抗列强的侵略,中国封建制度土崩瓦解,这条东方巨龙俨然成了"野心勃勃的欧洲人的猎物"。沙俄更是虎视眈眈,意图吞并中国的黑龙江地区。魏源对沙俄的侵略野心时刻保持高度的警惕。《居庸关》这首诗洋溢着诗人浓烈的爱国之情和金戈铁马之音。

诗的开篇即直陈其事:"读史筹边二十年,撑胸影子是山川。"魏源早年在直隶提督杨芳家里担任家庭教师时,即开始研究古今边疆防务和西北地理,到1844年写这首诗时也已二十余年,即支撑魏源心胸、滋养其志向的,正是塞外的山川险隘。"撑胸影子是山川"中"撑胸"即"装满胸中",祖国河山存于胸中。此句不仅给人以填塞满溢之感,而且有一种胸中的块垒只此无他之慨。"影子"生动地写出装在胸中的只能是山川的影像,行文自有一分空灵之美,营造的意境极妙! 同时诗人将对西北边疆边防的密切关注娓娓道出,时刻不忘国家安危与自己的担当。前两句赋笔,径直叙出,写作手法上为实写,即景抒情,虚实相生,过渡自然。

"梦回汉使旄头外,心在秦时明月先。"诗文由"梦"起笔,转用典故,内容由实转虚,穿越历史到了汉代。"汉使"即"汉朝的使者","旄头"即使臣所持节杖,上端缀有旄牛尾,"梦回"指梦中。"心在秦时明月先"一句借指秦筑长城之事。苏武是汉武帝时的使臣,他奉武帝之命出使匈奴,被扣十九年,历尽磨难,始终坚贞不屈,忠于国家。张骞两次出使西域,越过葱岭到达大月氏、大夏等中亚国家,使汉朝与中亚各国建立了友好关系,促进了中西文化的交流和发展。班超出使西域,巩固了我国西部疆域,促进了民族融合,并恢复了中西交流。苏武、张骞、班超这些历史上的杰出人物,都是中华民族的英雄,诗人想到他们,一方面表达了对这些英雄人物的仰慕之情,另一方面也有自况之意,表达自己为国效力、建功立业的愿望。"心在秦时明月先"化用唐代诗人王昌龄的《出塞》"秦时明月汉时关",诗中秦、汉凭借长城以防敌兵,诗人以此诗表达自己筹划边疆防务、捍卫祖国边疆、北御沙俄侵略的迫切心情。昔者秦皇汉武重用边防将才,国威远震西域,形成"胡人不敢南下牧马"的强盛局面,以史明鉴,希望清政府能学习秦汉的尚武精神,"早用秦风修甲戟"(《寰海》之十),加强战备,抵御列强入侵。这两句诗用典贴切,对仗工稳,表意精当,耐人寻味。

借山水地理阐发改革宏图,也是魏源积极进取精神和爱国精神的重要体现。本诗将自然山川塞于胸中,使爱国心魂驰于广域,一收一放之间将诗人巩固祖国河山的热肠尽现纸上。本诗善用典故,以史入诗,虚实结合,是一首质量上乘的爱国咏怀诗。

(周丽颖)

魏源诗之二

寰 海·其十[①]

同仇敌忾[②]士心齐,呼市俄闻十万师[③]。
几获雄狐来庆郑[④],谁开柙兕祸周遗[⑤]?

前时但说民通寇,此日翻看⑥吏纵夷。
早用秦风⑦修甲戟⑧,条支海上哭鲸鲕⑨。

【注释】

①寰海:"环海",中国沿海。《寰海》组诗共十首,这里选其中一首。

②忾(kài):愤怒。同仇敌忾:抱着仇恨和愤怒共同对付敌人。

③俄:短时间,立即。十万师:指三元里人民组织起来的抗英民众。

④几:几乎。《左传·僖公十五年》记载秦穆公伐晋,令卜官占卜,卦词中有"获其雄狐"的预兆。后来两国交战时,晋惠公果被秦军俘获。魏源用这一典故时,对原意稍有改变:他把雄狐比为英国侵略军的头子义律,把庆郑比为广州知府余保纯。当时三元里人民已经包围了英国侵略军,完全可以俘获义律,但因投降派奕山派广州知府余保纯来解围,放跑了敌人。

⑤柙(xiá):关猛兽的木笼。兕(sì):古代犀牛一类猛兽的名称,如虎兕。周遗:周代遗民,此处代指中国人民。

⑥翻看:反而能看到。

⑦秦风:《诗经·国风·秦风·无衣》有"修我戈矛,与子同仇""修我矛戟,与子偕作"的句子。

⑧修甲戟:甲,古时战士穿的用皮革或金属做的护身衣。戟(jǐ),古代兵器。指修好兵器,共同对敌。

⑨条支海:指波斯湾。《魏书·西域传》称波斯为古条支国。鲕(ér):鱼卵,又是一种鱼的名字。《吕氏春秋·本味》:"鱼之美者,洞庭之鱄,东海之鲕。"鲸鲕:指英国侵略军。

【译诗】

英雄的三元里人民同仇敌忾个个心齐,
大街上高呼一声很快就集合起十万雄师。
差点就要捕获雄狐偏又来了个庆郑,
是谁打开兽笼放走虎兕伤害我同胞兄弟?
前些时候只是听说什么"百姓私通贼寇",
可现在反而真的看到了大官放走仇敌。
若早用《秦风》的精神修整甲兵加强战备,
凶恶的鲸鲕便只能远在波斯湾海上哭泣。

【赏析】

《寰海》组诗一共有七言律诗十首。本诗是组诗中的第十首,全诗以1841年三元里人民抗英斗争为背景,热情讴歌了三元里人民的反侵略斗争,斥责投降派纵敌卖国的可耻行径。1841年5月,英国侵略军窜至广州三元里一带烧杀抢掠,三元里附近一百零三乡的人民奋起反抗,打死英国侵略者二百多人,并把敌人团团包围在四方炮台。正当三元里人民准备彻底消灭敌人时,投降派奕山却派广州知府余保纯来解围,故意放跑了敌人。

魏源巧妙地运用艺术手段,罗列我国东南沿海地区有关鸦片战争的一系列重要历史镜头,真实而深刻地再现了当时内忧外患的社会现实。在这组诗里,诗人将革命斗争与历史典故融于诗歌,赞颂了中国人民英勇反抗帝国主义侵略的斗争,鞭挞了清廷及投降派的卖国行径,倾注了诗人鲜明的爱憎之感,表现了深切的殷忧之痛。

"同仇敌忾士心齐,呼市俄闻十万师。"诗歌首联描绘了三元里人民振臂高呼、同仇敌忾的壮阔画面。"十万"是约数,极言人数之多。这两句诗写出了三元里人民反侵略斗争的浩大声势,"三元里前声若雷,千众万众同时来"(清·张维屏《三元里》),可见当时斗争形势一片大好。颔联中"几获雄狐来庆郑,谁开柙兕祸周遗",诗人化用典故,"雄狐"指英国侵略者头子义律,"庆郑"指广州知府余保纯。正当三元里人民要抓获敌酋义律时,余保纯却把他放跑了,诗人将矛头直指投降派奕山之流。"柙兕"典故语出《论语·季氏》:"虎兕出于柙,龟玉毁于椟中,是谁之过与?"诗人引用此典,对纵敌卖国的投降派进行了愤怒的责问:究竟是谁放跑了来祸害中国人民的敌人? 这真是"破阵夷酋殪,求和太守来"(清·彭泰来《感事》)。颈联中"吏纵夷",批判的矛头直指投降派奕山等人,戳穿了他们贼喊捉贼的丑恶嘴脸,"前时但说民通寇",投降派们口口声声诬蔑抗敌的军民为"汉奸""贼党",而实际上真正通敌卖国的正是他们自己! 诗的尾联"早用秦风修甲戟,条支海上哭鲸鲵","鲸鲵"指英国侵略者。诗人意在告诫统治者倘早日加强战备共同对敌,那么无耻的侵略者也只能望洋兴叹了。诗中有对统治者的规劝,更饱含着对反侵略正义战争必胜的坚定信念。

全诗以诗笔议时政,描写跌宕起伏,用典精当。魏源关心国家命运、探索救国之路,在高度重视人民武装抗英的力量,这也体现了魏源进步的历史观。

(周丽颖)

34 黄遵宪

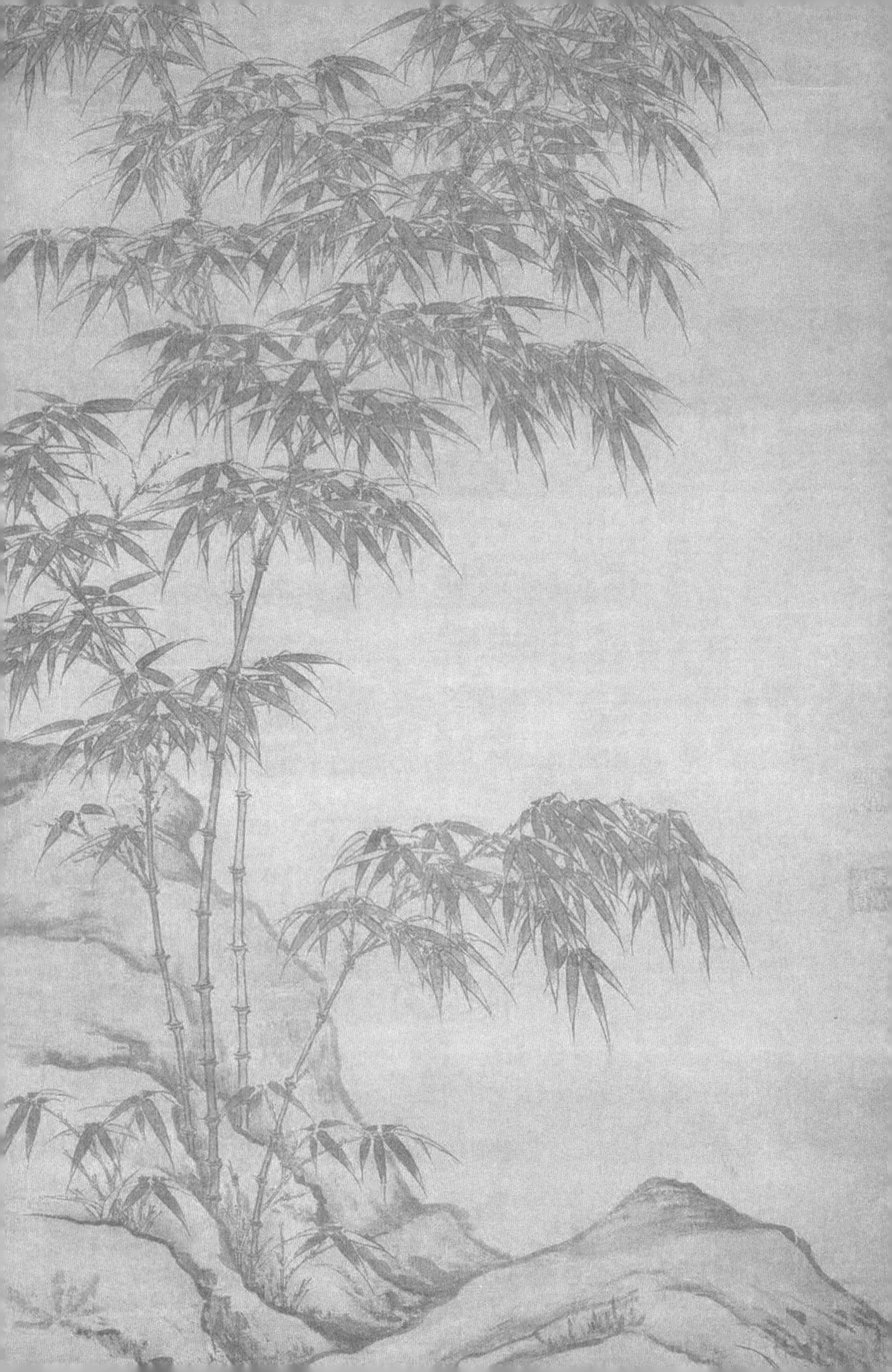

黄遵宪是一位晚清爱国诗人，一位杰出的外交家，也是中国近代文学史上诗界革命的最早倡导者。

黄遵宪生于1848年，卒于1905年，字公度，别号人境庐主人，广东嘉应州（今梅县）人。他出身于官僚家庭，十岁开始学写诗。1867年，考中秀才。1873年，考取拔贡生。1876年，参加顺天考试，被录取为第一百四十一名举人，并以五品衔挑选知县用。

1877年，黄遵宪不顾家人反对，毅然选择了外交工作。在同乡、新任驻日公使何如璋的推荐下，他担任了驻日使馆参赞。驻日期间，黄遵宪漫游日本各地，广交各方面人士，大量涉猎日本文学和史学著作，以日本历史、政治、景物、风俗等为题材，作《日本杂事诗》二百余首。他的诗作在日本人士中广受欢迎，日本人赞他为"裁云缝月之高手"。同时，他还广泛收集资料，深入研究日本的历史和现状，深入了解日本国情，1879年开始著述《日本国志》，前后经过八年奋战，完成这部著作的写作。该书详细地介绍了日本明治维新以后的典章制度和改革措施。他是想把这些作为中国的一面镜子，以借鉴日本的成功经验，效仿日本的改革方法，向西方学习，走变法维新、拯救祖国的道路。该书对甲午战争后兴起的维新热潮有深刻的影响。

黄遵宪在日本任职四年，积极倡导中日睦邻友好，曾诗赠日本友人："同在亚细亚，自昔邻封辑……所恃各富强，乃能相辅弼。同类争奋兴，外侮日潜匿。解甲歌太平，传之千万亿。"形象地表达了希望中日两国人民世代友好、繁荣富强的愿望。但对日本政府吞并琉球、侵略朝鲜的行径，他则加以抵制，据理力争。

1882年春，他调任驻美国旧金山总领事，曾尽力保护华侨和华工的正当权益，维护国家尊严，深得侨胞爱戴。光绪十年（1884），美国总统选举，他目击其事，作《纪事》，揭露了美国政坛的黑暗，但由此得出"共和政体不可施于今日吾国"的结论，则是思想认识上的倒退。第二年，他又作长诗《冯将军歌》，用刚劲的笔法，写出了在中法战争中挫败强敌的老将军冯子材的英雄形象。

1889年，黄遵宪出任驻英国二等参赞。次年春，他随出使英、法、意、比四国的大臣薛福成赴欧洲。在英国期间，他整理诗稿，荟萃成编。光绪十七年（1891）夏，撰写《人境庐诗草·自序》，全面提出诗歌革新主张。他宣言"我手写吾口，古岂能拘牵"，这是在唐代诗人白居易"文章合为时而著，歌诗合为事而作"主张上的进一步发展，开拓了中国古典诗歌的新境界。同年，改任驻新加坡总领事。

黄遵宪长期出使国外，对西方的政治制度和学术思想有比较多的了解，他深深为中国的贫穷落后而忧虑苦恼，对祖国的命运也就更如关怀了。

1894年，中日甲午战争爆发，身在异国的黄遵宪心系祖国，致力于维新变法，并结束了十几年的外交生涯,回到了祖国的怀抱,在上海加入了"强学会"。不久后,创办《时务报》,并邀请梁启超担任主笔。同时,他还担任江宁洋务局总办。1896年,黄遵宪奉光绪皇帝之命入京,并受到光绪皇帝的破格召见。他在与光绪帝谈话中,热切地希望光绪帝实行变法,使国家尽快富强起来。而后他又与谭嗣同通力合作,创办"时务学堂",组织"南学会",极力倡议设学堂、办教育、立商业、劝工业,谋中国富强之道。此间,黄遵宪先后写下了《哀旅顺》《哭威海》《马关纪事》等一系列诗作,深刻揭露了甲午战争期间日本帝国主义对中国的侵略罪行,抒发了对民族遭遇灾难的悲愤之情,无情鞭挞了清政府的腐朽卖国,热情讴歌了邓世昌、左宝贵等爱国将领的英雄事迹。

1898年,黄遵宪再度被任命为驻日公使,但因身体有疾而未能赴任,紧接着在戊戌变法后,他遭奸人弹劾,被扣于上海洋务局,后经多方疏解,才免遭其祸,以罢官为民、放归原籍为结,从此离开了政治舞台。

1905年3月28日,他逝于家乡梅州,享年五十七岁。

黄遵宪诗之一

哀旅顺①

海水一泓烟九点②,壮哉③此地实天险。
炮台屹立如虎阚④,红衣大将威望俨⑤。
下有注池列巨舰⑥,晴天雷轰夜电闪⑦。
最高峰头纵远览⑧,龙旗百丈迎风飐⑨。
长城万里此为堑⑩,鲸鹏相摩图一啖⑪。
昂头侧睨何眈眈⑫,伸手欲攫终不敢⑬。
谓海可填山易撼,万鬼聚谋无此胆⑭。
一朝瓦解成劫灰⑮,闻道敌军蹈背来⑯。

【注释】

①旅顺:又称旅顺口,在辽东半岛的最南端,和威海卫隔海相对,扼守着渤海海峡的通道。甲午战争时,旅顺军港设有海岸炮台十三座、陆路炮台九座,有大炮七八十尊,还设有海军学堂、火药库、大船坞等各种海军设施,是北洋舰队的重要基地。

②泓：水深的样子。烟九点：中国古时分为九州，从天上俯视大地，不过像九点烟尘。此处指中国国土。

③哉：语气词，表示感叹。

④虎阚(hǎn)：老虎发怒的样子。

⑤红衣大将：指大炮，清朝政府曾将一种红衣大炮命名为"天佑助威大将军"。俨：庄重，整齐。

⑥洼池：指大船坞。

⑦"晴天"句：此句讲北洋水师昼夜练兵发炮时的声威和情景，舰上和炮台上练兵发炮，晴天声如雷鸣，黑夜光似闪电。

⑧纵远览：放眼远望。

⑨龙旗：指清朝的国旗。飐(zhǎn)：招展，飘动。

⑩堑：隔绝交通的深沟。此是说旅顺口似万里长城的护城河。

⑪鲸：生活在海中的哺乳动物，是世界上最大的动物。鹏：传说中的大鸟。鲸鹏相摩：这里指帝国主义侵略者对中国交相争夺。啖：吞吃。这句是说貌似强大的帝国主义侵略者想侵占旅顺，吞食中国。

⑫睨：斜视。眈眈：形容眼睛凶狠地注视着。

⑬攫(jué)：夺取，抓食。

⑭万鬼：侵略中国的帝国主义列强。以上四句说旅顺口的险要形势和坚固的设防，使人不会相信敌人敢来进攻。

⑮劫灰：佛教的说法，能毁灭世界上一切的灾火叫劫火，劫火之灰叫劫灰。

⑯"闻道"句：日本侵略军并未从海上进攻旅顺，而是先从陆上攻陷大连，再由大连从背后攻陷旅顺。

【译诗】

无边的海水中旅顺军港居中，
多么雄壮啊！此地真是天险。
炮台像怒虎一般，屹立海边，
红衣大炮是多么威武庄严啊！
大船坞内排列着巨大的战舰，
白天炮声如雷，黑夜闪光如电，
这是北洋水师昼夜练兵发炮啊！
站在最高峰，放眼远望群山，
百丈国旗迎风飘展。

这就是万里长城,
这里就是不能飞渡的天堑,
如兽列强昂着头、斜着眼,虎视眈眈,
竟然妄想吞食我大中华。
虽伸出魔爪,想要掠夺,但终究不敢!
大海能填,高山可撼,但列强不敢。
可这样的天险却一下子瓦解了,
有谁能料到敌人会从背后来!

【赏析】

这是黄遵宪最著名的爱国诗篇之一,是诗人忧时感事之作。1894 年 7 月,中日甲午战争爆发,日本侵略者抄陆路进入并占领了旅顺。本诗作于 1895 年,即旅顺军港被日军攻陷的第二年。这首诗歌真实地记录了旅顺失守的情景,表现了诗人对昏庸无能的清政府的愤怒之情和对民族危亡的深切忧虑。

全诗共有十六句,主要分为两个部分:前十四句是第一部分,末尾两句是第二部分。先写旅顺海港是"天险",后写旅顺军港沦陷。具体来说,前八句极力描写旅顺港口地势险要,是天险。后六句写虽然侵略者虎视眈眈觊觎已久,但也不敢轻举妄动的情况。最后两句笔锋陡转,写旅顺一下子成了"劫灰",揭示了贪生怕死之徒自毁长城的罪行,表达了对旅顺失守哀之深、痛之切的悲愤心情。

一、二两句诗人化用了唐代诗人李贺《梦天》中的"遥望齐州九点烟,一泓海水杯中泻"。"九点"是几处的意思,是虚数。"烟"是烟尘,这里指岛屿,也有用"青烟"来形容岛屿的。这里用借代手法,以"烟九点"借指九州,即中国。此处直接描写渤海湾与旅顺港地势之险要。第二句,黄遵宪用一词"壮哉"直接感叹旅顺港口的雄壮威严,这是旅顺军港独特的地理形势。

三至八句主要写旅顺军港军事上的雄壮。"炮台屹立如虎阚,红衣大将威望俨",用比喻和拟人的修辞手法,写出了"炮台"和"红衣大将"的威望及威猛。"下有洼池列巨舰,晴天雷轰夜电闪。"这两句写巨大的军舰排列整齐,白天黑夜勤奋地练兵发炮,晴天发出的声音如雷声轰鸣,夜里炮火如闪电一般。这是诗人从视听角度写的,俯视而观。接下来的两句,诗人设想登高远望,望见了那百丈的国旗随风飘扬,气势恢宏,不由得再次感叹此地实为天堑,也对上面的内容做了小结。

第十句开始写列强对中国的侵略,诗人用"鲸鹏"喻帝国主义列强,他们互相勾结、沆瀣一气,妄图侵略中国。接着诗人用拟人的修辞手法,写他们"昂头侧睨"的贪婪神态,他们对中国虎视眈眈,即使"伸手欲攫"中国领土,但也因为有旅顺军港的存在,仍然不敢。旅顺港口凭借着天险之势与森严壁垒,真的使人相信,即使海可填平,山可撼动,列强也不敢斗胆谋取旅顺。可是,事实却完全相反。诗人也直白地用"万鬼"来指称帝国主义侵略者,由此可见诗人对他们的厌弃不满之态。

  诗的最后两句,笔锋陡转,形势急转直下,谁能想到:金城千里,竟然一朝便瓦解了。日军避开正面强攻,却从旅顺港背后花园港登陆,无人狙击,且上岸运输炮、马、辎重达到十二天以上,清军也坐视不理,导致日军一举攻占金州城,后进兵大连湾,而清军却闻风丧胆,纷纷溃逃,日军不费一枪一弹先后占领了大连、旅顺。这昏庸的清朝政府啊!轻易地就将国土送入了敌人之手!

(尤文文)

黄遵宪诗之二

书愤·其一①

一自珠崖弃②,纷纷各效尤③。
瓜分惟客听④,薪尽向予求⑤。
秦楚纵横日⑥,幽燕十六州⑦。
未闻南北海⑧,处处扼咽喉⑨!

【注释】

①原诗共五首,这里选一首,诗写于中日甲午战争失败后。

②一自:自从。珠崖:诗人自注"胶州"。

③效尤:仿效坏的行为。自德国强租胶州湾后,同年俄国强租旅顺、大连,英国强租威海卫,法国强租广州湾。

④惟:只。客:指当时各帝国主义列强。听:听从。

⑤薪尽:成语薪尽火传,柴虽烧尽,火种仍留传。这句借指帝国主义的侵略欲望是无止境的。

⑥秦楚纵横:战国七雄中秦、楚两国最强,都想统一全国。秦国在西,其他大国在东,它们的地域贯通南北。秦争取东方六国分别与其交好,叫作连横。楚国争取六国联合抗秦,以楚为盟主,叫作合纵。后常用合纵连横比喻称霸争雄的局面。这句是说当时帝国主义列强之间互相勾结、互相争夺。

⑦幽燕十六州:五代时期,石敬瑭做后唐河东节度使,契丹贵族统治集团进犯

内地,石敬瑭引契丹兵灭掉后唐,建立后晋,称契丹统治者为父皇,自称儿皇帝,并且割让燕云十六州(包括幽州)贿赂契丹。古代的幽燕之地,就是现在河北、山西的北部。这句是借古讽今,指责清政府认贼作父、卖国苟安的罪行。

⑧南北海:指南北海口。

⑨处处扼咽喉:比喻帝国主义列强侵占了我国的南北门户要地,卡住了我国的咽喉。

【译诗】

自从德国强租胶州湾,列强纷纷效仿占国土。
瓜分国土却只听列强,侵略欲望是无止无境。
西方列强肆意横行中,大片国土已落他人手。
自古未听闻南北海口,处处被他人扼住咽喉。

【赏析】

这首诗写于中日甲午战争后。1894年,甲午战争后,西方帝国主义列强纷纷霸占中国领土,掀起了瓜分中国的浪潮。1898年,德国强迫清政府签订了《胶澳租借条约》,迫使清政府以九十九年为期,租借胶州湾给德国。诗人得知后,愤而写下了五首五律,原诗共五首,这是其中一首。

首联,诗人引典明义,总领全篇,含蓄而尖锐,直言无能的清政府丢失胶州湾一事,并指出当时中国领土面临的危机。"珠崖弃"是用了《汉书·贾捐之传》的典故,汉元帝时,贾捐之曾经上疏言疆土治理之事,认为珠崖难以管辖,可以舍弃。后来常以"弃珠崖"表抛弃国家领土的意思。这里指清政府同意德国强租胶州湾。这也带来了一系列不好的事件,诗人用"纷纷"二字说列强簇拥而来,大肆占用中国领土之局,这是诗人忧国之思、爱国情怀的体现。

颔联,诗人继续运用典故,"薪尽向予求"中的"薪尽"出自司马迁《史记·魏世家》的典故:"以地事秦,譬犹抱薪救火,薪不尽,火不灭。"此时的清政府将胶州湾租借给德国,是不可能换来国土的安宁的,西方列强是贪得无厌、永不知满足的!前句中的"惟客听"写出了清政府对西方列强的要求唯命是从,此处诗人对昏庸无能的清政府的无奈、愤恨之情自然流露,当然也有对西方列强肆意瓜分我国领土的痛恨之情。

颈联,同样运用了典故。"秦楚"句揭露了西方帝国主义各国之间狼狈为奸、互相勾结的丑恶嘴脸。"幽燕"句借古讽今,饱含愤懑之情,严厉地指责了清政府卖国苟安、出卖主权的滔天罪行。

尾联,诗人发出了最大的感慨,尽管历史上曾有过割地之事,但也没有听说过南北海口各咽喉要塞之地都被敌人扼制、占领的事例,而现在的清政府呢?却将众多要塞屈辱地让给了西方列强!这怎能不引起诗人的满腔愤慨!

总而言之,《书愤》一诗,诗人针对帝国主义的野蛮侵略和清政府的屈膝投降抒发了内心强烈的愤慨情绪,表达了深沉的反帝爱国思想。

(尤文文)

黄遵宪诗之三

夜 起①

千声檐铁百淋铃②,雨横风狂暂一停。
正望鸡鸣天下白③,又惊鹅击海东青④。
沉阴喑喑⑤何多日,残月晖晖尚几星⑥?
斗室苍茫吾独立⑦,万家酣睡几人醒?

【注释】

①本诗约作于1901年、八国联军侵华后,写的是诗人夜间所见所闻。
②檐铁:檐马或铁马,挂在屋檐下的风铃。淋铃:这里指檐铁的声音。
③"正望"句:正盼望时局好转,国家强盛,天下太平。
④鹅:与"俄"谐音,指沙俄。海东青:产于辽东的一种雕。这里代指我国东北地区。
⑤喑喑(yē):云气阴沉,这里比喻时局的艰危。
⑥晖晖:明亮。这句指在这昏暗的时代里头脑清醒有见识、有才能的人物不多。
⑦斗室:形容住室狭小。苍茫:形容夜色的浓重。

【译诗】

夜间檐铁声不断,狂风暴雨暂时停。
我盼天下永太平,又惊沙俄侵东北。
时局艰危到何日,清醒人士有几人?
夜间独立于斗室,众人沉睡几人醒?

【赏析】

  1900年,八国联军(英、法、德、俄、美、日、意、奥)大肆入侵中国,沙俄趁机出兵侵占我国东北三省。这首诗,就是当诗人得知此消息后写的。它抒发了诗人对沙俄侵略者的痛恨之情,对清政府屈膝卖国的愤恨之情,对艰危时局的担忧之情。

  这是一首七言律诗。诗题点明了诗作时间。

  诗的首联,描写自然环境。这是一个风雨交加的夜晚,檐下的风铃声不断,惊扰了诗人,又或者说在深夜,诗人本身就辗转反侧,不能入睡。后来即使狂风暴雨暂时停歇,诗人也是久久不能入睡,这是诗人在忧心国家呀。首联,诗人夜间所见所闻的自然景色是恶劣的,这也象征了当时国家政治上的艰难局势,奠定了全诗忧国忧民的感伤基调。

  诗的颔联,巧用两个典故,言简意丰。前一句"正望鸡鸣天下白",化用李贺《致酒行》中"雄鸡一声天下白"句意,公鸡一叫,天就亮了。形容东方破晓,长夜宣告结束。此句隐喻诗人期望局势好转,渴盼国家能转危为安,天下太平。后毛泽东也写过"一唱雄鸡天下白"来指全中国取得了光明。第二句"又惊鹅击海东青",化用元杨允孚《滦京杂咏》中"新腔翻得凉州曲,弹出天鹅避海青"句意。"海东青"是一种鸟,属雕的一种,产于辽东。这里以此借代我国东北地区。"鹅"谐音"俄",指沙皇俄国。这两句诗,前句清楚地表达诗人希望国家强盛、不再受人欺辱,天下太平的愿望,后句一转又尖锐地点明沙皇俄国居心叵测、趁机入侵我国东北三省的罪恶行径。一个"望"字,一个"惊"字,形成一前一后的对比,诗人不由得更难入眠了,由此生发出颈联的感慨。

  诗的颈联中,实写自然环境即当天的天气状况,当时天气阴沉,风雨暂停后残月明亮,天空中有几颗稀疏的星星。实际上是隐喻当时的政治局面,当时政局昏暗,而真正的清醒之人、有志之士却如天上的星星一般少得可怜!这里诗人含蓄地批判在腐败的清政府中,已经没有能人来为国家纾祸解难了。

  尾联诗人直抒胸臆,写自己在这夜色浓重的夜晚,独立于斗室,久久不能入睡。夜深人静时分,万家都已酣然入梦,还有几人像"我"一样醒着,在思考着国家的命运呢?

(尤文文)

黄遵宪诗之四

赠梁任父同年①

寸寸河山寸寸金,侉离②分裂力谁任?
杜鹃再拜忧天泪③,精卫无穷填海心④!

【注释】

①梁任父：梁启超，号任公。父：旧时加在男子名号后面的美称。这是诗人对梁启超的尊称。同年：旧时科举制度中，同一榜考中的人。原诗共六首，这里选一首。

②瓜(kuā)离：这里有分割、分裂的意思。

③杜鹃：传说古代蜀国的国王望帝死后所化。忧天：《列子·天瑞》里说，杞国有个人，担心天要崩塌下来，因此愁得觉也不睡、饭也不吃。这里指为国家存亡而担忧。

④精卫：古代神话中的神鸟，本是炎帝的女儿，因游东海淹死，灵魂化为精卫鸟，不断地衔着西山的木石，要把东海填平。

【译诗】

大好河山美丽富饶，
列强宰割谁能挽救？
杜鹃啼血心忧国难，
精卫填海死而后已。

【赏析】

这是一首七言绝句，大约写于1896年。中日甲午战争失败后，维新变法运动逐步高涨，诗人加入了康有为发起的强学会，并与他人创办了《时务报》。他邀请梁启超到上海担任该报的主笔，宣传维新变法、救亡图存。他一共给梁启超写了六首诗，此是其中的一首。诗中既表现了诗人愿为国献身、变法图存的决心，又饱含了对梁启超的热切期望。

首句用"寸寸金"极写祖国的美丽富饶，饱含了诗人对大好山河的赞美之情。可现实却是残酷的，如此美好的中国却面临着空前的危机——外族的入侵。然而清政府却是如此昏庸腐败、软弱无能，任由国土被瓜分。因此，爱国的诗人不由地发出了感叹：此种局势下有谁能担任起挽救艰难时局的重任呢？那只有你梁启超了！这里表达了诗人对国家的担忧之情、对梁君的期盼之意。

诗的三、四两句，连用两个神话传说。中国古代有"望帝啼鹃"的传说。传说望帝是古代蜀国的国王，后来望帝传位给丛帝，但是丛帝治国无方，堕落腐化，望帝便劝说丛帝，但是丛帝却误以为望帝是来夺回帝位的，并不理会望帝。后来望帝化成了杜鹃鸟，日夜对着丛帝啼叫劝说，直到啼血而亡。后中国的文学作品中经常将杜鹃啼血与悲哀的事情联系起来。这里不妨理解为诗人的自喻，表明自己誓为变法维新、救亡图存战斗到底的决心。"再拜"是古代的一种礼节,拜两次,表示隆重。这里体现了诗人的诚挚与决心。第二个神话传说是精卫填海,这里诗人也在表明自己会像精卫一样,虽然力量微弱,但为了维新,为了大好河山定会坚持不懈,战斗到底,鞠躬尽瘁,死而后已。当然,这里也表达了对梁启超的深切期盼。

全诗字数虽少,但句句铿锵有力,字字掷地有声,表达了诗人的真切情感和一腔救国的热切之情,可以说既是自勉也是他勉。全诗洋溢着诗人强烈的爱国之情!

(尤文文)

35 康有为

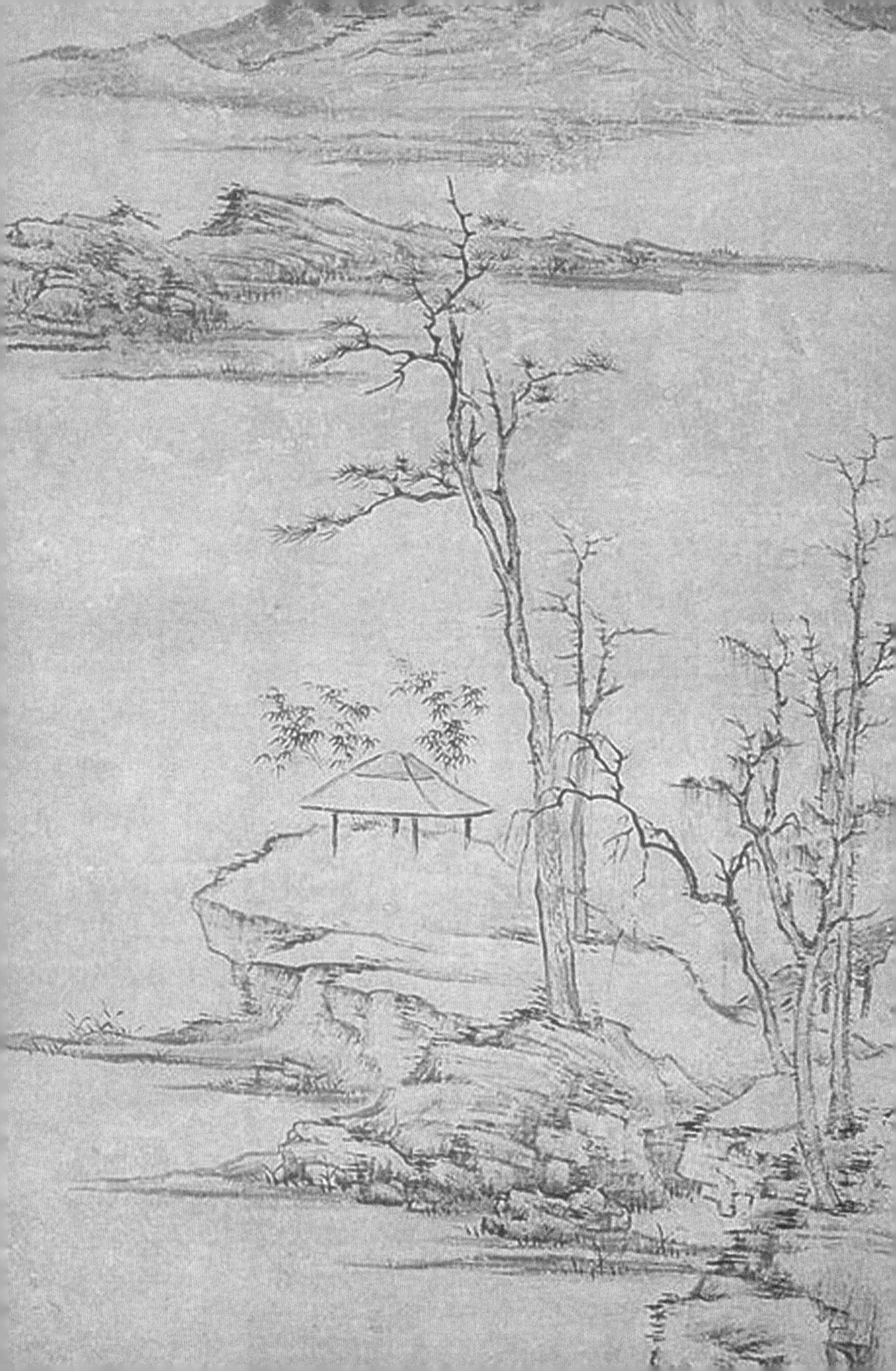

清末，国家风雨飘摇，许多文人志士用自己的努力尝试拯救国家，渴望改写国家的命运。康有为便是其中的一员。

康有为于1858年3月19日出生于广东省南海县，原名祖诒，字广厦，号长素。他出生于世代做官的家庭，祖父康赞修是他最早的老师。康有为自幼学习儒家思想，十八岁时拜南海九江有名的学者朱次琦为师。康赞修、朱次琦都崇信宋明理学，因此，康有为在宋明理学的影响下，鄙弃所谓汉家学的烦琐考据，企图开辟新的治学道路。学习一段时间的理学之后，他对理学也不赞成了。因为理学仅言孔子修己之学，不明孔子救世之学。1879年，他开始接触西方文化。他二十二岁那年离开朱次琦，一个人到西樵山白云洞读书，读了不少经世致用的书，同年，他游历香港，眼界大开。之后，他又阅读了《海国图志》《瀛寰志略》《西国近事汇编》等书，"购地球图，渐收西学之书，为讲西学之基矣"。这一年是康有为从中学转为西学的重要开端，他开始接触西方资本主义文化，研究资产阶级国家政治经济制度，深感中国有改革变法之必要，进而逐步形成了自己的改良主义思想。

1888年，康有为利用参加顺天乡试的机会，第一次上书光绪帝，请求变法，提出"变成法、通下情、慎左右"三条纲领性的主张。这是康有为把酝酿已久的变法思想变为正式建议的开端。但此次上书如石沉大海，没有产生多大的影响，当时的时局也没有因此改变。

1891年，康有为回到广东，开办万木草堂学馆，聚徒讲学，弟子有梁启超、陈千秋等人，并为变法运动创造理论。他先后写了《新学伪经考》和《孔子改制考》两部著作，这两本书都是在尊孔名义下写成的。这两本书被封建顽固守旧分子看作异端邪说。康有为在这两本书中的看法，虽都不科学，但他的改革精神却在知识界产生了强烈的震动和反响，对封建顽固守旧分子构成了很大的威胁。

1894年，康有为开始编写《人类公理》一书，此书经过多次修补，后定名为《大同书》发表。《大同书》描绘了人世间的种种苦难，提出大同社会将是无私产、无阶级、人人相亲、人人平等的人间乐园。但是，康有为最终没有也不可能找到一条到达大同的路。

1895—1898年，康有为积极地进行了变法实践。1895年4月，正在北京参加会试的各省举人，听说清政府要与日本订立丧权辱国的《马关条约》，极为愤慨。为首的康有为连夜起草了一份一万八千多字的上皇帝书，要求拒绝在条约上签字。各省举人一千二百多人集会，通过了这个万言书，史称"公车上书"。上书中，康有为强烈主张"拒和、迁都、练兵、变法"，建议皇帝"下诏鼓天下之气，迁都定天下之本，练兵强天下之势，变法成天下之治"。这些充分地体现了康有为的拳拳爱国之心。此外，在这次会试中，康有为中了进士，被任命为工部主事。之后，康有为又连续给皇帝上了几次书。康有为系统地阐述了自己的变法思想，从政治、经济、文化、教育等几个方面系统地提出了自己的见解。政治方面,他提出了变君主专制为君主立宪的要求。经济方面,他提出了发展工业,振兴商业,保护民族资产阶级利益的主张。文化、教育方面,他提出了"开民智""兴学校""废八股"的主张。这几个方面构成了变法维新的基本纲领。

这年七月,康有为和梁启超在北京创办《中外纪闻》(原名为《万国公报》)报;八月,又发起组织强学会,宣传变法维新的主张,号召救亡图存;十一月又在上海创办强学会分会,出版《强学报》。

1897年,德国强占胶州湾,康有为再次上书提出变法。变法维新运动也随之进入高潮。他给光绪皇帝上《应诏统筹全局折》,系统地提出了变法的纲领。1898年4月,他在北京成立保国会,作为筹备变法的机构。6月,光绪皇帝召见了康有为。康有为接着上书推荐《俄彼得变政记》和《日本变政考》等书,光绪帝深受鼓舞,终于接受了康有为的变法纲领,并与之共商变法事宜。这样一来,顽固派和维新派之间的斗争激化了,康有为等提出的一系列变法建议和措施遭到顽固派的极大阻挠和破坏,基本未得到实施。

戊戌变法失败后,康有为逃亡日本,从此开始了长达十五年之久的国外流亡生活。

在海外,他又组织了保皇会,极力鼓吹君主立宪,继续为维新变法事业奔走。但是,他反对资产阶级革命。辛亥革命后,他仍不变初衷,反对民主共和。1913年归国后,他参与创立孔教会,宣传孔教,攻击资产阶级革命。1917年,他又策划张勋复辟,失败后,继续坚持反动立场。

1927年3月,康有为病逝于青岛。

康有为诗之一

过虎门[①]

粤海重关二虎尊[②],万龙轰斗[③]事何存?
至今遗垒余残石[④],白浪如山过虎门[⑤]。

【注释】

①虎门:在广东省东莞市西南海中,当粤江入海处,东西有大、小虎山相对如门,所以称虎门,是我国南方海防的重镇。这也是鸦片战争初期林则徐等坚决抗击

英国侵略军的要塞门户。

②二虎:指大、小虎山。尊:同"蹲"。

③万龙轰斗:指鸦片战争初期林则徐在虎门一带同英国侵略军激战的事。

④"至今"句:由于两广总督林则徐的继任者琦善执行卖国投降政策,裁兵撤防,致使虎门炮台最后为英军攻陷拆毁,至今只剩下了一堆堆的残石和遗迹。

⑤"白浪"句:眼前只见起伏如群山的涛涛白浪涌过虎门。

【译诗】

大、小虎山雄伟地守卫着广州海港的门户,
当年与英国人在海上炮战的事迹哪里还存在呢?
到如今堡垒的遗址上只剩下了残存的基石,
我心潮起伏,眼前只能看见船从白浪滔天的虎门下开过。

【赏析】

《过虎门》这首诗的体裁是七言绝句,从题材来看是一首怀古诗。当诗人路经虎门,眼见滔滔白浪冲击着鸦片战争时的遗垒残石,不禁勾起他深深的感慨。诗的字里行间透露出对抗战派的赞美和惋惜,以及对投降派的愤恨之情。

诗的第一句"粤海重关二虎尊",开门见山,直抒主题。首先点明了"虎门"所处的特殊地点——粤江入海处,并指出了其特殊的地理位置——我国的海防要塞、重要关口。在诗人眼中,大、小虎山多么像两只威武的老虎雄踞在海关大门口,时刻保卫着国家的安全啊。诗中的"尊"字,运用得生动传神,写出了大、小虎山的神威。

诗的第二句"万龙轰斗事何存",这是诗人目睹虎门遗迹、遥想当年而发出的感叹。诗中"万龙轰斗"就是指清道光时期的民族英雄林则徐禁烟、抗英的事。道光十八年十一月,林则徐受命钦差大臣,入广州查处禁烟。他于1839年3月抵达广州,于3月19日命外国鸦片贩子限期缴烟。6月3日,林则徐在虎门海滩上下令当众销烟,这引起了英帝国主义者的极大不满。1840年6月,英军派舰队封锁珠江口,进攻广州。林则徐领导广东军民严密布防,曾先后七次击退英国侵略者的武力挑衅。"事何存"是诗人由此生发的感慨:林则徐当年受命禁烟、抗击侵略者的事迹还有人记得吗?更让人忧心的是,眼下的中国面临着张牙舞爪的八国联军的威胁,他们意图肆意瓜分我大好河山,还有几人能像当年林则徐那样英勇抗敌呢?

诗的三、四两句既是写景,又是抒情。从写景来看,它以雪山般的白浪渲染虎门惊心动魄的壮观;从抒情来说,它烘托着诗人过虎门时那汹涌激荡、波峰迭起的心潮。1840年,鸦片战争爆发,道光帝惊恐求和,归咎于林则徐在广东"办理不善",屡次下旨斥责。朝中投降派趁机诬陷林则徐,攻击他是挑起"边衅"的罪魁祸首。结果,林则徐被革职,留粤备查问,由投降派琦善接替林则徐的职务。琦善软弱无能,畏敌求和。他一到任,就撤除海防,致使虎门炮台被英军攻陷炸毁,至今只剩下一堆堆残石和遗迹。诗人到此还能看到什么呢?除去那一堆堆残石以外,眼前看到的只有那起伏如山的滔滔白浪涌过虎门。诗人耳闻目睹眼前景,怎能不心潮澎湃、思绪飞扬、感慨万千呢?诗人触景生情,即景赋诗,倾诉了自己的一腔忧愤之意和爱国之情。

(尤文文)

康有为诗之二

出都留别诸公①

天龙作骑万灵从②,独立飞来缥缈峰③。
怀抱芳馨兰一握④,纵横宙合雾千重⑤。
眼中战国成争鹿⑥,海内人才孰卧龙⑦?
抚剑长号归去也,千山风雨啸青锋⑧!

【注释】

①诗人在这一组诗题下自注:"吾以诸生上书请变法,开国未有。群疑交集,乃行。"这组诗共五首,本处选录了其中一首。康有为于1888年趁着在京应试的机会,第一次向皇帝上书,但遭到了顽固派的阻拦,备受他们的嘲笑和攻击,于是在次年愤而出京,临行前作了五首七律赠送给友人。

②骑:这里作名词用,指坐骑。万灵:众神。

③飞来缥缈峰:飞来峰,本指杭州灵隐寺前的一座山,相传晋朝的和尚慧理登上此山时叹息说:"这是中天竺国灵鹫山的小岭,不知是哪一年飞来的?"所以叫作飞来峰。宋朝王安石也曾作《登飞来峰》。这里借指仙山。缥缈:恍惚迷离的样子。这两句是诗人想象自己把天龙作为坐骑,身后有众神相从,独立于缥缈的仙山之上,高瞻远瞩。

④芳馨:芳香,指香草。怀馨握兰,比喻志趣高洁。自屈原以来,古人经常用香草比喻崇高的理想。

⑤宙合:《管子》篇名,原是古往今来无所不包的意思,后常用来指天下。这句

比喻时局的混乱昏暗。

⑥战国：秦始皇统一六国以前，韩、赵、魏、秦、齐、楚、燕七国争雄，史称战国。这里指帝国主义列强。争鹿：逐鹿，封建时代争天下的代称，这里是说帝国主义者想瓜分中国，竞争不已。

⑦孰：谁。卧龙：徐庶曾称诸葛亮为"卧龙"，诗人隐以自比。

⑧青锋：指剑，这两句说抚剑长叹，不如归去，但宝剑不甘默默无闻，在千山风雨当中长鸣。这是借物拟人，抒发自己内心不能平静、想要有所作为的心情。

【译诗】

骑着天龙啊应者云集众神从，
高瞻远瞩啊独立缥缈飞来峰。
志趣高洁啊怀馨握兰无人知，
时局昏暗啊壮志难酬雾千重。
贼心不死啊瓜分中国争不已，
壮怀激烈啊力挽狂澜谁人用？
抚剑长叹啊欲有作为无机缘，
不甘寂寞啊风雨之中剑长鸣。

【赏析】

本诗的体裁是七言律诗，作于1889年。1888年，康有为利用在北京应试的机会，第一次上书皇帝，陈述变法图强的必要性和紧迫性，但因受到顽固派（保守派）的阻挠，未能上达，并遭到他们的嘲讽和攻击，诗人怀着满腔义愤，于次年出京，诗就作于此时，表达了自己抱负无从施展，因而壮怀激烈、慷慨悲歌的情感。

诗的首联，诗人想象奇特，神幻莫测，极具浪漫主义色彩。他想象自己把天龙当作坐骑，有万灵众神随从，独立于缥缈的仙山之上，放眼世界，高瞻远瞩，傲然不羁。

诗的颔联，诗人运用了多种手法。句中用比喻、用典来表情达意。自屈原以来，古人经常用香草比喻崇高的理想。诗人用香草、怀馨握兰比喻自己志趣高洁、抱负远大，绝非那些目光短浅的保守派所能相比。"雾千重"比喻时局的混乱昏暗，奸人当道，有志之士无法施展自己的才华。这一联运用对比的手法，诗人高尚的志趣与阴暗混沌的社会环境形成了鲜明的对比，表达了诗人对上书受到重重阻挠而壮志难酬的愤慨之情。

诗的颈联，首先引用历史典故，以"七国争雄"借代帝国主义列强妄想瓜分中国、争夺不已的政治形势,生动地写出了当时中国最真实的危机局面。接着用"卧龙"的典故,并以"卧龙"自比,表达自己有力挽狂澜、抗击外侵、重整乾坤的智慧和力量。

诗的尾联,紧承首联中"独立"句而言,写自己叱咤风云的豪气,表示自己虽然上书请求变法受阻,即将出都归去,但雄心不减,自己有朝一日,还要大干一番事业。诗人临行之前,抚剑长叹:不如归去罢。但宝剑不甘默默无闻,在千山风雨当中久久长鸣。这里,诗人借物拟人,托物言志,抒发自己内心不能平静、欲有所作为的情怀。

这首诗联想奇特丰富,文辞瑰丽优美,表现出一种飞动的气势和冲破约束的解放精神,充满乐观向上、浪漫洒脱的情态,同时也为读者塑造了一个志趣高远、拥有万丈豪情、忧国忧民的诗人形象。

(尤文文)

康有为诗之三

闻意索三门湾以兵轮三艘迫浙江有感①

凄凉白马市中箫②,梦入西湖数六桥③。
绝好江山谁看取,涛声怒断浙江潮④。

【注释】

①1899年2月,意大利公使马迪讷向清朝政府总理衙门递交照会,要求租借三门湾(在浙江省三门县东)为其海军基地,并以三艘兵轮进迫浙江,进行武力威胁。诗人在日本听到这一消息后,感而作此诗。

②市中箫:出自成语"吴市吹箫"。比喻在街头行乞。原指春秋时楚国的伍子胥逃至吴国,在市上吹箫乞食。后伍子胥为吴王所用。吴王夫差打败越国后,伍子胥曾多次劝谏吴王,指出越国是心腹之患,要防备它的报复。吴王不听,以"欺君之罪",赐伍子胥"属镂"宝剑一把,命其自尽。他临死时,嘱咐儿子把他的头挂在南门上,好看着他所预料的越国的进攻;把他的尸体用鲣鱼皮裹好投到钱塘江中,以便早晚乘潮来看吴王的失败。传说从此以后,江潮果然大了起来,还有人看到伍子胥乘素车白马立于潮头之上。

③六桥:杭州西湖苏堤上有映波、锁澜、望山、压堤、东浦、跨虹六座桥。三门湾、杭州均在浙江,所以这样说。

④"绝好"句、"涛声"句：大好的江山有谁来警惕守卫呢？无怪乎只听得钱江潮发出奔腾的怒吼！

【译诗】

伍子胥于吴市吹箫乞讨,凄凉结局引深思,
余居异地梦入西湖,泪眼迷离数六桥。
大好河山,现下谁人看守保卫啊,
奔腾钱塘,今日徒有潮水空怒吼。

【赏析】

1899年2月,意大利借口利益均沾,索借三门湾,派三艘军舰驶入三门湾狮子口海面游弋,进行勘测和示威活动,这是以武装威胁清政府。流亡日本的康有为听到这个消息后,忧愤异常,即写下此诗。诗中表现了诗人对帝国主义侵略的愤慨和对祖国危亡命运的关注。

诗的首句借用伍子胥吴市吹箫乞食以及乘潮来看吴国灭亡的典故警告清政府,表达了中国人民渴望救亡图存的意愿。诗人也把伍子胥的故事和自己的流亡生涯巧妙地结合起来。诗人在变法失败后,被迫逃亡日本,这多么像春秋时候的伍子胥啊。伍子胥忠心耿耿,屡劝吴王杀掉越王勾践以除后患,吴王非但不听,反而听信谗言,加害伍子胥。诗人也是屡次上书皇帝,劝其进行变法维新,救亡图存,但遭到顽固派的极力阻挠和破坏,甚至也招致杀身之祸,为了避难而逃亡异国他乡。诗人虽身处异国,但他的心却在华夏。诗的"梦入"句,正是表达自己对意大利"以兵迫浙江"的关注和对祖国的思恋之情。

诗的第三句,是诗人发出的感慨和疑问:这绝好的江山有谁来看守保卫呢？当时的中国内忧外患,清政府腐败不堪,近小人、远贤臣,社会黑暗无比。西方帝国主义列强对中国虎视眈眈,觊觎中国的领土,而天下有志之士却无出头之日、用武之地。第四句,诗人实写眼前钱塘江景,钱塘江水涛声依旧。在诗人心中却感受到了这钱塘江潮的奔腾怒吼,似乎在向侵略者提出抗议,此时的江水似乎有了人的情感。这两句强烈地抒发了诗人关怀时局、心忧国家的情怀。

这首七言绝句,巧用典故和比拟手法,艺术地表达自己对信而见疑、忠而遭诛的遭遇的不平心理,同时,也表达了自己对帝国主义列强肆意侵略、强占我国领土的愤慨之情。

（尤文文）

36 丘逢甲

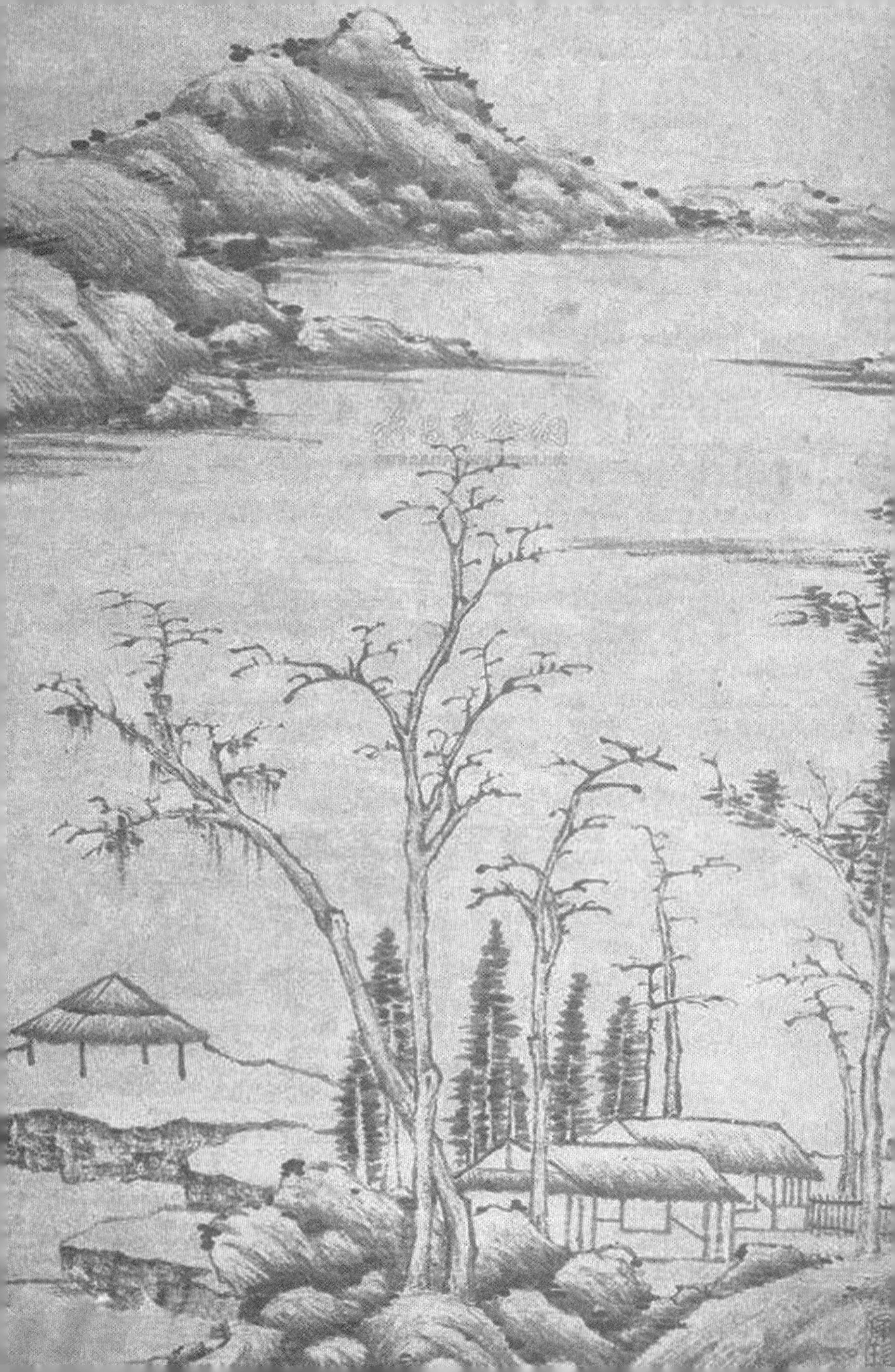

丘逢甲(1864—1912)，字仙根，祖籍广东嘉应(今梅州)，客家人，出生于中国台湾省苗栗县，清末著名爱国志士，卓越的教育家和杰出的诗人。丘逢甲自幼天资聪颖，幼负报国效时大志，十四岁赴台南应童子试，获全台第一。1888 年中举人，1889 年赴京参加会试，丘逢甲联捷进士。然而他目睹清廷朝政昏暗、夷敌四起、中华民族危机空前严峻的局面，决计返乡从教，培养人才。

1894 年，中日甲午战争爆发，丘逢甲以"抗倭守土"为宗旨，招募台湾青年组成义军抗日保台。丘逢甲积极动员亲属入伍，并带头变卖家产以充军资。1895 年，清廷割让台湾，台湾人民"聚哭于市"，丘逢甲愤慨异常，写下血书，要求清廷废约抗战。然而同年五月下旬，清廷便决计限期交割台湾于日本，谕令在台大小文武官员渡海回归。台湾人民誓死抗日护台，丘逢甲率义军在新竹一带与日军血战二十余昼夜，终因兵溃援绝而遭受严重挫折，最后，丘逢甲在部将劝说下被迫含恨离台转而内渡至厦门。他的《离台诗》中，"宰相有权能割地，孤臣无力可回天""卷土重来未可知，江山亦要伟人持"正是当时他悲愤心声的真实写照。

丘逢甲返回大陆后定居广东祖籍旧地，但他念念不忘台湾，常愁思入梦，哀泪如雨。1896 年 4 月 17 日，即清廷割让台湾的周年国耻日，想起沦为亡国奴的四百万同胞，想起抗日护台的失败，想起清廷的腐败，丘逢甲不由得悲从中来，泪如雨下，便写下《春愁》一诗，以此表达自己的悲痛与哀思。为不忘收复故土，诗人把儿子丘琮的名字改为丘念台，把自己住的屋名"吾庐"改为"念台精舍"。当友人返回台湾时，他以《送颂臣之台湾》一诗相赠，寄语台湾父老莫忘祖国，重申自己光复台湾的雄心和信心，可谓是"十年如未死，卷土定重来"。

丘逢甲在大陆期间，起初支持康有为、梁启超的维新变法，后转为赞同并积极参与孙中山先生领导的民主革命。1908 年，丘逢甲加入了中国同盟会，积极投身到推翻清朝统治的伟大革命事业中。辛亥革命后，他到南京参加筹组临时政府的工作，被推举为临时参议院参议员。可惜天妒英才，四十八岁的丘逢甲因病魔缠身而去世。临终前他嘱咐亲属"葬须南向"，以便望着台湾回归祖国。丘逢甲崇高的民族气节和自强不息的爱国主义精神，将永远受到中国人民的爱戴和敬仰。

丘逢甲"幼负大志"，渴望报效国家和民族。然而，面对腐朽没落的清廷，少年得志的丘逢甲毅然弃官返台推广新式教育，为国家培养了大量人才。"七律一种，开满劲弓，吹裂铁笛，真成义军旧将之诗"(钱仲联评价)，诗风豪放激越的丘逢甲，其诗震撼人心，"诗界革命一巨子"正是梁启超对他的高度赞誉。梁衡说，要是为辛弃疾造像，最贴切的题目就是"把栏杆拍遍"！如此，这位战场能杀敌、诗界抒豪情的丘逢甲又何尝不是"拍遍栏杆"的爱国赤子呢？

丘逢甲诗之一

春　愁

春愁难遣①强看山，往事②惊心泪欲潸③。
四百万④人同一哭，去年今日割台湾⑤。

【注释】

①难遣：遣，排解，发泄。难遣即难以排遣春日满怀的愁绪。
②往事：诗中指割让台湾一事。
③潸（shān）：流泪的样子。
④四百万：指当时台湾人口（含闽、粤籍人口）。
⑤去年今日：指割让台湾之日。李鸿章与伊藤博文在1895年4月17日于日本马关签订了中日《马关条约》。

【译诗】

春日里我内心的愁思之浓无法排解，(只有)强打起精神以眺望远山，
痛心的往事让人触目惊心，使我也泣涕涟涟。
正放声痛哭的四百万同胞啊，
去年的今日正是我们的祖国宝岛被割占的日子啊。

【赏析】

本诗写于1896年春，此时甲午战败、台湾被日割占已一周年。诗人痛定思痛，写下了这首即景抒情诗。

诗人犹记中日甲午战后《马关条约》将我国台湾割让给日本、举国悲愤的情形，台湾人民异常愤慨，如"午夜暴闻轰雷，惊骇无人色，奔走相告，聚哭于市中，夜以继日，哭声达于四野"。台湾人民齐心抗日护台，与敌人进行了艰苦卓绝的斗争，但终因孤军无援而失败，丘逢甲饮恨返回大陆后定居在广东沿海的一个小山村。时隔一年，诗人写下了这首满含悲愤的《春愁》。

"春愁难遣强看山"，诗歌首句由春愁入题，反其意而行之。"一年之计在于春"，春天本是一年中最美好的季节，草绿林青，百花争妍，春山妩媚，然而诗人落笔却直呼"春愁难遣"，直抒胸中愁绪。"强看山"写出诗人自我排遣忧愁的方式，勉强

远眺群山，但仍难以消除胸中的浓愁。次句转而道出"往事惊心泪欲潸"，即春愁之因，原来让诗人愁绪满怀、涕泪长流的正是这"惊心"的往事！联系此诗的写作背景，即《马关条约》签订后，国土沦丧，山河破碎，台湾被割让给日本的惨痛一幕犹在眼前，这让诗人怎能不愁情满怀、怆然涕下呢？"情能移景，景亦能移情。"（吴乔《围炉诗话》）诗人被迫离台后，看见大陆的春山，自然联想到台湾的青山绿水，春愁难遣，触景伤怀，表达了对台湾热切的思恋。

诗歌后两句中，诗人用逆挽句式描述了去年的今日台湾被割占时"四百万人同一哭"的惊心动魄的场面。"四百万"民众对台湾领土的沦丧俯地哭泣、捶胸顿足，倍感沉痛。这两句诗也进一步点明了"愁"之因，用一个"哭"字把全诗的感情推向高潮。全诗由"愁"起而至"泪欲潸"，终至"同一哭"，感情的潮水不断蓄积，直至喷涌而出。如此，这悲痛欲绝的哭声中包含了多少家仇国恨，又饱含了多少民族的屈辱啊！

丘逢甲的爱国诗风，苍凉雄健，强悍有力，表达了近代台湾人民的心声和诉求。全诗感情强烈，字里行间饱含辛酸和血泪，同年谭嗣同的诗作"世间无物抵春愁，合向苍冥一哭休。四万万人齐下泪，天涯何处是神州"，其诗风与丘逢甲的诗有异曲同工之妙，有极高的史料价值，亦有震撼人心的艺术力量。

"感人心者，莫先乎情"，本诗语言朴实无华，却承载了诗人对祖国的深沉挚爱，诗人与人民同呼吸、共爱憎，洋溢着强烈的爱国主义情感，具有撼人心魄的感召力量，丘逢甲无愧于梁启超"诗界革命一巨子"的赞誉！

（周丽颖）

丘逢甲诗之二

元夕无月[①]

三年[②]此夕月无光，明月多应在故乡。
欲向海天寻月去，五更[③]飞梦渡鲲洋[④]。

【注释】

①元夕：即农历正月十五元宵节的夜晚。
②三年：诗作于1898年，诗人于1895年离台，至此已三年。
③五更：旧时把一夜分为五更，诗中指深夜。
④鲲洋：指台湾海峡。这里以鲲代指台湾。

【译诗】

连续三年此晚的月儿都黯淡无光，
而此刻最美的月色应在可爱的故乡。
我欲向海天去寻找那美好的月亮，
一夜间飞渡过波涛汹涌的台湾海峡。

【赏析】

《元夕无月》写于1898年元宵节，此时距台湾被割占已三年。

本诗是一首借物咏怀诗。诗题中"元夕"点出时间，"无月"既是自然之景，也是诗人内心之景。借月咏怀本是文人墨客们常用来表达思乡怀人的手段。月的清辉能穿越千年，跨越万里，"当时明月在，曾照彩云归""春风又绿江南岸，明月何时照我还""但愿人长久，千里共婵娟"等，可见月承载了诗人归乡不得的愁苦。诗人却因无月只得向梦中寻求，其心情的悲苦可想而知。丘逢甲自1895年离台后，便定居在广东，南国乡村山清水秀，景色宜人，虽然生活环境安定了，但诗人的心却一刻也没有平静下来，他念念不忘故土，时刻惦念着生活在日寇铁蹄下的台湾人民。《元夕无月》正是诗人这一心情的真实写照。

诗的前两句"三年此夕月无光，明月多应在故乡"，出语看似平淡，实则满含忧伤。"一切景语皆情语"（王国维《人间词话》），因景生情，因情生诗，所以在诗人心中，每逢元宵节的夜晚，月亮都是这样暗淡无光，"露从今夜白，月是故乡明"（杜甫《月夜忆舍弟》），诗人进而推想此刻故乡的明月，今晚该是一番怎样的景象呢？可是故乡已沦陷了三年，故乡的明月还会像以前那般皎洁明亮吗？朝廷腐败，故土沦丧，诗人不禁慨叹：今晚的这轮冷月何日才能重放光彩，照耀我回到日夜思念的故乡？

"感时花溅泪，恨别鸟惊心"，于是诗人不由得突发奇想："欲向海天寻月去，五更飞梦渡鲲洋。"此二句诗可谓神来之笔，令人精神为之一振。魂牵梦萦的思乡之情给诗人插上了想象的翅膀：飞过辽阔的海天，飞到了可爱的故乡！诗人在送台湾友人的诗中曾立下"十年如未死，卷土定重来"的誓言，可如今三年过去了，收复故土却依然遥遥无期。"悲歌可以当泣"，但"远望"岂能"当归"？诗人徘徊于月下，遥望故乡，心中饱含的仍是对故土的无限眷恋。

丘逢甲一路阅尽"满城灯市""鳌仙有泪""神山沦没"，终梦归故乡。本诗想象奇特，跌宕有致，用语质朴自然，一气呵成。诗人眷恋故土、忧国忧民的形象跃然纸上：面对中华民族备受屈辱的悲愤，面对民众誓死抗争的无悔，字里行间力透纸背。明月依旧在，何日彩云归？

（周丽颖）

37 谭嗣同

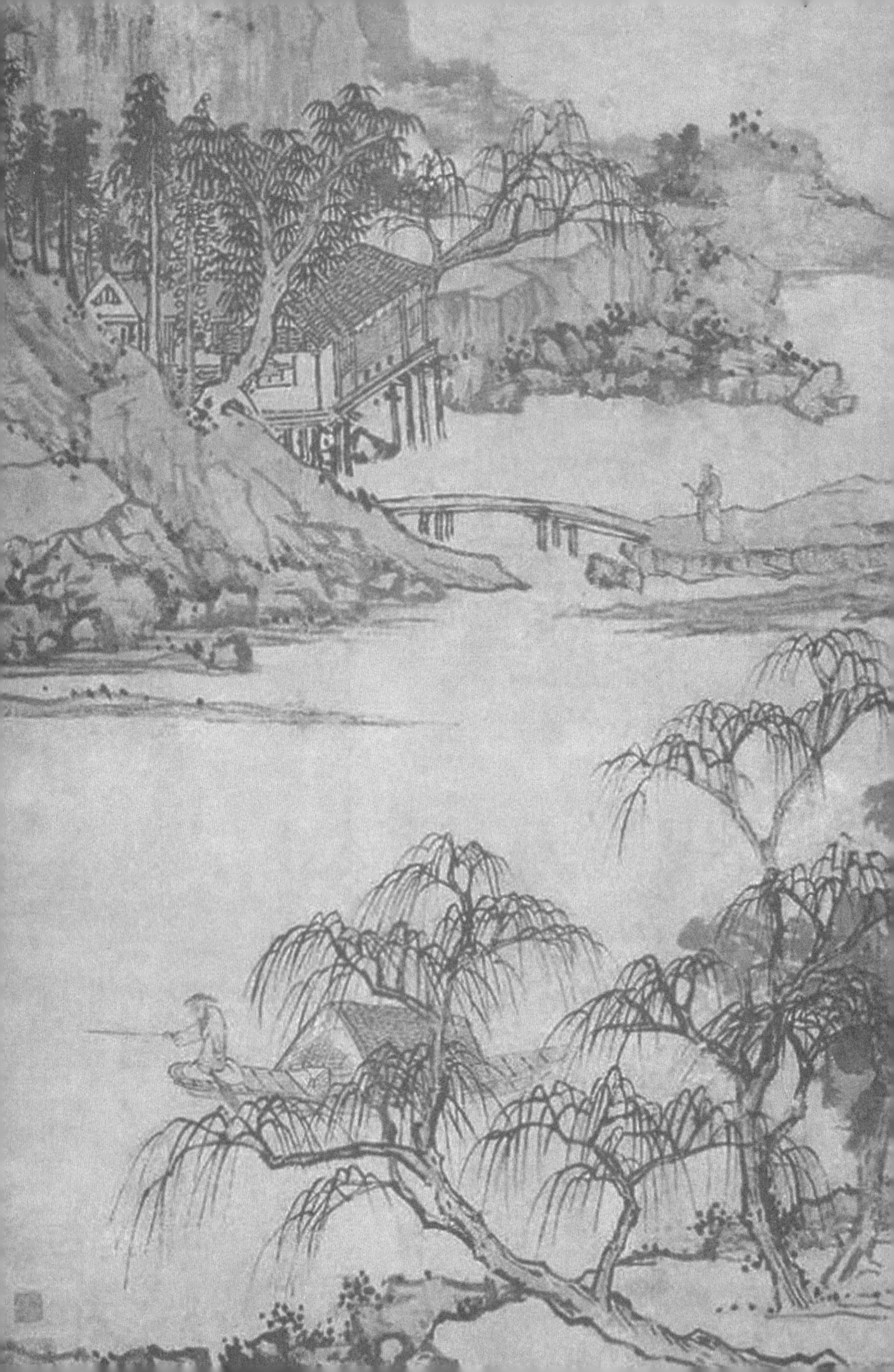

谭嗣同,字复生,号壮飞,湖南浏阳人。他是中国近代资产阶级著名政治家、思想家,与杨锐、刘光第、林旭、杨深秀和康广仁并称为"戊戌六君子"。代表作有《仁学》《狱中题壁》等。1898年,参加领导戊戌变法,失败后被杀。

谭嗣同的一生大致可以归纳为以下四个时期:童年时期、漫游时期、担任知府时期、改良变法时期。

第一阶段:童年时期。在谭嗣同的童年,有三个人对他的影响很大。第一位是出身书香门第的母亲,在她的严格管教下,谭嗣同苦读儒家经典,虽枯燥乏味,但也为他广泛涉猎、精心钻研历史文物等奠定了学识基础。第二位是欧阳中鹄,这位有变革意识的知识分子在谭嗣同的心中撒下了改良维新的种子,是他日后投身于变法事业的启蒙者。第三位是侠士王正谊,他的仙风道骨、侠肝义胆,在潜移默化中感染着谭嗣同幼小的心灵,也塑造着他的灵魂。同时,父亲另娶,那段非常人所能忍受的生活也磨炼了他坚强的意志,为他后来视死如归、慷慨就义创造了精神条件。

第二阶段:漫游时期。十年的漫游,不仅让他饱览了祖国河山的壮美景色,还让他看到了底层人民的艰苦生活,引发了对社会黑暗和清政府腐败无能的思考,最重要的是坚定了他心中救国家和人民于水火的伟大志向。在龚自珍、魏源和康有为等人的影响下,谭嗣同意识到了变法自强、推翻封建制度的必要性,毅然决然地要投入资产阶级改良运动,一篇《三十自纪》,道出了他对民族的热爱和忠诚和改良的伟大决心。

第三阶段:担任知府时期。在担任知府期间,谭嗣同感受到了自己与官场的格格不入,试想,一个清高孤傲的人如何能忍受烦琐无味的公章程序,如何能放下身段与那些小人饮酒作乐?为官之道于他而言,不愿也不屑探究。满腹愁肠,唯有独上高楼,借清风明月排遣。此时,佛学走进了他的生活,消除了他眼前的阴霾。他把佛学精神贯注于现实社会,不仅使佛学摆脱了虚无苍白的困境,开拓了"应用佛学"的领域,还借此批判了封建专制制度和各种伦理纲常,因此他也被誉为"佛学彗星"。

第四阶段:改良变法时期。1897年,谭嗣同受黄遵宪等人的邀请,投身新政,之后创办《湘报》,使维新变法在湖南开展得如火如荼,他也因此受到了光绪帝的青睐。但这可悲的傀儡皇帝终究拗不过把握实权的慈禧,而谭嗣同又所托非人,寄希望于虚伪的军阀袁世凯,最终光绪帝被囚禁,自己也一失足成千古恨,满盘皆输,临市问斩。三十三岁的鲜活生命,还未看见胜利的曙光,还未听见胜利的号角,带着遗憾和不甘就此终结。

虽然戊戌变法失败了,但谭嗣同以及那些英勇就义的革命者们,用自己的鲜血为这场充满遗憾的变法祭奠,用鲜活的生命作为唤醒那些在铁屋子里沉睡的国民的代价,同时也警醒着后继者改良国家的正确之道,避免他们重蹈覆辙,以更加明亮的精神去延续他们未完成的使命。正如谭嗣同在《狱中题壁》中所言:"我自横刀向天笑,去留肝胆两昆仑。"生为变法而生,死当然也要为变法而死!面对友人们保全自身、他日东山再起的劝慰,谭嗣同舍生取义,他在乎的已不再是肉体,而是对国家、对自己的忠诚。于他而言,死亡比偷生更有价值,没有什么比血淋淋的生命更有说服力了。这"重于泰山"的死,显现出了谭嗣同的铮铮铁骨和以身殉道的高贵品质,他的家国情怀、忠肝义胆振奋着一代又一代的国人为民族之崛起而奋斗,直至今日依旧是我们宝贵的精神财富。

谭嗣同诗之一

潼 关①

终古高云簇此城②,秋风吹散马蹄声。
河③流大野犹嫌束,山入潼关不解④平。

【注释】

①潼关:关名,东汉建安时在此建关,因潼河而被命名为"潼关"。1882年春,诗人从家乡动身,前往甘肃兰州他父亲的任所,途经潼关时,已是落叶缤纷的秋天。

②终古:往昔,自古以来。簇:围绕。因关城雄踞山腰,经常白云缭绕,故有"高云簇城"之说。

③河:此专指黄河。

④解:懂得。这句是说,进入潼关以后,但见山峦起伏,突兀高峻,不再有平缓的山势。

【译诗】

高高的潼关城自古以来就有白云缠绕不休,
阵阵秋风早已将急促的马蹄声吹散了。
黄河奔流在广阔的原野之上却还嫌拘束,
高峻的群山一入潼关就不再懂得何为平缓。

【赏析】

此诗作于清王朝风雨飘摇的1882年。当时,谭嗣同的父亲升任清朝甘肃省按察使,加封二品官衔,可谓如日中天。而此时的谭嗣同年方十八,书生意气,才华出众,但其对传统读书人的科举升迁之路极为不满。当年,谭嗣同在湖南应试,榜上无名。但他内心却并未因此而苦闷抑郁,而是常常在对祖国山水的游历中,感悟那份源自大自然本身的壮阔与豪情。于是,在去父亲任所之时,途经潼关,面对秋景,感怀于心,作此诗以抒其志。

  诗作开篇,映入眼帘的是一幅"白云潼关图"。看,一座古老而巍峨的关城静静伫立在天地之间,像一位饱经沧桑的神秘巨人,散发着生人勿近的凛冽寒气。更妙的是,在这一雄壮刚毅的巨人身边,却有成团柔韧飘逸的云朵在嬉闹,绵延千载,增添了几分生气、几分柔和。"终古"一词,显示出潼关的古老和悠久的历史底蕴,"高云"一词则极力衬托出潼关的高耸雄壮,刚柔相济。我国古典绘画素有"横云断山"之法,即在山腰处平添几片云朵,将其截断,可更显山之高耸。而在这里,诗人却亲眼看见这一奇景,便直录笔下,可以想见诗人当时的喜悦和振奋!"簇"字极妙,有聚拢之势、托举之态,描绘出云环山绕、山出云端、动静相偕的美景。这反倒给苍凉孤寂的潼关注入一丝活力,诗人的感受力不可谓不敏锐。

  第二句通过列景意象,直写此时的气候,即深秋时节。听,清冷的风夹杂着秋日的舒爽,将哒哒的马蹄声吹得很远、很远。这里的"马蹄声",既可以理解为诗人自己的马蹄声,也可以理解为历史上无数战马在这里冲锋陷阵发出的声音,打开了两重想象的空间。显然,如果理解为前者,则可以感受到诗人"秋风快意马蹄急"的豪情,理解为后者,则有今之秋风吹散古之战火硝烟的历史喟叹,均为绝妙好辞!年方十八的诗人显示出超出常人的云淡风轻、勃发英姿、历史感悟,一个扬鞭催马跃山川的青年跃然纸上。

  第三、四句,则通过对黄河、峰峦的独特观察和理解,抒发自己的人生志向。奔腾不息的滚滚黄河,浊浪排空,猛烈冲击着山石,咆哮、嘶吼,像一位暴怒的神,发出震慑万物的怒吼。它以无可阻挡的声威,撕裂北方大地,在广袤的平原上自由驰骋。然而,在诗人看来,黄河之所以咆哮嘶吼,是因为它仍觉受阻,不够酣畅淋漓。这一想象的确奇特,但又入情入理,赋予了黄河人的情感,耐人寻味。而高耸的群山呢,一旦进入潼关,便唯有高低起伏、峻峰如云之势,毫不理会何为"平"缓。那一份自带的傲气、骨气、豪气,令人畅快激赏。

  诗人描写了山川的壮阔,表现出他对自然山水的赞美、热爱之情,更是融情于景,借景抒情。这里的诗人,早已化身高山、大河,跟着它们一起奔涌、耸立。在这一高度的审美愉悦中,诗人已与高山、大河进入了同一状态,彼此相融,浑然不分。诗人借黄河奔流受阻,渴望更广袤的空间,展现出自己希望冲破世俗的枷锁,冲破生活的牢笼,摆脱被安排、被计划好的人生,想要追求自由,追求真正属于自己的人生的渴望。通过描绘险峻的山峰直入云霄,并无丝毫平缓之态,巧妙寄寓了他不向世俗权贵低头的志向,表达出他对官场黑暗腐败生活的厌恶,对蝇营狗苟、追名逐利之人的不屑。可以说,"犹嫌束""不解平"的黄河、高山,即是诗人傲岸不羁、雄奇磊落胸怀的写照,是诗人特有的冲决一切罗网、奋发昂扬的心态的外化,突出其铮铮风骨。

该诗用笔简古,场面壮阔,气势宏大,且又含蓄生动。诗人将高云、关城、秋风、马蹄、黄河、群山等意象巧妙组合,顿生刚健豪迈、傲睨古今之感,是诗人"于时方为驰骋不羁之文"的代表作。

谭嗣同诗之二

有感一章[①]

世间无物抵[②]春愁,合向苍冥一哭休[③]。
四万万人齐下泪,天涯何处是神州[④]!

【注释】

[①]章:原指音乐的一曲,后来也以此称诗歌的段落。《诗经·豳风·东山》序说"一章言其完也",所以又可以解作"篇"。"有感一章"即一篇写感想的诗。

[②]抵:抵偿。

[③]合:应当、应该。苍冥:苍天。冥:高远。休:语助词,相当于罢、了。

[④]天涯:天边,言极远的地方。神州:指中国。《史记·邹衍传》:"儒者所谓中国者,于天下乃八十一分居其一分耳。中国名曰'赤县神州',赤县神州内自有九州。"

【译诗】

世上没什么能够抵偿今春的忧愁,
我真是应该对着茫茫苍天痛哭一场!
一时间,四万万骨肉同胞一起哭泣,
因为,望断天涯亦不知何处是祖国!

【赏析】

该诗写于1896年春天。1895年,中日甲午战争中中国战败,签订了丧权辱国的《马关条约》,这彻底惊醒了衰朽的清王朝,也震怒了四万万同胞。举国上下,悲愤异常,纷纷思变,风起云涌。而此诗,即作于次年,即1896年,愈加自信、成熟的谭嗣同即将登上历史的舞台。谭嗣同在闻知《马关条约》的内容后,受到极大震动,理想与现实巨大的反差让他难以平静,便写下这首著名的感怀诗。

  诗的开篇直抒胸臆,一个"愁"字,奠定了全诗的感情基调。春日,本是温暖和煦、生机勃勃的时节,本应孕育着希望,可偏偏《马关条约》就在这最美人间四月天签订了,春意何在?春愁填膺!的确,如此奇耻大辱,是没有任何东西可以抵偿、纾解的。在古典诗词中,春愁有固有内涵,包括少年"为赋新词强说愁"的感时伤春,恋人间"一处相思,两处闲愁"的儿女情长。显然,诗人开头点出"春愁",似有落入俗套之嫌,却又瞬间将这肤浅的愁绪一扫而空,赋予其更深刻、厚重的内涵——国仇家恨。这是山河破碎、国破家亡的愁,这是丧权辱国、人民颠沛流离的怨,这是无能为力、无力回天的恨,如何排遣?于是,这种发自内心的愤懑、这种浸透骨血的疼痛,使得他不禁对着茫茫的苍天痛哭流涕、潸然泪下。郁结于胸的,是万般悲痛,他想嘶吼,想咆哮,可是却无语凝噎。他的哭,"哭出了他那忧国忧民的情怀、追求真理的志向和与邪恶势力誓不两立的斗争精神"(陈嵩岳语)。

  第三句则更加沉痛、廓大,将一己之愁,上升到全民族的"同愁""同哭"。一己啜泣,却引得四万万同胞皆泪如雨下,悲恸欲绝。为何?盖因人同此心,心同此理,哪一个中华儿女不心疼国土沦丧?哪一个有识之士不痛恨卖国无能之徒?"四万万人齐下泪"一句,是从孟昶妃《国亡诗》"十四万人齐解甲"句脱出,一语道破,气势悲壮,至今读来心旌猎猎。万民的哀号,可谓"哭声直上干云霄"。诗人在此处实现了视角的转移,将视角由个人转向人民大众,展现出这种悲痛是全民性的,诗人的思绪和人民是一致的,可见诗人已从一己之义气,转向胸怀天下的忧国忧民。

  末句生动形象地表现出诗人遥望苍茫大地,却不见昔日故国旧土的场景。神州大地,已在中华民族手中传承千载,而今日却支离破碎,不复昔日荣光。身虽在这片土地,却不见神州,甚至众多同胞已沦为亡国奴,在祖先的土地上为奴,在强虏面前屈膝,何其悲哉!

  这首诗风格悲怆苍凉,沉郁雄健。诗人直抒胸臆,情感浓烈而真挚,意蕴丰富,闪烁着爱国精神之光,展现了国家危亡、主权旁落的深重民族危机,抒发了诗人对祖国命运的深沉忧虑,对百姓处于水深火热的无限悲哀,表露出救亡图存、变法维新的思想意识。本诗在写法上,蓄势、铺陈、突发、点题,引发有致,节奏如急管繁弦,跌宕起伏,且层次清晰,形象分明,力透纸背。更难得的是,这首诗虽写忧写痛,但并不使人沉溺于忧愁和悲痛,而给人一种催人警醒、奋争的潜在力量。视野广阔,笔力沉重,以反诘收束,更增添了悲痛感慨的力量,这当是爱国诗篇的价值所在。

(韦庆芬)

38 梁启超

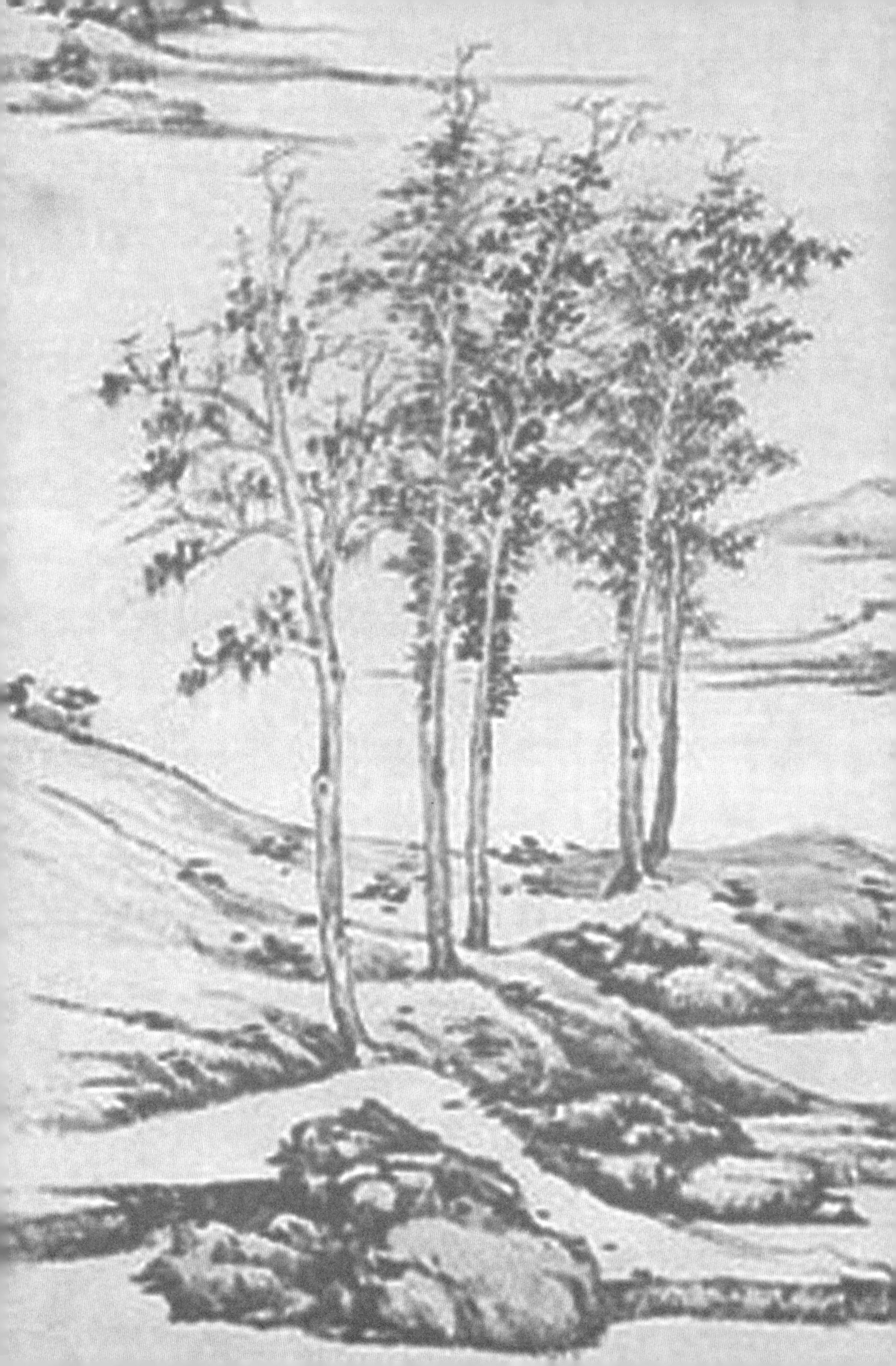

梁启超,字卓如,一字任甫,人称任公,号饮冰子,又号饮冰室主人,著有《饮冰室合集》,广东省新会县人。他是中国近代思想家、教育家、政治家、史学家、文学家,戊戌变法领袖之一,中国近代维新派的代表人物。

提起梁启超,多数人的第一印象是他和康有为联合发动的"公车上书""戊戌变法"。他的政治经历主要分为以下四个阶段:在北京和湖南宣传改良思想时期、在光绪皇帝的支持下进行戊戌变法时期、流亡日本时期和辛亥革命后回国反对复辟时期。

第一阶段:宣传变法改良思想。少年时的梁启超虽名落孙山,但他的心胸和眼界让他超越常人而感受到了近代中国的落后,并萌发出唯有变革科技才能发展中国的念头。面对清政府的腐败无能和丧权辱国的《马关条约》,义愤填膺的梁启超与老师康有为一起主持了"公车上书",并主办《中外纪闻》,抨击朝廷的昏庸,宣传变法的迫在眉睫。他还在湖南担任《时务报》主编,用西方资产阶级进化论的观点来论证社会发展的必然趋势;又在北京组织"保国会",反对俄国强租旅顺、大连,组织举人联名上书。以上种种皆为"百日维新"做足了充分的舆论准备。第二阶段:在光绪皇帝的支持下正式进行戊戌变法,但由于资产阶级的软弱,实权掌握在以慈禧太后为首的顽固派手中,光绪帝虽想摆脱傀儡皇帝的身份,但终究根基尚浅,变法运动只能以失败告终。第三阶段:梁启超在日本流亡时一方面抨击慈禧等人的反动腐朽,另一方面又拒绝加入以孙中山为首的革命派,与康有为一起组织保皇会,政治主张不断变化。第四阶段:辛亥革命后,梁启超回国拥护袁世凯,但反对其复辟帝制。后又反对张勋的复辟,出任段祺瑞的财务总长。总之,梁启超在政治上的主张总是处于矛盾的纠结中,一会儿是"开明专制",一会儿是"虚君共和",一变再变,难以服众。但不能否认的是,他将自己的生命和心血都献给了国家和人民,四处奔波劳累,都是为了国家的繁荣和民族的强盛,都是为了抚慰那拳拳的爱国之心。

除了在政治上,梁启超还在历史和文学上大有建树。他提倡史界革命,批判了中国数千年的封建史学;他还提倡"诗界革命"和"小说界革命",不仅冲击了传统诗坛,促进了"新派诗"的产生,还推动了小说创作的繁荣和发展。正如历史学家周传儒先生评价道:"他是一个史学家,特别是学术文化史专家,有巨大之贡献。既富有渊博的学识,又富有综合之才能,扼要钩玄,深入浅出。"如《清代学术概论》《先秦政治思想史》《佛学研究十八篇》等,都极其简明扼要、公正客观。这些用新文体写成的著作,在当时的文坛上一扫文言文陈腐之风,让那些厌倦八股文程式的青年学子们为之激赏振奋。

总之,梁启超被认为是清末最优秀的学者之一,是一位百科全书式的人物。他的一生徘徊于治学与问政之间,但要以一身推进"言论与政治并行",难免顾此失彼。虽然他在政治上的徘徊不定常常被人诟病,但万变不离其宗,即"其方法虽变,然其所以爱国者未尝变也",他的爱国赤诚值得我们继承延续;他在治学上的严谨、写文章时的言简意赅,至今仍是学者们应该学习并具备的美好品质。

梁启超诗之一

纪事诗

猛忆①中原事可哀,苍黄②天地入蒿莱③。
何心更作喁喁④语,起趁鸡声舞一回⑤。

【注释】

①猛忆:突然想起。
②苍黄:青色与黄色。《墨子·所染》:"见染丝者而叹曰:染于苍则苍,染于黄则黄;所入者变,其色亦变。"后用以比喻事情变化反复。
③蒿莱(hāo lái):野草,杂草。"入蒿莱"比喻戊戌变法失败后,国家大政败坏,百事荒废。
④喁喁(yú yú):形容说话声音小。
⑤鸡声舞一回:借用了"闻鸡起舞"的典故。《晋书·祖逖传》:"(祖逖)与司空刘琨俱为司州主簿,情好绸缪,共被同寝。中夜闻荒鸡鸣,蹴琨觉曰:'此非恶声也。'因起舞。"祖逖,字士稚,晋臣,时晋朝大乱,曾率众收复晋国大量失地。祖逖年轻时立志报效国家,夜闻鸡叫便起床舞剑,刻苦练武。后以"闻鸡起舞"作为志士及时奋发之典。

【译诗】

突然想起国家动荡之事真是让人悲叹,
天地翻覆、人事沧桑,政局更加混乱。
我哪里还有心思去谈儿女私情,
当闻鸡起舞,刻苦锻炼才是。

【赏析】

梁启超著有《纪事二十四首》,最初刊登在1900年11月的《清议报》上,这一组诗既叙述爱情故事，又饱含家国情怀。本诗是二十四首的最后一首。

戊戌变法失败后，梁启超逃亡日本，虽身在异乡，但仍心系故国。首句"猛忆中原事可哀"，起笔惊心，诗人回忆往事，也将读者带回那段历史，梁启超等仁人志士一腔热血，变法救国，却惨遭以慈禧为代表的顽固派的镇压，事败之后，参与变法的人或斩首，或囚禁，或逃亡，一切又恢复原状。诗人只身远赴，想起腐败清廷顽固不化，国势一天天衰微下去，备受列国欺凌，作为一名爱国志士，梁启超悲从中来，一个"哀"字，尽显心中的忧虑、焦急、悲愤与无奈。"猛忆"二字更见诗人心中对"中原事"惦念程度之深、之重。"苍黄天地入蒿莱"，风雨飘摇的晚清政府混乱不堪，犹如杂乱丛生的野草。这两句诗，诗人直抒胸臆，运用比喻的修辞把自己对祖国命运的哀叹与担忧描写得淋漓尽致，并为下两句诗的情感作铺垫，抑扬顿挫。

"何心更作喁喁语"，是以儿女私情反衬诗人的英雄豪情的写法，这一句紧承上文"猛忆"之事，由过去回到现实，由国家到个人，又由个人到国家。诗人抛家离国，流亡异乡，依然不忘初心，继续奔波在复兴祖国大业的道路上。梁启超在革命途中遇到才华横溢的红颜知己何女士，在组诗的第二首中有"识荆说项寻常事，第一相知总让卿"。然而，国难当头，哪里还能再有心思儿女情长呢？"何心"，非但不是"无心"，反而更显梁启超的"赤子之心"。

诗的末句"起趁鸡声舞一回"，笔调高昂，令人为之一振。祖逖闻鸡起舞的故事千余年来不知鼓舞了多少奋发有为、立志报效国家的英雄豪杰。梁启超在国家危难、飘零异国时，没有消沉，也没有悲观，而是呐喊出心底的渴望："舞一回！"这句诗巧妙地用典。这短短的三个字里包含着诗人期望磨炼自我、准备报效祖国的炽热情怀，和对祖国前途充满自信的乐观。全诗于此戛然而止，余音绕梁。

整首诗充满忧国忧民之思，诗人舍弃小我，成就大我，身处逆境，不忘国家，砥砺前进，以期报国，这份赤胆衷肠，至今激励着华夏儿女。

梁启超诗之二

爱国歌[①]

泱泱[②]哉！吾中华，
最大洲中最大国，廿[③]二行省为一家。
物产腴沃甲大地，天府雄国言非夸。
君不见，英日区区三岛尚崛起，况乃堂裔[④]吾中华！

结我团体，振我精神，

二十世纪新世界，雄飞宇内畴与伦⑤。

可爱哉！吾国民。

可爱哉！吾国民。

…………

彬彬哉！吾文明！

五千余岁历史古，光焰相续何绳绳⑥。

圣作贤述代继起，浸濯沈黑⑦扬光晶。

君不见，挈来⑧欧北天骄骤进化，宁容久扃⑨吾文明！

结我团体，振我精神，

二十世纪新世界，雄飞宇内畴与伦。

可爱哉！我国民。

可爱哉！我国民！

…………

【注释】

①这首诗写于1903年，共四首，此选其一、其三。

②泱泱：宏大的样子。

③廿(niàn)：二十。

④堂喬：形容宏大，犹堂皇。

⑤畴与伦：谁能与之相比。

⑥绳绳：众多的样子。

⑦浸濯(zhuó)：同"洒濯"。洒濯：洗涤。沈黑：犹"沉黑"，黑沉沉。

⑧挈(qiè)来：犹言去来。常有侧重，或重在"来"，或重在"去"。此指前者，作"近来"讲。

⑨扃(jiōng)：门窗箱柜上的闩、钩等，引申为封闭、闭锁。

【译诗】

我们可爱的中国是多么的辽阔广大！

它是世界上最大一洲中的最大的一个国家，

二十二个行政省区组成一个家。

土地肥沃物产丰饶稳居世界之首，

人们说它是天府雄国一点都没虚夸。

各位没看到吗？小小的英、日尚能崛起，
更何况我们这壮美雄奇的伟大中华！
联合我们的每个团体，
振奋我们每人的精神。
在这二十世纪的新世界，
中华腾飞啊谁能媲美？
多可爱啊，我们的国民。
多可爱啊，我们的国民！

我们中国的文明啊，是多么光辉灿烂！
五千多年的历史如此悠久，
古老的文明耀眼夺目，蔚为大观。
层出不穷的圣人贤士们著书立说，
消除愚昧将真理的曙光洒满人间。
各位没看到吗？北方沙俄迅速强大，
我们怎能容忍这中华大地再锁国闭关！
联合我们的每个团体，
振奋我们每人的精神。
在这二十世纪的新世界，
中华腾飞啊谁能媲美？
多可爱啊，我们的国民。
多可爱啊，我们的国民！

【赏析】

梁启超在戊戌变法失败后流亡日本，致力于新诗的创作和研究，用新的语言、新的格调抒发对那个动荡时代的思考，写出一批具有鲜明时代精神的"新派诗"。作为一位浸润古典文化的巨匠，能够较快地接受和运用新的语言，可见他与时俱进的精神。《爱国歌》就是他这一时期重要的作品。

《爱国歌》组诗有四首，这里选两首。第一首，诗人从我国土地面积之辽阔、行政区划之有序、物产资源之丰富以及历史文化之悠久几个方面入手，赞颂我国是一个名副其实的"大国"。首句"泱泱哉！吾中华"气势不凡，用倒装句式，直抒胸臆，对"泱泱"加以强调，表达诗人的自豪之情，一股磅礴之感迎面而来。看，我们是世界上最大洲中最大的一个国家，是一个由二十二个省组成的完整大家庭，是一个绵延了五千多年文明的国度。不论在时间上，还是空间上，中国都是首屈一指的，有哪一个国家能与我们中国相比？这几句诗，音调铿锵，透出一股发自内心的民族骄傲感！

此外，这几句运用了比较、映衬的手法，两个"最大"，增强了诗歌语言的表现力，且又避免了诗意表现的平直白露。接着，诗人又从丰富的物产方面进一步确认祖国的富饶、可爱。祖国之大，绝不贫瘠，而是一方沃土、热土，养育了当时世界上最多的四万万儿女！"腴沃"形神兼备，不仅有"肥"的意思，而且有"美""丰裕"的内涵。一个"甲"字，斩钉截铁，显示出诗人的民族自尊心与自豪感，这是世代中华儿女对自己心爱祖国的盛赞，果断而有力。六、七两句，取譬说明，极能打动人心。

《爱国歌》不是自我的吹捧，而是用一种宏阔的比较眼光，将中华民族放在世界民族之中来打量和反思，表现出一种可贵的理性精神。既不盲目自大，也不妄自菲薄，而是全面、准确、理性地看待祖国的成就和不足，这应是那个时代最可宝贵的精神力量！是啊，英国通过工业革命和资产阶级革命，成为世界头号强国。而近邻日本，虽弹丸之地，竟也通过明治维新，后来居上，且在甲午战争中让中国屈膝。这些成功的案例，怎能不让我们这个大帝国触动和深思呢？英、日这样的小国家都能先后崛起，我堂堂的中华为什么就不能腾飞呢？诗人以事明理，对比强调，凸显出一种真诚的焦虑感，和中国再次崛起的必要性、可能性。

《爱国歌》第三首，则从时空的维度，进入到文明的领域，作更深入的思考，歌颂中华民族历史的悠久和人才辈出。"彬彬哉！吾文明"，起句仍用与第一首诗"泱泱哉！吾中华"相同的句式，对整首诗的内容加以提示和概括。"彬彬"二字，高度概括了我国数千年文明成果之丰厚、高雅，不仅人才济济，而且名著佳作不断。尤其是，先贤们"浸濯沈黑扬光晶"的品格，更是传承的财富。他们追求真理、涤荡谬误，像一盏又一盏接力传承的火炬，照亮历史暗夜的星空。是的，外有列强相继崛起，内有文明之薪火相传，我们的祖国又怎能甘愿落后呢？"宁容久屙吾文明"一句，甚为悲怆、激愤，喷薄出诗人对衰朽清政府闭关锁国愚蠢政策的激愤和对改良国政、以图富强的热切期盼。

可以说，作为改良主义者的梁启超，在这远离故园的异国他乡，为祖国的前途开出了疗治的药方："结我团体，振我精神"。诗人两次发出这一呐喊，表明他在经历太多政治浮沉之后，对如何拯救中华民族，有了更加深刻、清醒的认识，即只靠若干上层精英的"变法"是不可能完成这一沉重历史使命的，唯有团结起每一个有志、清醒的中华儿女，勠力同心，且真正振作起每一个人的"精神"，才能让中华大地焕然一新，生机永驻！唯有如此，中国在二十世纪的再次展翅"雄飞"，方不是虚言。

（韦庆芬）

39 秋瑾

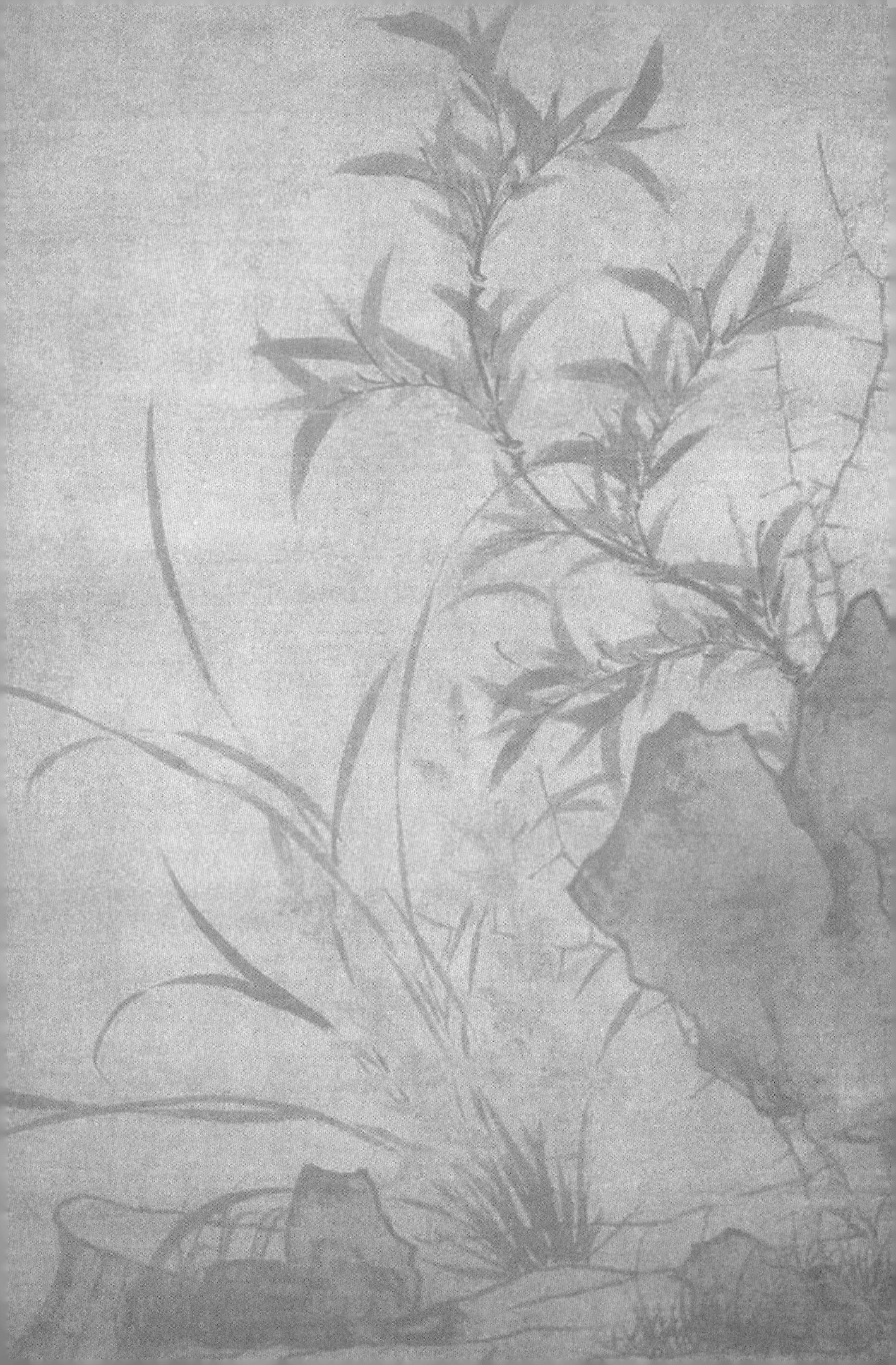

秋瑾(1875—1907),字璿卿,别字竞雄,自称"鉴湖女侠",浙江山阴(今绍兴)人,出生于一个封建官僚家庭。

秋瑾天资聪敏,自小就喜读书习史、骑马舞剑。她十分仰慕《史记》中记载的游侠郭解的豪义,倾慕花木兰、秦良玉等巾帼英雄的胆识。在十六岁左右时,她跟随舅父、表兄学艺,在掌握刀、枪、棍、剑、拳术等多种武艺后,更以花木兰、秦良玉自况,立誓要为国家民族作一番贡献。

成年后,秋瑾随在湘潭任职的父亲来到湖南,经家庭包办,与湘潭的官僚子弟王廷钧结为连理。之后王用钱买了个户部主事的官职,秋瑾又随夫来到京城。在京城,她进一步了解了清政府的昏庸黑暗和卖国妥协的腐朽本质,亲眼看见了帝国主义侵略中国的丑恶罪行。特别是1900年以来,随着八国联军入侵,《辛丑条约》的签订,民族危机日益深重,她忧心如焚。面对这一切,她满腔热血,填成了一首壮怀激烈的《满江红》词:"身不得,男儿列,心却比,男儿烈!"表明决心要为挽救民族危亡而干出一番轰轰烈烈的事业的伟大心曲。在这种思想的引领下,1904年春,她毅然冲破家庭阻拦,诀别丈夫、子女,孑然东渡日本探寻救国真理。从此,世上少了一个养尊处优的深闺妇人,多了一位坚贞不渝的革命战士。

"明治维新"后的日本,到处呈现出一派繁荣景象。中国许多资产阶级民主主义革命家,如孙中山、章太炎、黄兴等人,都集中在这里从事革命活动。秋瑾来到日本后,精神十分振奋,一面刻苦攻读日语,准备报考学校,一面以极高的热情奔走各地,参加各种革命集会,广交爱国志士,积极投身革命活动。她先是与革命党人刘道一一行人组成秘密团体"十人会",而后加入"三合会",并成为该会的核心人物。

那年秋季,她又创办了革命刊物《白话》,为杂志撰写了发刊词,并先后发表《敬告二万万女同胞》《警告我同胞》等文章,提出追求男女平等的主张,号召妇女崛起,反对封建,争取解放。

1905年,秋瑾回国省亲,经著名民主革命家陶成章介绍,拜访了当时在上海光复会担任会长的蔡元培,又会晤了徐锡麟,后经徐介绍加入光复会。

1905年夏,秋瑾再度去日本。当时,日俄在我国领土开战,腐败的清政府竟不顾领土主权和人民生命财产,擅自划出辽河以东一带作为战场,并无耻宣布"中立",任由日俄军队在我国东北地区胡作非为。赴日途中,秋瑾感怀国事,于船舱中潜心研究日俄战争地图。其时,一日本友人向她要诗,她凛然写下《黄海舟中日人索句并见日俄战争地图》一诗。诗中,她愤慨道,一个爱国者怎能"忍看"祖国地图改变颜色,怎能"肯使"祖国遭受洗劫?身为中华儿女,就是付出自己的全部心血,也要极力营救祖国于水火之中。

再度抵达日本之时,适逢孙中山先生从欧洲来到日本,于当年八月成立了载入史册的中国同盟会。经黄兴介绍,秋瑾认识了孙中山,顺利加入同盟会,同时被推举为同盟会评议部的评议员和浙江省主盟人。肩负着重大的使命,秋瑾更加坚定了献身革命的赤诚之心。在一腔热血的驱使下,她买回一柄钢剑,题诗明志道:"休言女子非英物,夜夜龙泉壁上鸣。"字里行间,无不诉说着她为国出征的强烈夙愿。

1905年12月,为抗议清政府勾结日本帝国主义镇压留日学生,以秋瑾为代表的大批学生愤然罢课归国。回国后,秋瑾筹备主编了《中国女报》,宣扬妇女解放。其在第一期上发表的《敬告姊妹们》一文,全篇洋洋洒洒,辞藻警人,却又通俗易懂,真真切切地触及广大女性的内心深处,许多人看过后,不禁怆然饮泣,恍然大悟。

1906年,秋瑾回绍兴主持大通学堂,为光复会悉心培训干部,全心筹备武装起义。

1907年5月,徐锡麟和秋瑾准备发动起义,与孙中山在两广组织的起义相应和。他们约定:徐锡麟于安庆起事,秋瑾于同期在浙江金华、处州等地响应。7月6日,徐在安庆起事,不幸失败遇害。秋瑾从报上获悉噩讯,心如刀割,但她丝毫没有退缩畏惧,仍决意举行起义。当时有人劝她暂时躲避,她却毅然拒绝,"我怕死就不会出来革命,革命要流血才会成功","我绝不离开绍兴",字字铿锵有力。随后,她从容布置大通革命党人的疏散、隐匿工作,自己则坚守在学校,随时预备慷慨就义,为国牺牲。

1907年7月13日,清军包围了大通学堂,在双方进行近一小时的鏖战后,秋瑾被俘。面临敌人的酷刑逼供,秋瑾始终坚贞不屈,咬紧牙关,没有吐露半点革命机密,只是坚决答道:"革命党的事不必多问。"7月15日,这位"心比男儿烈"的鉴湖女侠最终英勇就义。秋瑾,这位第一个为中国民主革命英勇就义的爱国女性,将永载史册,光照千秋。

秋瑾早年的诗歌,多为感时伤世之作,经革命实践的锤炼,诗歌内容和情调皆发生了显著变化。她后期的诗作充满了革命激情、抱负憧憬、英武气概以及大无畏的牺牲精神。诗风爽朗豪迈,一扫早期的缠绵纤巧之感。在形式上,完全从个人情感表达和创作需要出发,不拘泥于音调规格,常常四言、五言、七言、杂言并用,有时还杂以楚辞句式。其作品均收入《秋瑾集》。

秋瑾诗之一

黄海舟中日人索句并见日俄战争地图[①]

万里乘风去复来[②],只身东海挟春雷[③]。
忍看图画移颜色[④]?肯使江山付劫灰[⑤]!

浊酒不销忧国泪，救时应仗出群才⑥。
拼将十万头颅血⑦，须把乾坤力挽回！

【注释】

①此诗作于1905年夏秋瑾再赴日本途中。索句：指日本友人请她写诗。日俄战争地图：1904年，日本、沙俄因争夺中国东北，在中国领土开战，腐朽无能的清政府竟保持"中立"，任其肆虐。后沙俄战败，与日本签订《朴次茅斯和约》，重新瓜分中国东北。

②万里乘风：化用宗悫"愿乘长风破万里浪"的典故，写出诗人乘风远行、追求伟大抱负的豪迈姿态。去复来：诗人于1904年赴日留学，次年春因事回国，至夏再赴日本，所以说"去复来"。

③只身东海：指独自一人东渡赴日。挟春雷：写诗人怀揣着如春雷般惊人的革命抱负。挟：持，怀揣着。春雷：有唤醒万物众生、唤醒民众的意味。

④忍看：岂忍看，怎忍看。图画：地图。移颜色：（地图上）改变颜色，指我国领土被帝国主义列强侵占瓜分。日俄战争后，日本从沙俄手中取得中国旅顺、大连湾的租借权。

⑤肯使：岂肯使，怎肯使。劫灰：佛家语，佛教传说中能使一切毁灭的灾火叫劫火，劫火后的残余叫劫灰。这里指国土沦陷，被瓜分葬送。

⑥仗：依靠。出群才：指出类拔萃、能力超群的人才。

⑦拼将：舍弃，不顾惜。十万：泛言极多。

【译诗】

我去而复来乘长风破巨浪，
胸怀春雷般的宏志孤身漂洋过海。
哪能忍心看祖国的版图颜色改变？
怎么肯让如此多娇江山彻底沦丧！
浊酒化作悲酸泪水难以消除忧国之伤，
救国克难要依靠超群的英才奋起昂扬。
豁出去十万性命奋勇革命浴血疆场，
定要力挽乾坤拯救国家民族于危亡。

【赏析】

这首诗是诗人在赴日本的船上因日本使者银澜索取诗句而写作的,时间是1905年6月。

首联"万里乘风去复来,只身东海挟风雷","挟风雷"比喻胸怀春雷般惊人的革命大志。诗人乘风破浪再赴日本,显其孤勇,更见抱负之宏大。开篇便是激越昂扬,初现鉴湖女侠之英姿。

颔联"忍看图画移颜色?肯使江山付劫灰!"1904年日俄帝国主义为了争夺我国东北,在我国领土上开战,而腐败透顶的清政府却宣布"中立",听任帝国主义宰割,眼巴巴看着祖国的"图画"改变颜色,静等着祖国的江山变成劫后灰。诗人在这里表达出了一种意志:她决不袖手旁观、熟视无睹。这充满激情的诗句,形象地表现了诗人为祖国命运扼腕、为保全江山而奋争的巾帼英雄之风貌。

颈联"浊酒不销忧国泪,救时应仗出群才",是说船上孤盅独饮难浇心中忧国之愁,要拯救国家于危难之际,必须依靠大量的英才。作为一个受中西文化熏陶的近代知识分子,诗人有着别于古代文人的文化特征,她已有了"群才"的观念,不再仰仗明君,也不再倚靠贤臣,而是清醒地认识到自己已成为历史重荷的负担者,因此,也就有了克服消沉和痛苦的力量,不再是借酒浇愁独自吟,而是奋起救国,把个人命运融入民族大业之中。

尾联"拼将十万头颅血,须把乾坤力挽回",此句与诗人的另一首诗《对酒》中的"一腔热血勤珍重,洒去犹能化碧涛"有异曲同工之妙。诗人的誓言不是空泛的口号,而是真诚的生命托付:就是豁出去十万条性命,也一定要力挽乾坤。壮烈的情怀,惊天地,泣鬼神!诗人一腔热血喷薄而出,丝毫不显女儿情态,真乃巾帼英杰!

这首诗本是应友人索句并见地图而偶然作之,然而在诗中,我们却看不到一丝仓促穿凿的痕迹。全诗刚健明快,字重千钧,有的是诗人毕生追求而必然形成的爱国之志,有的是鉴湖女侠光风霁月的人格和英姿。在这里,我们看到的秋瑾,是一个世间罕有的奇女子,她那可歌可泣的奉献情怀,不再是游子背井离乡式的离愁别绪,也不再是弱女子伤春悲秋式的沉郁幽咽,而是一颗舍身为国的碧血丹心和一份伟大无私、惊天动地的崇高情志。它豪迈,因为她找到了个人与历史的交汇点;它悲壮,因为她把自己"钉"在了殉国的"十字架"上。

(石慧斌)

秋瑾诗之二

日人石井君索和即用原韵①

漫云②女子不英雄,万里乘风独向东。
诗思一帆海空阔,梦魂三岛月玲珑③。
铜驼已陷悲回首④,汗马终惭未有功⑤。
如许伤心家国恨,那堪客里度春风⑥?

【注释】

①这是秋瑾去日本留学途中写给友人石井的一首酬和诗。和诗常常用原作之韵。

②漫云:不要说。

③三岛:指日本的本州、四国、九州三岛,这里代指日本。玲珑:形容月色的晶莹透彻。这两句意思是:诗思伴随着征帆片片,像大海一样空阔无边;梦魂绕着三岛飞翔,像月光一样莹彻纯洁。

④"铜驼"句:《晋书·索靖传》记载,靖有先识远量,知天下将乱,指洛阳宫门铜驼叹曰:"会见汝在荆棘中耳。"晋朝索靖自感天下要大乱,预言洛阳宫殿前的铜驼将陷没在荆棘之中,以比喻天下将大乱和国家衰亡。铜驼:借指国家。

⑤汗马:战马因奔驰而出汗,比喻征战劳苦,建立战功,常说"汗马功劳"。这句指自己虽为国事操劳奔走,但令人惭愧的是没有立下什么功绩。

⑥如许:像这样。那堪:哪里经受住。

【译诗】

莫说女子就不能成为英雄,
且看我,为宏图大志,乘风万里孤身向东。
征帆一片,海阔天空,激荡起我诗思汹涌,
月光澄澈,三岛朦胧,惹引得我梦魂飘动。
回首混乱沦丧的祖国,满目生悲,
奔波多年,好惭愧至今未立战功。
凄怆神伤,面对这般家仇国恨,
我怎能客居他乡、虚度春风?

【赏析】

此诗写于1904年诗人去日本留学途中。当时同船的日本人石井向秋瑾要诗，诗人便用石井诗的韵写了这首和诗。

秋瑾自幼便推崇历史上的英雄豪杰和仁人志士。少女时代，她就歌颂过女英雄花木兰和秦良玉，悼念过爱国诗人屈原。之后又凭吊过三国时火烧赤壁的英雄。在这首诗里，诗人将蕴蓄于胸中的豪气一吐而出，典型地表现了诗人作为女战士的革命气概以及对祖国危亡的热切关注。

"漫云女子不英雄，万里乘风独向东。"一个"漫"字突出了诗人不畏时俗的男女平等思想，一个"独"字表现了她身为一代巾帼英雄的过人胆识。一个一腔孤勇、单枪匹马出征的女性英雄形象跃然眼前。

"诗思一帆海空阔，梦魂三岛月玲珑。"横渡大海，顿发诗兴，点出了作诗灵感的产生。颈联"铜驼已陷悲回首，汗马终惭未有功"是说回首悲看国家危亡，而自己并没有为国家立下什么功绩，颇有岳飞《满江红》中"靖康耻，犹未雪。臣子恨，何时灭"之味，盖古今英雄，同悲同泪。尾联感慨万分，诗人迫切地向友人表明：面对如此严重的家国之难，自己如何能袖手旁观、虚度年华呢？"那堪客里度春风"一句表达了诗人在"铜驼已陷"之时东渡日本，并非一名"度春风"的游客。国家罹难，自己客居异国他乡，怎有心情漫度春光，只愿立刻回国参与战斗。这句诗含蓄地表达了诗人东渡的目的，即渴望做出英雄的壮举，来洗却"汗马终惭"的无功之愧，拳拳爱国之心呼之欲出。

这首诗直抒胸臆，不假雕琢，浑然天成，别具意境，正如秋瑾的弟弟秋宗章所说："非若寻常腐儒之沾沾于格律声调，拾古人唾余者可比。"

（石慧斌）

秋瑾诗之三

柬徐寄尘①

何人慷慨说同仇②？谁识当年郭解③流？
时局如斯危已甚，闺装愿尔换吴钩④。

【注释】

①柬：书信，这里作动词用。徐寄尘：名自华，是秋瑾于1906年上半年在湖州南浔的浔溪女校执教时结识的女友，她与秋瑾交情深厚，亦善作诗，互有赠答，她同

情革命,在秋瑾准备起义缺乏经费时,曾把自己所藏黄金三十余两倾囊捐助。秋瑾就义后,徐寄尘和吴芝瑛等冒死为烈士建墓于杭州西泠桥畔。原诗有两首,另一首是:"祖国沦亡已若斯,家庭苦恋太情痴。只愁转眼瓜分惨,百首空成花蕊词。"

②同仇:齐心协力共同对敌。语出《诗经·国风·秦风·无衣》:"岂曰无衣?与子同袍。王于兴师,修我戈矛,与子同仇。"

③郭解:西汉著名游侠,《史记·游侠列传第六十四》中有其生平事迹。游侠是古代扶危济困、舍生取义的豪侠之士。这里指为国家民族而舍身成仁的革命者,同时也用以自比,秋瑾曾自号"鉴湖女侠"。

④闺装:女装。吴钩:一种弯形的刀,代指兵器。相传吴地人善于制作此物,所以该刀又叫吴钩。这句是诗人勉励好友徐寄尘脱下女装,换上戎装,跳出家庭小圈子,投身革命大熔炉。

【译诗】

是谁陈说齐心协力共同对敌的故事,慷慨激昂?
谁又能识得革命者们如西汉郭解般的豪侠热肠?
时局已是这般危急,国家已濒临灭亡,
希望你脱下女装换上戎装,投身革命,救国安邦。

【赏析】

《柬徐寄尘》是秋瑾就义前一年寄给她的朋友徐寄尘的。徐寄尘是秋瑾在湖州浔溪女校做教员时的好友,但徐寄尘是一个旧式端谨的女子,她虽然同情革命,并曾在秋瑾筹备起义缺乏经费时慷慨解囊,把自己的首饰变卖成黄金三十余两并尽数捐赠,可是她自己却不敢参加革命活动,恐累及家庭和母亲。所以秋瑾寄了这首诗给她,给予其善意的讽喻和勉励。

"何人慷慨说同仇",语出《诗经·国风·秦风·无衣》,"与子同仇"是指徐寄尘与诗人一样抱同仇敌忾之心。"谁识当年郭解流",徐寄尘同情并支持革命活动,这在当时也是不可多得的,所以诗人把她比为郭解一流的人物。

"时局如斯危已甚,闺装愿尔换吴钩。"诗人希望徐寄尘在祖国危在旦夕之际,能卸下闺装,积极投身于革命斗争的洪流之中。正所谓"中华儿女多奇志,不爱红装爱武装"。"闺装愿尔换吴钩"即"愿尔闺装换吴钩"。在对好友的殷切规劝之语中,我们看到了一个新时代的花木兰形象。除此之外,更可见革命活动就是一个带动另一个,星星之火,终乃成燎原之势。

作为时代的叛逆者和先知的女性,秋瑾勇敢地走到了革命的前列,不只如此,她还以饱满的热情,劝勉她的女友大胆肩负起拯救祖国危亡的使命。诗中浓烈的爱国思想、炽热的革命激情、昂扬的战斗精神,全部通过与友人"促膝谈心"的方式自然流露而出,情真语切,感人至深。

(石慧斌)

秋瑾诗之四

柬某君①

河山触目尽生哀,太息神州几霸才②!
牧马久惊侵禹域③,蛰龙④无术起风雷。
头颅肯使闲中老?祖国宁甘劫后灰⑤?
无限伤心家国恨,长歌慷慨莫徘徊。

【注释】

①《柬某君》共三首,本篇是第三首,写于1907年6月17日,是秋瑾从绍兴寄给《神州女报》女记者陈志群的。仅一个月后,秋瑾英勇牺牲。《神州女报》第一期作《柬志群》,诗后并有陈志群的附记:"右诗系女侠于五月初七日(1907年6月17日)自绍兴寄记者。"

②太息:叹息。霸才:这里指能够拯救祖国危亡的英雄人物。

③牧马:代指游牧民族,本处即指清朝统治阶层。禹域:亦称"禹甸",即中国疆域。

④蛰龙:潜伏的蛟龙,此处指被压制埋没的英雄。

⑤劫后灰:劫灰,佛教传说中能毁灭一切的灾火烧后的残余,多指战乱或大火毁坏后的残迹或灰烬。

【译诗】

山河破碎,触目惊心,无限江山生发无尽悲哀,
可叹我泱泱神州究竟有多少英豪挽狂澜于既倒。
九州大地长期遭受侵占,黎民饱受煎熬,
无奈啊,被压制埋没的英雄们,暂时无法掀起风雷般的革命大潮。
但,革命志士怎肯闲白少年头,把时光虚抛?
谁又能甘心我们的祖国彻底沦丧,劫灰长飘?

国仇家恨,让人无尽神伤,
让我们奋勇向前莫徘徊,慷慨高歌斗志豪!

【赏析】

这首诗是秋瑾从绍兴寄给《神州女报》女记者陈志群的。诗题中的"某君"即陈志群。

开篇"河山触目尽生哀,太息神州几霸才"是写诗人看到祖国的满目疮痍,产生了不尽的哀愁,并发出中国到底有多少救时英雄的感慨。"霸才"指奋身救国的英雄。"牧马久惊侵禹城,蛰龙无术起风雷。"过去北方少数民族常常入侵中原,许多良田变成了他们放牧的地方,故后来人们常用"牧马"喻指祖国遭受外族侵略。"禹城"亦称"禹甸",指中国疆域,"蛰龙"比喻被埋没的英雄。他们纵有志气,有才能,却无从施展。"头颅肯使闲中老?祖国宁甘劫后灰!"这两句是说我们又怎肯闲白了少年头,又怎忍心看祖国变为劫后灰呢?所以诗人在最后两句说:"无限伤心家国恨,长歌慷慨莫徘徊。"国恨家仇,令人无限伤心,让我们莫要迟疑,莫要徘徊,应慷慨高歌,奋发前进。全诗情调激昂,慷慨壮烈,充沛着诗人的赤胆忠心与浩然正气,处处体现出匡国济世之情怀,颇有千年以前岳武穆之风采。

这首诗的主题可用诗中的"头颅肯使闲中老,祖国宁甘劫后灰"一言以蔽之。人应该怎样生,国应该如何存?这是诗人那一代志士所面临的主要问题。正因为不甘心使祖国化为劫后灰,所以必不能使头颅"闲中老",而要将个人的性命与国家存亡、民族大业联系起来,从中找到人生的价值、意义和力量。诗人在诗中告诫女友志群勿虚掷青春,莫等闲白头,别徘徊,要献身于崇高的事业。时局危难,但仍不可丧失信心,彰显了诗人愿立功报国以重拾旧山河的乐观主义精神。这种人生哲学闪耀着可贵的历史使命感与崇高的英雄主义光辉,可敬可佩!

(石慧斌)

40 柳亚子

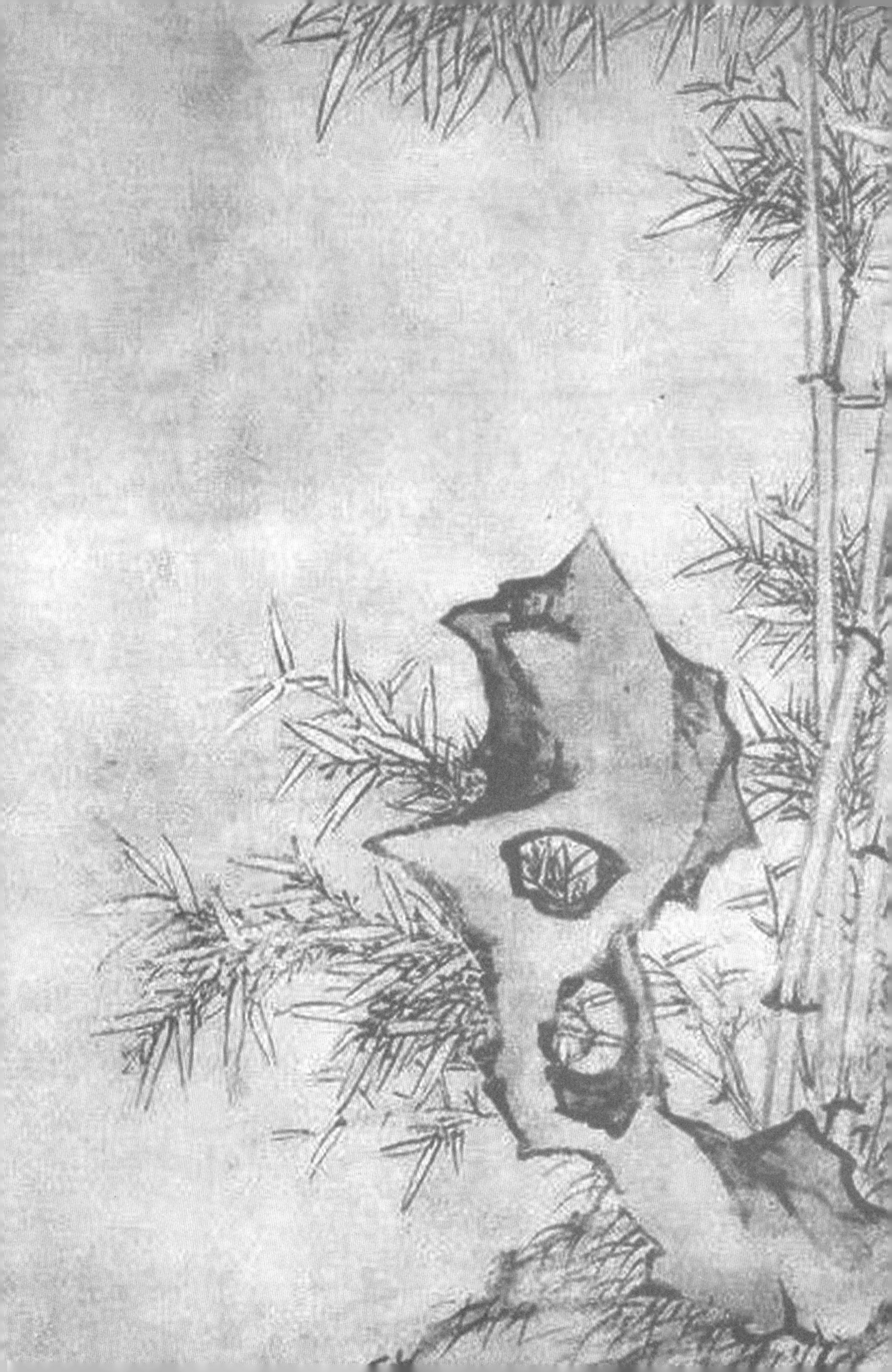

柳亚子，本名慰高，号安如，江苏吴江黎里镇人，中国近现代政治家、民主人士、诗人，著有《磨剑室诗词集》《磨剑室文录》等。

柳亚子于1887年出生于一个书香家庭，家学渊博。他年幼时受母教，酷爱读诗，十二岁就背完了《杜甫全集》。受其父的进步思想影响，柳亚子也赞成维新变法，并于1903年加入了由蔡元培、章炳麟等人发起组织的中国教育会，后又组织了黎里支部。次年，进入上海爱国学社学习后结识了章炳麟、邹容等著名革命家，并帮助邹容出版了重要著作《革命军》。1904年，柳亚子与陈去病及京剧名演员汪笑侬等人发起戏剧改良运动，他们编辑出版综合性文艺刊物《二十世纪大舞台》，之后发表了《哀女界》《中国民族主义女军人梁红玉传》等一系列鼓励女性解放的文章，主张打破陈规陋习，这在当时引起了很大的社会反响。1909年11月13日，柳亚子和陈去病、高旭、朱少屏、姚石子等创立革命文学团体南社，提倡民族气节，具有强烈的反清色彩。

辛亥革命后，柳亚子曾任临时总统府秘书，不久因不满袁世凯的盗国行为返回黎里，并在《天铎》《民声》《太平洋》等报上发表诗文，鼓舞革命思想。五四运动后，柳亚子组织了新南社，提出"鼓吹三民主义，提倡民众文学"的政治、文学主张（《新南社成立布告》）。1924年，他加入了改组后的国民党。在出任中国国民党江苏省党部执行委员会常委并兼任宣传部部长期间，他与国民党右派进行了坚决的斗争，后遭到蒋介石的通缉而远去日本。1941年，皖南事变爆发，在香港的柳亚子，亲自撰写电文，和宋庆龄、何香凝等人联名发电报责问蒋介石破坏团结、破坏抗战的卑鄙行径，结果被开除了国民党党籍。

柳亚子与毛主席之间有着深厚的情谊，曾多次相聚，并屡有诗词唱和，成为文坛佳话。毛主席由延安亲赴重庆进行和平谈判时，柳亚子恰好也在重庆，他写了一首《一九四五年八月三十日渝州曾家岩呈毛主席》，其中写道："阔别羊城十九秋，重逢握手喜渝州。弥天大勇诚能格，遍地劳民战尚休。"深情回忆了两人广州一别的万千感慨，高度赞扬了毛主席的大智大勇，还有人们对和平的热切期盼，并表达了与毛主席再次相逢的喜悦。1948年1月，柳亚子于香港担任了中国国民党革命委员会秘书长一职。这时，中国人民解放战争已经捷报连连，柳亚子也认识到中华民族的一个新时代即将到来，而自己的命运也将发生巨大的改变。1949年，他参加了中国人民政治协商会议第一届全体会议，并于10月1日参加了中华人民共和国开国大典。1958年6月21日，柳亚子因病逝世于北京，享年七十一岁。

作为一个把诗歌当作武器的政治诗人，柳亚子的诗作内容紧密贴合民主革命的发展，揭露了处于压迫之下的民族现状，鼓舞人们为了民族自由和理想而奋斗，洋溢着强烈的爱国主义精神。他的作品《读山阴何孟厂得韩平卿女士为义女诗和其原韵》中写道:"一室难春我亦愁,萧条四海尽悲秋。献身应作苏菲亚,夺取民权与自由。"直接抒发了对自由民主的向往与渴望。胡乔木评道:"柳亚子是忠贞的爱国主义者,坚定的民主主义革命者,杰出的革命诗人。"面对新文化运动以后蓬勃发展的新诗,柳亚子没有拘泥于传统的作诗框架,而是积极地运用发展的眼光去欣赏赞扬这一类诗作。他曾赞美郭沫若诗集《女神》中的六首《匪徒颂》,认为"那热烈而伟大的感情,足以激动青年们底心弦而使之共鸣"。柳亚子反对韩愈和桐城派写文的戒律清规,他的散文说理和议论条理清晰、结构严整,同时不失沛的思想感情,可谓骈散结合,雅俗兼收。

在中国近代诗歌发展史上,柳亚子诗词的"横空出世",无疑具有划时代的意义,他是政治和文学相结合的典范人物,具有不可忽视的历史地位。郭沫若曾说:"他的诗感慨豪宕、沉郁深婉,热情奔放,独树一帜,开一代革命诗风,写了一部敢哭、敢笑、敢怒、敢骂的革命史诗。"柳亚子作为一位典型的诗人,拥有强烈的热情,洋溢着过人的才华,他敢于挣脱"宋派诗"的桎梏,随着时代的进步而进步,巍然独立树起了一面诗歌旗帜,为后人留下了夺目的时代光芒。

柳亚子诗

自题磨剑室诗词后

剑态箫心不可羁,已教终古[①]负初期[②]?
能为顽石方除恨,便作词人亦大痴。
但觉[③]高歌动神鬼,不妨入世[④]任妍媸[⑤]。
只惭洛下书生咏[⑥],洒泪新亭[⑦]又一时。

【注释】

① 终古:久远,指时间长。
② 初期:指当初的政治理想。
③ 但觉:只感到。
④ 入世:指参加具体的反清活动。
⑤ 妍媸:美丑,晋人郭璞在《方言注》中说,威阳、翼城一带的人通称"好"叫"妍"。媸:丑陋,与"妍"相对。
⑥ 洛下书生咏:指带有鼻浊音的读书声,犹言"哼",据《世说新语·雅量》刘孝

标注引宋明帝《文章志》说:"(谢)安能作洛下书生咏,而少有鼻疾,语音浊,后名流多学其咏,弗能及,手掩鼻而吟焉。"这种"哼"法在东晋名士中尤为盛行。

⑦洒泪新亭:出自典故"新亭泪"。西晋末年,中原战乱频繁,过江人士每到闲暇之日,便相邀到新亭饮宴。元帝时,丞相王导与客人在新亭对饮,周侯中坐而叹气道:"风景不殊,举目有山河之异!"客人们都相视流涕,唯王导愀然变色曰:"当共勠力王室,克复神州,何至作楚囚对泣邪!"此事见《世说新语·言语》及《晋书·王导传》。后多用此典故比喻忧国忧时的悲愤心情。新亭:故址在今江苏省南京市江宁区南,即劳劳亭。

【译诗】

我心中的壮志豪情真是难以抑制,
只可惜多年来枉负了当初的志向。
除非我变作顽石方忘却家仇国恨,
即便做个舞文弄墨之人又有何益?
我以为高吟狂歌可以将鬼神感动,
拥抱火热生活哪管他人毁誉评议。
纵然学得洛下书生之咏仍感惭愧,
洒一把爱国泪啊,像当年新亭对泣。

【赏析】

《自题磨剑室诗词后》创作于清光绪三十四年(1908),柳亚子时年二十二岁。磨剑室之名,取意于唐朝"苦吟"诗人贾岛的《剑客》一诗:"十年磨一剑,霜刃未曾试。今日把示君,谁有不平事?"柳亚子以此命名自己的书斋,意在勉励自身不断奋进。

本诗笔起"剑态箫心",化用了龚自珍《己亥杂诗·九十六》中的"少年击剑更吹箫,剑气箫心一例消"。这里的"剑"和"箫"两个意象,早已化为情感的象征符号,二者刚柔并济。"剑"可以纵横挥舞,亦能杀敌卫国,象征着战斗的壮志;"箫"幽幽切切,柔情无限,象征壮志难酬的幽怨。头两句连起来就是:我满腔的壮志幽情实在难以掩抑,只可惜多少年来枉负了当初的心意。这两句放在开头,好似胸中积压已久的复杂心绪,在瞬间喷薄而出,奠定了全诗的基调。

三、四句意为,人只有变得像顽石一样没有感情,才能免除愤恨,面对罪恶的反动统治,做一个舞文弄墨的诗人也无济于事。顽石历来被当作无知无觉、无爱无恨的典型象征,这里诗人以顽石自比,表面上似乎是否定做"词人"的意思,实际上是着眼于现实社会,意在突出词人强大的社会责任感。是的,唯有变成铁石心肠,方才可以不为情感所动,但是,诗人之心又怎会是顽石?不仅不是,而且他有一颗滚烫、热切之心。诗人的诗句饱含着对推翻清王朝统治的渴望,又不低估做词人的作用,于是有了后文"但觉高歌动鬼神"一句。

五、六句中,诗人的情感终于开始喷薄。"但觉高歌动神鬼"引自杜甫《醉时歌》中的"但觉高歌有鬼神,焉知饿死填沟壑"。用"动"字代替"有"字,极为精彩。"有",只是一种状态而已,但"动"字,却有很强的动作性、主动性,赋予了歌声强大的动情力,可见歌声感染力之强。所以,这一句一改杜甫悄然悲怆的风格,变得豪迈激昂,表示了诗人对自己诗才的自负。"任妍媸"一句勾连了宋末词人陈亮的《贺新郎·寄辛幼安和见怀韵》中"行矣置之无足问,谁换妍皮痴骨"一句。"妍媸"是指美好与丑恶,而一个"任"字则表明了诗人的态度:在生活中保持自己的本色,美丑善恶一"任"他人评说,以此向世人表明他愿意投入生活的激流,愿为理想奋斗而坚定不灭的信念。这是一种多么潇洒的任性、自由和自信!

最后两句,诗人感叹自己只是一个终日吟咏的书生,唯有洒泪兴叹,不能有所作为。"洛下书生咏"引用了谢安建功立业的典故,诗人自喻有谢安之才,却无纾解理想抱负之处,感到十分自责惭愧。"洒泪新亭"是对前句诗意的延伸,即使是像柳亚子一样充满革命热情的文人志士,也一样会有像常人一样的苦闷压抑之情。这首诗最后是在一片沉郁、愤懑之情中结束的,留给人更多的惆怅和思考。在这样纷乱的时事中,该如何自处呢?如何更好地为祖国和时代奋斗呢?这的确是一个沉重而又迫切的问题。

作为一名情感充沛的爱国诗人,柳亚子的诗歌慷慨激昂,热情洋溢。在《自题磨剑室诗词后》中,我们既感受到了他对革命和自由的热切渴望,又体会到了作为诗人的无奈和悲叹。诗人将哀婉与豪情、慷慨悲歌与缠绵婉转融为一体,企图用诗歌唤起人们的革命热情,给予苦难中的人民以希望。全诗洋溢着爱国主义和民主主义热情,"悲歌慷慨平生意,无端一恸便吞声"便是对这首诗作艺术风格的最好概括。

(韦庆芬)